草婴译著全集

第十二卷

安娜·卡列尼娜
（二）

1989年夏,草婴于上海寓所。

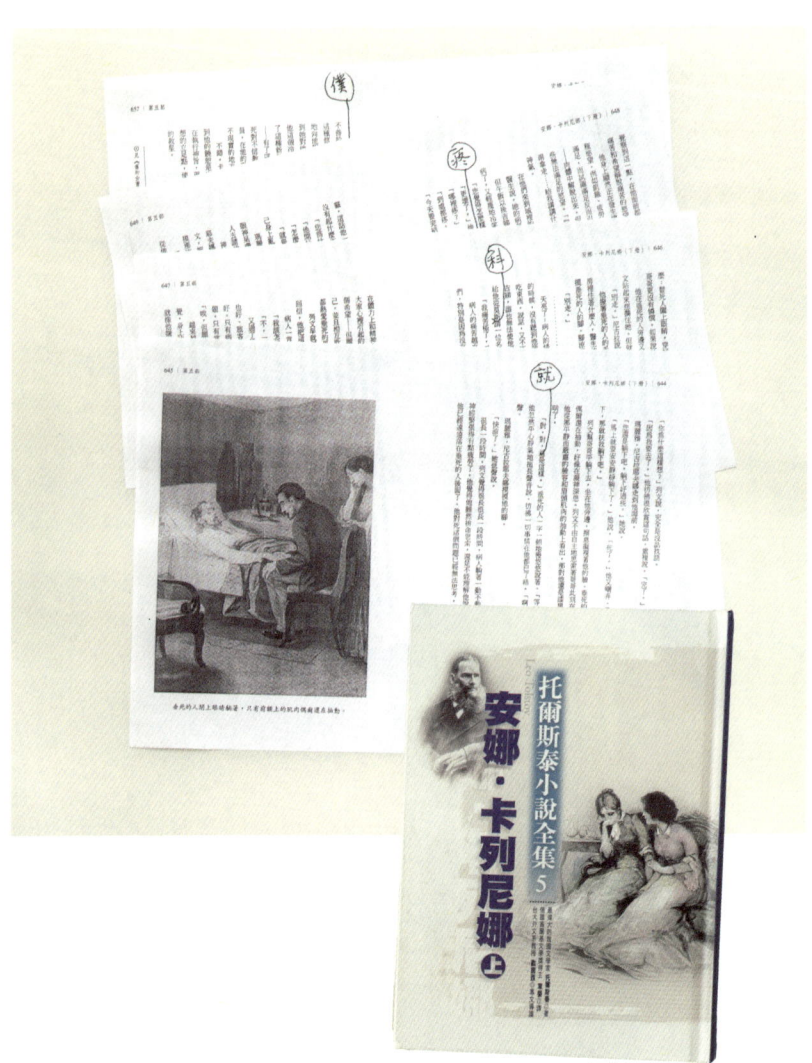

台版《安娜・卡列尼娜》及其修订稿。

目　录

第五部　/1

第六部　/139

第七部　/287

第八部　/409

附录　/469

第 五 部

1

谢尔巴茨基公爵夫人原来认为，在大斋期之前不可能举行婚礼，因为现在离大斋期只有五个礼拜，要在这期间置办嫁妆，连一半都来不及，但她又不能不同意列文的意见，就是公爵的一位老姑母病重，恐怕不久于人世，一旦服丧，婚期就会更往后推移。因此，公爵夫人终于同意在大斋期之前举行婚礼，把嫁妆分成大小两份，先办齐一份小的，大的一份以后补送。列文一直没有答复是不是同意这样做，这使她大为生气。新夫妇等婚礼完毕马上就要到乡下去，那里根本不需要大的嫁妆。这样，公爵夫人的打算就显得更加妥当了。

列文依旧处在神魂颠倒之中。他觉得他和他的幸福就是整个生存的主要目的，也可以说是唯一目的。现在他不用做什么考虑，也不必操什么心，一切都有人替他料理。对未来的生活，他没有任何计划和打算。他听任别人做主，相信一切都会得到妥善安排。哥哥柯兹尼雪夫、奥勃朗斯基和公爵夫人都会指点他应该做些什么。他只要完全同意人家的一切建议就行了。哥哥替他筹款，公爵夫人要他结过婚就离开莫斯科，奥勃朗斯基劝他出国。他什么都同意。"只要你们高兴，要怎么办就怎么办好了。我很幸福，不论你们怎么办，我的幸福都不会受影响。"他想。他把奥勃朗斯基劝他们出国的主意告诉吉娣，她不同意，她对他们的未来生活有她自己的一套打算。这使他大为吃惊。吉娣知道列文在乡下有他心爱的事业。他知道她不仅不理解这事业，而且不想去理解。但这并不影响她认为这事业是很重要的。她知道他们的家将安在乡下,她不愿到他们将来不准备长期生活的外国去,而要到他们安家的地方去。她这种明确的意图使列文感到惊奇。但他觉得到哪儿去都一样,就立刻要求奥勃朗斯基到乡下去一次——仿佛这是他不容推诿的责任——凭他卓越的审美观把那里的一切都布置好。

"我倒要问你,"奥勃朗斯基为新婚夫妇的来临把乡间的一切都安排好了,回来后有一天对列文说,"你有做过忏悔的证书吗?"

"没有。怎么了?"

"没有这个证书就不能结婚。"

"啊呀呀呀!"列文叫道,"我恐怕有八九年没有领圣餐了。我根本就没有想到"。

"太好啦!"奥勃朗斯基笑着说,"可你还说我是虚无主义者呢!这样不行。你得去领圣餐。"

"什么时候?只剩下四天了。"

这件事也由奥勃朗斯基替他做了安排。列文开始领圣餐。像列文这样不信教但尊重别人信仰的人,参加各种宗教仪式是很痛苦的。现在,当他对一切都充满感情,心肠很软的时候,要他矫揉造作不仅很痛苦,简直是不堪设想的。可是在这大喜的日子里,他却不得不撒谎或者亵渎神明。这两件事他都办不到。他几次三番问奥勃朗斯基不领圣餐能不能得到证书,奥勃朗斯基斩钉截铁地说不行。

"两天工夫,这在你算得了什么?何况司祭是一位十分可爱的懂事的老头儿。他会不知不觉把你这颗病牙拔掉的。"

列文站着做第一遍礼拜时,竭力想恢复他十六七岁时那种强烈的宗教感情。但他立刻相信这是完全不可能的。他试图把它看成是毫无意义的风俗习惯,像礼节性访问一样,但觉得连这样也绝对办不到。列文对宗教的态度也像多数同时代人一样摇摆不定。他不信教,但也不能肯定这一切都是荒谬的。因此,他既不能相信他所做的事的意义,也不能像例行公事那样淡然处之。在这领圣餐的全部时间里,他因为做着他自己也不理解的事,做着如他内心所提示的虚伪不好的事而感到羞耻和不安。

在做礼拜的时候,他一会儿听着祈祷,竭力用不违反自己观点的意义来理解它,一会儿觉得自己不能理解,甚至不得不加以谴责,就竭力不去听它,而沉湎于自己的思想、观察和回忆中。他无聊地站在教堂里,头脑中浮想联翩。

他做了日祷、晚祷和夜祷。第二天起得比平时早,也不喝茶,早晨八点钟就上教堂做早祷和忏悔。

在教堂里,除了一个求乞的兵士、两个老婆子和几个教堂执事外,什么人也没有。

年轻的助祭穿一件显露出骨头突出的长脊背的薄薄法衣,走过来迎接他,然后走到靠墙的小桌旁,开始念祈祷文。当助祭念祈祷文的时候,特别是迅速地重复着"上帝怜悯"——听上去好像在说"饶恕,饶恕"——的时候,列文觉得他的思想仿佛被禁锢起来,贴上封条,不能活动,要不然就会引起混乱,因此他站在助祭后面,没有去听他,也不理会他,只管继续想自己的心事。"她手上的表情真是太丰富了!"他记起昨天他们坐在角落里那张桌子旁的情景,心里想。在这种时候,他们照例想不出什么话说。她把一只手放在桌上,不断地张开又捏拢。她看着这动作,自己也笑了。他想起他怎样吻了吻这只手,然后仔细地看着这粉红色手掌上错综的脉纹。"又是饶恕,"列文想,同时画着十字,鞠着躬,望着正在行礼的助祭背部肌肉的活动。"她接着拿起我的手察看上面的脉纹。'你的手真可爱！'她说。"他想到这里看看自己的手，又看看助祭短小的手。"是的，这会儿快完了，"他想。"不，看来又从头念起了，"他听着祈祷文想。"不，要结束了。瞧，他已经一躬到地。结束前总是这样的。"

助祭从绒布袖口里伸出一只手，悄悄地接过一张三卢布钞票，说他要把列文的名字记下来。接着就精神抖擞地用他的新靴子咯咯地踩响空旷的教堂的石板，走上祭坛。过了一会儿，他从那里往外张望，招招手叫列文过去。到这时为止一直被压抑着的思想又在列文头脑里活动起来，他连忙把它驱散。"总会了结的。"他想着，向读经台走去。他走上台阶，向右转弯，看见了司祭。司祭是个小老头儿，留着稀疏的灰白大胡子，生有一双疲劳的和善眼睛，站在读经台旁，翻着圣礼书。他向列文微微点点头，立刻用惯常的腔调念起祈祷文来。他念完祈祷文，一躬到地，脸转向列文。

"基督降临，不显形迹，正在听取您的忏悔。"司祭指着钉在十字架上的耶稣像说。"您相信圣徒教会的全部教义吗？"他继续说，眼睛不看列文的脸，双手在圣带下面合拢来。

"我怀疑过一切，现在还是怀疑一切。"列文用他自己听来都觉得讨厌的声音说，说完就住口了。

司祭等了几秒钟，看他还有没有什么说的，接着闭上眼睛，用弗拉基米尔口音急急地说：

"怀疑是人类天生的弱点，但我们应该祈求仁慈的上帝增强我们的信心。您有什么特别的罪孽？"他一停不停地说，仿佛不肯浪费一点时间。

"我的主要罪孽是怀疑。我怀疑一切，大部分时间都在怀疑中。"

"怀疑是人类天生的弱点,"司祭重复说。"那么您主要怀疑什么呢?"

"我怀疑一切。我有时甚至怀疑上帝的存在。"列文情不自禁地说,接着又为这样的亵渎而感到惶恐。但列文的话对司祭似乎没有产生什么不好的影响。

"怎么可能怀疑上帝的存在呢?"他露出一丝笑意,说。

列文不做声。

"您明明看见大地上创造出来的万物,怎么还能怀疑造物主的存在呢?"司祭用习惯成自然的腔调又急急地说。"是谁用星星来装饰天空的?是谁把大地打扮得这样美丽?没有造物主怎么行呢?"他用询问的目光对列文瞧了一眼,说。

列文觉得同司祭争论哲学问题是不得体的,因此只就他的问话做了回答。

"我不知道。"他说。

"您不知道吗?那您怎么能怀疑上帝创造万物呢?"司祭带着快乐的困惑神气说。

"我一点也不明白。"列文涨红了脸说,觉得他的话很愚蠢,在这种场合说这样的话实在愚蠢。

"祷告上帝,恳求上帝吧!就是神父也会有怀疑,也要恳求上帝加强他们的信心呢。魔鬼的力量大得很,我们一定要抵抗他。祷告上帝,恳求上帝吧!祷告上帝吧!"他匆匆地一再说。

司祭稍微停了一下,仿佛在沉思。

"我听说您准备同我教区里的教民和忏悔者谢尔巴茨基公爵的女儿结婚,是吗?"他微笑着加上说。"一位出色的姑娘!"

"是的。"列文回答,为司祭脸红。"在忏悔的时候他问这个干什么?"他想。

司祭仿佛知道他的心事,回答说:

"您准备结婚,上帝将赐给您子孙后代,是不是啊?啊,魔鬼诱使您不信神,要是您不能战胜这种诱惑,您能给您的孩子什么样的教育呢?"他用婉转的责难口气说。"要是您爱您的孩子,那您作为一个慈父,就不仅希望您的孩子荣华富贵,还希望他们得救,希望真理的光芒能照耀到他们的心灵。是不是啊?要是天真无知的孩子问您:'爸爸!土地、江河、太阳、花草,世界上这一切使我喜爱的东西是谁创造的?'那您怎么回答他呢?难道就对他说'我不知道'吗?既然上帝出于大恩大德向您展示了这一切,您又怎么能不知道呢?也许您的孩子会问您:'在阴间有什么在等着我呀?'如果您什么也不知道,您怎么对他说呢?您让他去受尘世和魔鬼的诱惑吗?这可不好哇!"他说着停住了,侧着头,用那双和善的眼睛望着列文。

列文什么也没回答,倒不是因为他不愿同司祭争论,而是因为至今还没有人问过他这样的问题。到将来孩子们提出这些问题的时候,他还有充分时间可以考虑该怎样回答呢。

"您踏进人生这一阶段,"司祭继续说,"您要选择道路,坚定地走下去。祷告上帝,凭主的仁慈帮助您,怜悯您,"他结束道。"愿我主上帝,耶稣基督,以其爱人的恩典饶恕这个儿子……"司祭念完赦罪文,给他祝福了一番,就放他走了。

那天列文回到家里,感到很高兴,因为结束了那种尴尬的局面,而且不用撒一句谎。他还模模糊糊地记得,这个和蔼可亲的小老头说的话,并不像他起初所想象的那样愚蠢,不过他的话里还有一些地方需要弄个明白。

"当然不是现在,"列文想,"等将来有机会再说。"列文空前深切地感到,他的灵魂里有些不明白不干净的地方,他对待宗教的态度也像别人一样,可是以前他就因此反对人家,还责备过他的朋友史维亚日斯基。

那天晚上,列文同未婚妻一起在陶丽家里度过,感到特别高兴。他把他的兴奋心情告诉了奥勃朗斯基。他说他快活得像一头受过训练的狗,终于能领会人家要它做的事,尖声叫着,摇着尾巴,心花怒放地跳上桌子和窗台。

2

举行婚礼那天,列文按照风俗(公爵夫人和陶丽坚持要严格遵守一切风俗),事先不跟未婚妻见面,却同三个在旅馆里邂逅的单身朋友一起吃饭:一个是柯兹尼雪夫;一个是列文的大学同学卡塔瓦索夫,现在当上自然科学教授,列文在街上遇见他,就把他拉到旅馆里来;一个是男傧相契利科夫,现任莫斯科调解法官,也是列文的猎熊朋友。这顿饭吃得很快活。柯兹尼雪夫情绪极好,很欣赏卡塔瓦索夫别出心裁的玩笑。卡塔瓦索夫发觉他的玩笑得到重视和理解,便更加尽情发挥。契利科夫总是快乐而善意地参与各种谈话。

"你们看,"卡塔瓦索夫由于讲台上讲课养成的习惯,拖长字句说,"我们的朋友康斯坦京·德米特里奇过去是个多么能干的人哪!我说的是过去的他,因为现在他已经不是这样的人了。大学毕业的时候,他爱好学术，通情达理。现在呢，他的一半才能都用来欺骗自己，另外一半为这种欺骗进行辩解。"

"我从来没有见过比您更坚决反对结婚的人了。"柯兹尼雪夫说。

"不，我并不反对。我赞成劳动分工。什么事也不会做的人，只好做些人出来，其余的人就得促进他们的教养和幸福。这就是我的看法。把这两种行当混为一谈的大有人在，可我不在其内。"

"有朝一日我知道您也在恋爱了，我将多么高兴啊！"列文说，"您一定要请我吃喜酒。"

"我已经在恋爱了。"

"是的，你爱上墨鱼了。你知道吗？"列文转过来对哥哥说，"米哈伊尔·谢苗诺奇在写一本营养学著作……"

"嗳，别胡扯了！写什么都无所谓。不过我倒确实爱上了墨鱼。"

"可是它不会妨碍您爱妻子。"

"是不会妨碍，可是妻子要妨碍我呀。"

"为什么？"

"您会明白的。您现在爱农业，爱打猎，可是您等着瞧吧！"

"阿尔希普今天来过了，他说塘村那边有许多驼鹿，还有两头熊。"契利科夫说。

"嗳，我不去，你们去打好了。"

"哦，这倒是真的，"柯兹尼雪夫说。"今后打熊这件事就没有你的份了，妻子不会让你去的！"

列文微微一笑。一想到妻子不会让他去打猎，他觉得很好玩，他情愿从此放弃猎熊的乐趣。

"不过，您不参加打这两头熊，毕竟很可惜。您还记得上次在哈比洛夫的事吗？那次打猎多有趣呀！"契利科夫说。

契利科夫认为不结婚也很快活，列文不愿打破他这种幻想，因此没有说什么。

"同单身生活告别的风俗可不是没有道理的，"柯兹尼雪夫说。"不管你怎样幸福，你总不能不为丧失自由而惋惜吧？"

"您承认您有果戈理笔下新郎①那样的心情，想从窗口跳下去吗？"

"一定有的，就是不肯承认罢了！"卡塔瓦索夫说着哈哈大笑。

"好吧，窗子反正开着……我们现在就到特维尔去！有一头母熊在，可以直捣它的巢穴。真的，坐五点钟的班车去吧！这里的事让他们去办。"契利科夫笑嘻嘻地说。

"啊，说句实话，"列文笑着说，"我心里可没有为失去自由感到惋惜！"

"对，您现在心里一片混乱，什么感觉也不会有，"卡塔瓦索夫说。"等您稍微冷静一点，您就会感觉到了！"

"不，尽管有了感情（他不好意思当着他们的面说爱情）和幸福，丧失自由毕竟是可惜的，我多少总应该有点感觉呀……可是正好相反，我还因为失去自由而高兴呢！"

"糟糕！您这人真是不可救药！"卡塔瓦索夫说。"来，让我们干一杯，祝他恢复健康，或者祝他实现他的梦想，哪怕只有百分之一。即使这样也是天下最大的幸福了！"

吃完饭，客人们走了，大家赶回去换衣服参加婚礼。

---

① 指果戈理剧本《结婚》中的主人公，七等文官波德科列辛，他通过媒婆和朋友的撮合，答应同商人的女儿结婚，但患得患失，内心充满恐惧，在举行婚礼前一刻跳窗潜逃。

列文独自留下来，回想着这些单身汉的话，又一次问自己：他心里是不是像他们所说的因为丧失自由而感到惋惜？想到这问题，他微微一笑。"自由吗？要自由干什么？幸福就在于爱情和希望，希望她所希望的，想她所想的，这就是幸福。根本用不着什么自由！"

"可是我了解她的思想、她的希望、她的感情吗？"仿佛有一个声音突然低声问自己。他的笑容消失了，他沉思起来。一种奇怪的感觉支配了他。他觉得恐怖和怀疑，怀疑一切。

"万一她不爱我怎么办？万一她只是为结婚而同我结婚怎么办？万一连她自己也不明白她的所作所为怎么办？"他问着自己。"她也许会清醒过来，直到结了婚才明白她并不爱我，她不可能爱我。"于是他心里对她产生了一种古怪的恶劣想法。他像一年前那样嫉妒她和伏伦斯基的关系，仿佛他看见她同伏伦斯基在一起还是昨天的事。他怀疑她没有向他坦白一切。

他霍地跳起来。"不，这样下去可不行！"他忘乎所以地自言自语。"我要到她那里去，问问她，最后一次对她说：我们俩人都是自由的，我们的关系是不是到此为止？不论怎样总比一辈子的不幸、耻辱和不贞要好！"他怀着绝望的心情，怀着对一切人、对自己和对她的愤恨走出旅馆，坐车到她家里去。

他在后屋里找到她。她正坐在箱子上，同侍女料理什么，挑选着散满椅背和地板上的五颜六色的衣服。

"呀！"她一看见他，立刻容光焕发，叫了起来，"你怎么来的，您怎么来的（最近几天她总是忽而称呼他'你'，忽而称呼他'您'）？真没想到！我在整理我姑娘时期的衣服，准备送给人家……"

"噢！太好啦！"他闷闷不乐地望着那侍女，说。

"杜尼雅,你出去一下,我回头叫你。"吉娣说。"你怎么了?"她等侍女一出去,就断然地用"你"称呼他。她发现他的脸色激动、阴郁、异样,感到恐惧。

"吉娣!我很苦恼。我一个人承受不了这样的苦恼。"他带着绝望的语气说,在她面前站住了,恳求般地望着她的眼睛。他从她那含情脉脉的诚恳的脸上看出,他想说的话是不会有任何结果的,但他还是要她亲口来消除他的疑虑。"我是来说,现在还来得及。事情还可以取消,挽回。"

"什么?我一点也不明白。你怎么啦?"

"我说过一千遍,我不能不想的是……我配不上你。你不可能答应同我结婚。你想一想吧!你做了错事。你好好想一想吧!你不可能爱我的……要是……你最好说出来,"他没有望着她,说。"我会痛苦的。人家高兴怎么说,就怎么说吧;不论怎样总比不幸要好……趁现在还来得及……"

"我不明白,"她恐惧地回答。"你想取消……你不愿意了,是吗?"

"是的,要是你不爱我的话。"

"你疯了!"她气得满脸通红,叫起来。

但他的脸色是那么可怜,她不由得忍住怒气,扔掉扶手椅上的衣服,在他旁边坐下。

"你在想些什么?全都说出来。"

"我想你是不可能爱我的。你怎么会爱我这样的人呢?"

"天哪!叫我怎么办哪?……"她说着哭起来。

"嗐,我在干什么呀!"他叫道,在她面前跪下来,吻着她的双手。

过了五分钟,公爵夫人走进屋里,看见他们已经完全和好了。吉娣不仅使他相信她爱他,甚至解答了他的问题:她为什么爱他。她告诉他,她爱他是因为完全了解他,因为她知道他喜爱什么,因为他所喜爱的一切都是好的。他也觉得这一切都是十分清楚的。公爵夫人进来的时候,他们并肩坐在箱子上,理着衣服,并且争论着。吉娣要把列文上次向她求婚时她穿的那件咖啡色连衫裙送给杜尼雅,他却坚持这件衣服不能送给任何人,她可以把一件浅蓝色连衫裙送给杜尼雅。

"你怎么不明白?她是个黑头发的姑娘,穿蓝衣服不合适……我什么都考虑过了。"

公爵夫人听说他来访的原因,就半开玩笑半认真地生起气来,叫他立刻回家去换衣服,不要妨碍吉娣梳头,因为理发师沙尔里马上要来了。

"她这几天本来就没吃什么,人也瘦了,可你还要拿你那些蠢话来使她烦恼,"她对他说。"走,走,我的宝贝。"

列文感到内疚和害臊,但心里很踏实。他回到旅馆。他哥哥、陶丽和奥勃朗斯基全都穿戴好了,正准备拿圣像给他祝福。再不能耽搁了。陶丽还得回家去接她那个卷过头发、擦过发油的儿子,他将拿着圣像伴送新娘一起走。还得派一辆马车去接男傧相,另外一辆送走柯兹尼雪夫后再回来……总之,有大量琐事需要处理。有一点是明确的,不能再拖延,已经六点半了。

圣像祝福仪式很不像样。奥勃朗斯基同妻子并排站着,摆出煞有介事的可笑姿势。他拿着圣像,叫列文一躬到地,带着和善的嘲笑吻了他三次。陶丽也这样做了,接着又匆匆走去调派马车,这可是件麻烦事。

"嗯,现在我们就这么办:你坐我们的马车去接他,谢尔盖·伊凡诺维奇要是同意,请他到了以后把车打发回来。"

"好,一定照办。"

"我们同他一起马上就来。东西送去了吗?"奥勃朗斯基说。

"送去了。"列文回答,接着吩咐顾士玛把他的衣服拿来。

3

一大群人,其中多数是女人,围住即将举行婚礼的灯火辉煌的教堂。那些没有能挤进教堂的人,都聚集在窗口,拥挤着,争吵着,从窗栏杆外面往里张望。

在宪兵指挥下,已经有二十多辆马车排列在街上。一个警官不顾严寒,站在教堂入口处,身上的制服闪闪发亮。马车络绎不绝,一会儿是头上戴花、手里提着拖地长裙的太太,一会儿是脱下军帽或黑色礼帽的男人,陆续走进教堂。教堂内部,两盏枝形大吊灯光亮夺目,圣像前的蜡烛也全部点上了。圣像壁红底上的镀金、圣像的金色浮雕、枝形大吊灯和烛台上的银饰、地上的石板、垫毯、唱诗班台上的神幡、读经台的台阶、陈旧发黑的圣经、司祭和助祭的法衣,一切都沐浴在灯光里。在温暖的教堂右边,在燕尾服和白领带、制服和花缎、天鹅绒、绸缎、头发、鲜花、裸露的肩膀手臂和戴长手套的人群中间,传出压低声音的热烈谈话,谈话声在高高的圆屋顶下异样地回响着。每当教堂门打开发出尖锐的响声时,人群就不再说话,大家回过头去,希望看到新郎新娘进来。门开了差不多有十次以上,每次不是走到右边来宾席的迟到客人,就是欺骗或者说服警官混到左边人群里的观众。亲友和观众都等急了。

起初大家以为新郎新娘马上就要来了，没有去想他们为什么迟到。接着越来越频繁地向门口张望，谈论着会不会出什么事。后来，大家为新郎新娘的迟到越来越不安，但都装作根本没有想到他们的样子，径自谈着话。

大辅祭似乎要让人注意他的时间很宝贵，不耐烦地咳嗽着，咳得窗子的玻璃都震动了。唱诗台上的唱诗班等得有点厌烦，发出练嗓子和擤鼻涕的声音。司祭一会儿派执事，一会儿差助祭去看新郎来了没有。他自己穿着紫色法衣，束着宽腰带，也不断走到边门去等待新郎。终于有一位太太看了看表说："这真是太奇怪了！"于是来宾个个感到不安，开始高声表示惊奇和不满。一个傧相乘车去探听消息。这时候，吉娣身穿雪白连衫裙，披着长纱，头戴香橙花冠，早已准备就绪，同一位女主婚人和二姐娜塔丽雅一起站在谢尔巴茨基家的客厅里，眼睛望着窗外，等男傧相来通知新郎的到来，已经白白等了半个多小时了。

这当儿，列文穿好长裤，但没有穿背心和燕尾服，在旅馆房间里踱来踱去，不断地把头伸到门外，向走廊里张望。可是始终不见他所等待的人，只好绝望地回来，摆动双手，同悠然自得地抽烟的奥勃朗斯基说话。

"有谁遇到过这样尴尬的局面！"他说。

"是的，真要命！"奥勃朗斯基温和地微笑着表示同意。"不过你放心好了，马上就会来的。"

"不，怎么搞的！"列文克制着怒火说。"还有这种该死的敞胸背心！不行啊！"他望着身上衬衫揉皱的前襟，说。"要是行李已经送上火车怎么办！"他绝望地叫道。

"那你就穿我那件好了。"

"早就该这么办了。"

"招人笑话可不好哇……等一下！**会解决的**。"

事情是这样的：当列文要换衣服的时候，他的老仆人顾士玛拿来了燕尾服、背心和其他必要的东西。

"衬衫呢！"列文叫了起来。

"衬衫在您身上。"顾士玛平静地微笑着回答。

顾士玛没有想到应该留下一件干净的衬衫，他听到吩咐要把全部行李收拾起来送到谢尔巴茨基家——新夫妇今晚就要从那里出发到乡下去——就把东西都收拾好了，只留下一套礼服。列文的衬衫从早晨穿起，已经弄皱了，他穿着时式的敞胸背心，简直不像样子。派人到谢尔巴茨基家去取，路又太远。他就差人到铺子里去另外买一件。仆人回来说，铺子都关门了，因为今天是礼拜天。派人到奥勃朗斯基家去取，可是借来的衬衫又宽又短，不能穿。最后只得派人到谢尔巴茨基家去拆行李。大家都在教堂里等新郎，他却像笼子里的野兽，在屋里踱来踱去，不断地向走廊张望，又恐惧又绝望地回想着他对吉娣说过的话，不知道她现在有什么想法。

最后，顾士玛惶恐得上气不接下气，拿着衬衫冲进屋子里。

"刚刚赶上。他们正在往大车上搬呢。"顾士玛说。

过了三分钟，列文不看一下表——怕心里难受——就拔脚穿过走廊跑去。

"用不着这么急，"奥勃朗斯基不慌不忙地跟在他后面，笑眯眯地说。"**会解决的，会解决的**……我不是对你说过了嘛。"

4

"来了!""就是他!""哪一个?""那个年纪轻些的,是吗?""瞧她,我的宝贝,可把她急坏啦!"当列文在门口迎接新娘,同她一起走进教堂时,人群里纷纷议论着。

奥勃朗斯基告诉妻子迟到的原因,客人们都交头接耳,笑眯眯地低语着。列文什么东西也没有看见,什么人也没有看到,只是目不转睛地望着他的新娘。

大家都说她最近几天憔悴多了,戴着花冠远没有平时好看,但列文没有这样的感觉。他望着她那披着白色长纱、戴着洁白鲜花的梳得高高的头发,她那像少女一般遮住长脖子两侧和后颈、只露出前面部分的高耸的打褶领子,以及她那细得惊人的腰身,觉得她比什么时候都迷人——并非因为这些花、这袭长纱、这件从巴黎定制的连衫裙增添了她的美,而是因为她那可爱的脸蛋、她的眼神和她嘴唇的表情与众不同,始终显得十分纯洁和诚挚。

"我还以为你想逃走呢!"她说,对他嫣然一笑。

"我干了一件傻事,简直不好意思说呢!"他红着脸说,看到柯兹尼雪夫走过来,只好去招呼他。

"你的衬衫事件真有意思啊!"柯兹尼雪夫摇摇头,笑嘻嘻地说。

"是的,是的!"列文随口回答,没听清对他说的是什么。

"喂,康斯坦京,现在得决定一下了,"奥勃朗斯基装出惊惶的样子说,"有个重大问题。这问题的重要性现在你才能理解。他们问我,要用点过的蜡烛还是没有点过的蜡烛？相差十个卢布。"他笑得撅起嘴唇，添加说："我已经决定了，就是怕你不同意。"

列文懂得这是开玩笑，但他笑不出来。

"到底怎么办？用没有点过的蜡烛还是用点过的蜡烛？问题就在这里。"

"对，对！用没有点过的蜡烛。"

"啊，我很高兴。问题决定了！"奥勃朗斯基笑嘻嘻地说。"一个人在这种时候什么傻事都会做出来的！"当列文手足无措地对他瞧了瞧，向新娘走去时，奥勃朗斯基对契利科夫说。

"记住，吉娣，你要先踏到垫子上。"诺德斯顿伯爵夫人走过来说。"您这人真好！"她对列文说。

"怎么样，不害怕吗？"老姑母玛丽雅·德米特里耶夫娜说。

"你不冷吧？你的脸色这样白。等一下，把头低下来！"吉娣的二姐娜塔丽雅说，她举起她那丰满美丽的手臂，笑盈盈地理了理吉娣头上的鲜花。

陶丽走过来想说什么，可是说不出，哭了起来，接着又勉强笑着。

吉娣也像列文一样目光茫然地望着大家。不论人家对她说什么，她总是只能报以幸福的微笑。这种微笑现在在她是很自然的。

这时候，神父们纷纷穿上法衣，司祭和助祭走到靠近教堂入口处的读经台上。司祭转身对列文说了一句话，列文却没有听清楚。

"您拉住新娘的手，把她领过去。"傧相对列文说。

列文好一阵弄不懂人家要他做什么。他们好一阵纠正他，几乎想撒手不管了，因为他不是伸错了自己的手，就是拉错了吉娣的手。最后他才明白，不要改变位置，用右手拉住吉娣的右手。等到他终于照规矩拉住新娘的手，司祭就在他们前面走了几步，在读经台旁站住了。一大批亲友窃窃私语，衣服发出窸窣的响声，向他们走去。有人弯下腰，把新娘的裙子拉拉挺。教堂里一片肃静，连蜡烛油滴落的声音都听得见。

小老头司祭戴着法冠，银光闪闪的鬈发在耳后分成两股，背上系着金十字架。他从笨重的银色法衣下伸出干瘪的小手，在读经台旁翻弄着什么。

奥勃朗斯基小心翼翼地走到他跟前，咬咬耳朵，对列文使了个眼色，又走回来。

司祭点着了两支花烛，用左手斜拿着，使蜡烛油慢慢滴落下来，接着向新郎新娘转过脸去。这就是听列文忏悔的那个老司祭。他用疲劳的忧郁眼神望望新郎新娘，叹了一口气，从法衣里伸出右手给新郎祝福，又同样地但格外温柔地把他那叠起的手指放在吉娣头上。然后他把蜡烛交给他们，拿起小香炉，慢悠悠地走开去。

"难道这是现实吗？"列文想，回头看了新娘一眼。他稍稍低下眼睛看着她的侧影，从她嘴唇和睫毛依稀可辨的动作上他知道，她觉察到了他的目光。她没有回过头去，但那打褶的高领子碰到了粉红色小耳朵，微微动了动。他看见她压抑着胸膛里的叹息，她那戴长手套、拿着蜡烛的小手抖动起来。

衬衫迟到所引起的麻烦，同亲友的交谈，他们的抱怨，他那尴尬的处境，这一切都突然消失了。他只觉得又快乐又害怕。

身材魁伟、相貌堂堂的大辅祭穿着银色法衣，鬈发向两边分开，雄赳赳地走上前来，熟练地用两个手指提起肩衣，在司祭对面站住了。

"上帝赐福！"庄严的声音接二连三地慢慢传开，把空气都震动了。

"我主恩佑永存！"小老头司祭继续在读经台上翻弄着什么，恭顺地像唱歌一般回答。于是,一个看不见的合唱队的谐音整齐地扩散开来,越来越响,从窗子到圆顶,充满了整个教堂。

大家照例为神赐的和平与拯救,为正教最高会议,为皇帝祈祷;为今天结婚的上帝的仆人康斯坦京和叶卡吉琳娜祈祷。

"我们祈求主赐给他们完全的爱和平安,帮助他们!"大辅祭的声音响彻整个教堂。

列文听着他的祈祷,感到惊奇。"他怎么知道我需要的正是帮助呢?"他记起自己不久前的恐惧和疑虑,想道,"我知道什么呢? 没有帮助我能做这样可怕的事吗? 现在我需要的正是帮助。"

等助祭念完祈祷文,司祭手拿圣书对新郎新娘说:

"永恒的上帝,你把分离的两人合为一体,"他用温柔的唱歌般的声音念道,"让他们永结同心;你曾赐福以撒和利百加,并照圣约赐福他们的后裔,今求赐福你的仆人康斯坦京和叶卡吉琳娜,指引他们走上从善之路。上帝你爱世人,荣耀归于圣父、圣子、圣灵,现在,将来,直到永世。""阿门!"无形的合唱声又在空中传播开来。

"'把分离的两人合为一体,让他们永结同心。'这句话这么意味深长,同我现在的心情多么吻合!"列文想,"她的心情是不是同我一样呢?"

他回过头去,遇到了她的目光。

他从这目光里看出,她所理解的同他一样。但事实并非如此,她几乎一点也不懂得祈祷文中的字句,甚至连听都不在听。她无法听,也无法理解,因为心里充满了一种感情,而且越来越强烈。这就是一个半月来使她内心又快乐又痛苦的那件事终于实现了,她感到无比高兴。那天,在阿尔巴特街房子里,她穿着咖啡色连衫裙默默地走到他面前,并且许身于他时,她心里仿佛同过去的生活一刀两断了,一种对她来说陌生而又崭新的生活开始了,尽管她依旧过着原来的生活。这六个礼拜是她一生中最幸福和最苦恼的时期。她的整个生活、全部希望、全部心愿都集中在一个她还不理解的男人身上,而使她同他结合的却是一种更加难以理解的感情。这种感情忽而吸引她,忽而使她反感,她却继续过着原来的生活。她一方面过着原来的生活,一方面对自己、对自己这样完全漠视过去的一切而感到吃惊。她对一切事物、习惯,对曾经爱她、现在还是爱她的人们,对由于她的冷淡而伤心的母亲,对以前觉得是世界上最可爱的和蔼的父亲,都变得无法克服地冷淡。她有时因为这种冷淡而感到吃惊,有时又因为造成这种冷淡的原因而高兴。除了同这个人一起生活以外,她没有别的想法,没有别的愿望;可是这种新的生活还没有来到,她甚至无法清楚地想象这样的生活。她只是又惊又喜地期待着未知的新生活。现在这种期待,这种未知的状态,这种抛弃旧生活的惋惜心情就都要结束,新的生活将要开始了。这种新的生活还不知道是什么样子,不能不使她感到害怕,但不管害怕不害怕,六个星期来它已经在她心里逐步形成,现在只不过正式加以肯定罢了。

司祭又转向读经台,好容易拿住吉娣小小的戒指,要列文伸出手来,把戒指套在他手指的第一个关节上。"上帝的仆人康斯坦京同上帝的仆人叶卡吉琳娜结成夫妻。"司祭把一只大戒指套在吉娣细得可怜的粉红色小手指上,说了同样的话。

新郎新娘几次都竭力揣摩他们该做什么,可是每次都弄错了,司祭就低声纠正他们。最后,他做完了各项应做的仪式,用他们的戒指画了十字,又把大戒指给了吉娣,把小戒指给了列文。他们又搞错了,把戒指传来传去传了两次,到头来还是没有做对。

陶丽、契利科夫和奥勃朗斯基走过来纠正他们。发生了一阵混乱、低语和微笑,但新郎新娘脸上那种庄严的表情并没有改变;相反,他们的手虽然弄错了,他们的神气却更加庄重严肃。当奥勃朗斯基低声提示他们,现在他们应当戴上各自的戒指时,他的微笑不禁在嘴唇上消失了。他觉得不论怎样的微笑都会引起他们的不快。

"你起初创造男人和女人,"司祭在他们交换戒指后念道,"你使他们结成夫妻,生儿育女。啊,我们的上帝,你把天上的福气赏赐给你所选择的仆人,世世代代,未曾中断,今望你赐福给你的仆人康斯坦京和叶卡吉琳娜,使他们以信仰、思想、真理、爱情永结同心……"

列文越来越觉得,他关于结婚的一切想法,他关于安排生活的理想,都是很幼稚的,都是他至今不理解的,而且现在更加不理解了,虽然他正在亲身参与这件事。他的胸膛起伏得越来越厉害,抑制不住的泪水夺眶而出。

5

两家在莫斯科的亲友都聚集在教堂里了。在婚礼过程中,在灯火辉煌的教堂里,服饰华丽的妇女和姑娘,系白领带、穿燕尾服和穿制服的男人,一直都在彬彬有礼地低声谈着话。谈话多半由男人开始,女人则聚精会神地观察着十分吸引她们的宗教仪式的细节。

新娘身边站着她的两个姐姐:一个是陶丽,一个是刚从国外回来的二姐——娴静美丽的娜塔丽雅。

"玛丽怎么穿着紫得发黑的衣裳来参加婚礼呢?"科尔松斯卡雅夫

人说。

"对她那种脸色,这是唯一的补救办法……"德鲁别茨卡雅夫人回答。"我真弄不懂他们为什么要在傍晚举行婚礼。这是商人的作风……"

"这样更美些。我也是傍晚结婚的。"科尔松斯卡雅夫人回答。想起那天她多么漂亮迷人,丈夫爱她爱得多么可笑,现在时过境迁,一切都变了,她不禁叹了一口气。

"据说,做过十次以上傧相,自己就不想结婚了;我真想做第十次傧相,好给自己保上险,可是这一次已被人家占了位子了。"辛亚文伯爵向对他有意思的美丽的查尔斯卡雅公爵小姐说。

查尔斯卡雅小姐只报以微笑。她望着吉娣,心里想,有朝一日她也处在吉娣的地位而站在辛亚文伯爵旁边,她要向他提到他今天说的笑话。

谢尔巴茨基对上了年纪的宫廷女官尼古拉耶娃说,他想把花冠戴到吉娣的假发上使她幸福。①

"她用不着戴假发的。"尼古拉耶娃回答。她早就打定主意,要是她所追求的那个老鳏夫同她结婚,他们的婚礼将极其简单。"我不喜欢这样的铺张。"

柯兹尼雪夫同达丽雅·德米特烈夫娜谈着话。他开玩笑说,婚后旅行的风俗所以流行,是因为新婚夫妇总未免有点害臊。

"令弟真可以感到自豪。她实在太可爱了。您羡慕他吗?"

"嗳,这种心情在我早已过去了,达丽雅·德米特烈夫娜。"他回答

---

① 俄俗结婚时戴花冠预祝幸福。

说,脸上突然现出忧郁而严肃的神色。

奥勃朗斯基正在给他的姨妹讲一句关于离婚的俏皮话。

"花冠得理一理。"她没有听他的话,回答说。

"真可惜,她变得那么憔悴,"诺德斯顿伯爵夫人对娜塔丽雅说。"可他连一个手指都配不上她呢。对吗?"

"不,我很喜欢他。倒不是因为他是我未来的妹夫,"娜塔丽雅回答。"他的态度多么大方!在这种场合要保持大方,不让人见笑,可不容易呀。他一点也没有惹人笑话的地方,也不紧张,但心情一定很激动。"

"您大概这样希望吧?"

"差不多。她一直爱他的。"

"嗯,让我们看看他们谁先踏上垫子。我提醒过吉娣了。"

"反正都一样,"娜塔丽雅回答,"我们都是顺从的妻子,我们生来就是这样的。"

"我当年就故意抢在华西里前面踏上垫子。你们呢,陶丽?"

陶丽站在他们旁边,听着他们的谈话,没有回答。她十分感动。她的眼睛里饱含着泪水,她不哭就什么话也说不出来。她为吉娣和列文高兴。她回忆起自己结婚时的情景,不时望望容光焕发的奥勃朗斯基,忘记了当前的一切,一味回想着她那纯洁无瑕的初恋。她不仅回忆自己的往事,而且回忆到所有女亲友的往事。她想到她们一生中最庄严的时刻,想到她们也像吉娣一样戴着花冠站着,心里满怀爱情、希望和恐惧,同过去诀别,踏进神秘莫测的未来。在这些新娘中,她也想到了她亲爱的安娜。关于安娜将离婚的消息,她最近也听到了。安娜当年也是那么戴着香橙花冠,披着白纱,站在教堂里,显得那么纯洁。可是现在呢?

"这事真是难以理解!"陶丽不由得说。

注视婚礼仪式的不限于新郎新娘的姐妹、女友和亲戚。单纯来看热闹的女人也都呼吸急促,激动地观察着,唯恐漏掉新郎新娘的一个动作和一个表情。她们恼火地不理睬,甚至往往不听那些说着不三不四的戏谑话的冷淡的男人。

"她怎么满面泪痕哪?莫非她自己不愿意吗?"

"嫁给这样的好小子还有什么不愿意的?他是公爵吗?"

"那个穿白缎子的是她的姐姐吗?你听那司祭在叫:'妻子应敬畏丈夫。'"

"这是邱多夫教堂的唱诗班吗?"

"不,是西诺德教堂的。"

"我向跟班打听过了。他说马上就要把她带到乡下去。听说新郎很有钱呢。所以才把她嫁给他。"

"不,他们是很好的一对。"

"哼,玛丽雅·华西里耶夫娜,您还说她们穿裙子不用裙箍呢!你看那个穿紫褐色衣服的,据说是公使夫人,她的裙子多么飘……荡来荡去的。"

"这位新娘真可爱,就像一头打扮得漂漂亮亮的小羊!不管怎么说,我们女人家总是同情自己的姐妹的。"

挤进教堂里来看热闹的女人们就这样议论纷纷。

6

结婚仪式第一部分结束时,助祭把一块粉红色绸子铺在教堂中央的读经台前,唱诗班唱起动听的几部合唱的赞美诗来,男低音和男高音互相呼应着。于是,司祭回过头来,做手势要新郎新娘踏上这块粉红色绸子。列文和吉娣都曾多次听说,谁先踏上这垫子,谁将成为一家之主,但当他们向前跨上两三步时,谁也没有想到这件事。他们也没有听见大声的议论和争吵。有些人说是新郎先踏上去的,又有些人说是两人同时踏上去的。

在照例问过他们愿不愿意结成夫妻,他们有没有同别人定过亲,而他们做了连他们自己都觉得奇怪的回答以后,第二部分仪式开始了。吉娣听着祈祷文,想听懂它的意思,可是听不懂。欢乐兴奋的情绪随着仪式的进行越来越充满她的心,使她丧失了注意的能力。

他们祈祷着:"你赐他们以贞洁与子女,使他们儿孙绕膝。"接着又提到上帝用亚当的肋骨造成他的妻子,"使人离开父母,与妻子联合,二人成为一体,""此乃一大神秘"。他们祈求上帝赐予他们多子多福,像赐福给以撒和利百加、约瑟、摩西和稷普拉一样,使他们看到他们儿子的儿子。"这一切都很美,"吉娣听着这些话想,"一切都理应如此。"于是在她开朗的脸上焕发出幸福的微笑,并且感染了所有望着她的人。

"戴戴好!"当司祭给他们戴上花冠,谢尔巴茨基抖动他那戴着三颗纽扣的长手套的手,又把花冠高高地举在她头上时,有人这样劝告说。

"戴上吧!"她笑眯眯地低声说。

列文回头对她瞧了瞧,被她脸上焕发的快乐光辉感动了。这种感情不觉也传染给了他。他也变得像她一样心花怒放。

他们听着读《使徒行传》,听着大辅祭声音洪亮地读着最后一节诗篇——那是观众急不可待地等待着的——觉得很快活。他们从浅杯里喝着掺水的温葡萄酒,觉得更快活了。当司祭一下脱掉法衣,拉住他们的手,在男低音激动的"荣耀归主"声中,领着他们绕过读经台时,他们觉得更加兴高采烈。小谢尔巴茨基和契利科夫扶着花冠,不时被新娘的裙裾绊住。他们也愉快地微笑着。司祭一站住,他们不是撞在新郎新娘身上,就是落在后面。吉娣身上燃起的幸福火花仿佛感染了教堂里每一个人。列文仿佛觉得司祭、助祭也像他一样都想笑。

司祭从他们头上取下花冠,读了最后一篇祈祷文,向他们祝贺。列文瞧了瞧吉娣,他从来没有看到过她现在这个样子。她脸上洋溢着新的幸福光辉,显得格外妩媚动人。列文想对她说些什么,但他不知道仪式有没有结束。司祭把他从困惑中解脱出来。他嘴上挂着慈祥的微笑,低声说:

"吻您的妻子,吻您的丈夫。"说着,他接过他们手里的蜡烛。

列文小心翼翼地吻了吻她那笑盈盈的嘴唇,伸出手臂让她挽着,心里产生一种新奇的亲密感,走出教堂。他不相信,他不能相信这是真的。直到他们惊奇而羞怯的目光相遇时,他才相信,他觉得他们已经合成一体了。

当天夜里,新郎新娘吃过晚饭就到乡下去了。

7

伏伦斯基同安娜一起在欧洲旅行已有三个月了。他们游览了威尼斯、罗马和那不勒斯,刚来到意大利的一个小城,准备在那里居住一个时期。

漂亮的茶房头儿,一头浓密的搽过油的头发从颈根分开,穿着燕尾服,胸口露出一大块白麻纱衬衫,圆滚滚的大肚子上挂着一串吊满饰物的链条,双手插在口袋里,轻蔑地眯缝着眼睛,严厉地回答着一个站在他面前的先生的问题。他一听见另一边入口处有人上楼就回过头去,看见是那个租用他们头等房间的俄国伯爵,就恭恭敬敬地从口袋里抽出手,鞠了一躬,报告说刚才有个信差来过,租用别墅的事已经办好,经理准备签订合同了。

"啊!那太好了,"伏伦斯基说。"太太在家吗?"

"太太出去散步已经回来了。"茶房回答。

伏伦斯基摘下头上宽边的软礼帽,用手帕擦擦汗滋滋的前额和头发。他的头发长得遮住半个耳朵,往后梳,掩盖着他的秃顶。他心不在焉地向那个还站在那里向他凝视的先生望了望,正要走开。

"这位俄国先生也问起您呢。"茶房头儿说。

伏伦斯基带着一种又烦恼又期待的复杂心情——烦恼的是无论走到哪里都逃避不了熟人,期待的是能找到什么事来调剂一下单调的生活——回头望望那个走开又站住的先生。就在这同一时刻,两人的眼睛都发亮了。

"高列尼歇夫!"

"伏伦斯基!"

这真的是伏伦斯基在贵胄军官学校的同学高列尼歇夫。高列尼歇夫在学校里是个自由派,以文官资格毕业,但哪里也没有供过职。两个朋友毕业后就各奔前程,这以后只见过一次面。

那次见面,伏伦斯基知道高列尼歇夫选择了一种自命不凡的自由派的活动,并且蔑视伏伦斯基的事业和地位。因此,伏伦斯基见到高列尼歇夫,就用他惯用的那种冷淡而高傲的态度来对待他,意思就是说:"您喜欢不喜欢我的生活方式,我都无所谓。您要了解我,就得尊敬我。"然而高列尼歇夫对伏伦斯基说话还是带着轻蔑和冷淡的口气。这次见面看来只会加深他们的隔阂。可是现在他们彼此一认出来,就容光焕发,高兴得叫起来。伏伦斯基怎么也没有想到,他看见高列尼歇夫会那么高兴,但他自己恐怕也没意识到他其实是多么无聊。他忘记了上次见面时所留下的不愉快印象,脸上浮起开朗的微笑,向老同学伸出手去。高列尼歇夫脸上不安的神色也被同样的喜悦神色所代替。

"看见你我真高兴!"伏伦斯基说,亲切的微笑使他露出雪白的坚实牙齿。

"我听说来了一位伏伦斯基,但不知道是哪一位。见到你真是太高兴了!"

"我们里面坐。哦,你现在在干什么?"

"我在这里已经住了一年多。我在写东西。"

"噢!"伏伦斯基很感兴趣地说,"我们进去吧。"

接着,他按照俄国人的习惯,凡是不愿让仆人听懂的话不说俄语,却说法语。

"你认识卡列宁夫人吗?我们在一块儿旅行。我现在正要去看她。"他一面用法语说,一面留神地打量着高列尼歇夫的脸色。

"哦!我倒不知道(其实他是知道的)。"高列尼歇夫若无其事地回答。"你来了很久了吗?"他添上一句。

"我吗?第四天。"伏伦斯基回答,又一次留神地打量着老同学的脸。

"是的,他是个正派人,看事通情达理,"伏伦斯基懂得高列尼歇夫脸上表情和转变话题的意义,心里想。"可以把他介绍给安娜,他会通情达理地看待这事的。"

伏伦斯基同安娜在国外度过了三个月,不论遇见什么人,他总是暗暗自问,这个人将怎样看待他同安娜的关系,他发现男人们看待这事多半都是通情达理的。但要是问问他或者问问那些"通情达理"地看待这事的人,究竟他们是怎样看待的,他自己也好,他们也好,都会茫然不知所答。

事实上,伏伦斯基认为有"通情达理"看法的人并没有什么看法,他们只是像一般有教养的人对付从四面八方包围生活的复杂难解的问题那样,抱着彬彬有礼的态度,避免做任何暗示和提出不愉快的问题罢了。他们装出完全理解这种局面的神气,承认它,甚至赞成它,但认为解释这一切是不得体的,多余的。

伏伦斯基立刻看出高列尼歇夫就是这一类人,因此看见他特别高兴。果然,当高列尼歇夫被领到卡列宁夫人面前时,他的态度正是伏伦斯基所希望的。显然,他毫不费力地避开一切不愉快的话题。

他以前没有见过安娜,这会儿见了,深深被她的美貌,尤其是她那种随遇而安的落落大方态度所激动。当伏伦斯基带着高列尼歇夫进去的时候,她的脸红了。他非常喜欢她开朗而美丽的脸上的这种孩子气的红晕。他特别喜欢她当着客人的面,仿佛怕人家误会,有意亲热地叫伏伦斯基"阿历克赛",并且说他们将搬到这里叫别墅的新租房子里去。高列尼歇夫喜欢她这种对自己处境若无其事的大方态度。他认识伏伦斯基,也认识卡列宁,因此瞧着安娜这种诚恳快乐、生气勃勃的模样,觉得十分了解她。他觉得他理解这件她自己完全无法理解的事情:那就是她抛弃了丈夫和儿子,使丈夫遭到不幸,自己也坏了名誉,却还能这样生气勃勃,感到如此幸福。

"这房子在旅行指南里也有,"高列尼歇夫提到伏伦斯基租用的别墅说。"里面有丁托列托①的杰作。是他晚期的作品。"

"我说,天气这么好,我们再到那里去看一下吧。"伏伦斯基对安娜说。

"太好了,我去戴帽子,马上就来。您说今天热吗?"她在门口站住,询问地瞧着伏伦斯基,说。她的脸上又泛起一片红晕。

伏伦斯基从她的目光中看出,她不知道该用什么态度对待高列尼歇夫,她怕她的举动不合他的心意。

他用温柔的目光对她望了一阵。

"不,不太热。"他说。

安娜觉得什么都明白了,主要是明白他对她的举动很满意。接着,对他嫣然一笑,快步走出门去。

两个朋友对望了一眼。两人脸上都出现了迟疑的神色,高列尼歇

---

① 丁托列托(1516—1594),意大利文艺复兴时期威尼斯画派画家,名作有《天堂》《圣马可的奇迹》《最后的晚餐》等。

夫显然很欣赏她,想说句恭维话,可是想不出来。伏伦斯基呢,又希望又害怕他这样说。

"那么,"伏伦斯基为了找点话说,便先开口,"那么你在这里定居吗?你是不是还在干那一行?"他继续说,想到人家告诉他高列尼歇夫在写作什么……

"是的,我在写《两个原理》的第二部,"高列尼歇夫听到这话,高兴得涨红了脸,"说得确切一些,我还没有写,但在做准备,在收集材料。第二部的内容将要广泛得多,几乎触及一切问题。在我们俄国,大家不愿意承认我们是拜占庭的后代。"他热烈地滔滔不绝地谈起来。

高列尼歇夫像谈什么名著一样谈到的《两个原理》第一部,伏伦斯基实在不知道,因此起初觉得很窘。后来,高列尼歇夫开始叙述他的见解,伏伦斯基虽然对《两个原理》一无所知,但能听懂他的意思,就津津有味地听着,因为高列尼歇夫讲得很动听。但高列尼歇夫在谈到他所研究的题目时那种怒气冲冲的激动模样,却使伏伦斯基感到惊奇和不快。高列尼歇夫越说眼睛越亮,越急于反驳他的假想敌人,脸上的神色也变得越发激动和愤慨。伏伦斯基回想起高列尼歇夫原是个瘦削、活泼、善良和高尚的孩子,在学校里总是名列第一,也就怎么也无法理解他现在为什么这样愤怒,也不赞成他这样急躁。他特别不高兴的是,像高列尼歇夫这样教养有素的人竟会变得像讨厌的无聊文人一样。犯得着这样吗?伏伦斯基不喜欢这样,但他觉得高列尼歇夫是不幸的,他可怜他。他的不幸简直像是精神错乱,这可以从他激动的漂亮的脸上看出来,因为连安娜进来他也没有发觉,仍旧情绪激昂地急急忙忙谈他那些事情。

当安娜戴好帽子,披上斗篷,用她纤细的手摆弄着阳伞,站在旁边时,伏伦斯基松了一口气,摆脱了高列尼歇夫紧盯住他的贪婪的眼睛,带着新的爱意瞧了一眼他那迷人的生气蓬勃的快乐女伴。高列尼歇夫好容易才镇静下来,开头有点沮丧和忧郁,但对谁都亲切温柔的安娜,很快就以她淳朴而快乐的态度使他活跃起来。她试用了各种不同的话题,然后引到绘画上去。高列尼歇夫谈得很精彩,她留神听着。他们徒步走到他们所租的那座房子,进去观看了一番。

"有一点我很高兴,"回来的路上安娜对高列尼歇夫说,"阿历克赛将有一间出色的画室。你一定要使用那间屋子。"她用俄语对伏伦斯基说,并且亲切地用"你"来称呼他,因为她懂得,高列尼歇夫将成为他们隐居生活中的密友,在他面前不用顾忌。

"你画画吗?"高列尼歇夫连忙转身问伏伦斯基。

"是的,我早先学过,现在又开始画了。"伏伦斯基红着脸说。

"他很有才气,"安娜快乐地笑着说。"当然,我不是行家!不过行家也这么说过。"

8

安娜在她获得自由和迅速复原的初期,觉得自己太幸福了,幸福得简直不可饶恕。她浑身充满生的欢乐。回忆丈夫的痛苦并没有损害她的幸福。一方面,这种回忆太可怕了,她不愿去想;另一方面,她丈夫的痛苦又使她太幸福了,因此她一点也不后悔。回想她病后发生的种种事情:同丈夫和解、决裂、伏伦斯基的负伤、他的重新出现、准备离婚、离开丈夫的家、同儿子诀别——这一切她觉得就像一场怪诞的梦。她同伏伦斯基到了国外，才从这场梦中清醒过来。回想到她对丈夫所犯的罪过，她产生了一种嫌恶的感觉，好像一个将要灭顶的人摔掉一个抱住他的人一样。那个人就这样淹死了。这样做当然是卑鄙的，但却是她唯一获救的办法。这些可怕的事还是不要去想的好。

在刚同丈夫决裂的时候，她对自己的行为有过一种自我安慰的想法。如今记起种种往事，又产生了这样的想法。"我使这个人痛苦是无可奈何的，"她想，"但我不愿利用他的痛苦。我现在也很痛苦，今后也会痛苦的：我失去了最宝贵的东西——我的名誉和儿子。我做了坏事，因此我不指望幸福，不指望离婚，我将忍受耻辱，忍受离开儿子的痛苦。"但是，不论安娜怎样真心实意地愿意受苦，她其实并不痛苦。她也不觉得有什么羞耻。在国外，他们避免同俄国女人接触，巧妙地避免撒谎作假，过虚伪的日子。他们在各地遇见的人，总是装得很了解他们的关系，了解得甚至比他们自己更清楚。离开心爱的儿子，最初她也不觉得痛苦。女儿是他的孩子，长得十分可爱，深受安娜的宠爱，因为只剩下她这样一个孩子，安娜就格外宝贝，更难得想到儿子了。

随着健康恢复而增长的生的欲望是那么强烈，生活环境又是那么新鲜，那么使人愉快，安娜觉得自己幸福得不可饶恕。他对伏伦斯基越了解，就越爱他。她爱他，为了他，也为了他对她的爱情。能够完全占有他，这一直使她感到快乐。同他亲近，她总觉得很快乐。她对他的性格特点越来越了解，觉得他无比亲切可爱。他改穿便服后的翩翩风度格外迷惑她，就像迷惑着一个初恋的少女一样。不论他说什么，想什么，做什么，她都觉得特别崇高，特别美好。她对他的迷恋连她自己都感到吃惊：她竭力想在他身上找出一点不好的东西，可是怎么也找不到。她不敢在他面前暴露自卑感，她觉得这种情绪万一被他发觉，他可能不再爱她。现在她再没有比失去他更可怕的事了,虽然毫无理由这样害怕。她不能不感激他对她的情谊,不能不表示她多么珍重这样的情谊。照她看来,他显然赋有从事政治活动的才能,理应担任重要的职务,但他却为她牺牲了功名,并且从无怨言,他对她越来越宠爱,时刻留意不使她觉得所处的地位不光彩。像他这样一个男子汉大丈夫,不仅从来不敢违抗她的心愿,而且简直毫无自己的意志,总是一味迁就她。她不能不珍惜这份情谊,虽然他对她的过分体贴和无微不至的照顾,有时使她觉得受不了。

不过,伏伦斯基实现了他的夙愿,却并不觉得特别幸福。不久他就觉得,这种欲望的满足只是他所期望的幸福中的沧海一粟。他看到满足于这种欲望,就是犯了人们常犯的那种无法挽救的错误,人们往往把欲望的满足看成幸福。在他同她结合、改穿便服的初期,他尝到了以前没有尝到过的自由的快乐,自由恋爱的快乐,因此感到很满足,但这样的感觉并没有维持多久。他很快就觉得心灵里产生了一种最难满足的欲望,一种百无聊赖的情绪。他不由自主地抓住这种刹那间的怪念头,把它当做愿望和目的。每天都得设法消磨十六个小时,因为在国外他们过的是无拘无束的生活,远离彼得堡那种耗费时光的社交生活。至于以前在国外享受过的单身汉生活的乐趣,伏伦斯基现在连想都不敢想了,因为他稍作这样的尝试,同几个朋友晚餐回来得迟一些,就会引起安娜意料不到的忧郁和烦恼。同当地人士和俄国侨民交际,又因他们的关系不明确而无法进行。游览名胜古迹吧,且不说他们都已经游览遍了,一个俄国知识分子并不像英国人那样把这事看得很重要。

这样,伏伦斯基就像一头饥不择食的动物,不由自主地忽而研究政治,忽而阅览新书,忽而从事绘画。

他从小就有绘画的才能,现在又不知道该往哪里花钱,于是开始收集版画,自己也画起画来,把要求消耗的过剩精力都放在这件事上。

他赋有鉴赏艺术和别具一格地摹仿艺术品的才能。他自以为具备做一个艺术家的条件,但在选择哪一类绘画上费了一番踌躇:画宗教画呢,历史画呢,风俗画呢,还是写实画?他懂得各类绘画,不论画哪一类都有灵感,但他根本没有想到他对绘画其实一无所知,他只是兴之所至地画着,不管画出来的东西像哪一类。他不懂得这一点,他的灵感也不是直接来自生活,而是间接地从艺术品中所体现的生活中得来的,因此他的灵感来得很快很容易,他画出来的东西也同样很快很容易就做到酷似他所摹仿的那种绘画。

在各种画派中,他最喜欢优美动人的法国画。他就摹仿这种绘画,给穿着意大利服装的安娜画肖像。这幅肖像他自己和看到的人都认为画得很成功。

9

这座古老荒废的宫殿式别墅有高高的雕花天花板和壁画,镶木地板,高大的窗门上挂着厚实的黄窗帘,花架和壁炉上摆着大花瓶,门上雕着花,阴暗的大厅里挂着许多图画。他们搬进去以后,这座别墅的外表使伏伦斯基有一种愉快的错觉,仿佛他并不是一个俄国地主,一个退职的军官,而是一个开明的艺术爱好者和保护人,而且还是一名清高的艺术家,为了心爱的女人放弃了社交活动、亲友和功名。

伏伦斯基住进这座别墅后,他安排的活动也很得体。他通过高列尼歇夫的关系认识了几个有趣的人物,开头一个时期生活得悠游自在。他在一位意大利美术教授的指导下练习写生,并研究意大利中世纪生活。这种生活使伏伦斯基着了迷。他甚至按照中世纪的样子戴帽子,把斗篷搭在一边肩膀上。这种打扮对他倒是挺合适的。

"我们住在这里,简直什么也不知道。"有一次伏伦斯基对一早走来看他的高列尼歇夫说。"你见过米哈伊洛夫的画吗?"他递给高列尼歇夫一份早晨刚收到的俄国报纸,指着上面的一篇文章说。这篇文章是写一位也住在这个小城里的俄国画家的,他刚完成一幅传说已久的画,但这幅画已被人家定购去了。文章谴责政府和美术学院对这样一位杰出的画家不予奖励和帮助。

"见过了,"高列尼歇夫回答。"当然,他不是没有才能,但走的完全是邪路。他对待基督,对待宗教画还不是伊凡诺夫、施特劳斯、雷农①那一套?"

"他画的是什么?"安娜问。

"基督在彼拉多②面前。基督被新派现实主义画成犹太人了。"

话题一转到高列尼歇夫最喜爱的绘画上,他就滔滔不绝地议论起来:

"我真不明白他们怎么会犯这样大的错误。在艺术大师们的作品里,基督的形象已经定型了。因此,如果他们不画上帝,而要画革命家或者圣贤,他们尽可以挑选历史人物,如苏格拉底、富兰克林、夏洛特·

---

① 伊凡诺夫(1806—1858),俄国画家,在一些宗教题材的作品中,能表现人物的性格特征和自然色彩的复杂性。施特劳斯(1808—1874),德国哲学家,认为耶稣是历史上的人物而不是神。雷农(1823—1892),法国宗教史家,著有《耶稣传》。

② 彼拉多是古罗马巡抚,钉耶稣于十字架上,事见《新约全书·马太福音》。

科尔德,又何必挑选基督呢?他们所挑选的基督恰恰是艺术上无法表现的人物,再说……"

"那位米哈伊洛夫真的那么穷吗?"伏伦斯基问,他自以为是个庇护文艺的俄国财主,因此不管他画得怎样,都应该帮助他。

"我看不见得。他是一位杰出的肖像画家。他画的华西里奇科娃像您见过吗?不过,他可能不再画肖像了,因此生活很拮据。我是说……"

"能请他给安娜·阿尔卡迪耶夫娜画幅像吗?"伏伦斯基问。

"给我画像做什么?"安娜说。"你已经替我画了像,我再不要别人画了。还不如给安尼(她这样叫她的女儿)画一张吧。啊,她来了。"她望了一眼窗外那个抱着婴儿走进花园的漂亮的意大利奶妈,添上说。接着又偷偷地瞟了伏伦斯基一眼。这个漂亮的意大利奶妈,伏伦斯基替她画过头像,是安娜生活中唯一的隐患。伏伦斯基给她写了生,很欣赏她的美丽和中世纪式的风韵。安娜心里也不敢承认,她唯恐吃这个奶妈的醋,因此特别宠爱她和她的小儿子。

伏伦斯基也向窗外望了一眼,又望望安娜的眼睛,立刻又转身对高列尼歇夫说:

"你认识那位米哈伊洛夫吗?"

"我见到过他。他是个怪物,一点教养也没有。说实在的,他是时下常见的那种野蛮的新派人,就是在没有信仰、否定一切和唯物主义的思想直接影响下培养出来的自由思想家。从前,"高列尼歇夫说,没有注意到或者是不顾安娜和伏伦斯基都想说话,"从前的自由思想家是用宗教、法律和道德观念培养起来,经过自身的奋斗和努力才领会自由思想的;现在却出现了天生的新式自由思想家,他们甚至不知道世界上还有道德、宗教,还有权威,他们是在否定一切的思想中成长的,所以说他们是野蛮人。他就是这种人。他大概是莫斯科宫廷总管的儿子,没有受过任何教育。后来进了美术学院,有了名气,他也不是傻子,就想再受点教育。他开始阅读他认为是知识源泉的杂志。我对您说,从前不管是谁,就说法国人吧,想受点教育总是先研究各种古典作品:神学啦,悲剧啦,历史啦,哲学啦,那些摆在他面前的智慧成果。可是现在呢,人们一下子掉进否定主义的书堆里,马上沾染了否定主义的习气,就是这样。不仅如此,二十年前还能够在这种书籍里发现同权威抵触、同几世纪以来的传统观念抵触的地方,还能够从这种抵触中发现别的东西;可是现在呢,一下子就陷进这种书籍里,甚至不屑同旧观念争论,明目张胆地说:除了进化、自然淘汰和生存竞争,什么也没有,就是这样。我在我的文章里……"

"我说,"安娜说,她早就偷偷同伏伦斯基交换着眼色,知道伏伦斯基对这位艺术家的教养不感兴趣,他只是想帮助他,请他画一幅肖像罢了。"我说,"她毅然打断谈得津津有味的高列尼歇夫,"我们去看看他!"

高列尼歇夫镇静下来,高兴地同意了。这位画家住得很远,他们决定乘马车去。

一小时后,安娜同高列尼歇夫并排,伏伦斯基坐在前座,一起来到远处住宅区里一座漂亮的新房子门前。出来迎接的看门人妻子告诉他们,米哈伊洛夫通常是在画室里见客的,但此刻他在几步外的寓所里。他们就请她把名片递给他,要求让他们看看他的画。

10

伏伦斯基伯爵和高列尼歇夫的名片送进来的时候,画家米哈伊洛夫照例正在工作。早晨,他在画室里画一张巨幅油画。回到家里,他对妻子大发雷霆,怨她不会对付前来讨账的房东太太。

"我对你说过二十回了,叫你不要多啰唆。你本来就很傻,再用意大利话啰唆,那就傻上加傻了。"争论了好一阵以后,他这样说。

"那你不该拖欠这么久,这不能怪我。要是我有钱……"

"看在上帝分上,你让我安静点吧!"米哈伊洛夫带着哭声嚷道。接着他捂住耳朵,走到隔壁工作室里,随手把门锁上。"傻婆娘!"他自言自语,在桌旁坐下来,打开画夹,格外起劲地继续画那张开了头的素描。

他平时工作,从来没有像在生活困难,尤其是在同妻子吵嘴的时候那样卖力,那样顺利。"唉,真想逃到什么地方去呀!"他一面工作,一面想。他正在画一个怒气冲天的人物。这张画是以前画的,但他不满意。"不,那一张好一点……放到哪儿去了?"他回到妻子那里,皱着眉头,眼睛没有看她,却问大女儿,他给她们的那张纸哪里去了。这张被丢掉的画稿找到了,但弄得很脏,沾满了蜡烛油。他把画稿放在桌上,身子退后一点,眯起眼睛,打量它。他忽然微微一笑,快乐地摆了摆手。

"对啦,对啦!"他说,拿起铅笔立刻迅速地画起来。蜡烛的油污点反而使画中人看上去别有风味。

他在画这个人物的时候,忽然想起那个雪茄商刚毅的脸容和突出的下巴,他就照这张脸和这个下巴画下去。他高兴得笑起来。这画像就从没有生气的虚构变得生气勃勃,再也不能改了。这幅画像有了生命,轮廓清楚,无疑已经定形。根据人物的需要,这幅画还可以做些修改,两腿的摆法可以而且应该改一改,左臂的姿势可以重画,头发可以向后梳,但这些改动已不会改变总的形象,只会再去掉一些掩盖人物性格的东西,他仿佛把盖着这像的一层遮布拉掉了;增加的每一笔只是使整个形象更加刚毅,就像蜡烛油滴上去后产生的效果一样。仆人把名片递交给他的时候,他正在小心地画完这幅像。

"就来,就来!"

他走到妻子面前。

"够了,萨莎,别生气了!"他羞怯而温柔地笑着对她说。"你错了。我也错了。一切我都会安排好的。"他同妻子言归于好,穿上天鹅绒领子的橄榄色外套,戴上帽子,到画室去。他已把那幅成功的画像忘记了。这会儿,几位俄国贵客乘四轮弹簧马车来访使他快乐和兴奋。

关于画架上的那幅画,他只想到这样的画还从来没有人画过。他并不认为他的画比拉斐尔的画还好,但他知道那幅画里所表现的内容至今没有人表现过。这一点他知道得很清楚,而且在他开始画的时候就知道了;但人家的意见,不管什么意见,对他都很有价值,使他深为感动。任何评语,哪怕是最微不足道的,哪怕评论的人只看到极微小的一点,都使他感激不尽。他总认为评论家的理解比他自己深刻得多,因此总希望听到人家指出他自己没有发觉的毛病。他常常从参观者的意见中发现问题。

他大踏步向画室走去,心情很激动,可是那站在门口阴影处的安娜的妩媚形象仍使他大吃一惊。安娜正在听高列尼歇夫滔滔不绝地谈着什么,显然很想看看这位走拢来的画家。他自己也没有注意,当他走近他们时,就把这最初的印象一下子抓住,吞了下去,就像抓住那个雪茄商的下巴一样,并且把它收藏好,一旦需要时再拿出来。伏伦斯基和安娜事先听了高列尼歇夫对这位画家的介绍已有点失望,现在看到他的外貌就更加失望了。米哈伊洛夫中等身材,体格强壮,步伐轻松,戴着咖啡色礼帽,穿着橄榄色外套和窄小的裤子——虽然当时已流行宽大的裤子——特别是他那张俗气的阔脸,以及那种又畏怯又想装作威严的神情,都给人一种不愉快的印象。

"请进!"他竭力装出若无其事的样子说,接着走进门廊,从口袋里掏出钥匙开了门。

11

走进画室,画家米哈伊洛夫再次打量了一下客人们,把伏伦斯基的面部表情,特别是他的颧骨,记录在头脑里。他的艺术家本能在不停地收集素材,他因为即将听到人家评论他的作品而越发激动,但还是敏捷细致地通过一些不易察觉的特征构成了对这三个人的印象。那个男人(高列尼歇夫)是侨居当地的俄国人。米哈伊洛夫记不起他叫什么名字,在什么地方见过,同他谈过什么话。他只记得他的面孔,就像记得他见过的一切人的面孔那样。他还记得它属于高傲自大和缺乏表情的那一类面孔。浓密的头发和十分开阔的前额使他的脸显得很神气,但脸上只有一种活泼天真的表情,特别明显地表现在狭窄的鼻梁上。伏伦斯基和安娜,在米哈伊洛夫看来,都是有钱有势的俄国人,但也像一切有钱有势的俄国人那样,对艺术一窍不通,却装作艺术的爱好者和鉴赏家。"他们一家已看遍了古董,现在又在周游现代画家、德国江湖骗子、英国拉斐尔前派傻子的画室;到我这儿来也只是为了补齐他们的参观罢了。"他想。他清楚地懂得,那些艺术上的半瓶子醋(他们越聪明越坏)巡视现代画室只有一个目的,就是要断定美术已经衰落,现代画家的作品看得越多就越相信,古代大师们的作品是无法逾越的。这一点,他从他们的脸色上看得出来,从他们互相交谈,观看人体模型和胸像,无拘无束地走来走去,等待揭去画上遮布那种满不在乎的神气上也看得出来。虽然如此,他翻开一张张画稿,拉开窗帘,揭去遮布,还是感到非常兴奋。虽然他认为凡是有钱有势的俄国人都是畜生和傻子,却很喜欢伏伦斯基,尤其是安娜。

"啊,请看!"他步伐轻灵地退到一旁,指着一幅画说。"这是彼拉多的训诫。《马太福音》第二十七章。"他说,自己觉得嘴唇都激动得哆嗦起来。他往后退了几步,站到他们后面。

在来访者默默观看那幅画的几秒钟里,米哈伊洛夫也观看着,用旁观者的冷静眼光观看着。在这几秒钟里,他相信,这几位刚才还被他蔑视的来访者将做出最高明最公正的评判。他忘记了他在作这幅画的三年里对它的想法;他忘记了原以为无可置疑的优点——他用旁观者那种冷静的新眼光看着这幅画,看不出它有什么优点。他看见前景中彼拉多恼恨的脸和基督镇静的脸,还看见后景中彼拉多的仆从和观看动静的约翰的脸。每一张脸都经过长期琢磨,反复修改,都具有不同的性格。每一张脸都曾带给他多少痛苦和欢乐呀,为了全画的协调不知修改过多少次,在处理色彩浓淡和明暗上都曾煞费苦心——这一切如今从旁观者的眼光看来,都千篇一律,庸俗得很。那张成为全画中心的基督的脸,当初他最得意,画成后感到十分高兴,如今他用旁观者的眼光一看,却觉得毫无价值。他看出他所画的(根本谈不上好,他清楚地看出许多缺点)只是摹仿提香、拉斐尔、鲁本斯的无数基督像,摹仿他们的无数兵士和彼拉多罢了。这一切都很庸俗,贫乏,陈旧,色彩斑驳,笔力软弱,简直画得很糟。客人们当着画家的面说些虚伪的恭维话,背后却在怜悯他,嘲笑他,但这可不能怪他们。

沉默持续了不到一分钟,他却觉得十分难受。为了打破沉默而且表示他并不激动,他强作镇定,对高列尼歇夫说起话来。

"我好像有幸见到过您。"他一面说,一面不安地望望安娜,又望望伏伦斯基,唯恐看漏他们的一丝表情。

"是啊!我们在露西家一次晚会上见过面,那天有位意大利小姐——一位新的拉契尔①朗诵剧本。"高列尼歇夫活泼地说,目光毫不留恋地离开那幅画。

不过,他发现米哈伊洛夫在等待他对这幅画发表评语,就说:

"您的画比我上次看到的大有进步。不过,彼拉多的形象像上次那样使我非常感动。你太了解这个人物了,他是个善良可爱的家伙,但又是个彻头彻尾的官僚,他不知道自己在干什么。不过我觉得……"

米哈伊洛夫活泼的脸顿时容光焕发,他的眼睛发亮了。他想说些什么,可是激动得说不出话来,就假装咳嗽,不管他多么轻视高列尼歇夫的艺术鉴赏力,不管高列尼歇夫对彼拉多这个官僚面部表情的正确评语多么无足轻重,不管他的评语多么令人生气地没有接触到要害,米哈伊洛夫还是十分高兴。他自己对彼拉多这个人物的看法同高列尼歇

---

① 拉契尔——法国著名悲剧演员。

夫一样。这个看法只是米哈伊洛夫所坚信的无数正确看法之一,但他觉得这并没有贬低高列尼歇夫的评语。这个评语使他对高列尼歇夫发生好感,他的心情顿时由沮丧变得兴奋。整幅画在他面前立刻显得生气勃勃,充满丰富多彩得无法形容的生命特征。米哈伊洛夫又想说他很了解彼拉多,可是嘴唇情不自禁地抽搐着,他说不出话来。伏伦斯基和安娜也低声说了些什么。他们故意压低声音,一方面是怕伤了画家的感情,一方面是为了避免大声说出蠢话来。这种蠢话,人们在美术展览会上谈论艺术时,是很容易脱口而出的。米哈伊洛夫觉得这幅画也给他们留下了印象。他走到他们面前。

"基督的神情多么奇妙哇!"安娜说。在整幅画中她最喜欢这表情。她认为这是全画的中心,对它的称赞一定会使画家高兴。"显然他很怜悯彼拉多。"

在他的画里,在基督的形象中,这只是可以提出的无数正确看法之一罢了。她说基督怜悯彼拉多。在基督的表情中应该有怜悯,因为在他身上有爱,有天国的宁静,有从容就义和不尚空谈的表情。既然彼拉多是肉体生活的化身,基督是精神生活的化身,前者有官僚神气,后者有怜悯之情,那是理所当然的。在米哈伊洛夫的头脑里又掠过各种各样的思想。他又高兴得容光焕发了。

"嗯,这像是怎么画的,空气多么浓厚!人简直像可以走进去呢!"高列尼歇夫这样评论说,对这幅画的内容和构思显然并不欣赏。

"是的,功力真了不起!"伏伦斯基说。"后景中的人物多么突出!这才是真正的技巧。"他对高列尼歇夫说,暗示他们上次的谈话。那天伏伦斯基表示,他没有希望达到这样的技巧。

"是的,是的,真了不起!"高列尼歇夫和安娜附和说。米哈伊洛夫虽然情绪很好,但评语中提到技巧还是伤了他的心。他怒气冲冲地对伏伦斯基望了望,突然皱起眉头。他常常听到技巧这个名词,但他实在不明白它的含义。他知道这个名词一般是指同内容无关的绘画技术。他发觉人们往往把技巧和内在价值对立起来,就像现在这种称赞,仿佛依靠技巧就可以把坏的内容画好似的。他知道,要去掉表面的东西而不损害作品的价值,要把所有表面的东西都去掉,必须十分小心;而描绘艺术品是不能依靠技巧的。要是让孩子或者厨娘看看他所看到的东西,他们也一定会把所有表面的东西剥掉。一个技巧娴熟的老画家,如果头脑里没有内容,光凭技巧是什么也画不出来的。米哈伊洛夫也知道,即使谈到技巧,他也没有资格受到赞扬。在他完成和没有完成的作品里,他看到了刺眼的缺点。这些缺点就由于他在去掉表面东西时不慎重而出现的,现在再修改一定会损害整个作品。他看到,几乎每个人的身体和面孔都留有损害绘画的没有去干净的表面东西。

"只有一点意见,要是您不见怪的话……"高列尼歇夫说。

"啊,那太好了,我正要请教。"米哈伊洛夫勉强笑着说。

"那就是您画出来的是人化的神,而不是神化的人。不过我知道您是有意这样画的。"

"我画不出那个我心里不存在的基督。"米哈伊洛夫不快地说。

"是的,既然这样,您要是让我直说……您的画是那么完美无缺,我的意见是丝毫也不会损害它的。再说,这完全是我个人的意见。您有您的想法,您的动机不同。不过,就拿伊凡诺夫来说吧。我认为,要是把基督贬低到历史人物的地位,那么伊凡诺夫还不如选择没有人画过的其他历史题材好。"

"但这不是摆在艺术面前最伟大的主题吗?"

"存心去找，还是找得到其他题材的。问题在于艺术不能容忍争吵和议论。看到伊凡诺夫的画，不论信徒还是非信徒都会问：这是不是神哪？这样就不能给人一个统一的印象。"

"这是为什么呀？我觉得，有教养的人是不会有什么争论的。"米哈伊洛夫说。

高列尼歇夫不同意这个意见，始终坚持统一的印象是艺术所不可缺少的，驳斥了米哈伊洛夫的话。

米哈伊洛夫很激动，但说不出一句话来为自己的想法辩护。

12

安娜同伏伦斯基早就在相互使眼色，对于这位朋友的能言善辩感到厌烦。伏伦斯基终于不等主人过来，就径自走到另一幅不大的图画前面。

"啊，真美呀，太美啦！真是奇迹！太美啦！"他们异口同声地说。

"什么东西他们那么喜欢哪？"米哈伊洛夫想。他把那幅三年前作的画完全忘记了。他忘记了他几个月里日日夜夜全神贯注地作这幅画时的痛苦和欢乐，就像他平时总是把画好的画都忘记了那样。他连看都不愿看它，现在摆出来展览，只是为了等一个想买它的英国人。

"哦，那只是一幅旧的习作。"他说。

"真美呀！"高列尼歇夫说，显然也被这幅画的美迷住了。

两个男孩子在柳树荫下钓鱼。大的一个刚抛下钓钩，正在灌木丛后面全神贯注地收回浮子；小的一个躺在草地上，双手托着淡黄色乱发的脑袋,一双若有所思的蓝眼睛瞧着水面。他在想些什么呢?

对这幅画的赞赏唤起了米哈伊洛夫旧日的兴奋,但他害怕并且不喜欢无谓的怀旧情绪,因此,他听了这种赞赏虽然很高兴,还是想让来访者观看第三幅画。

伏伦斯基却问这幅画卖不卖。米哈伊洛夫被来访者的称赞弄得兴奋,听到有关金钱的话,觉得很不快。

"摆出来就是卖的。"他闷闷不乐地皱着眉头回答。

等来访者们走了,米哈伊洛夫在那幅彼拉多和基督的画前坐下来,心里重温着他们说过的话,以及虽然没有说过但是暗示过的话。说也奇怪,当他们在这里的时候,当他按照他们的观点看待问题的时候,有些意见他认为十分重要,可是这时这些意见忽然变得毫无意义了。他开始用纯粹艺术家的目光来看待自己的画,这才满心相信它是完美的,因此也是有价值的。只有具备这样的信心,才能排除一切干扰,集中精力作画。只有这样,他才能好好工作。

基督的一只脚照透视学看来是画得不正确的。他拿起调色板,工作起来。他一面修改那只脚,一面不断地注视着后景中约翰的像。这像来访者们都没有注意,但他觉得是完美无缺的。改好脚,他想把整个像再加加工,但心情太激动了,无法再动笔。当他过分冷静的时候,他无法工作;当他过分兴奋,什么都看得一清二楚的时候,同样无法工作。只有从冷静到产生灵感,在这个过渡阶段,他才能工作。可是今天他太兴奋了。他刚想把画遮起来,却又站住,手里拿着遮布,得意洋洋地微笑着,对约翰的形象看了好一阵。最后他才恋恋不舍地放下遮布,又疲劳又幸福地走回家去。

伏伦斯基、安娜和高列尼歇夫回家途中特别兴奋和快乐。他们谈论着米哈伊洛夫和他的画。"才气"这个东西被他们看成是一种同智慧和感情无关、近乎生理的天赋能力。他们用这个词来解释画家的一切感受。在他们的谈话里,这个词用得特别多,因为他们非用它来说明他们一窍不通而偏偏要谈论的东西不可,他们说他的才气是无可否认的,但他的才气因为缺乏教养——俄国画家的通病——而不能发挥。但那幅表现两个男孩子的画却深印在他们的头脑里,他们几次三番谈到它。

"真是太美啦!他画得多么朴素,多么成功!他自己还不知道这幅画有多么出色。是的,不能错过机会,一定要把它买下来。"伏伦斯基说。

13

米哈伊洛夫把他的画卖给了伏伦斯基,并答应替安娜画一幅肖像。在约定的那一天,他来了,动手工作。

这幅肖像连续画了五次,结果使大家惊叹不止,特别是伏伦斯基,因为它不仅十分逼真,而且具有一种特殊的美。真奇怪,米哈伊洛夫怎么能发现她那种特有的美。"要像我这样了解她,爱她,才能抓住她那最可爱的灵魂的表现。"伏伦斯基想,虽然他自己也是通过这幅画才真正领略她最可爱的灵魂的表现的。但这表情是那么真挚,使他和其他人都觉得他们早就熟悉了。

"我努力画了那么多时间,毫无成绩,"他说到他自己替她画的那幅像,"而他只看了看,就画出来了。这就叫技巧。"

"不要急！"高列尼歇夫安慰他说。他认为伏伦斯基既有才能，又有卓越的艺术素养。高列尼歇夫相信伏伦斯基的才能还有一原因，就是他需要伏伦斯基对他的文章和思想表示赞同和欣赏，他认为赞赏和支持应该是相互的。

在别人家里，特别是在伏伦斯基的别墅里，米哈伊洛夫同在自己画室里完全不同，好像换了一个人。他仿佛害怕同他所不尊敬的人接近，总是抱着敬而远之的态度。他对伏伦斯基称"阁下"，并且不顾安娜和伏伦斯基的盛情邀请，从来不留下来吃饭，除了画画也从来不进他们家的门。安娜待他比待谁都亲切，因为画像而很感激他。伏伦斯基对他更是毕恭毕敬，显然很想听听这位画家对他的画的意见。高列尼歇夫从不放过机会向米哈伊洛夫灌输真正的艺术观。但米哈伊洛夫对他们依旧十分冷淡。安娜从他的目光中察觉他很喜欢看她，但他避不同她谈话。伏伦斯基谈到他的画，他总是固执地保持沉默。人家拿伏伦斯基的画给他看，他也同样固执地保持沉默。显然，他讨厌高列尼歇夫的谈话，但也不去反驳他。

总之，当他们较深地了解了米哈伊洛夫的为人以后，他们对他那种拘谨而不愉快、几乎近于敌意的态度，都很反感。等到写生完毕，他们拿到一幅优美的肖像，他就不再上门了，这时大家都如释重负。

高列尼歇夫第一个说出了大家心里的想法，就是米哈伊洛夫只是嫉妒伏伦斯基罢了。

"就算他因为自己有才能并不嫉妒；但是一个宫廷官员，一个富家子弟，再说还是位伯爵（要知道他们一提到爵位都是深恶痛绝的），没有经过勤学苦练，居然也能从事那种他米哈伊洛夫毕生献身的工作，即使没有超过他，也毕竟使他恼火。尤其因为他缺乏那样的教养。"

伏伦斯基嘴上替米哈伊洛夫辩护，心里却也相信高列尼歇夫的看法，因为照他看来，一个属于下层社会的人是不可能不嫉妒的。

伏伦斯基和米哈伊洛夫都替安娜写生，他们的画照理应该让伏伦斯基看出他们两人之间的差别，可是他却看不出来。直到米哈伊洛夫的画完成以后，他才决定停笔不再替安娜画像，认为没有必要再画下去了。至于那幅表现中世纪生活的画，他却继续画下去。他本人，还有高列尼歇夫，特别是安娜，都认为他画得不错，因为他的画比米哈伊洛夫的画更近似名画。

至于米哈伊洛夫，他虽然热衷于替安娜画像，但当写生完毕，可以不再听高列尼歇夫有关艺术问题的谬论，可以把伏伦斯基的绘画忘记时，他就显得比他们更高兴。他知道不能禁止伏伦斯基对绘画喋喋不休，也知道这些艺术上的半瓶子醋享有要画什么就画什么的权利，但他总觉得嫌恶。一个人用蜡塑造了一个大玩偶，并且去亲吻她，你也不能禁止他呀！但要是这个人带了玩偶走来，坐在一个正在谈恋爱的人面前，并且动手爱抚这玩偶，就像谈恋爱的人爱抚他的情人那样，那就会使谈恋爱的人觉得嫌恶了。米哈伊洛夫看见伏伦斯基的画，他所感到的就是这种嫌恶。他觉得又好笑又好气，又可怜又可恨。

伏伦斯基对绘画和中世纪的迷恋并没有持续多久。他对绘画的滋味领略得够了，再也无法把那幅画画完。画到一半停止了。他模模糊糊地感觉到，它的缺陷开始时还不显著，但要是继续画下去，就会叫人受不了。他和高列尼歇夫有同样的感觉。高列尼歇夫觉得他没有话可说，经常用构思还未成熟和正在收集材料来欺骗自己。高列尼歇夫痛恨这样的情况，但伏伦斯基呢，他既不会欺骗自己，也不会折磨自己，更不会痛恨自己。他性格果断，既不作解释，也不进行辩护，就搁笔不画了。

但是,不画画,伏伦斯基觉得他和安娜——她对他的灰心丧气感到惊奇——在意大利的生活太乏味了,宫殿式别墅突然显得那么破旧肮脏,窗帘上的污点、地板的裂缝和檐板上剥落的灰泥又都那么刺眼,老是高列尼歇夫、意大利教授和德国旅行家,又那么叫人讨厌,因此非改变一下生活不可。他们决定回国,住到乡下去。在彼得堡,伏伦斯基打算同他哥哥分家,安娜则想看看儿子。他们打算在伏伦斯基家乡的大庄园里过夏天。

14

列文结婚有两个多月了。他很幸福,但完全不像预期的那样。他时刻感到以前的梦想破灭了,同时却遇到新的意料不到的赏心乐事。列文很幸福,但开始家庭生活以后,他处处发现,事情同他原来的想法截然不同。他处处感到好像那种欣赏过别人在湖上平稳而幸福地泛舟的人,一旦自己坐到船上,感受就完全不同了。他发现,泛舟并非只是平平稳稳地坐着,没有什么摇摆,而是需要思考,片刻不能忘记该往哪儿航行,不能忘记脚下是水,必须不停地划桨,而没有划惯桨,双手是很痛的。这事看起来容易,做起来虽说有趣,却很费劲。

在他独身的时候,看到别人的夫妇生活,看到他们琐碎的家务、争吵、吃醋,他就在心里嘲笑他们。照他看来,他未来的夫妇生活不仅不会产生这种情况,而且整个家庭生活方式也将与众不同。没想到他同妻子的生活不仅没有什么与众不同,而且也充满琐碎的家务。这种琐碎的家务以前他不屑一顾，如今却显得如此重要，无法回避。列文看到，所有这些家务并不像以前所想的那么容易处理。尽管列文自以为对家庭生活持有最正确的观点，但他也像一切男人那样，不知不觉把家庭生活纯粹看作爱情的享受，不应遇到任何阻碍，也不该受任何琐事的干扰。他认为他应该专心做他的工作，工作以后在爱情的幸福中得到休息。她应当被宠爱，此外再不能有别的要求了。他也同一切男人一样，忘记她也需要工作。他感到惊奇的是，他那个像诗一样美的吉娣，在婚后头几个星期，甚至开头几天，就在考虑和张罗着桌布、家具、客房床垫、托盘、厨子、饭菜等家务。还在他们订婚以后，她就拒绝出国旅行，决定回乡生活，仿佛她知道什么事该做，什么事不该做。除了爱情，她还能考虑别的事。她的果断使他吃惊。这种态度当时曾使他不愉快，如今她这样操劳家务，又多次引起他的烦恼。他看出她需要这种操劳。他不明白她为什么这样忙忙碌碌，并且嘲笑种种琐事，但他爱她，不能不欣赏她的这些活动。他嘲笑她怎样摆设从莫斯科运来的家具，怎样重新布置她自己的房间和他的房间，怎样挂窗帘，怎样为来客和陶丽准备好客房，怎样给她的新侍女安排房间，怎样吩咐老厨子准备饭菜，怎样同阿加菲雅吵嘴，从她手里接管了食品贮藏室。他看到老厨子怎样笑嘻嘻地欣赏她，听着她那些缺乏经验的不切实际的吩咐。他看到阿加菲雅对这位年轻主妇就贮藏室作出的新安排怎样若有所思地慈祥地摇着头。他看到吉娣又哭又笑地走来向他诉苦，说侍女玛莎仍把她当小姐看待，因此谁也不听她的话，他却觉得她格外可爱。他觉得这很有趣，也很新奇。但他想，要是没有这些事，那就更好了。

他不懂得她婚后心情的变化。她在娘家有时很想吃点卷心菜加克瓦斯或者糖果，可是吃不到。如今她可以随意吩咐，要买多少糖果就买多少糖果,要花多少钱就花多少钱,要定制什么点心就定制什么点心。

现在她满心希望陶丽带孩子们来住一阵,尤其因为她可以给孩子们定制各人喜爱的点心,陶丽也准会赞扬她家务上的种种新安排。她自己也弄不懂是什么道理,但家务对她确实有一种不可抗拒的吸引力。她凭本能感觉到春天临近了,她也知道将会有春雨绵绵的日子,就加紧筑巢,边筑边学筑巢的方法。

吉娣悉心操持琐碎的家务,这同列文原先崇高的幸福观极其格格不入。这也是他失望的一个原因。不过他尽管不理解她这种操心的意义,却觉得她很可爱,情不自禁地加以欣赏,把它看做一种新的赏心乐事。

另一种失望和赏心乐事就是吵嘴。列文从来没有想到,他同妻子除了温存、尊敬和恩爱之外还可能有别的态度。婚后没有几天,他们竟突然吵嘴了。她说他并不爱她,只爱他自己,说着就哭起来,摆动双手。

他们第一次吵嘴是因为列文到一个新的田庄去,回家时想抄近路,结果迷了路,迟到半小时。他一路上都想着她,想着她的恩爱,想着自己的幸福。离家越近,对她的爱情也越热烈。他怀着当初到吉娣家去求婚那样热烈、甚至比那时还要热烈的感情冲进房里,没想到遇到的竟是他在她脸上从没见过的一种忧郁的表情。他想吻她,却被她一把推开了。

"你怎么啦?"

"你倒开心……"她开口说,竭力想装得镇定而刻毒。

但她一开口,责备、莫名其妙的醋意、刚才一动不动地呆坐窗前半小时所经受的折磨,就一股脑儿发泄出来。这当儿,他才清楚地明白了他在婚礼结束后把她从教堂里领出来时还没有明白的事情。他明白了她不仅同他十分亲近,而且明白了他们两人之间的界线现在已分不清了。这一层,他是从刹那间出现的双重心理中懂得的。他先是很生气,但立刻又觉得他不能生她的气,因为她同他是两位一体,不能分成你我的。他最初一刹那的感觉就像一个人背后突然受到一记沉重的打击,但等到他怒气冲冲地回过身去,想找到仇人报复,却发现原来是他自己无意中打了自己一下,他不好对谁生气,只得默默地忍受疼痛,自己安慰自己。

后来他再也没有如此强烈地产生过这种感觉,但此刻他心里久久不能平静。他很自然地想替自己辩护,向她证明是她错了;但证明她错就会更加激怒她,就会扩大那条成为一切痛苦根源的裂痕。照习惯他想把过错加到她身上;但另一种更加强烈的情绪却要他尽快消除裂痕,不让它扩大。这种莫须有的责难确实使他很难过,但进行辩解,使她痛苦,那就更糟。好像一个人在半睡不醒中感到一阵剧痛,想把身上的痛处挖掉、除去,等到苏醒过来,才明白原来全身都在作痛。除了默默忍受以外,没有别的办法,于是他就竭力克制自己。

他们和好了。她知道自己错了,但嘴里没有承认,只是对他更加温柔。他们加倍体会到爱情的幸福。但这并不等于说以后再不会发生类似的冲突;冲突甚至发生得更加频繁,而且往往是由于一些意想不到的小事引起的。发生这一类冲突常由于彼此还不了解对方的脾气,由于结婚初期两人的情绪常常不正常。当一个情绪好,另一个情绪不好的时候,和睦还不会遭到破坏;但当两人都情绪不好时,就会因一些微不足道的小事发生冲突,事后甚至记不起来,他们究竟为什么吵嘴。不错,当两人都心情愉快的时候,他们的生活就加倍幸福。但结婚初期对他们来说毕竟是一段不好过的日子。

在婚后最初一段日子里,他们感到特别紧张,仿佛有一条链子把他们系住,从两端拉紧。总之,他们的蜜月,也就是婚后的第一个月,列文对它怀着满腔希望,结果不但并不甜蜜,而且是他们一生中最委屈痛苦的日子。当时他们确实难得心平气和,无法控制自己的情绪。他们后来却竭力想把这段不愉快日子里种种不正常的可耻情况从记忆里抹掉。

直到婚后第三个月,在莫斯科住了一个月回家以后,他们的生活才开始过得比较平稳。

15

他们刚从莫斯科回来,剩下两人在一起,感到很高兴。列文坐在书房的写字台旁写东西。吉娣穿着那件婚后最初几天穿过,因此他特别喜爱、特别欣赏的深紫色连衫裙,坐在从列文的祖父起一直摆在书房里的那张老式皮沙发上绣花。他一面想,一面写,一直快乐地意识到她就坐在身边。他没有放弃他的农事,也没有停止写他那部要阐明他的新农业体制基本观点的著作。过去,他觉得这些活动和思想同笼罩着他生活的阴影比较起来都是微不足道的;而现在,他觉得它们同未来生活的光辉灿烂的幸福比较起来同样是无足轻重的。他继续从事他的工作,但觉得他的注意重心转移了,因此对工作也就有了更加明确的看法。以前,这些工作只是他逃避生活的手段。以前,他觉得没有这些工作他的生活就太无聊。而现在,他需要这些工作是为了避免幸福的生活过分单调。他又拿起稿子,把写好的东西重读一遍。他高兴地发现这工作还是值得做的。这是一项新鲜而有益的工作。他觉得以前许多想法未免有些偏激。他重新回顾全部事业，许多没有解决的问题都变得明确了。他正在写新的一章，论述俄国农业衰落的原因。他论证俄国贫穷的原因不仅在于土地所有权分配的不合理和方针的错误，还由于俄国近来不合理地引进外来文明，特别是交通事业、铁路，促使城市人口集中，奢侈成风，工业、信贷和随之产生的交易所投机事业恶性发展，因而损害了农业。他认为，只有当国家的财富正常发展，相当多的劳动力用在农业上，农业处于合理的、至少是稳定的状态，真正的文明才能出现。他认为，国家财富应当按比例发展，尤其是其他领域的财富不应该超过农业。他认为，交通事业应当同农业相适应，在我国土地使用不当的情况下，铁路的修筑不是由于经济上的需要，而是出于政治上的原因，因此为时过早，它不仅不能像预期那样促进农业，反而阻碍了农业，促使工业和信贷发展。好像动物身体里某种器官片面的早熟会妨碍身体的全面发育，信贷、交通事业、工厂企业的发展，在欧洲无疑是必要的，时机已经成熟了，可是从俄国财富总的发展上来说，它们只会挤掉整顿农业这个当前的主要课题，造成危害。

　　当他写作的时候，她却想着，在他们离开莫斯科的前夜，年轻的察尔斯基公爵怎样笨拙地向她献媚，引起丈夫的猜疑。"他吃醋了。"她想。"天哪！他这人真可爱，真傻。他在为我吃醋！他不知道这些人在我心目中并不比厨子彼得高明呢。"她一面想，一面怀着一种她自己也觉得奇怪的占有欲，瞧着他的后脑勺和红脖子。"我舍不得妨碍他工作（但他有的是时间！），可是真想看看他的脸。他会不会感觉到我在看他？我真希望他回过头来……啊，真希望！"她把眼睛睁得老大，想这样来加强视力。

"是的,他们吸去全部精华,造成一种虚假的繁荣。"他停下笔,喃喃地说,发觉她在笑盈盈地望着他,就回过头来。

"怎么?"他微笑着站起来,问。

"他回过头来了。"她想。

"没什么,我就是要你回过头来。"她说,眼睛盯着他,想看出他有没有因为她打扰他而不高兴。

"啊,我们俩单独在一起真是太好啦!我有这样的感觉。"他走到她面前,脸上洋溢着幸福的微笑,说。

"我真高兴!我哪儿也不去了,特别是莫斯科。"

"那么你在想什么呀?"

"我吗?我在想……不,不,写你的吧,不要分心了,"她噘着嘴说。"现在我要剪这些小孔了,你看见吗?"

她拿起剪刀,剪起来。

"不,你还是说说,你在想什么?"他说着在她身边坐下,注视着小剪刀怎样剪着圆孔。

"嗯,我在想什么吗?我在想莫斯科,想你的后脑勺。"

"为什么这样的幸福正好落在我的头上?真奇怪。但太美了!"他吻着她的手说。

"我倒正好相反,我觉得越幸福,越自然。"

"啊,你有一绺头发松了,"他小心翼翼地把她的头转过来,说,"一绺头发。你瞧,可不是!不,不,我们正在工作呢。"

可是工作继续不下去了。直到顾士玛进来报告茶点已经准备好的时候,他们才像做了什么错事似的慌忙分开。

"他们从城里回来了吗?"列文问顾士玛。

"刚回来,正在拆邮包。"

"你快来,"她一面走出书房,一面对他说,"要不我不等你来就要读信了。让我们去弹个两重奏吧。"

只剩下一个人,他把稿纸放进她买来的新文件夹里,在那随同她一起出现的配有精致用具的新洗脸盆里洗了洗手。列文嘲笑自己的一些想法,不以为然地摇摇头。一种近乎忏悔的心情苦恼着他。他现在的生活有一种可耻的、懒散的、贪图享受的习气。"这样过生活可不好哇!"他想。"唉,将近三个月了,我几乎什么事也没做。今天可以说还是第一次认真工作,可是结果怎样呢?刚一上手,就丢下了。连日常的事务差不多都丢下了。农田我也几乎一直没有去看过,我有时舍不得把她丢下,有时看见她寂寞。从前我以为婚前生活很无聊,没有意思,婚后会开始真正的生活。如今结婚近三个月,我可从来没有这样虚度过光阴。不,这样可不行,得重新开始。当然,她没有过错,不能怪她。我自己应该振作起来,保持男子汉的独立性。要不我会一直虚度光阴,把她也带坏……当然,她是没有过错的。"他自言自语。

不过,要一个心怀不满的人不责怪别人,特别是最亲近的人,那是困难的。列文也模模糊糊地意识到,不能怪她(她不可能有任何过错),却要怪她所受的教育,过分庸俗无聊的教育。("那个向她献媚的傻瓜察尔斯基说过:我知道她想阻止他,可是无能为力。"列文想。)"是的,除了对家务的兴趣(这种兴趣她是有的),除了打扮和绣花,没有什么事她真正感兴趣。对我的事业也好,对农庄也好,对农民也好,对她擅长的音乐也好,对读书也好,她什么都不感兴趣。她什么事也不做,却心满意足。"列文心里这样责备她,不了解她正在积极准备迎接今后繁重的家务,她是丈夫的妻子,一家的主妇,还将生产、抚养和教育孩子们。他根本没有想到,她凭本能知道今后会有怎样的生活,正在积极迎接这种繁重的劳动,并不因现在享受着无忧无虑的岁月和爱情的幸福而感到负疚,同时正兴致勃勃地筑着她未来的巢。

16

列文走到楼上,看见妻子坐在一把崭新的银茶炊旁边,面前摆着一套崭新的茶具。她让老保姆阿加菲雅坐在一张小桌旁,给她倒了一杯茶,自己正在读陶丽的来信。他们同陶丽经常有书信来往。

"您瞧,您这位太太要我坐着陪她呢!"阿加菲雅说,亲切地对着吉娣微笑。

从阿加菲雅这句话里,列文听出她最近同吉娣发生的纠纷结束了。他看到新主妇尽管夺了阿加菲雅的权力而使她伤心,但还是征服了她,并且赢得了她的欢心。

"你瞧,我把你的信看过了。"吉娣说着把一封文理不通的信交给他。"这大概是你哥哥的那个女人写来的……"她说,"我没有看完。这是我家里和陶丽的来信。你真不会想到,陶丽把格里沙和塔尼雅带到萨玛茨基家去参加儿童舞会,塔尼雅还扮演侯爵夫人呢!"

不过列文并没有注意听她的话;他涨红了脸,接过哥哥旧情妇玛丽雅·尼古拉耶夫娜的信,看了起来。这已是她第二次来信了。在第一封信里,玛丽雅·尼古拉耶夫娜写道,哥哥无缘无故把她赶了出来,还真挚动人地说,她虽然又落到很贫穷的地步,但她一无所求,一无所想,只是担心尼古拉·德米特里耶维奇身体这样虚弱,她不在旁边他会死去。她要求做弟弟的照顾他。现在她又来信了。她找到了尼古拉·德米特里耶维奇,在莫斯科又和他同居,接着又一起迁到省城。他在那里谋得了一个职位。但他在那边又同长官闹翻了,回到莫斯科,可是路上病得很厉害,恐怕再也起不来了——她这样写着:"他一直在挂念您,再说,钱一点儿也没有了。"

"你看看,陶丽提到你了。"吉娣刚笑眯眯地开口说,发现丈夫脸色变了,就慌忙住口。

"你怎么啦?出什么事了?"

"她写信来说,尼古拉哥哥快死了。我要去看看他。"

吉娣的脸色顿时变了。关于塔尼雅扮侯爵夫人,关于陶丽,这一切念头全消失了。

"那你什么时候走啊?"她问。

"明天。"

"我同你一起去,可以吗?"她说。

"吉娣!你这是什么意思?"他带着责备的口气说。

"什么'什么意思'?"她生气了,因为他似乎很生气,不情愿接受她的提议,"我为什么不可以去?我不会妨碍你的。我……"

"我去是因为我哥哥快死了,"列文说,"可是你为什么要……"

"为什么吗?为了和你同样的原因。"

"在这种紧要关头,她只想到一个人待在家里寂寞。"列文想。在这样的紧要关头,她还要强词夺理,这可使他恼火了。

"这不行!"他严厉地说。

阿加菲雅眼看两口子就要吵起来,悄悄把茶杯一放,走出去了。吉娣甚至没有注意到她,丈夫说最后那句话时的口气伤了她的心,特别因为他显然不相信她的话。

"我对你说,要是你去,我就同你一起去,我一定要去!"她急急忙忙、怒气冲冲地说。"为什么不行?你为什么说不行?"

"因为天知道这是往哪儿走,走的是什么道路,住的又是怎样的客店。你会妨碍我的。"列文说,竭力克制着自己。

"绝对不会。我没有什么要求。你能去的地方我也能去……"

"哼,不说别的,单说那个女人,你怎么好去同她接近呢?"

"我不知道,也不想知道有谁在那边,有些什么。我只知道我丈夫的哥哥快死了,丈夫去看他,我同丈夫一起去,这样好……"

"吉娣!别生气。你倒想想,情况这么严重,你还要任性,不愿意一个人留在家里,我想想也难受。唉,要是你一个人寂寞,那你就到莫斯科去吧。"

"哼,你总是把我想象得很坏很卑鄙,"她含着委屈和愤怒的眼泪说。"我什么也没有,既没有软弱,也没有……我只觉得丈夫有苦难,我有责任陪着他,可是你存心伤我的心,故意装作不懂……"

"不,这太可怕了。简直像做奴隶!"列文站起来,再也控制不住他的愤怒,大声嚷道。但就在这同一刹那,他觉得他是在自己打自己。

"那你何必结婚?不结婚,不是很自由吗?既然后悔,当初又何必急着结婚呢?"她说着霍地跳起来,往客厅里跑去。

他追了上去,她不停地抽泣。

他开始说,竭力找些话,目的不是要说服她,而是要安慰她。但她不听他的,说什么也不肯罢休。他向她俯下身去,捉住那只推开他的手。他吻吻她的手,吻吻她的头发,又吻吻她的手,她一直不吭声。但当他双手捧住她的脸,叫了声"吉娣!"时,她顿时镇静下来,放声痛哭,接着他们就和好了。

　　终于决定明天两人一起去。列文对妻子说,他相信她要去是为了帮他的忙,并且同意妻子的意见,认为玛丽雅·尼古拉耶夫娜待在哥哥身边对他们并没有什么妨碍;但一路上他心里对她和对自己都很不满意。他对她不满意,因为在需要的时候,她不肯放他走(不久以前他还不敢相信他能享受被她爱的幸福,如今他又因为她太爱他而觉得不幸,这种情况他想想也觉得太奇怪了!)。他对自己不满,因为不能坚持自己的意见。他心里特别不满意的是,她并不把哥哥身边那个女人放在眼里。他提心吊胆,唯恐她们两人发生冲突。一想到他的妻子,他的吉娣,将跟一个妓女同住一室,他就嫌恶和恐怖得哆嗦起来。

17

　　尼古拉·列文借宿的省城旅馆是按照改良的新式省城旅馆设计的,注重整洁、舒适,甚至优雅,但由于过往旅客的糟蹋,很快就变成装潢时髦的肮脏酒馆,而经过这样的装潢,它却比老式肮脏的旅馆更叫人恶心。这个旅馆已变成了这种样子:一个穿脏制服的士兵在门口抽着烟卷,充当看门人;一座阴暗难看的穿孔铁梯子;一个身穿肮脏燕尾服的没精打采的茶房;一间桌上摆着积满灰尘和蜡制假花的公共食堂;到处都是肮脏、灰尘、凌乱,以及由现代铁路带来的喧嚣忙乱——这一切都使新婚不久的列文夫妇产生一种极不愉快的感觉,特别是这座旅馆的虚假豪华同他们即将看到的景象是多么格格不入哇!

　　旅馆老板照例问了他们要什么价钱的房间,他们这才知道上等房间已全部客满：一间住着铁路视察员，另一间住着莫斯科来的一位律师，再有一间住着乡下来的阿斯塔菲耶娃公爵夫人。只剩下一个肮脏的房间，旅馆老板还告诉他，隔壁一个房间到傍晚也将空出来。列文生妻子的气，因为不出他所料，他一到就急于想去看望哥哥，好知道他的情况，却不能立刻就去，而不得不先把妻子领到他们租用的那个房间。

"去吧，去吧！"她用怯生生的负疚目光瞧着他说。

他默默地走出房间，立刻就碰到玛丽雅·尼古拉耶夫娜。她知道他来了，却不敢走进去看他。她同他在莫斯科看见时一模一样：还是穿着那件毛料连衫裙，光着双臂和脖子，还是那张稍微有点发胖的善良而呆板的麻脸。

"嗯，怎么样？他怎么样？怎么样了？"

"病得很重。起不来了。他一直在盼您来。他……您……同您的夫人。"

列文最初一刹那不明白她为什么发窘，但她立刻对他做了解释。

"我走了，我要到厨房里去一下，"她说。"他会高兴的。他听见了，他认得她，记得在国外看见过她。"

列文明白她是指他的妻子，但他不知道该怎样回答。

"走吧，走吧！"他说。

但他刚一举步，他的房门就打开，吉娣探出头来望了一眼。列文脸红了，因为妻子弄得他们俩都很尴尬，又是害臊又是气愤。不过玛丽雅·尼古拉耶夫娜的脸红得更厉害。她身子缩成一团，脸红得要哭出来，两手抓住头巾梢头，用发红的手指捻弄着，不知道说什么和做什么才好。

最初一刹那，列文发觉吉娣望着这个她觉得不可理解的可怕女人的目光中,有一种好奇的神情,但这只是一刹那的事。

"啊,怎么样?他怎么样了?"她先问丈夫,又问她。

"我们总不能站在走廊里说话呀!"列文说,怒气冲冲地望着一个抖动双腿、径自在走廊里走动的男人。

"哦,那么进来吧!"吉娣对镇定下来的玛丽雅·尼古拉耶夫娜说。但她一发现丈夫脸上惊惶的神色,就说:"你们去吧,回头来叫我。"她说着独自回到房间里。列文就向哥哥的房间走去。

他在哥哥房间里看到和感觉到的,完全出乎他的意料。他满以为哥哥还是同秋天来看他时一样,处在自我欺骗的状态。他听说肺痨病人往往是这样的。他预料会在他身上看到更接近死亡的症状,看到他更加虚弱,更加消瘦,但大体上总还是原来的样子。他预料他将再次感到丧失心爱的哥哥的悲伤和对死的恐惧,就像上次那样,只是程度上更厉害罢了。他在思想上做了这样的准备,却发现情况完全不是那样。

在一个肮脏的小房间里,描花的四壁上布满唾沫痕迹,透过薄薄的隔板听得见隔壁说话的声音。在令人窒息的恶浊空气里,在一张离墙摆放的床上,躺着一个盖被子的人。一条手臂露在被子外面,像耙柄一样粗大的手腕不可思议地联结在一根从一端到中间都很细很直的骨头上。头在枕头上侧躺着。列文看见两鬓上汗湿的稀疏头发和瘦得皮包骨头的前额。

"这个可怕的人不可能是我的尼古拉哥哥。"列文想。但走近一些,看见了他的脸,就没有怀疑的余地了。尽管尼古拉脸上有了这样可怕的变化,但列文只要瞧一瞧那双抬起来望着走进房间的人的灵活眼睛,察觉到汗湿的小胡子底下嘴巴的轻微抽动,就肯定了可怕的现实:

这个死尸般的身体确实就是他还活着的哥哥。

一双炯炯有光的眼睛严厉地、责备似的对进来的弟弟扫了一眼。这眼光顿时在两个活人之间确立了活的关系。列文在向他射来的目光里立刻察觉到责备的神色，并且因为自己的幸福而感到内疚。

列文拉住他的手，尼古拉微微一笑。这笑是轻微的，几乎看不出来，而且尽管在微笑，严厉的眼神并没有改变。

"你没想到我会变成这个样子吧？"尼古拉好容易说。

"是的……哦，不！"列文语无伦次了。"你怎么不早一点通知我，就是说，当我结婚的时候？我到处打听你的消息呢。"

要避免沉默，必须说话，可是列文不知道说什么才好，尤其因为哥哥什么也不回答，只是目不转睛地盯着他，显然在琢磨每一句话的意思。列文告诉哥哥，他的妻子跟他一起来了。尼古拉显得很高兴，但说他怕他现在这个模样会使她吃惊。接着是一阵沉默。尼古拉忽然转动身子，说起话来。列文从他面部的表情上猜想他会说出什么特别重要的话来，可是尼古拉只谈他的健康状况。他责怪医生，抱怨本地没有莫斯科的名医。列文明白他还抱着希望。

等到谈话一停止，列文立刻站起身来，想摆脱痛苦的感觉，哪怕只是片刻也好。他说他去把妻子带来。

"嗯，好的，我叫他们弄弄干净。我想，这里又脏又臭。玛莎！把房间收拾一下，"病人费劲地说，"等收拾好了，你就走开。"他一面说，一面用询问的眼光瞧着弟弟。

列文什么也没回答。他走到走廊里，站住了。他说他去把妻子领来，但这会儿他回味自己的感受，决定竭力劝说她不要到病人房里去。"何必让她像我一样受折磨呢？"他说。

"嗯,什么?怎么样?"吉娣神色惊惶地问。

"唉,太可怕了,太可怕了!你何必来呢?"列文说。

吉娣沉默了几秒钟,胆怯而怜悯地瞧着丈夫;接着走进去,双手抓住他的臂肘。

"康斯坦京!带我到他那儿去吧,我们一起去要好受些。你只要把我带去,把我带去,然后你走开好了,"她说。"你要明白,我看见你,却没有看见他,我就更加难受。到那边我对你,对他,也许都会有点用处的。请你答应我!"她恳求丈夫,仿佛她一生的幸福全在这件事上了。

列文只好答应她。他镇定下来,把玛丽雅·尼古拉耶夫娜完全忘记了。他带着吉娣回到哥哥的房间里。

吉娣迈着轻盈的步子,不断地望着丈夫,向他露出勇敢和同情的脸色,走进病人的房间,然后不慌不忙地转过身来,轻轻地关上门。她悄没声儿地迅速走到病人床前,又绕了过去,使病人不用转过身来,接着就用她柔嫩的手握住他那皮包骨头的大手,用女人所特有的充满同情的温柔而活泼的语气同他说话。

"我们在索登见过面,但那时还不认识,"她说。"您没想到我会做您的弟媳妇吧?"

"您恐怕不认得我了?"她一走进去,他脸上就泛起笑容,说。

"不,我认得。您通知我们,真是太好了!康斯坦京没有一天不想起您,不挂念您呢。"

但病人的兴致没有持续多久。

不等她说完话,他的脸上就现出垂死的人羡慕健康的人那种严厉责难的神色。

"我怕您住在这里不太舒服吧?"她说,避开他那盯着的目光,打量这房间。"得向老板另外要一个房间,"她对丈夫说,"这样我们可以靠近一点。"

18

列文无法平静地望着哥哥,在他面前无法装得自然和镇定。他一走进病人的房间,他的眼睛和注意力就不由自主地模糊了。他看不见,也分不清哥哥身体的每个部分。他闻到的是难堪的臭味,看见的是肮脏、凌乱和痛苦的景象,听见的是呻吟,但是他束手无策。他根本没有想到分析分析病人的情况,想想他的身体怎样躺在被子底下,他那皮包骨头的膝盖、大腿和脊背怎样缩成一团,能不能使他躺得稍微舒服一点,即使不能使他好过一点,至少也不要让他太难受。列文想到这些问题,他的背上不禁起了一阵寒战。他十分清楚,没有任何办法能延长哥哥的生命,或者减轻他的痛苦。病人也觉察到了,自以为完全没有希望,因此脾气更坏了。列文却因此觉得更加难过。坐在病人房里他觉得痛苦,但离开他却更加难受。他不断找借口离开病房又回到病房,因为他无法单独待着。

但吉娣所想、所感觉和所做的完全不同。她看见病人,很可怜他。不过,怜悯在她女性的心灵里唤起的绝不是恐怖和嫌恶,像在她丈夫心灵里所唤起的那样,而是一种积极行动、要弄清他的情况和帮助他的愿望。她毫不怀疑她应该帮助他,也毫不怀疑她能够帮助他。她立刻动手。那些琐碎的事情她丈夫一想到就害怕,却立刻吸引了她的注意。她派人去请医生,到药房去配药,叫她带来的侍女和玛丽雅·尼古拉耶夫娜一起打扫，擦地板，洗东西，亲自洗着什么，把一件东西垫到病人褥子底下。按照她的吩咐，有些东西拿到病房里来，有些东西从病房里拿出去。她几次回到自己房里，毫不理睬遇见的男人，把被单、枕套、手巾和衬衫拿来。

正在公共食堂给几个工程师开饭的茶房，一听见她的召唤，露出愤怒的神色，却不能不照她的吩咐去做，因为她的吩咐是那么亲切而执拗，使人无法拒绝。列文不赞成这一切，他不相信这样做对病人有好处。他尤其怕病人因此生气。但病人对这一切似乎并不在意，没有生气，只是感到害臊。总的说来，对她为他所做的事似乎感到新奇。列文被吉娣派去请医生回来，推开房门，正碰上大家在照吉娣的吩咐给病人换衬衣。长长的皮包骨头的白脊背，两边突出的巨大肩胛骨，根根可数的肋骨和椎骨，全都暴露无遗。玛丽雅·尼古拉耶夫娜同茶房一起替他换衬衫，弄乱了袖子，怎么也不能把他软弱无力的长手臂穿进去。吉娣等列文一进来，就把门关上，没有往病人那边望，但病人一呻吟，她就连忙走过去。

"快一点！"她说。

"嗳，你不要来，"病人怒气冲冲地说，"我自己……"

"您说什么？"玛丽雅·尼古拉耶夫娜问。

但吉娣听见他的话，明白他在她面前赤身露体，感到不好意思。

"我不看，我不看！"吉娣把他的手臂穿进去，说。"玛丽雅·尼古拉耶夫娜，您到那边去，把衬衫拉一拉。"她又说。

"请你去一下，我的手提包里有一个瓶子，"她对丈夫说。"嗯，就在旁边口袋里，请你把它拿来。这儿马上就可以收拾好了。"

列文拿着瓶子回来，看到病人已经安顿好了，他周围的一切全变了样。难闻的臭气已经换成了醋和香水的气味。吉娣正噘着嘴,鼓起绯红的双颊,用一根小管子喷着香水。室内没有一点灰尘,床底下铺了地毯。桌上整整齐齐地摆着药瓶和水瓶,还有必需的衬衣和吉娣的刺绣架。靠近病床的另一张桌上,放着饮料、蜡烛和药粉。病人洗过脸,梳过头发,穿着干净的衬衫,雪白的领子围着瘦得可怕的细脖子。他躺在干净的床单上,背后垫着高高的枕头,脸上带着新的希望的神色,眼睛紧盯着吉娣。

列文请来的医生——这医生是在俱乐部里找到的——不是原来替尼古拉治过病、尼古拉对他很不满意的那一个。这位新医生拿出听诊器,替病人听诊了一下,摇摇头,开了药方,详详细细说明了药的服法,然后规定了饮食。他劝病人吃生鸡蛋或者半生不熟的鸡蛋和温度适当的矿泉水掺鲜牛奶。医生走后,病人对弟弟说了几句话。但列文只听见"你的吉娣"几个字。列文从他的眼神里看出,他在赞美她。他像列文一样叫她"吉娣",把她唤到床前。

"我觉得好多了!"他说。"嘻,我要是同你们在一起,早就好了。太好了!"他拉住她的手,把它拉到自己的嘴唇边,但似乎怕她会不喜欢,就改了主意,又把它放下了,只抚摸了一下。吉娣双手捉住他的手,紧紧地握着。

"现在把我翻到左边,你们去睡吧。"他说。

谁也没有听清楚他的话,只有吉娣明白。她明白他的意思,因为她一直在注意他需要什么。

"翻到另外一边,"她对丈夫说,"他总是朝那边睡的。你给他翻个身,叫用人来太麻烦。我不行,您能吗?"她问玛丽雅·尼古拉耶夫娜。

"我怕也不行。"玛丽雅·尼古拉耶夫娜回答。

不管列文觉得双手抱住这可怕的身体,接触到被子底下他不愿接触的地方是多么可怕,他还是听从妻子的指使,脸上现出他妻子所熟悉的果断神色,两手伸进去抱住那身体。他的力气虽然很大,但这虚弱的身体沉重得出奇,使他大为吃惊。列文给他翻身,尼古拉那皮包骨头的大手搂住他的脖子。这当儿吉娣就迅速地、悄悄地翻过枕头,把它拍拍松,扶正病人的头,又理理那粘住太阳穴的稀疏头发。

病人把弟弟的手握在自己手里。列文觉得他要拿他的手做什么,用力把它拉过去。列文一动不动地听他摆弄。果然,他把它拉到自己嘴边,吻了吻。列文呜咽得身子直打哆嗦,一句话也说不出来,就走出了病房。

19

"你将这些事,向聪明通达人,就藏起来,向婴孩,就显出来。"①那天晚上列文同妻子谈话时对她有这样的想法。

列文想到福音书里的箴言,并非因为他自认为是聪明通达人。他并不自认为是聪明通达人,但自信比他妻子和阿加菲雅聪明。他也相信,他是集中全部心力来思索死的问题的。他也知道,许多伟大的男思想家(他在书本里读过他们关于死的见解)思索过这个问题,可是他们这方面的知识,还不及他妻子和阿加菲雅的百分之一。不管这两个女人,阿加菲雅和他的妻子,是多么不同,她们在这方面倒是十分相似的。

---

① 见《新约全书·马太福音》第十一章第二十五节。

她们无疑都知道,什么叫生,什么叫死。她们虽不能回答,甚至不能理解列文所思索的那些问题,但她们都不怀疑生死的意义。对这个问题,不仅她们两人的观点一致,她们同千百万人的看法也一样。她们明确知道死是怎么一回事,所以她们一下子懂得该怎样照顾临死的人,对他们也不觉得害怕。像列文这一类人可以对死的问题发表许多高论,但其实一无所知,因为他们害怕死,看到临死的人就束手无策。要是现在只剩下列文同他哥哥两人在一起,他准会恐惧地望着他,并且会更加恐惧地等待着,什么事也不做。

不仅如此,他不知道该说些什么,该怎样看、怎样走才好。谈些不相干的事,他觉得不得体,不行。谈死,谈消极的事,也不行。沉默呢,也不行。"我要是看着他,他会以为我在观察他;要是不看他,他会以为我在想别的事。要是我踮着脚尖走路,他会不高兴;要是放开脚步走,我又觉得不好意思。"吉娣呢,她显然没有想到自己,也没有时间想到自己。她只替他着想,她知道该做些什么,因此一切都很顺利。她把自己的一些事讲给他听,她讲到她的婚礼,她向他微笑,同情他,安慰他,谈到人家病愈的例子。一切都很顺利,可见她知道该怎么办。她和阿加菲雅的行动不是出于本能,不是动物性的,不是没有理性的,因为除了肉体上的护理和减轻痛苦以外,阿加菲雅和吉娣都为临死的人操心比肉体上的护理更重要的事,同肉体完全无关的事。阿加菲雅谈到一个死去的老人时说:"啊,赞美上帝,他受过圣餐,行过涂油礼,但愿上帝让人人都死得像他一样。"吉娣也同她一样,除了关心衬衣、褥疮、饮料之外,第一天就说服病人必须领受圣餐和行涂油礼。

晚上,列文从病人那里回到自己房里,垂下头,不知道做什么好。不要说吃晚饭、睡觉,考虑他们应该怎么办,就是同妻子说话他都做不到,因为他感到害臊。吉娣呢,正好相反,比平时更加能干。她甚至比平时更加活跃。她吩咐开晚饭,亲自打开行李,亲自帮助铺床,也没有忘记撒除虫药粉。她精神抖擞,思维敏捷,好像一个面临决战的男子,在紧要关头显示出了男子汉大丈夫的气概,说明他的一生并没有虚度,而是一直在准备应付这场考验。

什么事到她手里都得心应手。还不到十二点钟,一切都已安排得整整齐齐,有条不紊。旅馆变得像她家里一样:床铺好了,刷子、梳子、镜子都摆了出来,桌布也铺好了。

列文觉得现在吃饭、睡觉,甚至说话都是不应该的,他觉得他的一举一动都是不得体的。吉娣却整理着刷子,而且做得一点也不使人觉得讨厌。

不过,他们什么东西都吃不下,很晚还没有上床,上了床也好久睡不着觉。

"我真高兴,我已经说服他明天行涂油礼了。"她说,穿着短衫坐在折镜前面,用一把细密的梳子梳理着她那芳香的柔发。"我从来没有见过这种情景,但我知道,妈妈告诉我,有一种祷告是专门祈求恢复健康的。"

"你真以为他还能复原吗?"列文说,望着她那圆圆的小脑袋后面的一绺头发怎样不时被梳子遮没。

"我问过医生,他说他活不满三天了。可是医生知道什么呢?不论怎么说,我说服了他行涂油礼,我还是很高兴的。"她透过头发缝瞅着丈夫,说。"什么事情都很难说。"她添上一句,脸上露出她谈到宗教时所特有的调皮神态。

他们订婚后谈到过宗教问题,此后就没有再谈到过,不过她还是照旧上教堂,做礼拜,并且始终认为这样做是必要的。尽管他说着相反的话,她却坚信他是一个比她更虔诚的基督徒,他嘴上这样说,完全是一种可笑的怪脾气,就像他谈到刺绣时说,人家在补洞她却在挖洞一样。

"是的,那个女人,玛丽雅·尼古拉耶夫娜,不会处理这种事,"列文说。"还有,我应该承认,你这次来,我真高兴,真高兴。你是这样纯洁……"他拉住她的手,但没有吻它(他觉得在这死神临近的时刻吻她的手是不适宜的),只是露出悔罪的表情,望着她那双晶晶发亮的眼睛。

"要是你一个人来就更难受了。"她说,高高地举起两臂,遮住她那高兴得发红的面颊,把发辫盘在脑后,用发夹叉住。"要不,"她又说,"她不知道该怎么办……幸亏我在索登学到了不少。"

"难道那边也有这样的病人吗?"

"还要厉害呢。"

"我特别难受的是,我不能不想到他年轻时的模样……你真不会相信,他从前是个多么可爱的青年哪,可是我那时不了解他。"

"我完完全全相信。我觉得我们本来应该同他相处得很好。"她说过后,为自己说了这样的话吓了一跳。她回头望了望丈夫,眼泪簌簌落落地流了出来。

"是的,本来应该的,"他悲伤地说。"唉,他真是个所谓不适合活在这个世界上的人!"

"可是我们还得挨好些日子,这会儿该睡觉了。"吉娣看了看她的小表,说。

20

死

  第二天,病人受了圣餐,行了涂油礼。仪式进行的时候,尼古拉热烈地祈祷着。他那双大眼睛紧盯着摆在铺花布桌上的圣像,流露出那么热烈的祈求和希望,使列文简直不敢看他。列文知道,这种热烈的祈求和希望,只有使他更舍不得离开他那么热爱的生活。列文了解哥哥,也知道他的思路。他知道他不信教并非因为不信教日子好过些,而是因为现代科学对自然现象的解释,把宗教信仰排挤掉了。因此他知道哥哥现在恢复信仰是不正常的,只是一种渴望痊愈的暂时的自私表现。列文也知道,吉娣对他讲那种她听来的起死回生的故事,增加了他的希望。这一切列文都知道,因此看到那种充满生之希望的哀求目光,看到那只勉强举起来在神情紧张的前额上画十字的皮包骨头的手,看到那突出的肩膀和那再也不能容纳病人所祈求的生命的呼噜呼噜喘气的空虚胸膛,他觉得难受极了。在行圣礼的时候,列文也做着祷告,做了他这个不信教的人做过千百遍的事。他对上帝说:"要是你真的存在,你就使他复原吧(这套话其实已经重复过许多遍了),你救救他,也救救我吧!"

  涂过圣油以后,病人好多了。他整整一小时没有咳嗽,微笑着,吻着吉娣的手,含着眼泪向她道谢,还说他觉得很好,哪儿也不痛,胃口也开了,力气也有了。给他送汤来的时候,他甚至坐了起来,还讨肉丸子吃。尽管他已病入膏肓,尽管一眼就看得出他是不会好的,列文和吉娣在这一小时里还是感到很高兴,战战兢兢地怀着一种唯恐丧失的希望。

"好一些吗?""是的,好多了。""真奇怪。""一点也不奇怪。""到底好一些了。"——他们这样相互微笑着,低声耳语着。

这种迷人的好景持续了没有多久。病人安安静静地睡着了,但过了半小时,他又咳醒了。于是他周围的人和他本人的全部希望一下子消失了。痛苦的现实,无疑粉碎了列文和吉娣以及病人本人心里的一切希望,甚至连以前的希望也影踪全无了。

他不再想半小时前所相信的事,似乎想起来都感到害臊,却要求把那只盖着镂孔纸的碘酒瓶递给他。列文把吸瓶递给了他。他那受圣餐时出现过的充满希望的眼睛现在盯住了弟弟,似乎要求他证实医生说过的嗅碘酒能收奇效的话。

"怎么,吉娣不在吗?"列文勉强表示同意医生的意见,尼古拉听了向四周环顾了一下,哑声说:"唉,可以这么说……我是为了她才演这场喜剧的。她太可爱了,可咱们不能欺骗自己。这一层我是相信的。"他说着用骨瘦如柴的手握住瓶子,嗅着碘酒。

晚上七点多钟,列文夫妇正在房里喝茶,玛丽雅·尼古拉耶夫娜上气不接下气地跑了进来。她脸色苍白,嘴唇直打哆嗦。

"他要死了!"她喃喃地说。"我怕他马上就要死了。"

夫妇俩一起跑到病人房里。他用一只臂肘撑着坐在床上,长长的脊背弯曲着,低垂着头。

"你觉得怎么样?"列文沉默了一阵低声问。

"我觉得我要去了。"尼古拉困难地、但异常清楚地从嘴里慢慢吐出话来。他没有抬起头,只把眼睛往上望,避开弟弟的脸。"吉娣,你出去!"

列文跳起来,低声吩咐她出去。

"我要去了。"他又说。

"你为什么这样想?"列文说,完全是没话找话。

"因为我要去了,"他仿佛很欣赏这句话,重复说,"完了。"

玛丽雅·尼古拉耶夫娜走到他面前。

"您还是躺下吧,躺下好过些。"她说。

"马上就要安安静静躺下了。"他说。"死了!"他又嘲弄又生气地说。"好,既然你们要我躺下,那就扶我躺下吧。"

列文帮哥哥平躺下去,坐在他旁边,屏息凝视着他的脸。垂死的人闭上眼睛躺着,只有前额上的肌肉偶尔还在抽动,好像在凝神深思。列文不由自主地思索着哥哥此刻在想什么,但是不管他怎样苦苦思索,他从那平静而严肃的脸容和眉头肌肉的抽动上看出,那对他还是漆黑一团的事,对垂死的人却是越来越分明了。

"对,对,就是这样,"垂死的人一字一顿地慢悠悠说。"等一下。"他又沉默了。"就是这样!"他忽然平心静气地拖长声音说,仿佛一切事情在他都已了结。"啊,主哇!"他喃喃地说,接着长叹一声。

玛丽雅·尼古拉耶夫娜摸摸他的脚,

"快凉了。"她低声说。

很长一段时间,列文觉得很长很长一段时间,病人躺着一动不动。但他还活着,偶尔叹着气。列文的神经紧张得有点疲劳了。他觉得他虽然拼命思索,还是不能理解他说的"就是这样"是什么意思。他觉得他已经远远落在垂死的人后面了。他对死这个问题已经无法思考,只不由自主地想着现在他应该做些什么:替死人阖上眼睛,穿好衣服,置办棺材。说也奇怪,他觉得自己十分冷静,没有悲伤,没有哀悼,对哥哥更没有怜悯。如果说他有什么感触的话,那就是羡慕垂死的人懂得他所无法理解的事。

他在垂死的人旁边又这样坐了好一阵,一直等待着终结。但终结没有到来。门开了,吉娣出现了。列文站起来想拦住她。但就在他站起来的时候,他听见垂死的人动了动。

"别走!"尼古拉说,伸出一只手。列文把一只手伸给他,生气地向妻子挥动另一只手,要她走开。

他握着垂死的人的手坐了半小时,一小时,又一小时。他不再想到死了。他想着吉娣在做什么,隔壁房里住着什么人,医生住的是不是他自己的房子。他很想吃东西,很想睡觉。他小心翼翼地抽出手,摸了摸垂死的人的脚。脚凉了,但他还有呼吸。列文又踮着脚尖想走开,但病人又动了动,说:

"别走。"

天亮了;病人的情况没有变。列文悄悄地抽出手,眼睛不看垂死的人,回到自己房里去睡觉。他醒来的时候,没有听到他预期的哥哥死亡的消息,却听说病人又恢复原来的状态。他又坐起来,咳嗽,又开始吃东西,说话;又不再谈到死,又表示希望恢复健康,变得更加暴躁更加忧郁了。不论做弟弟的,不论吉娣,谁也无法使他平静。他生每个人的气,对每个人都说不愉快的话,为他的痛苦而责备每个人,要求给他从莫斯科请一位名医来。人家问他觉得怎样,他总是恶狠狠地抱怨说:

"我痛苦极了,受不了啦!"

病人的痛苦越来越厉害,特别是由于无法医治的褥疮。他对周围的人也越来越恼火,动不动责备他们,特别是因为没有替他从莫斯科请医生来。吉娣千方百计照顾他,安慰他,但一切都白费。列文看出她在体力上和精神上都疲劳不堪,虽然她自己并不承认。那天夜里,病人唤弟弟来准备同生命告别,因而在大家心里引起的死的感觉,现在被破坏了。大家知道,他很快就要死了,他已经死去一半了。大家只有一个希望——但愿他快点死,可是又都隐瞒着这种念头,给他服药,替他找药找医生,欺骗他,也欺骗自己,并且相互欺骗。这一切都是虚伪,都是侮辱人格、亵渎神明的可恶的虚伪。列文出于他的本性和比谁都热爱垂死的哥哥,特别强烈地感觉到这种虚伪。

列文早就想使两位哥哥和解,哪怕在尼古拉临死前的时刻,他写信给柯兹尼雪夫哥哥,接着得到他的回信,他把这信读给病人听了。柯兹尼雪夫来信说,他不能来,但恳切地请求弟弟原谅。

病人一言不发。

"我该怎样给他写回信呢?"列文问。"我想你不生他的气吧?"

"不,一点也不!"尼古拉听到这问题,怒气冲冲地回答。"你写信去叫他替我请一个医生来。"

又过了三天痛苦的日子,病人的情况还是这样。现在凡是看见他的人,不论旅馆茶房也好,旅馆老板也好,旅客也好,医生也好,玛丽雅·尼古拉耶夫娜也好,列文也好,吉娣也好,都觉得他还不如死了的好。只有病人自己没有这个愿望,相反,因为没有替他请医生来而生气,并且继续服药,谈着生的问题。只有当鸦片使他暂时摆脱不停的痛苦时,他在迷糊中才偶尔说出他心里比谁都更强烈的真情:"唉,但愿快点完结!"或者:"什么时候才结束哇!"

越来越厉害的痛苦起了作用,使他准备死。没有一种姿势他不觉得痛苦,没有一分钟他能摆脱这种感觉,身上没有一处地方不疼痛,不在折磨他。甚至对这个身体的回忆、印象和思想都在他心里唤起嫌恶,就像他嫌恶自己一样。人家的模样,人家的话,他自己的回忆,对他来说一切都只有痛苦。他周围的人都觉察到这一点,在他面前都不知不觉地不让自己随便活动、谈话、流露自己的愿望。他的整个生命只剩下痛苦和希望解脱痛苦的欲望。

他身上显然正在发生变化,使他把死看做欲望的满足,看做幸福。以前,由痛苦或者贫乏而引起的各种欲望,例如饥饿、疲劳、口渴,总是由肉体机能上的满足而得到快感;现在呢,贫乏和痛苦并没有获得满足,而试图满足反而引起新的痛苦。因此全部欲望就汇合成一点:希望从一切痛苦和产生痛苦的根源——肉体中解脱出来。但他找不到适当的话来表达这种解脱的欲望。因此他不谈这事,却照例要求满足那些无法满足的欲望,"把我翻到那一边。"他说,但立刻又要求让他恢复原状。"给我喝点肉汤……把肉汤拿走……给我讲讲什么,你们怎么不说话?"但人家一开口,他就闭上眼睛,显出疲乏、冷淡和嫌恶的神气。

在他们来到城里的第十天,吉娣病了。她头痛,恶心,一早晨都不能起床。

医生说,她的病是疲劳、激动引起的,要她安心静养。

但午饭以后吉娣起床了,照常带着针线活到病人房里去。她进去的时候,他严厉地对她瞧瞧,听说她病了,又轻蔑地冷笑一声。这一天,他不断地擤鼻涕,沉重地呻吟着。

"您觉得怎么样?"她问他。

"更坏了,"他好容易说出来,"疼得很!"

"哪里疼?"

"到处都疼。"

"今天要完结了,你们看吧。"玛丽雅·尼古拉耶夫娜虽然说得很轻,但列文发觉病人的听觉特别灵,这话他一定听见了。列文对她低声嘘了一下,回头望了望病人。尼古拉真的听见了;但这些话对他并没有起什么作用。他的目光始终是责难的,紧张的。

"您为什么这样想?"当她跟着列文来到走廊里时,列文问她。

"他开始在自己身上乱抓。"玛丽雅·尼古拉耶夫娜说。

"怎么乱抓?"

"就是这样。"她一面说,一面撕着自己身上羊毛连衫裙的皱褶。真的,他发现病人这天整天都在自己身上乱抓,仿佛要撕掉什么东西似的。

玛丽雅·尼古拉耶夫娜的预言是对的。傍晚病人已没有力气举起手来,只是眼睛直勾勾地瞪着前方,眼神呆滞不动。就连弟弟或者吉娣向他弯下身去,希望他能看见他们,他也还是那样呆呆地望着。吉娣派人去请神父来做临终祷告。

神父做临终祷告时,垂死的人没有流露任何生命的迹象;眼睛闭上了。列文、吉娣和玛丽雅·尼古拉耶夫娜站在床边。神父还没有做完祷告,垂死的人就伸了伸身体,叹了一口气,睁开眼睛。神父念完祈祷文,把十字架放在那冰凉的前额上,然后又慢条斯理地把十字架包在圣带里,又默默地站了两分钟,摸了摸那凉了的没有血色的大手。

"他去了。"神父说着要走;但突然死人粘在一起的小胡子微微动了动,在一片肃静中清楚地听见从他胸膛深处发出清晰的声音:

"还没有……快了。"

过了一分钟,脸色发白了,小胡子底下露出一丝笑意。聚集在周围的几个女人就开始小心翼翼地收殓死人。

哥哥的模样和死的临近,使列文心里重又出现了恐惧。这种情绪是那年秋天黄昏哥哥来看他时产生的,也就是对死的无法理解、对死的临近和无可避免的恐惧。这种心情比上次更强烈了;他觉得他比以前更不理解死的意义,而对死的无可避免的恐惧也更厉害了。不过现在,亏得有妻子在身边,这种心情还没有使他绝望。虽然面对着哥哥的死,他还是觉得自己必须活下去,必须爱。他觉得是爱把他从绝望中救出来,在绝望的威胁下,这种爱就显得更强烈,更纯洁。

在他的眼前,不可思议的死的谜还没有解开,另一个同样不可思议的谜——号召人们去爱和生活的谜,又出现了。

医生证实了他对吉娣的推测。她身体不舒服是因为怀孕了。

21

卡列宁自从同培特西和奥勃朗斯基谈过话,知道对他的要求就是让妻子安宁,不要去打扰她,而妻子本人也有这样的愿望以后,他心烦意乱,六神无主,自己也不知道想做什么,一切都听从那些乐于过问他的事情的人的主意,什么样的意见他都同意。直到安娜离开他的家,英国女教师差人来问他,她该同他一起吃饭还是分开吃,他这才第一次彻底明白自己的处境,感到惊惶不安。

在这种处境里,最使他痛苦的是,他怎么也不能把往事和现实统一起来,加以调和。使他心里难以平静的倒不是他同妻子一起度过的幸福日子。从那时的生活到发觉妻子变心,这个变化他已痛苦地经历过了。这种处境是痛苦的,但他能理解。要是妻子当时向他坦白自己的变心而离开他,他会觉得伤心,觉得不幸,但不会像现在这样陷入莫名其妙的绝境。他怎么也不能把不久前他对患病的妻子和对别人的孩子的饶恕、怜悯和爱,同他现在的处境调和起来。也就是说,他现在落得孤零零一个人,受尽屈辱嘲弄,谁也不需要他,人人都蔑视他,仿佛这一切就是他饶恕和疼爱妻子所得到的报答。

妻子走后头两天,卡列宁照常接见来访者和秘书,出席会议,到餐厅吃饭。在这两天里,他竭力保持镇定甚至冷淡的模样,但自己也弄不懂为什么要这样做。回答该怎样处理安娜的东西和房间时,他拼命装出一副神气,似乎新近发生的事并不意外,也不是什么异常的事。他的目的达到了:谁也看不出他心里有丝毫的绝望。但在安娜走后第二天,当柯尔尼交给他安娜一张未付款的时装店账单,并报告说店员就在门口等着时,他吩咐叫那店员进来。

"对不起,大人,恕我打扰您。如果您要我们直接去问夫人的话,能不能请您把她的地址告诉我们。"

卡列宁沉思起来——店员有这样的感觉——接着突然转过身,在桌子旁坐下。他把头埋在手里,一动不动地坐了好一阵,几次想开口,但又停止了。

柯尔尼懂得老爷的心情,请那个店员下次再来。剩下卡列宁一个人,他明白他再也不能故作镇定了。他吩咐卸下那辆等着他的马车,关照不接见任何人,自己也不下楼吃饭。

他觉得他再也受不住普遍的轻蔑和冷酷的压力了。这种表情他在那店员的脸上,在柯尔尼的脸上,在这两天里他所遇见的一切人的脸上,都清清楚楚地看出来。他觉得他摆脱不了人家对他的憎恶,因为这种憎恶不是由于他坏(要是这样,他可以努力变得好一些),而是由于他不幸,可耻而又可恨的不幸。他知道就是因为这一层,就是因为他心碎肠断,人家才对他这样冷酷无情。他觉得大家在毁灭他,就像群狗咬死一只受尽折磨、痛得汪汪直叫的狗那样。他知道摆脱人们的唯一办法就是把伤痕掩盖起来。他勉强试了两天,但现在他觉得已经无力继续这场寡不敌众的斗争了。

他意识到自己在悲痛中孤独无告,越发绝望。不仅在彼得堡,他找不到一个人可以一诉衷肠,也找不到一个人不把他看作达官贵人和社会名流,而只是看作一个受苦受难的人那样来同情他;事实上,他在哪儿都找不到这样的人。

卡列宁从小就是个孤儿。他还有个哥哥。父亲他们不记得了,母亲死时卡列宁才十岁。财产很少。卡列宁的叔叔是一位高官,原是先皇的宠臣。他把他们抚养长大。

卡列宁在中学和大学全都成绩优异。大学毕业后,靠叔叔的帮助,他立刻踏上显要的仕途,从此醉心于功名。不论在中学里,大学里,还是任官职时,卡列宁都没有交上过一个知心朋友。哥哥是他最知心的人,但他在外交部任职,经常住在国外,卡列宁结婚后不久他就在国外去世了。

卡列宁做省长的时候,安娜的姑妈,当地一位有钱的贵妇人,把她的侄女介绍给他这个就年龄来说并不年轻,但就做省长来说却很年轻的人。这弄得他的处境十分为难:要么向她求婚,要么离开这个地方。卡列宁犹豫了很久。当时肯定这一步和否定这一步的理由势均力敌,同时又缺乏充分理由使他改变遇到疑难问题要慎重处理的原则。但安娜的姑妈通过一个熟人向他暗示，既然他已影响到姑娘的名誉，他要是有责任心，就该向她求婚。他求了婚，并且把他可能倾注的感情都倾注到未婚妻身上，后来又倾注到妻子身上。

他对安娜的迷恋彻底消除了他同别人亲密交往的需要。现在，他在所有的熟人中间没有一个知心朋友。他交游广阔，但没有真正的友谊。有许多人，卡列宁可以请他们到家里来吃饭，请他们参与他关心的事，请他们声援某个请愿者，也可以同他们坦率地讨论别人的事和最高当局的问题，但他同这些人的关系只遵照一般的礼仪和习惯，从不越雷池一步。他有一个大学里的同学，毕业后彼此很亲近，他本可以向他倾吐他的悲伤，但这个同学在一个遥远的教育区当督学。在彼得堡的熟人中间，最亲密最谈得来的是他的办公室主任和医生。

办公室主任史留丁是个朴实、聪明、善良和有道德的人，卡列宁对他很有好感，但五年来的同事关系在他们之间形成了一道鸿沟，妨碍他们推心置腹地交谈。

卡列宁在公文上签了字，沉默了好一阵，不时望望史留丁，几次想开口，但又开不了口。他心里准备好了这样一句话："您听到我的不幸吗？"但结果还是照例说了一句："那就请您替我办一办吧。"说完就让他走了。

另一个是医生，他待卡列宁也很好，不过他们之间早有一种默契，就是两人都非常忙碌，没有工夫闲聊天。

至于他的女友，首先是李迪雅，卡列宁根本就没有想到。女人毕竟是女人，对他说来都是又可怕又讨厌的。

22

卡列宁忘记了李迪雅伯爵夫人,她却没有忘记他。在这孤独绝望的痛苦时刻,她来看他,没有经过通报,就闯进他的书房。她看见他还是像原来那样双手抱头坐着。

"*我破坏了禁律!*"她快步走进来,由于兴奋和急促的动作而气喘吁吁,用法语说。"我什么都听说了!阿历克赛·阿历山德罗维奇!我的朋友!"她双手紧紧握住他的手,她那双美丽而若有所思的眼睛盯住他的眼睛,继续说。

卡列宁皱着眉头站起身来,从她的掌握里抽出手,推给她一把椅子。

"您坐一下好吗,伯爵夫人?我不会客,因为我病了,伯爵夫人。"他说着嘴唇哆嗦起来。

"我的朋友!"李迪雅伯爵夫人继续盯着他,重复说。她突然倒竖双眉,额上出现了一个三角形,她那难看的黄脸因而变得更难看了,但卡列宁察觉到她为他难过得几乎要哭了。他深为感动,就抓住她那胖鼓鼓的手吻着。

"我的朋友!"她激动得结结巴巴地说,"您不应该过分悲伤。您的悲伤确实不轻,但您应该想开一点。"

"我垮了,我给毁了,我不能做人了!"卡列宁放下她的手,但继续盯住她那泪水盈眶的眼睛,说。"我的处境太糟,我哪儿也找不到支持,连自己身上也找不到。"

"您会找到支持的,您不要在我身上找,虽然我请求您相信我对您的友谊。"她叹了口气说。"我们的支持就是爱,就是上帝赐给我们的爱。上帝要支持人是轻而易举的,"她带着卡列宁熟悉的欣喜若狂的眼神说。"上帝会支持您,帮助您的。"

这几句话表明她陶醉于自己崇高的感情,并且表达了近来在彼得堡广泛传播而卡列宁认为无聊的神秘情绪,但现在听起来,他却觉得高兴。

"我软弱无力。我给毁了。我原来怎么也没料到,现在怎么也弄不懂。"

"我的朋友!"李迪雅重复说。

"我不是为现在失去的东西而难过,不是的,"卡列宁继续说。"我并不为这难过。但就我现在这样的处境,见到人我不能不感到害臊。这很糟糕,但我没有办法,没有办法。"

"您那种饶恕人的崇高行为,我和大家都赞叹不止,但这不是您完成的,是您心中的上帝完成的,"李迪雅伯爵夫人十分激动地抬起眼睛说,"因此您不必为您的行为害臊。"

卡列宁皱起眉头,交叉双手,把手指弄得格格发响。

"什么琐碎的事情都得处理,"他尖声说。"一个人的精力毕竟有限哪,伯爵夫人,我的精力已经用到极限了。现在我从早到晚整天都得处理,处理那些由于我孤独的新处境而产生(他在"产生"两个字上加强了语气)的家务。用人啦,家庭教师啦,账目啦……种种琐事耗尽了我的精力,我再也受不了啦。吃饭的时候……我昨天差一点吃到一半走掉。我儿子瞧着我的那副神气,我真受不了。他没有问我这是怎么一回事,但他分明想问,我真受不了他那种眼神。他怕看我,但这还不算……"

卡列宁本想谈一谈给他送来的那张账单,可是声音发抖,就住口了。他一想到那张开着帽子和缎带欠款的蓝纸,就忍不住可怜起自己来。

"我了解,我的朋友!"李迪雅伯爵夫人说,"我全了解。您在我身上找不到帮助和安慰,但我来还是为了要帮助您,如果可能的话。要是我能给您解除这种种琐碎无聊的操劳……我了解这方面需要女人家的主意,女人家的安排。您肯把这些事交托给我吗?"

卡列宁一言不发,感激地握了握她的手。

"让我们一起来照顾谢辽查吧。我不善于办事,但我愿意担当起来,做您的管家。您不用感谢我。我这样做不是出于自己的意思……"

"我不能不感谢您。"

"但是,我的朋友,不要向您所说的那种感情投降,不要为一个基督徒至高无上的精神害臊,也就是:'心里谦逊的,必得尊荣。'①您不用感谢我,您应该感谢上帝,祈求上帝保佑。只有在上帝身上我们才能找到平静、安慰、拯救和爱。"她说着抬起眼睛仰望苍天,祈祷起来。卡列宁从她的沉默中看出这一点。

卡列宁此刻听着她。她那些说教,他以前即使不觉得讨厌,也觉得是多余的,如今听来却觉得很自然,很使人宽慰。卡列宁原来不喜欢这种新的狂热精神。他是个信徒,对宗教发生兴趣主要是从政治需要出发,现在新教义对宗教做了一些新解释,引起了争论和分析,这样就从原则上使他产生反感。他以前对这种新教义很冷淡,甚至有点敌视,但

---

① 见《旧约全书·箴言》第二十九章第二十三节。

同醉心于这种新教义的李迪雅却从来没有争论过,只是竭力用沉默来对付她的挑战。这会儿他是第一次高高兴兴地听着她的话,内心也不反对。

"我非常非常感谢您,感谢您的行为和您的话!"等她祷告完毕,他说。

李迪雅伯爵夫人又一次紧握她朋友的两手。

"现在我要做点事了。"她沉默了一会儿,擦去脸上的泪痕,微笑着说。"我去看看谢辽查。非万不得已我不来打扰您。"她说着站起身,走了出去。

李迪雅伯爵夫人走到谢辽查房里,用泪水濡湿受惊的孩子的双颊,还对他说,他的父亲是个圣人,他的母亲死了。

李迪雅伯爵夫人履行了她的诺言。她确实承担起责任来安排和料理卡列宁的全部家务。不过,她说她不善于办事,这倒不是谦虚。她对仆人的吩咐都需要修改,因为都行不通。卡列宁的用人柯尔尼就往往做这种修改。事实上柯尔尼现在悄悄地在掌管着卡列宁的全部家务,他总是在替老爷穿衣服时小心谨慎地向他报告凡是需要报告的事。但是李迪雅的帮助还是极其有用:她给了卡列宁精神上的支持,使他感觉到她对他的友爱和敬意,特别使她想起来都觉得快慰的是,她几乎使他真正皈依了基督教,也就是说,把他这个冷淡疏懒的信徒变成一个近来在彼得堡流行的基督教新教义坚决热情的拥护者。卡列宁轻易地相信了这种新教义。也像李迪雅和其他具有同样见解的人那样,他完全缺乏深刻的想象力,缺乏心灵的力量——有了这种力量,由想象而产生的看法就会十分生动,势必要求其他看法和现实去同它相适应。例如,死对不信教的人是存在的,对他却是不存在的;因此他具有十足的信仰,而他自己又是判断信仰的裁判员,在他的灵魂里没有罪恶,他在这个世界上已完全获得拯救——他看不出这些看法有什么问题,有什么不现实的地方。

不错,卡列宁也模模糊糊地感觉到,对信仰的这种看法是轻率谬误的。他也知道,如果他根本没有想到他的饶恕是出于神力的驱使,而纯粹是凭感情行事,那就会比他现在想到基督活在心中,他签发公文是在执行神旨,更加幸福。但是卡列宁不能不这样想,他在他屈辱的处境中不能没有一个崇高的、哪怕是假想的立足点,使他这个被人人鄙视的人也可以鄙视别人,因此他就死抱住这个虚假的救星,把它当做真正的救星。

23

李迪雅伯爵夫人还是个年轻热情的姑娘时,就嫁给了一个有钱有势、心地善良而耽于酒色的纨绔子弟。婚后不到两个月,丈夫就把她抛弃了,对于她表示的热烈爱情,他只用嘲笑甚至敌意来回答。这种情绪,凡是知道伯爵的善心而在多情的李迪雅身上又看不到什么缺点的人,都无法解释。从那时起,他们虽然没有离婚,但是分居了。每当丈夫遇见妻子的时候,他总是莫名其妙地用刻毒的嘲笑来对待她。

李迪雅伯爵夫人早已不爱她的丈夫,从那时起从没有停止过同人家谈情说爱。她一下子爱上了好几个人,有男的,也有女的;凡是有什么特点的人她几乎全爱上了。她爱上了所有新订婚的皇亲国戚,爱上了一位总主教、一位助理主教和一位神父;她爱上了一个新闻记者、三个斯拉夫主义者和康米萨罗夫①；她爱上了一位大臣、一位医生、一位英国传教士，又爱上了卡列宁。这种朝三暮四的爱情并不妨碍她同宫廷和社交界保持广泛而错综的联系。但自从卡列宁遭到不幸，她对他实行特殊庇护以来；自从她关心卡列宁的幸福，在他家里操劳以来，她觉得其他的爱都是虚假的，现在她真正爱上的只有卡列宁一人。她觉得她现在对他的感情比以前对任何人的感情更强烈。分析自己的感情，拿这次感情同以前对别人的感情作比较，她清楚地看出要不是康米萨罗夫救了沙皇的性命，她是不会爱上他的；要是没有斯拉夫问题，她也不会爱上李斯季奇—库奇茨基。但她爱卡列宁是爱他这个人，爱他高深莫测的灵魂，爱他拖长音的尖细可爱的声音，爱他疲倦的眼神，爱他的性格，爱他青筋毕露的又白又软的手。她不仅高兴看见他，而且总是在他脸上察看他对她的反应。她希望他不仅喜欢她说的话，而且喜欢她整个的人。为了他，她比以前任何时候更加注意修饰打扮。她常常幻想，如果她没有结过婚，他也没有妻子的话，那又会怎么样。他一走进房里，她就兴奋得满脸通红。他对她说些什么愉快的话，她就克制不住由衷的微笑。

李迪雅伯爵夫人心神不宁已经有几天了。她听说安娜和伏伦斯基在彼得堡。一定要使卡列宁避免同她见面，甚至一定不能让他知道这件痛苦的事：这个可怕的女人和他生活在同一个城市里，他随时都会遇见她。

李迪雅通过她的熟人去打听这两个"可恶的人"——她这样称呼安娜和伏伦斯基——在做什么，在这几天里竭力控制她这位朋友的行

---

① 康米萨罗夫曾打落凶手手枪，救了沙皇亚历山大二世性命。

动,免得他同他们见面。一个年轻的副官,伏伦斯基的朋友——她通过他获得消息,他希望通过她获得某种特权——告诉她说,他们已经办完事情,明天就要走了。李迪雅刚刚放下心,不料第二天早晨就收到一封信,她恐怖地从信封上认出了笔迹。这是安娜·卡列尼娜的笔迹。信封厚得像树皮;在长方形的牛皮纸上写有巨大的花体字母;信里散发着芳香。

"是谁送来的?"

"旅馆里的听差。"

李迪雅伯爵夫人好一阵都无法坐下来看信。她激动得气喘病又发了。等她平静下来,她读了这样一封法文信:

伯爵夫人!基督徒的感情充溢您的心,也使我敢于冒昧给您信。我不幸离开了儿子。我恳求您让我在动身之前再见他一面。我打扰您,请您原谅。我写信给您而不写信给阿历克赛·阿历山德罗维奇,只是为了我不愿使这位宽宏大量的人因想到我而难过。我知道您对他的友谊,您一定会了解我的。您能不能把谢辽查送到我这里来,或者约个时间让我回家来看他,或者告诉我什么时候在别的什么地方我能看见他?我知道决定这件事的人的宽宏大量,我一定不会遭到拒绝。您准不能想象我是多么渴望见到他,因此您也不能想象您的帮助将怎样使我感激不尽。

安 娜

这封信里的一切都使李迪雅伯爵夫人生气:不论信的内容,不论

"宽宏大量"这四个字的含义,特别是那种她认为放肆的语气。

"对来人说没有回信。"李迪雅伯爵夫人说。接着她立刻翻开信纸,写信给卡列宁,说她希望中午在宫廷庆祝会上看见他。

> 我需要同您谈一件重大而痛苦的事。到那时我们再约个地方。最好在我家里,我将准备您所喜欢的茶。务必要来。上帝给了人十字架,也给了人忍受的力量。

李迪雅伯爵夫人通常每天都要给卡列宁写两三封信。她喜欢这种联络方式,因为写信要比当面交谈更具有风雅和神秘的色彩。

24

庆祝会结束了。散会后出来的人,大家见了面,交谈着新闻,谁获得了褒奖,谁提升要职。

"最好请玛丽雅·波里索夫娜伯爵夫人负责陆军部,再请华特科夫斯卡雅公爵夫人当参谋长。"一个穿金边制服、头发花白的小老头,对一个向他征求提升意见的高大漂亮的女官说。

"还有让我当副官。"女官笑嘻嘻地回答。

"您已经当上官了。您掌管教会部。卡列宁当您的助手。"

"您好,公爵!"小老头向走过来的一个人握握手说。

"您说卡列宁什么?"公爵问。

"他和普嘉托夫都获得了聂夫斯基勋章。"

"我还以为他原来就有了呢。"

"不。您看看他。"小老头用他的金边帽子指指卡列宁。他身穿朝服,佩着崭新的红色绶带,同一个有势力的议员一起站在门口。"他还挺神气活现。"他加了一句,站住同一个体格魁梧、相貌堂堂的宫廷侍从握手。

"不,他老多了。"宫廷侍从说。

"操劳过度。他现在一直在起草计划。现在他不把所有的条款都说清楚,他们是不肯放走这个可怜人的。"

"怎么老了?他还在谈恋爱呢。我想李迪雅伯爵夫人现在正在妒忌他的妻子呢。"

"嗳!请您不要说李迪雅伯爵夫人的坏话。"

"她爱上了卡列宁,这有什么不好呢?"

"听说卡列宁夫人在这里,这是真的吗?"

"嗳,不是在这宫廷里,是在彼得堡。昨天我看见她和伏伦斯基在滨海街手挽着手走呢。"

"这种人没有……"宫廷侍从刚一开口就停止了,他给一位皇亲让路,还向他鞠躬。

大家就这样对卡列宁议论纷纷,责难他,嘲笑他。他呢,这时候正好拦住那个被他抓住的议员,一刻不停地向他说明他的财政计划,唯恐他走掉。

差不多就在妻子离家出走的同时,卡列宁遇到了一个官场中人最伤心的事——晋升的路断了。这件事大家都看得很清楚,但卡列宁自己却没有发觉他的前程已经完了。不论是由于同斯特列莫夫的冲突,还是由于同妻子之间发生的悲剧,也不论是官位已达到命定的极限,今年大家都看得清清楚楚,卡列宁的前程已经完了。他还身居要职,他是许多委员会的委员,但他这个人已经过时,谁也不对他抱什么希望了。不论他说什么,不论他提什么建议,大家都觉得是老生常谈,完全没有必要。

但是卡列宁并没有发觉这一点,相反,如今他不直接参加政府活动,却比以前更清楚地看出别人工作中的缺点和错误,并且认为指出纠正的办法是他的责任。在同妻子分居后不久,他就动手写新的审判规章,这是他必须写而谁也不需要的无数小册子中的第一本。

卡列宁不仅没有注意到他在官场中的绝境,不仅不为这事忧虑,而且对他自己的活动比以前任何时候更满意了。

"没有娶妻的,是为主的事挂虑,想怎样叫主喜悦;娶了妻的,是为世上的事挂虑,想怎样叫妻子喜悦。"①使徒保罗说。现在卡列宁的一举一动都遵照《圣经》的教导,他常常想到这一段话。他觉得自从离开妻子以来,他就以这些行动来更好地侍奉上帝。

那位议员想摆脱他,脸上露出明显的不耐烦神气,却没有使他发窘。直到议员利用那位皇亲经过的机会溜掉,卡列宁才住了口。

只剩下卡列宁一个人,他垂下头,定了定神,这才漫不经心地回头望了一眼,向门口走去,希望在那里遇见李迪雅伯爵夫人。

"他们个个都那么强壮结实。"卡列宁望着那体格魁伟、留着散发出香气的络腮胡子的宫廷侍从和那个穿军装的公爵的红色脖子,这样想。他要从他们身边走过去。"说得对,世间一切都是邪恶。"他又瞟了一眼宫廷侍从的小腿,想。

---

① 见《新约全书·哥林多前书》第七章第三十二节。

卡列宁不慌不忙地走过去,照例带着疲劳而不失威严的神气,向那些刚才在议论他的先生鞠了个躬。接着,眼睛望着门口,找寻着李迪雅伯爵夫人。

"啊!阿历克赛·阿历山德罗维奇!"当卡列宁走到一个小老头旁边,冷冷地向他点了点头时,小老头恶狠狠地闪动眼睛说。"我还没有向您道喜呢。"他指指卡列宁身上的新绶带说。

"谢谢您!"卡列宁回答。"今天天气真好哇!"他加上一句,照例特别强调"好"字。

他们都在嘲笑他,这点他是知道的。不过除了敌意外,他并不期望从他们那里得到别的什么。这种情况他已经习惯了。

卡列宁看见李迪雅伯爵夫人走进门来,看见她那从紧身衣里裸露出来的黄色肩膀和那双若有所思的诱人的美丽眼睛,他露出发亮的牙齿微微一笑,走到她跟前。

李迪雅近来总是刻意打扮,今天的打扮也煞费苦心。她现在的服饰同她三十年前所追求的完全相反。当年她总是尽可能把自己打扮得漂亮些。现在呢,要是她过分打扮就会同她的年龄和相貌不相称,因此她关心的只是怎样使她的外表和装饰不要太不相称。对卡列宁,她达到了这个目的,他觉得她是迷人的。对他来说,她是他在一片包围他的敌视和嘲笑的汪洋大海中的孤岛,不仅是善意的而且是爱的孤岛。

他穿过嘲笑的目光的行列,自然地追求她那含情脉脉的眼神,就像植物追求阳光一样。

"我向您祝贺!"她用眼睛示意他的绶带,对他说。

他忍住得意的微笑,闭上眼睛,耸耸肩膀,仿佛这并不使他高兴。李迪雅伯爵夫人很懂得,授勋得奖是他人生的主要乐趣,虽然他自己从不承认。

"我们的小天使怎样了?"李迪雅伯爵夫人说,她指的是谢辽查。

"我不能说我对他完全满意,"卡列宁扬起眉毛,睁开眼睛说。"西特尼科夫对他也不满意。(西特尼科夫是谢辽查的家庭教师,负责他的世俗教育①。)我对您说过,他对那些会感动每一个大人、每一个孩子心灵的重大问题有点冷淡。"卡列宁开始讲到他除了公务之外唯一关心的问题——儿子的教育问题。

卡列宁依靠李迪雅的帮助恢复了原来的生活和活动以后,觉得关心身边儿子的教育是他的义务。卡列宁以前从来没有研究过教育问题,现在就花一些时间来研究教育理论。他看了几本人类学、教育学和教学法的书,制订了一个教育计划,并且请彼得堡一位最卓越的教育家来指导,着手工作。这项工作是他经常关心的。

"是的,可是心呢? 我看出他有一颗同父亲一样的心。一个孩子生有这样的心是决不会坏的。"李迪雅伯爵夫人激动地说。

"是的,也许是这样……至于我呢,不过是尽我的责任罢了。我也只能这样。"

"您到我家来一次,"李迪雅伯爵夫人沉默了一下说,"咱们要谈一件使您伤心的事。我真情愿牺牲一切也不让您再想起那件不愉快的事,可是别人不这样考虑。我收到她的一封信。她在这里,在彼得堡。"

卡列宁一听到她提起妻子就浑身打了个哆嗦,脸上立刻现出死一般僵硬的神色,表示他对这事束手无策。

"我早就料到了。"他说。

---

① 指宗教以外的教育。

李迪雅伯爵夫人痴情地对他望了望,为他灵魂的伟大而激动得热泪盈眶。

25

卡列宁走进李迪雅伯爵夫人那个陈列着古代瓷器、挂满画像的舒适小书房时,女主人自己还没有来。她在换衣服。

圆桌上铺着桌布,上面摆着中国茶具和一把烧酒精炉的银茶壶。卡列宁漫不经心地环顾了一下无数装饰着书房的画像,在桌旁坐下,翻开桌上的《新约》。伯爵夫人身上绸衣服的窸窣声分散了他的注意力。

"好,现在我们可以安安静静坐下来,"李迪雅伯爵夫人露出兴奋的微笑,急急地走到桌子和沙发中间说,"一边喝茶,一边谈谈了。"

李迪雅伯爵夫人说了几句开场白,就涨红了脸,呼吸急促地把她收到的那封信递给卡列宁。

他读着信,沉默了好一阵。

"我想我没有权利拒绝她。"他抬起眼睛,怯生生地说。

"我的朋友!您在谁身上都看不到邪恶!"

"相反,我看到世间一切都是邪恶。可是这样做是不是合理?……"

他脸上显示出犹豫不决和寻求帮助的神色,希望在他所不理解的事情上得到人家的劝告、支持和指导。

"不!"李迪雅伯爵夫人打断他的话说,"凡事都有个限度,我懂得什么叫伤风败俗。"她说得言不由衷,因为她绝对不懂得是什么引得女人伤风败俗的。"可是我不懂得冷酷无情,何况这又是对谁呢?是对您!她怎么可能待在您所在的城市里?唉,真是活到老,学到老。我正在研究您的崇高和她的卑鄙。"

"可是谁愿意落井下石呢?"卡列宁说,对他扮演的角色显然很满意。"我饶恕了她的一切,因此我也不能剥夺她心中的爱,对儿子的爱……"

"但那说得上是爱吗?我的朋友!那是出于真心实意吗?就算您已经饶恕了她,现在还在饶恕她……可是我们有权利去伤害这个小天使的心灵吗?他以为她已经死了。他为她祷告,祈求上帝赦免她的罪孽……这样倒好。他要是看见她,那会怎么想呢?"

"这一点我倒没有想到。"卡列宁说,显然同意她的意见。

李迪雅伯爵夫人双手捂住脸,一言不发。她在祷告。

"要是您征求我的意见,"她祈祷完了,放下手说,"那我劝您不要这样做。难道我看不出您是多么痛苦,这事又揭开了您的创伤吗?就算您像平时那样不顾您自己吧,这又将造成什么后果呢?不是会给您重新带来痛苦,让孩子也受折磨吗?只要她稍微还有一点儿人心,她就不该提出这样的要求。不,我毫不动摇,我劝您不要答应。要是您允许,我就写信给她。"

卡列宁同意她的意见。于是李迪雅伯爵夫人就写了这样一封法文信:

亲爱的夫人!

要是让您的儿子想到您,这就会使他产生一系列问题,而要回答这些问题,就不可能不在孩子的心灵里灌输一种情绪,使他谴责他原来认为神圣的东西。因此我请求您以基督的爱的精神谅解您丈夫的拒绝。我祈求至高无上的神赐给您仁慈。

李迪雅伯爵夫人

这封信达到了李迪雅伯爵夫人连自己都不敢承认的阴险目的。它狠狠地刺痛了安娜的心。

在卡列宁方面呢,他从李迪雅家回来以后,整整一天都无法处理例行公事,也得不到他作为一个灵魂得救的信徒最近所享有的内心平静。

妻子对他犯了这样的大罪,他自己又如李迪雅伯爵夫人公正地说过的那样像个圣人,照理说,回想到妻子是不应该心烦意乱的,可是他却不能平静。他看书看不进去,头脑里驱除不掉痛苦的回忆。他想起他同她的关系,他现在才感觉到他对她做过的错事。他想起从赛马场回来,他怎样听取她坦白自己的不贞,好像听取忏悔一样(特别是想到他只要求她保持体面,并不要求决斗),他感到十分痛苦。他想起他写给她的信,也觉得很难过;特别是一想起他那种谁也不需要的饶恕和他对别人孩子的关心,他的心就被羞耻和悔恨烧灼着。

这种羞耻和悔恨,现在当他回想起他同她的全部往事,回想起他经过长久迟疑之后向她求婚所说的蠢话时,又涌上心来。

"可是我到底做错了什么事?"他自言自语。这个问题总是在他心里引起另一个问题:要是换了别人,譬如说,伏伦斯基、奥勃朗斯基和那些腿肚发达的宫廷侍从,他们会有什么不同的感觉,他们的恋爱和婚姻会有什么不同呢?他想象着这些身强力壮、信心十足的人,他们总是随时随地吸引他的好奇心。他努力驱除这些思想,竭力使自己相信,他活着不是为了今世暂时的生活,而是为了永恒的生活,他心里充满了平静和爱。但是在这暂时的无足轻重的生活里,他认为他犯了一些无足轻重的错误,这使他很痛苦,仿佛连他所信仰的永恒的得救都不存在了。不过,这种诱惑没有持续多久,卡列宁心里又恢复了平静和崇高的境界。有了这种心境,他才忘记他不愿想起的那些事情。

26

"怎么样,卡比东诺奇?"谢辽查在生日前一天散步回来,脸色红润,兴高采烈,他把有褶的外套交给那俯身向他微笑的高个子老门房,这样说。"怎么样,今天那个扎绷带的官来过吗?爸爸接见他了?"

"接见了。办公室主任一走,我就去通报了,"门房快乐地眨眨眼说。"让我来给您脱。"

"谢辽查!"斯拉夫家庭教师站在通里屋的门口说,"你自己脱。"

谢辽查听见家庭教师的微弱声音,却不理他。他一只手抓住门房的肩带站着,望着他的脸。

"怎么样,爸爸答应他的要求了?"

门房点点头。

那个扎绷带的小官吏已经来过七次,有什么事来求卡列宁,引起谢辽查和门房的注意。有一次谢辽查在门厅里遇见他,听见他哀求门房给他通报,说他和他的孩子们都快饿死了。

这以后,谢辽查在门厅里又一次遇见这个小官吏,对他很关心。

"怎么样,他很高兴吗?"他问。

"怎么能不高兴呢!他走的时候简直手舞足蹈呢。"

"有人送东西来过吗?"谢辽查沉默了一会儿,问。

"啊,少爷,"门房摇摇头,低声说,"伯爵夫人有东西送来。"

谢辽查立刻明白了,门房说的是李迪雅伯爵夫人给他送来了生日礼物。

"真的吗? 在哪里?"

"柯尔尼带给你爸爸了。准是件好东西!"

"多大? 有这样大吗?"

"小一点,但是件好东西。"

"是一本书吗?"

"不,是样东西。去吧,去吧,华西里·鲁基奇在叫你呢。"门房听见教师的脚步声越来越近,就小心翼翼地把那只抓住他肩带、手套脱了一半的小手拉开,接着眨眨眼,向教师华西里·鲁基奇走来的方向点点头。

"华西里·鲁基奇,马上就来!"谢辽查带着快活而亲切的微笑说。这种笑容总是能制服一丝不苟的华西里·鲁基奇的。

谢辽查实在太高兴了,太幸福了,他不能不让他的朋友——老门房分享家里的另一件喜事。这喜事他是在夏园散步时听李迪雅伯爵夫人的侄女说的。他觉得这喜事特别有意思,因为是同那个小官吏的喜事以及他自己收到玩具这样的乐事同时来临的。谢辽查觉得今天是个大喜的日子,应该人人高兴,个个快乐。

"你知道吗,爸爸今天得了聂夫斯基勋章?"

"怎么不知道! 人家已经来道过喜了。"

"怎么样,他高兴吗?"

"皇上赐恩,他怎么会不高兴呢! 这说明他是立了功的。"门房一本正经地说。

谢辽查沉思起来,凝视着他仔细研究过的门房的脸,特别是那夹在灰色络腮胡子中间的下巴。这下巴,除了总是向他仰视的谢辽查以外,谁也没有看清楚过。

"哦,你的女儿在你家里吗?"

门房的女儿是一个芭蕾舞演员。

"不是礼拜天怎么能来呢?她们也要上课。您也要上课了,少爷,去吧!"

谢辽查走进屋里,不坐下来读书,却对教师说送来的礼物一定是辆火车。"您看是什么?"他问。

但华西里·鲁基奇只想到要谢辽查预备语法,因为语法教师再过两小时就要来了。

"不,华西里·鲁基奇,您只要告诉我,"他已经坐到书桌旁,两手拿着书,忽然问,"什么勋章比聂夫斯基更高?您知道吗,爸爸得了聂夫斯基勋章了?"

华西里·鲁基奇回答说,比聂夫斯基勋章更高的是弗拉基米尔勋章。

"再高些呢?"

"最高是安德烈勋章。"

"比安德烈再高呢?"

"我不知道。"

"怎么,连您都不知道吗?"谢辽查两肘支着脑袋,沉思起来。

他的思想错综复杂,五花八门。他想象他的父亲忽然同时得了弗拉基米尔勋章和安德烈勋章,这样他今天来上课就会和气得多。等到他长大了,他将得到所有的勋章,到那时人家还会想出比安德烈更高的勋章。人家一想出来,他就得到。人家还会想出更高的勋章来,他也会立刻把它弄到手。

时间就在这样胡思乱想中过去。教师来上课,他有关时间、地点和行为方式的状语没有预备好。教师不但很不满意,简直很伤心。教师的伤心触动了谢辽查。然而他觉得他没有预备好功课不能怪他;不管他怎样用功,他总是学不好。教师给他解释,他似乎懂了,但当剩下他一个人的时候,他简直就想不起、弄不懂为什么"突然"这个常见的普通词是**行为方式状语**。不过使教师伤心,他总觉得内疚,想去安慰安慰他。

他选择了教师默默看书的时候,突然问:

"米哈伊尔·伊凡内奇,您几时过命名日啊?"

"您最好还是想想您的功课,至于命名日,对一个明白事理的人是毫无意义的。命名日也像平时一样,应该用功。"

谢辽查仔细望望教师,望望他稀疏的大胡子,望望他那副滑到鼻梁下面的眼镜,一心一意沉思起来,教师给他作的解释一句也没有听进去。他明白教师嘴上讲的并不是他心里想的,他是从他的语气里听出来的。"可是为什么他们都一个调子讲这种最乏味最无用的东西呢?为什么他疏远我,不喜欢我呢?"他忧郁地问自己,可是回答不上来。

27

语文教师上课以后是父亲的课。父亲还没有来,谢辽查就坐在桌旁玩弄一把小刀,同时想着心事。在谢辽查爱好的活动中,有一项就是散步时找寻母亲。他不相信人会死,特别不相信母亲会死,尽管李迪雅伯爵夫人告诉了他,父亲也加以证实,因此,即使在他们告诉他母亲已死的消息以后,他还是在散步时找寻她。凡是身体丰满、风度优美的黑头发女人都是他的母亲。一看见这样的女人,他的心头就会涌上一股亲切的暖流,使他激动得喘不过气来,泪水也会夺眶而出。他就这样怀着满腔希望等待着,等着母亲走到他面前,揭开面纱,露出整个面孔,向他微笑,把他紧紧抱住。他会闻到她的气息,感觉到她手臂的柔软。他会幸福得哭出来,就像那天晚上躺在她脚边,她呵他的痒,他哈哈大笑,咬她那只戴戒指的白手一样。后来,他无意间从奶妈那里知道,他的母亲并没有死,父亲和李迪雅又向他解释,说她对他来说等于死了,因为她不好(这话他怎么也不能相信,因为他爱她),但他还是到处找寻她,等待她。今天在夏园里有一位戴紫色面纱的太太沿着小径向他们走来,他克制住心悸注视着,满心希望就是她。这位太太没有走到他们面前,却在哪里消失了。今天谢辽查对母亲的爱比平时更强烈。这会儿,他在等父亲来上课,想得出了神,用小刀在旧桌子边上刻满刀痕,亮晶晶的眼睛望着前方,想念着她。

"爸爸来了!"华西里·鲁基奇把他叫醒了。

谢辽查跳起来,跑到父亲面前,吻了吻他的手,仔细望望他的脸,想看出他得了聂夫斯基勋章后高兴的迹象。

"你散步得快活吗?"卡列宁一面说,一面坐到他的扶手椅上,拉过《旧约》,把它翻开来。虽然卡列宁对谢辽查说过不止一次,凡是基督徒都应该熟悉圣史,但他自己上课却常常查阅《圣经》。这一点谢辽查是注意到的。

"嘿，非常快活，爸爸！"谢辽查说着在椅子边上坐下来，摇动着。这种行为是被禁止的。"我看见了娜金卡（娜金卡是李迪雅抚养长大的侄女）。她告诉我说您得了新勋章。您高兴吗，爸爸？"

"第一，请你不要摇椅子；"卡列宁说，"第二，可贵的不是奖赏，而是劳动。这一点我希望你能理解。你瞧，如果你劳动、学习只是为了得奖，你会觉得劳动是辛苦的；可是当你劳动的时候，"卡列宁想到，今天早晨他怎样凭责任感签发了一百十八份公文，完成了这样枯燥乏味的工作，说，"如果你爱劳动，就会在其中得到奖赏。"

谢辽查的热情和快乐得晶晶发亮的眼睛变得暗淡无光，在父亲的目光下垂下来。父亲对谢辽查说话一向用这样的口气，他早就听惯了，并且会模仿他。谢辽查觉得，父亲对他说话，总是像对一个凭空想象出来、只有书本里才有的孩子说话，完全不像对他谢辽查说话。谢辽查也总是竭力装得像书本里那样的孩子。

"我想你总该了解这个道理了吧？"父亲说。

"是的，爸爸。"谢辽查竭力装得像个模范孩子那样回答。

功课包括背诵福音书里的几节经文和复习《旧约》的开头部分。福音书里的几节经文谢辽查本来记得很熟，可是这会儿他在背诵时凝视着父亲骨头突出的前额，凝视得出了神，就在同一个字上把一节经文的结尾同另一节经文的开端混淆起来了。卡列宁认为他显然不了解他背诵的经文的意思，大为恼火。

他皱起眉头，开始解释谢辽查听过多次却怎么也记不住的经文，因为他太熟悉了，反而记不住，就像"突然"是行为方式状语一样。谢辽查怯生生地望着父亲，心里只想着一件事：父亲会不会叫他复述他说过的话？这种情况有时候是有的。这个念头使谢辽查很害怕，弄得他头脑有点糊涂。但父亲并没有叫他复述,就改上《旧约》课了。谢辽查叙述《旧约》里的事件叙述得很好,但要他回答某些事件说明什么问题,他却一无所知,虽然他为这门功课已经受过处罚。使他哑口无言,坐立不安,用刀划桌子,坐在椅上摇晃的,就是要他背诵洪水泛滥以前人类始祖的谱系。这些始祖他一个也不知道,只记得那个活着就被上帝带到天上去的以诺。以前他记得他们的名字,可是现在全忘记了,特别是因为在《旧约》中他只喜欢一个以诺,以诺活着升天这件事在他头脑里是同一连串思想活动联系着的。现在,当他眼睛盯住父亲的表链和背心上半解开的纽扣时,他就沉湎在这一连串的思想中。

对于人家常常对他说起的死这件事,他并不完全相信。他不相信他所心爱的人会死,特别不相信他自己会死。死对他是完全不可能的,是无法理解的。但人家对他说凡人都要死。他问过他所信任的人,他们也都肯定这一点,就连他的奶妈也这样说,虽然说的时候不太高兴。但是以诺没有死,可见不是人人都要死。"为什么不是每个人都可以博得上帝的恩宠,活着升天呢?"谢辽查想。坏人,也就是谢辽查所不喜欢的那些人,都会死,但是好人都可以像以诺一样活着升天。

"那么,有哪些祖先呢?"

"以诺,以诺。"

"这你已经说过了。这样不好,谢辽查,太不好了。如果你不努力记住一个基督徒最重要的事,"父亲站起身来说,"那还有什么事能使你留意呢?我对你不满意,彼得·伊格纳基奇(他是首席教师)对你也不满意……我得处罚你。"

父亲和教师对谢辽查都不满意,他学习得确实很糟。但决不能说他是一个低能的孩子。相反,他比教师举出来给他做榜样的孩子要聪明得多。照父亲看来,他不肯学习教师给他上过的功课。其实他是不愿学习。他所以不愿学习,因为在他的心里存在着比父亲和教师提出的更迫切的要求。这两种要求是矛盾的,因此他同教育他的人发生了冲突。

他现在九岁,还是个孩子,但他知道自己的心灵,他爱护它,就像眼皮保护眼珠一样。没有爱的钥匙,他就不让任何人闯进他的心灵。教师抱怨他不肯学习,其实他的心灵洋溢着求知欲。他向卡比东诺奇,向奶妈,向娜金卡,向华西里·鲁基奇学习,却不向教师们学习。父亲和教师的希望落空了,就像推动水车的水早就漏掉了,漏到别的地方去了。

父亲罚谢辽查不准去找李迪雅的侄女娜金卡,这正是谢辽查求之不得的。华西里·鲁基奇情绪很好,教他怎样做风车。整个晚上谢辽查都在做玩具风车,同时梦想做一个人可以待在上面转的大风车;或者双手抓住风车的翅膀,或者把自己缚在上面转。整个晚上谢辽查都没有想到过母亲,但是,上床以后,他忽然想到了她,就用他自己的话祈祷,恳求他母亲明天他生日不再躲着他而回家来看他。

"华西里·鲁基奇,您知道我另外还祷告什么吗?"

"是不是希望功课好一点哪?"

"不是。"

"玩具吗?"

"不。您猜不着。美极了,这是个秘密!等到实现了,我再告诉您。您猜不着吧?"

"是的,我猜不着。你说出来吧!"华西里·鲁基奇微笑着说,这在他是很难得的。"嗯,睡下,我要吹灭蜡烛了。"

"灭了蜡烛,我祷告的东西就看得更清楚。哟,我差点儿泄露秘密了!"谢辽查快活地笑出声来,说。

等到蜡烛拿走以后,谢辽查听见和感觉到他的母亲来了。她俯身站在他旁边,用慈爱的目光抚慰着他。可是又出现了风车、小刀,一切都混淆起来,他就这样睡着了。

28

伏伦斯基同安娜回到彼得堡,住在一家上等旅馆里。伏伦斯基单独住在楼下,安娜带着婴孩、奶妈和侍女住在楼上有四间房的大套间里。

他们到达那天,伏伦斯基就去看望他哥哥。他在那里遇见因事从莫斯科来到的母亲。母亲和嫂嫂照常迎接他。她们问他国外旅行的情况,谈到他们共同的熟人,但只字不提他同安娜的关系。第二天一早,哥哥就来看望伏伦斯基,主动向他打听她的情况。伏伦斯基坦率地告诉他,他把他同安娜的关系看得像结过婚一样,他希望她能办理离婚手续,到那时就可以同她正式结婚,而目前他也把她看作正式妻子。他请哥哥把他的意思转告母亲和嫂嫂。

"社会上赞成不赞成,我倒无所谓,"伏伦斯基说,"但我的亲人如果要同我保持亲属关系,那他们就应该同我的妻子保持同样的关系。"

哥哥一向尊重弟弟的见解,但在社会没有判断这件事以前,他不知道弟弟做得对还是不对。至于本人,他完全不反对这件事,因此就同伏伦斯基一起去看安娜。

伏伦斯基当着哥哥的面也像当着一切人的面那样,对安娜用"您"称呼,对待她就像对待一个知己朋友,但心照不宣;哥哥知道他们的真实关系,他们也就谈到安娜要到伏伦斯基庄园去的事。

伏伦斯基富于社会经验,但由于他现在的特殊处境,头脑十分糊涂。照说他应该明白,社交界的门对他和安娜是关着的,但他头脑里却昏昏然,以为那都是过去的情况,现在社会的发展一日千里(他不知不觉成了一切进步事物的拥护者),现在社会的舆论变了,他们能不能被社交界接纳,这问题还很难说。"当然,"他想,"宫廷社会不会接待她,但是亲戚朋友能够而且应该理解他们。"

一个人可以用同一个姿势盘腿坐上几小时,如果他知道并没有人强迫他这样坐着;但一个人如果知道他非用这样的姿势盘腿坐上几小时不可,他的腿就会麻木痉挛,而竭力想伸到他希望伸的地方去。伏伦斯基对社交界就有这样的感觉。他心里明明知道社交界的门对他们是关闭着的,但他还是在尝试,看社交界的情况现在是不是有了改变,会不会接纳他们。但他很快就发觉社交界的门对他个人是敞开的,但对安娜却是关闭的。好像孩子们玩猫捉老鼠游戏一样,大家的手臂举起来放他进去,但接着就放下来拦住安娜。

伏伦斯基在彼得堡最早遇见的女人之一是他的堂姐培特西。

"到底回来了!"她高兴地迎接他。"安娜呢?见到你我真高兴啊!你们住在哪里?我能想象,你们做了一次这样愉快的旅行以后,我们这个彼得堡一定会使你们觉得讨厌。我能想象你们怎样在罗马度蜜月。离婚怎么样了?手续都办好了吗?"

伏伦斯基发觉,培特西听到离婚手续还没有办,她的热情就冷下来。

"我知道人家会攻击我,"她说,"但我要去看看安娜,是的,我一定要去。你们在这里不会住很久吧?"

果然,她当天就去看安娜,但她的语气和以前完全不同。她显然为自己的勇敢而洋洋得意,并且希望安娜珍重她的友谊。她待了不到十分钟,谈着社会新闻,临走时说:

"你们还没有告诉我什么时候办理离婚手续。就算我对人家的风言风语不加理会,可是你们不结婚,那些古板君子还是要冷淡你们的。这种情况现在一点也不稀奇。真是司空见惯了。那么,你们礼拜五走吗?真可惜,我们没有机会再见面了。"

伏伦斯基从培特西的语气中已经听出,社交界将怎样对待他们,但在他的家庭里,他又做了一番努力。他对母亲不抱希望。他知道,母亲最初见到安娜时,对她大为赞赏,可是现在对她冷酷无情,因为她断送了儿子的前程。不过他对嫂嫂华丽雅还是抱着很大的希望。他认为她不会攻击他们,一定会毅然去看望安娜,并且在家里接待她。

他们到后第二天,伏伦斯基就去看嫂嫂。他看到只她一人在家,就坦率地说出自己的希望。

"你要明白,阿历克赛,"她听完他的话说,"我是多么喜欢你,多么愿意为你效劳,可是我不吭声,因为知道我对你和对安娜·阿尔卡迪耶夫娜帮不了什么忙。"她在"安娜·阿尔卡迪耶夫娜"这个称呼上特别加强语气。"你不要以为我对她有意见。决不是的,也许我处在她的立场也会这样做。我不想也不能细谈,"她怯生生地察看着他那阴郁的脸,说,"但事实却不能不正视。你要我去看她,在家里接待她,好在社交界里恢复她的名誉;可是你要明白,我不能这样做。我两个女儿都长大了,还有,为了丈夫我也不能不在社交界应酬应酬。好吧,我会去看望安娜·阿尔卡迪耶夫娜的;她会了解我为什么不能请她到家里来,就是请她来了,也要使她避免遇见有不同看法的人,要不然只会使她生气。我不能提高她的……"

"我认为她不会比你们所接待的成百个女人堕落!"伏伦斯基绷着脸打断她的话,知道嫂嫂的意见不可能改变,就一言不发地站起身来。

"阿历克赛!你不要生我的气。你要了解这不能怪我。"华丽雅带着胆怯的微笑望着他,说。

"我并不生你的气,"他还是绷着脸说,"可是我心里加倍难过。我还感到难过的是,这样会损害我们的情谊。就算不是损害,至少也会削弱我们的感情。你要明白,我这是无可奈何。"

他说完这话,就从她家里出来。

伏伦斯基明白,再做努力也是白费,他们在彼得堡只得像在一个陌生的城市里那样再挨上几天,避开原来出入的社交界,免得遇到使他难堪的烦恼和屈辱。他在彼得堡极不愉快的一件事,就是卡列宁和他的名字无处不存在。不论谈什么事都会谈到卡列宁,不论到什么地方都会遇见他。至少伏伦斯基有这样的感觉,好像一个手指受伤的人,动不动就会让这个痛手指撞在什么地方。

伏伦斯基感到他们待在彼得堡很痛苦,还因为他看到,安娜心里总有一种他难以理解的古怪情绪。她时而仿佛很爱他,时而变得很冷淡,脾气暴躁,莫测高深。她因为什么事很苦恼,有什么事瞒着他,仿佛并没察觉毒害他生活的屈辱。这种屈辱因她的敏感一定使她觉得更难受。

29

安娜回国的目的之一就是看望儿子。自从她离开意大利那天起,同儿子见面的念头一直使她激动。她离彼得堡越近,就觉得这次见面的快乐和意义越大。她没有考虑过怎样安排这次见面。她认为只要同儿子住在同一个城市里,这事是很自然很容易办到的。但她一到彼得堡,就清楚地看到她现在的社会地位,她懂得要安排同儿子见面是很困难的。

她回到彼得堡已经两天了。同儿子见面的念头一刻也没有离开过她,可是她还没有见到儿子。直接到家里去,可能遇见卡列宁,她觉得她没有权利这样做。可能不让她进去,还要侮辱她。写信去同丈夫交涉,这在她是痛苦的,因为她一想到丈夫,心里就不能平静。打听到儿子什么时候出来散步,在什么地方看看他,这在她是不够的,因为她为这次见面做了那么多的准备,她有多少话要对他说,她多么想抱抱他,吻吻他呀。谢辽查的老保姆本来可以帮助她,教她怎办。可是老保姆已经不在卡列宁家了。就这样,一面犹豫不决,一面找寻老保姆,过了两天。

安娜打听到卡列宁同李迪雅伯爵夫人的亲密关系,第三天就决定写一封信给她。她煞费苦心写成这封信,故意说允许不允许她看儿子,全凭丈夫的宽宏大量。她知道,只要这封信送到丈夫手里,他一定又会装得十分慷慨而不会拒绝她的要求。

信差给她带回来最残酷的意料不到的答复,就是没有回信。她把信差唤来,听他详细叙述他怎样等了一阵,然后人家对他说:"没有回信。"她听了他的叙述,觉得自己受到空前未有的屈辱。安娜觉得自己受侮辱,被损害,但她认为李迪雅伯爵夫人就她的观点来说是正确的。她的痛苦因为只能独自忍受,就显得特别厉害。她不能也不愿让伏伦斯基分担这份痛苦。她知道,虽然他是造成她不幸的主要原因,她同儿子见面这件事在他看来却是最无足轻重的。她知道,他决不会理解她的痛苦有多深;她知道,一提到这件事,他那种冷淡的语气就会惹得她恨他。这一点恰恰是她觉得天下最可怕的事,因此凡是牵涉儿子的事,她总是瞒着他。

她在家里坐了一整天,考虑着同儿子见面的办法,终于决定写信给丈夫。当李迪雅的信送来时,她已经写好信了。伯爵夫人的沉默原来使她感到自卑,可是现在这封信,她在字里行间所读到的一切,却使她大为恼怒。她拿人家的恶毒用心同自己热爱儿子的正当感情一对照,就愤恨起别人来,不再自怨自艾了。

"这种冷酷无情,虚情假意,"她自言自语。"他们就是要侮辱我,折磨孩子,我会顺从他们吗?决不!她比我更坏。我至少不撒谎。"她当即决定明天,在谢辽查的生日,直接到丈夫家去,买通用人,或者耍个花招,但无论如何要看到儿子,拆穿他们对不幸的孩子编造的无耻谎言。

她坐车到玩具店买了许多玩具,考虑好行动计划。她将一早去,八点钟就去,那时卡列宁一定还没有起身。她手头要准备好零钱给门房和仆人,这样他们就会让她进去。她将不揭开面纱,推说她是谢辽查的教父派她来祝贺的,她要把玩具放在孩子的床边。她就是没有考虑好对儿子说些什么话。不管她怎样反复考虑,还是毫无主意。

第二天早晨八点钟,安娜从一辆出租马车里下来,在她原来的家的大门口打了打铃。

"你去看看什么事。是一位太太。"门房卡比东诺奇还没有穿好衣服,就披上大衣,趿着套鞋,从窗口看见门外站着一位戴面纱的太太,说。

门房的助手,一个安娜不认识的小伙子,刚一开门,她就走了进来,从手筒里摸出一张三卢布钞票,塞到他手里。

"谢辽查……少爷。"她说着向前走去。门房助手看了看钞票,在玻璃门前又把她拦住。

"您找谁呀?"他问。

她没有听见他的话,什么也没回答。

卡比东诺奇发现这位陌生太太神态慌张,就亲自走到她面前,让她进了门,问她有什么事。

"斯科罗杜莫夫公爵派我来看少爷。"她说。

"他还没有起来呢。"门房仔细打量着她说。

安娜怎么也没有想到,这座她住过九年的房子,门厅里的陈设虽依然如旧,竟会这样使她激动。种种往事,有欢乐的,有痛苦的,在她头脑里翻腾着。刹那间她竟忘记到这里来做什么。

"请您等一等,好吗?"卡比东诺奇一面帮她脱外套,一面说。

卡比东诺奇帮她脱下外套,望了望她的脸,认出了她,就默默地向她鞠躬。

"夫人,请进!"他对她说。

她想说些什么,可是喉咙里发不出一点声音来。她用愧悔的恳求眼神望了望老头儿,步态轻盈地快步走上楼去。卡比东诺奇弯下身子,套鞋绊着梯级,跟在她后面,拼命想赶上她。

"教师在那里,说不定还没有穿好衣服。我这就去通报。"

安娜继续沿着熟悉的楼梯走上去,没有听清老头儿在说些什么。

"您请这边走,往左走。对不起,地方没收拾干净。少爷现在住到原来的会客室去了。"门房上气不接下气地说。"对不起,夫人,您等一下,我去看看。"他说着追过了她,打开一扇高高的门,消失在门里。安娜站在门口等。"他刚醒来。"门房又从门里走出来说。

就在门房说这话的时候,安娜听见孩子打哈欠的声音。光从这哈欠声她就听出是儿子,她仿佛看到儿子就在面前。

"让我进去,让我进去,你走吧!"她说,穿过那扇高高的门。门的右边放着一张床,床上坐着一个男孩子。那孩子只穿一件敞开的衬衫,弯着小小的身子,伸着懒腰,还在打哈欠。他闭上嘴唇,嘴角上浮起一丝睡意未消的幸福微笑。他带着这微笑,又惬意地慢慢躺下来。

"谢辽查!"她低声叫着,同时悄悄走到他旁边。

在她同他分离的时期,在最近她对他的母爱沸腾的时候,她总是把他想象成她最喜爱的四岁时的模样。现在他跟她离开时不同了,和他四岁时的模样更加不一样,长得更高了,但是瘦了些。这是怎么一回事!他的脸多么消瘦,他的头发多么短!一双手又多么长!自从她离开以后,他的模样变得多厉害!但这分明是他,是他的头形、他的嘴唇、他的柔软的细脖子和宽阔的小肩膀。

"谢辽查!"她弯下身,在孩子耳边又唤了一声。

他又用臂肘支起身来,转动乱发蓬松的脑袋,仿佛在找寻什么,接着睁开眼睛。他默默地用困惑的眼光对木然不动站在他面前的母亲望了几秒钟,随即幸福地微微一笑,又阖上睡意未消的眼睛,倒下来,但不是往后躺,而是倒在母亲身上,倒在她的怀抱里。

"谢辽查!我的好孩子!"她上气不接下气地叫道,双臂搂住他那胖鼓鼓的身体。

"妈妈!"他一面喊,一面在她的怀抱里扭动,使身体各部分都能接触到她的手臂。

他睡意蒙眬地微笑着,一直闭着眼睛,胖嘟嘟的小手从床边举起来,抓住她的肩膀,偎依着她,使她沉醉在孩子特有的可爱的睡意未消的香味和温暖中,并且用他的脸蛋摩擦着她的脖子和肩膀。

"我早就知道了,"他一面睁开眼睛,一面说,"今天是我的生日。我知道你会来的。我这就起来。"

他这么说着,又睡着了。

安娜贪婪地打量着他;她看到在她离家的这些日子里,他长大了,模样也变了。她又像认得又像不认得他那双露在被子外面的如今长得那么大的光腿,他那消瘦的面颊,他那脑勺上剪得短短的鬈发——她以前常常吻他的后脑勺。她抚摩着他身上的每个部分,却一句话也说不出来。眼泪把她哽住了。

"你哭什么呀,妈妈?"他完全醒过来了,说。"妈妈,你哭什么呀?"他用哭一样的声音叫道。

"我吗?我不哭了……我是高兴得哭了。我那么久没有看见你了。我不哭了,不哭了。"她一面拭着眼泪,一面背过脸去说。"哦,现在你该起来了。"她沉默了一会儿,收起哭脸,又说。接着没有放开他的手,在床边放着他衣服的椅子上坐下来。

"我不在,你是怎么穿衣服的?你怎么……"她想说得轻松些,可是办不到,只得又背过身去。

"我不洗冷水澡了,爸爸不答应。你没看见华西里·鲁基奇吗?他会来的。你坐在我的衣服上啦!"谢辽查哈哈大笑起来。

她对他望望,也笑了笑。

"妈妈,心肝,宝贝!"他又扑到她身上,搂抱着她,叫起来。仿佛直到现在,看见她的微笑,他才明白是怎么一回事。"这个不要。"他一面说一面取下她的帽子。他看见她不戴帽子的样子,就像重新看见她一般,又扑上去吻她。

"那么你是怎样想我的?你没想过我死了吧?"

"我从来没有相信过。"

"你不相信吗,我的宝贝?"

"我知道的,我知道的!"他反复说着这句喜爱的话,同时抓住她那抚摩着他头发的手,把她的手心紧贴在自己的嘴唇上吻着。

30

华西里·鲁基奇起初不知道这位太太是谁,后来从他们的谈话中听出,她就是那个抛弃丈夫的谢辽查的母亲(他到他们家来时她已经不在了),他迟疑不决,不知道进去好还是不进去好,还是去报告卡列宁。最后,他考虑到他的职责就是叫谢辽查在规定的时间起床,因此谁在里面,是母亲还是别人,不关他的事,他只要尽他的责任就是了。于是他穿上衣服,走到门口,打开房门。

但是,母子的亲热,他们的声音和他们的谈话,这一切使他改变了主意。他摇摇头,叹了一口气,又把门关上。"再等十分钟吧!"他自言自语,一面咳嗽几声,一面擦眼泪。

这时候,家里的仆人也发生了剧烈的骚动。大家都知道太太来了,是卡比东诺奇放她进来的,她此刻在育儿室里,而老爷八点钟以后照例将到育儿室去。大家心里都明白夫妻两人不能见面,必须设法防止。侍仆柯尔尼去到门房,查问是谁放她进来,怎么放她进来的。他知道是卡比东诺奇让她进来,把她带上楼去,就训斥老头儿。门房执拗地不吭声,但当柯尔尼对他说因此要把他开除时,卡比东诺奇霍地跳到柯尔尼面前,对着他的脸挥动双臂,大声说:

"哼,换了你当然不会让她进来!我在这里干了十年,只受到恩惠,没有别的。你现在倒跑上去说:'走,滚开!'你这人真刁!就是这样!你不要忘记你自己怎样揩老爷的油,还偷他的皮外套!"

"你这王八蛋!"柯尔尼轻蔑地说,转身对着进来的保姆,"嘿,您倒来评一评,玛丽雅·叶斐莫夫娜,他对谁也不说一声,就让她进来了。"柯尔尼对她说:"阿历克赛·阿历山德罗维奇马上就要出来了,就要到育儿室去了。"

"糟了,糟了!"保姆说,"柯尔尼·华西里耶维奇,你最好想办法把他,就是把老爷拦一拦。我去想办法叫她走。糟了糟了!"

保姆走进育儿室的时候,谢辽查正在讲给母亲听,他同娜金卡一起怎样从山上滑雪下来摔了跤,一连翻了三个筋斗。安娜听着他的声音,看着他的脸和脸上的神情,抚摩着他的手,但没有听进他的话。得走了,得离开他了——这就是她所想和所感觉到的唯一事情。她听见走到门口咳嗽几声的华西里·鲁基奇的脚步声,听见走近来的保姆的脚步声;但是她却像石头人一样坐着,一动不动,没有力气说话,也没有力气站起来。

"太太,我的好太太!"保姆走到安娜跟前,吻着她的手和肩膀说。"嗯,上帝赐给我们的小宝贝生日快乐。太太,您可一点儿也没变哪!"

"啊,我的好保姆,我不知道你在家里。"安娜暂时醒悟过来说。

"我不住在这里,我住在女儿那里,少爷今天生日,我是特地来祝贺的,安娜·阿尔卡迪耶夫娜,我的好太太!"

保姆突然哭出声,又吻起她的手来。

谢辽查眼睛闪闪发亮,脸上洋溢着笑意,一手拉住母亲,一手拉住保姆,一双光着胖鼓鼓的小脚拼命跺着地毯。他心爱的保姆对他母亲的亲热情意使他特别高兴。

"妈妈!她常常来看我,来的时候总是……"他刚开始说话就停住了,因为发现保姆对母亲咬了个耳朵,母亲脸上就现出恐惧和羞愧的神色。这种表情跟母亲是多么不相称哪!

她走到他面前。

"我的宝贝!"她说。

她没有办法说"再见",但她脸上的表情说明了她要说的话,而他也明白了。"我的宝贝,我的小查查!"她唤着她从前叫惯的小名,"你不会忘记我吧?你……"她再也说不下去了。

以后她会想出多少话来对他说呀!可是此刻她却什么话也想不出来,什么话也说不出口。但谢辽查懂得她要对他说的一切。他懂得她是不幸的,但她是爱他的。他甚至懂得保姆对她低声说了些什么话。他听见她说:"他总是八点钟以后来。"他懂得这是在说父亲,母亲同父亲不能见面。这些他是懂的,只是一件事他弄不懂:为什么她脸上现出恐惧和羞愧的神色?……她没有什么过错,可是她怕他,还为什么事害臊。他很想问一问,来解除心里的疙瘩,可是他不敢问,因为他看到她

很痛苦,他为她难过。他默默地紧偎着她,悄悄地说:

"你不要走。他不会马上就来。"

母亲把他推开一点,想看看他说这话是不是思考过的。她在他惊惶的神色中看出,他不仅在说他父亲,而且仿佛在问她,他该怎样看待父亲。

"谢辽查,我的孩子,"她说,"你要爱他,他比我好,比我善良,是我对不起他。等你长大了,你会明白的。"

"天下没有比你更好的人了!……"谢辽查含着眼泪不顾死活地叫起来。同时抓住她的肩膀,一个劲儿地用他那双紧张得发抖的手臂把她紧紧抱住。

"我的孩子,我的心肝!"安娜唤着,也像他一样天真无邪地轻轻哭起来。

这时候,门开了,华西里·鲁基奇走进来。从另一扇门里传来脚步声,保姆惊慌失措地低声说:

"来了。"说着把帽子递给安娜。

谢辽查倒在床上,双手捂住脸哭起来。安娜拉开他的手,再次吻了吻他那湿漉漉的脸,快步走出门去。卡列宁迎着她走来。他一看见她,立刻站住,低下了头。

尽管她刚才说过他比她好、比她善良,但当她迅速对他扫了一眼,把他的整个身子和细小地方都看个清楚时,她心里顿时充满了对他的憎恨和因他独占儿子而产生的嫉妒。她连忙放下面纱,加快脚步,几乎像跑步一般从房里直奔出去。

她昨天怀着那么深挚的爱和悲伤在铺子里挑选的玩具,竟没有来得及拿出来,就这样又原封不动地带了回去。

31

安娜虽然那么渴望见到儿子,那么早就在思想上做好会面的准备,可她万万没有料到,这次见面会使她如此激动。她回到旅馆的单身房间,好半天弄不懂她怎么会来到这里。"是的,一切都完了,又剩下我孤零零一个人了。"她自言自语,帽子也不脱,就在壁炉旁的安乐椅上坐下。她眼睛紧盯着窗户之间桌上摆着的青铜时钟,沉思起来。

那个从国外带回来的法国侍女走进来请她换衣服。她惊奇地对她瞧瞧说:

"等一下。"

男仆问她要不要喝咖啡。

"等一下。"她说。

意大利奶妈把小女孩打扮好了,抱进来交给安娜。养得胖鼓鼓的小女孩,一看见母亲,伸出手腕胖得像有一根线扎着似的小手,手心向下,咧开没有牙齿的小嘴微笑着,两只小手像鱼鳍划水一样挥动,在浆硬的绣花小裙子上乱摸,发出飒飒的响声。看到她这副模样,谁也忍不住不微笑,不吻吻她;谁也忍不住不伸给她一个手指,好让她抓住,让她尖声叫喊,扭动整个小身子;谁也忍不住不把嘴唇凑过去,让她撅起小嘴,做出接吻的样子。这一切安娜都做了,她抱她,逗她跳跳,吻吻她那鲜嫩的面颊和露出的小肘。但看见这婴孩,她却更加清楚地觉得,她对她的感情如果同她对谢辽查的感情相比较,那简直说不上是爱了。这小女孩身上的一切都很可爱,但不知怎的,这一切都揪不住她的心。她把全部母爱都倾注在同她不爱的男人所生的头生孩子身上,还觉得不满足;这个小女孩是在最痛苦的境遇下生的,可是她倾注在她身上的感情还不如头生孩子的百分之一。此外,小女孩还没有长大,前途尚难以预料,可是谢辽查已经俨然像个成人了,而且是个可爱的人;各种思想感情已开始在他身上斗争;他了解她,爱她,评判她——当她回想到他的话和眼神时,她这样想。可是她却永远同他分离了,不仅肉体上而且精神上永远分离了,再也无法挽回了。

她把小女孩交给奶妈,让她们出去,自己打开嵌有谢辽查照片的颈饰。当时谢辽查的年纪同这个小女孩差不多。她站起来,脱下帽子,从桌上拿起一本贴有谢辽查不同年龄照片的照相簿。她要拿这些照片进行比较,就把它们从照相簿上抽下来。她把所有的照片都拿了下来。只剩下一张,是最近的也是最好的一张。他穿着一件白衬衫,骑在一把椅子上,皱着眉头,嘴上浮着微笑。这是他最有特色最可爱的表情。她用她那双小巧玲珑的手,用她那今天特别紧张的又白又细的手指,几次剔这张照片的角,可是怎么也剔不开来。桌上没有小刀,她撕下旁边一张照片(这是伏伦斯基在罗马拍的照片,他头戴圆礼帽,蓄着长头发),她就用这张照片把儿子的照片剔下来。"哦,是他!"她瞧了瞧伏伦斯基的照片说,接着突然想起谁是造成她今天不幸的罪魁祸首。整个早晨她都没有想到过他。但是,这会儿她一看到这样熟悉这样亲切的仪表堂堂的脸,心头不禁突然涌起一阵爱情的波涛。

"他现在在哪里?他怎么能把我一个人丢在这里受苦呢?"她忽然带着一种责备的心情想,却忘记正是她自己对他隐瞒了有关儿子的一切。她派人请他立刻回来;苦苦思索着她要说些什么,好把一切都告诉他,幻想着他将怎样亲热地安慰她。她就这样等待着他。仆人回来说,他现在有客人,过一会儿就来,还问她愿不愿意让刚到彼得堡的雅希文公爵一起来。"他不是一个人来,而昨天午饭以后他就没有看到过我了,"她想,"他一个人来,我可以把一切都告诉他,可是他要同雅希文一起来。"她心里忽然起了一个古怪的念头:要是他不再爱自己了怎么办?

她回顾这几天里发生的种种事情,觉得全都可以证实这个可怕的想法:他昨天没有在家里吃午饭,他坚持他们在彼得堡要分开住,甚至现在都不准备独自到她这里来,有意避免同她单独见面。

"但他应该把这事告诉我。我需要知道真相。只要我知道真相,就知道该怎么办了。"她自言自语,简直无法想象要是他真的对她冷淡了,她将落得个什么下场。她想到他不爱自己了,觉得自己近乎绝望,因此特别焦急不安。她打铃唤侍女,然后走到盥洗室。她梳妆的时候比平时更加着意打扮,仿佛只要她穿上最合适的衣服,梳了最适宜的发式,他就会重新爱她。

铃响了,她却还没有梳妆完毕。

她走到会客室里,迎接她的不是他而是雅希文的目光。伏伦斯基正在观看她遗忘在桌上的她儿子的照片,并没有急于抬起头来看她。

"我们认识的。"她把她的小手放在窘态毕露的雅希文的巨掌里说。雅希文这副窘迫的神色同他魁伟的体格和粗鲁的面孔很不相称。"去年在赛马场上就认识了。给我。"她说着敏捷地从伏伦斯基手里抢过他正在观看的儿子的照片,她那双闪闪发亮的眼睛意味深长地瞧着他。"今年赛马赛得好吗?我只在罗马的科尔索看过赛马。不过,您是不喜欢国外生活的,"她笑眯眯地说。"我知道您和您的一切爱好,虽然我们很少见面。"

"这真使我惭愧,因为我的爱好多半都是不好的。"雅希文咬着左边的小胡子说。

他们又谈了一会儿,雅希文发现伏伦斯基看了看表,就问她是不是还要在彼得堡住些日子,接着挺直他那魁梧的身子,拿起便帽。

"看来不会很久。"她瞟了一眼伏伦斯基,迟疑不决地说。

"那我们不能再见面了?"雅希文站起身来说,又转身问伏伦斯基,"你在哪里吃午饭?"

"您到我这儿来吃饭吧,"安娜断然地说,仿佛对自己的窘态感到生气,但照例因为在生人面前暴露自己的处境而涨红了脸。"这儿的饭菜虽然不好,但至少你们可以再见见面。在团里的老朋友当中,阿历克赛最喜欢您了。"

"那太荣幸了!"雅希文笑着说,伏伦斯基从他的微笑中看出,他很喜欢安娜。

雅希文鞠了个躬,走出去,伏伦斯基跟在他后面。

"你也走吗?"她对他说。

"我已经迟了,"他回答。"你去吧!我这就赶上来。"他对雅希文叫道。

她拉住他的手,眼睛盯着他,竭力思索说些什么才能把他留住。

"等一下,我还有话要说,"她拉起他那粗短的手,把它紧贴在自己的脖子上。"哦,我叫他来吃饭没关系吧?"

"太好了!"他平静地微笑着,露出一排整齐的牙齿,吻吻她的手。

"阿历克赛,你对我没有变心吧?"她双手紧握住他的一只手说。"阿历克赛,我在这里真难受。我们什么时候走哇?"

"快了,快了。你真不会相信,我们在这里过的生活使我多么痛苦!"他说着抽回了手。

"嗯,走吧,走吧!"她委屈地说,从他身边急急地走开了。

32

伏伦斯基回来的时候,安娜不在家里。人家告诉他,他走后不久来了一位太太,安娜就同她一起出去了。她出去没有说明到哪里,至今没有回来,她早晨还到什么地方去过,对他也只字不提——这一切,再加上今天早晨她那种兴奋得出奇的神色,以及她当着雅希文的面从他手里抢过儿子照片时那副敌对的态度,使他沉思起来。他决定同她开诚布公谈一谈。他就在她的会客室里等她。但是安娜不是一个人回来,而是带着她那位没有出嫁的老姑母奥勃朗斯基公爵小姐一起来。她就是早晨来看安娜,同她一起出去买东西的那位太太。安娜似乎没有察觉伏伦斯基脸上那种焦虑和疑问的神色,兴高采烈地告诉他今天早晨买了些什么东西。他看出她内心有一种特殊的变化:她那双闪闪发亮的眼睛,刹那间停留在他身上,显得紧张不安;她的言语和动作带有一种神经质的灵敏和妩媚,这在他们亲近的初期曾经使他神魂颠倒,现在却使他惶惑恐惧。

四人用的饭菜已经摆好。人都到齐了,大家正要走进小餐室,土施凯维奇带着培特西公爵夫人的口信来找安娜了。培特西公爵夫人说她不能来送行,请安娜原谅;她身体不好,但请安娜在六点半到九点之间到她家里去一次。伏伦斯基听到这个规定的时间——显然有意不让她遇见任何人——对安娜瞟了一眼,但安娜似乎没有察觉。

"真抱歉,六点半到九点我正好有事不能去。"她略带笑意地说。

"公爵夫人会觉得很遗憾的。"

"我也是这样。"

"您大概要去听巴蒂的歌剧吧?"土施凯维奇说。

"巴蒂吗?您给我出了一个好主意。要是定得到包厢,我一定去。"

"我可以定到。"土施凯维奇自告奋勇说。

"那真太感谢您了,太感谢您了!"安娜说。"您要不要同我们一起吃饭啊?"

伏伦斯基微微耸了耸肩。他实在弄不懂安娜的用意。她为什么把这位老公爵小姐带来,为什么留土施凯维奇吃饭,还有最叫人弄不懂的是,她为什么要他去定包厢?就她现在的处境,居然想到要去看巴蒂的歌剧,在那里肯定会遇到社交界的所有熟人,这难道是可以想象的吗?他一本正经地对她瞧瞧,但她还是用又像快乐又像绝望的莫测高深的挑战目光来回答他。吃饭的时候,安娜兴奋得好像在挑衅,又仿佛在向土施凯维奇和雅希文卖弄风情。吃完饭,大家站起来,土施凯维奇去定包厢,雅希文出去吸烟,伏伦斯基就同他一起到自己的房里去。他在楼下坐了一会儿,又跑上楼来。安娜已穿上她在巴黎定制的袒胸天鹅绒镶边浅色丝绸连衫裙,头上扎了一条富丽的镂空白带子,框住她的脸蛋,格外清楚地显出她那光艳照人的美。

"您真的要去看戏吗?"他竭力不去看她,说。

"您到底为什么这样大惊小怪呀?"她发现他没有看她,又觉得委屈,说。"到底为什么我不能去呀?"

她仿佛没有听懂他的意思。

"当然没有什么理由。"他皱着眉头说。

"嗯,我也这么说呀!"她故意装作不懂他语气里的讽刺味儿,若无其事地拉上洒过香水的长手套,说。

"安娜,看在上帝分上,您倒说说,您这是怎么啦?"他说,像她丈夫以前对她说话那样提醒她。

"我不明白您问的是什么。"

"您要知道您可不能去呀!"

"为什么?我不是一个人去。华尔华拉公爵小姐同我一起去,她现在换衣服去了。"

他带着困惑和绝望的神情耸耸肩膀。

"难道您还不知道……"他刚开始说。

"我可不想知道!"她差不多叫喊起来,"我不想。我对我所做的事后悔吗?不,不,不!即使一切都得从头来过,也不会有什么改变。对我们,对你我来说,重要的只有一点:我们是不是彼此相爱。别的就用不着考虑。为什么我们在这里要分开住,彼此不见面?为什么我不能去?我爱你,别的我都无所谓,"她带着一种他无法捉摸的特殊眼神望了他一眼,用俄语说,"如果你没有变心。到底为什么你不瞧着我?"

他对她望了望。他看见她相貌和总是裁剪得很合身的服装的美。可是这会儿正是她的美丽和雅致使他恼火。

"我的感情不可能变,这您是知道的,但我请您不要去,求求您!"他带着一种温柔的恳求语气又用法语说,但他的目光有点冷淡。

她没有听清他的话,但看见他冷淡的眼色,就怒气冲冲地回答说:

"我倒要请您解释解释,为什么我不应该去。"

"因为这会使您……"他犹豫了。

"我真弄不懂。雅希文不会损害我什么,华尔华拉也不比别人坏。啊,她来了。"

33

伏伦斯基因为安娜有意对她的处境装得满不在乎,第一次对她感到恼怒,甚至怨恨。由于他无法向她发作,这种情绪变得更加强烈了。要是他能坦率地向她说出他的想法,他准会说:"你这样打扮,再同这位人人都认识的公爵小姐一起去看戏,这样就不仅承认自己是个堕落的女人,而且等于向整个社交界挑战,也就是说要从此同它决裂。"

他不能对她说这话。"可是她怎么会不懂这个道理?她心里有些什么变化呢?"他自言自语。他觉得他对她的尊敬减少了,但却感到她更美了。

他皱着眉头回到房里,坐在两条长腿搁在椅子上的雅希文旁边。雅希文正在喝白兰地和矿泉水,伏伦斯基吩咐仆人也给他送一份来。

"说到兰科夫斯基的'大力士',这可是匹好马,我劝你买下来,"雅希文瞅了瞅朋友阴郁的脸,说。"它的臀部有点松弛,可是腿和脑袋好得不能再好。"

"我是想把它买下来。"伏伦斯基回答。

他对谈马是感兴趣的,但他一刻也没有忘记安娜,情不自禁地留神听着走廊里的脚步声,看看壁炉上的钟。

"安娜·阿尔卡迪耶夫娜吩咐向您报告,她到戏院去了。"

雅希文又把一杯白兰地倒进泡沫翻腾的矿泉水里,喝干了,这才站起身来,扣上纽扣。

"怎么样?我们去吧。"他说,小胡子底下露出一丝笑意,表示他明白伏伦斯基心情愁闷的原因,但并不把它当一回事。

"我不去。"伏伦斯基闷闷不乐地回答。

"我可要去,我同人家约好了。那么再见。要不然你就到正厅来,你可以坐克拉辛斯基的座位。"雅希文走到门口又说。

"不,我有事。"

"有了妻子麻烦,有了情妇更糟。"雅希文走出旅馆时想。

剩下伏伦斯基一个人,他站起身,在房里踱起步来。

"今天演什么?今天是第四场演出……叶戈尔夫妇一定在那边,还有我的母亲。这就是说,彼得堡的名流都会集中在那边。这会儿她走进去,脱下皮大衣,走到灯光底下。土施凯维奇、雅希文、华尔华拉公爵小姐……"他想象着。"我这是怎么啦?是不是害怕了,还是把保护她的权利让给土施凯维奇了?不论从哪方面看,这都是愚蠢,愚蠢……为什么她要把我弄到这个地步?"他摆了摆手,自言自语。

他的手碰到放着矿泉水和白兰地瓶的小桌子,差点儿把它碰翻。他想扶住它,但没有扶住,就怒气冲冲地把它踢了一脚,接着打了打铃。

"要是你想在我这里做事,"他对走进来的侍从说,"那就记住你的本分。这样可不行。你应该把它收拾掉!"

侍从觉得这事不能怪他,想辩白几句,但他瞟了主人一眼,从他的脸色上看出还是不要吭声的好,就连忙弯下身子,趴在地毯上,动手收拾打碎的和没打碎的酒杯和瓶子。"这可不是你的事,去叫茶房来收拾,你把我的燕尾服拿来。"

伏伦斯基八点钟走进剧场。戏正演到高潮。包厢侍者,一个小老头儿,帮伏伦斯基脱下皮大衣,认出是他,就叫他"大人",并且说他不必领号牌,要衣服叫他菲多尔就行。在灯火辉煌的走廊里,除了这包厢侍者和两个手拿大衣在门口听戏的仆人,一个人也没有。从虚掩的门里传出乐队小心翼翼地伴奏的弦乐断奏和一个吐词清晰的女歌手的歌声。门开了,包厢侍者溜了进去,那句将近结尾的歌词清楚地传到伏伦斯基的耳鼓里。但是门立刻又关上了,伏伦斯基没有听见歌词的结尾和音乐的尾声。从门里传出雷鸣般的掌声,表明乐曲已经结束。当他走进蜡烛和煤气灯照得光辉夺目的大厅时,喧闹声还没有静止。舞台上女歌手的光肩膀和钻石首饰闪闪发亮。女歌手弯着腰,微笑着,在拉住她手的男高音歌手的帮助下捡起杂乱地越过脚灯掷过来的花束,接着走到一位油光光的头发打当中分开的男人前面,那人正伸出长长的手臂从台下递给她一件东西。这当儿,正厅和包厢的观众全都骚动起来,身子前冲着,鼓掌,喝彩。乐队长坐在他的高椅上帮助递送花束,又整整他的白领带。伏伦斯基走到正厅中央,停住脚步,向周围张望。今天晚上,他比平时更不注意司空见惯的环境、舞台、喧哗,以及把剧场挤得水泄不通的熟悉而乏味的五光十色的观众。

包厢里照例是那些有军官奉陪的阔太太;照例是那些身份不明的穿着奇装异服的女人,以及一些穿军服的或穿燕尾服的男子;照例是顶楼上那些肮脏的观众;在包厢和前排大约有四十个**体面**的男女。伏伦斯基立刻注意到了这块沙漠中的绿洲,同他们招呼起来。

他进去的时候。一幕戏刚完毕,因此他没有到哥哥的包厢里去,却走到正厅的第一排,同谢普霍夫斯科依一起站在脚灯边。谢普霍夫斯科依弯着一条腿,用靴跟敲敲脚灯,老远一看见他,就向他笑笑,叫他过去。

伏伦斯基还没有看见安娜,他故意不朝她那边望。但他从人们视线的方向看出她在什么地方。他若无其事地朝四周张望,但并不找寻她;他用眼睛找寻卡列宁,准备遇到最糟糕的局面。算他运气,卡列宁今天没有来看戏。

"啊,你身上剩下的军人味道太少了!"谢普霍夫斯科依对他说。"一位外交官,一位演员,你就是这样。"

"是啊,我一回家就穿上燕尾服。"伏伦斯基微笑着回答,慢悠悠地拿出望远镜。

"在这方面,说实在的,我真羡慕你。我从国外回来穿上这衣服的时候,"谢普霍夫斯科依摸了摸他的肩章,"真舍不得我的自由。"

谢普霍夫斯科依对伏伦斯基的前程早已不存什么希望,但他照旧喜欢他,待他特别亲切。

"你没有赶上看第一幕,真可惜。"

伏伦斯基心不在焉地听着,把望远镜从楼下厢座移到二楼,然后又望着一个个包厢。在一位扎着高髻缠发带的太太和一个怒气冲冲地转动望远镜、眨着眼睛的秃顶老头儿旁边,伏伦斯基突然看到安娜傲慢而美艳惊人、围着花边的笑盈盈的脸。她坐在五号包厢,离开他只有二十步路。她坐在前面,稍稍回过头来对雅希文说着什么。她那美丽宽阔的肩膀托着她的头,她的眼睛和整个脸上闪耀着抑制的兴奋光辉,使他想起当初在莫斯科舞会上看见她的模样。但现在他欣赏她的美,同以前完全不一样。现在他对她的感情没有丝毫神秘的成分,因此虽然她的美比以前更使他倾倒,却使他感到不愉快。她没有朝他的方向望,但伏伦斯基发觉她已经看到他了。

当伏伦斯基又拿望远镜对着那个方向的时候,他看到华尔华拉公爵小姐的脸显得特别红,她不自然地微笑着,也不断往隔壁包厢张望;安娜折拢扇子,拿它敲着包厢的红丝绒栏杆,眼睛凝视着什么地方,却没有看见,显然也不愿看见隔壁包厢里所发生的事。雅希文脸上现出一副赌输钱时的倒霉相。他皱起眉头,把左边小胡子塞进嘴里,越塞越深,同时也斜眼瞅着隔壁包厢。

左边那个包厢里是卡尔塔索夫夫妇。伏伦斯基认识他们,并且知道安娜同他们也认识。卡尔塔索夫夫人是个瘦小的女人,站在他们的包厢里,背对安娜,正在穿丈夫递给她的披肩。她脸色苍白,怒气冲冲,情绪激动地说着什么。卡尔塔索夫是个秃顶的胖子,一面不断地回过头来看安娜,一面竭力安慰妻子。等妻子走了,丈夫迟疑了好一阵,用眼睛找寻安娜的目光,显然想向她鞠躬。但安娜分明有意不理他,回过头去对俯着身子、头发剪得短短的雅希文说话。卡尔塔索夫没有鞠躬就走了,留下一个空包厢。

伏伦斯基不明白卡尔塔索夫夫妇和安娜究竟发生了什么事,但他看出,一定有什么事使安娜感到屈辱。从他看见的情景上,尤其是从安娜的神色上,他都看出了这一点。他知道安娜在竭力维护她所扮演的角色的体面。这种外表镇定的角色她演得很成功,凡是不认识她、不知道她那个圈子、没有听到女人们说她胆敢在大庭广众中抛头露面并且扎着花边头带卖俏的人,都会对她的落落大方和美艳魅人惊叹不已,根本没有想到她此刻的感受就像一个被钉在耻辱柱上示众的人。

伏伦斯基知道出了事,但不知道到底是什么事。他心里十分焦虑,希望打听一下,就向哥哥的包厢走去。他故意挑选安娜包厢对面的通道走去,正好看见老团长在跟两个熟人说话。伏伦斯基听见他们提到卡列宁夫妇的名字,并且发觉团长急忙意味深长地对那两个说话的人丢了个眼色,大声叫着伏伦斯基的名字。

"嘿,伏伦斯基!你什么时候回到团里来?我们总不能不请你吃一顿饭就让你走哇!你是我们最老的伙伴!"团长说。

"我没有空了,真抱歉,下一次吧。"伏伦斯基说着,就上楼跑到哥哥的包厢里。

伏伦斯基的母亲,鬈发灰白的老伯爵夫人,坐在他哥哥的包厢里。华丽雅同索罗金娜公爵夫人在二楼走廊里遇见他。

华丽雅把索罗金娜公爵小姐送到母亲那里,伸了一只手给小叔子,立刻同他谈起他所关心的事来。他难得看见她这样激动。

"我觉得这很卑鄙很恶劣,卡尔塔索夫夫人没有任何权利这样做。卡列宁夫人……"她开始说。

"什么事?我还不知道。"

"怎么,你没听说吗?"

"你要明白,这种事我总是最后才听到的。"

"天下还有比卡尔塔索夫夫人更恶毒的人吗?"

"她到底做了什么事?"

"丈夫告诉我说……她侮辱了卡列宁夫人。她丈夫隔着包厢同卡列宁夫人说话,卡尔塔索夫夫人就闹了起来。据说她说了一句侮辱的话就走了。"

"伯爵,您妈妈叫您去呢。"索罗金娜公爵小姐从包厢里探出头来说。

"我一直在等你,"母亲嘲弄地笑着对他说。"可就是看不到你。"

儿子看出她高兴得忍不住笑。

"您好,妈妈。我来看您了。"他冷冷地说。

"你怎么不去巴结卡列宁夫人哪?"等到索罗金娜公爵小姐走到一边,她用法语说。"她引得全场都轰动了。为了她,大家把巴蒂都给忘了。"

"妈妈,我请求过您,不要对我提这件事。"他皱着眉头回答。

"我说的事大家都在说。"

伏伦斯基什么也没有回答。他对索罗金娜公爵小姐说了几句就走了。他在门口遇见哥哥。

"啊,阿历克赛!"哥哥说。"多么讨厌哪!一个十足的傻婆娘……我现在就到她那里去。我们一起去吧。"

伏伦斯基没有理他。他匆匆走下楼去。他觉得他应该做些什么,但不知道做什么才好。他恨她把她自己和他弄得这样尴尬,同时又可怜她的痛苦遭遇。这种心情使他不安。他走到正厅,一直向安娜的包厢走去。斯特列莫夫站在包厢旁边,同她谈着话:

"没有再好的男高音了。*真是天下无敌!*"

伏伦斯基向她鞠了个躬,站住向斯特列莫夫打招呼。

"您大概来迟了,错过了最精彩的咏叹调。"安娜对伏伦斯基嘲弄地——他有这样的感觉——瞟了一眼,说。

"我对音乐一窍不通。"他严厉地瞧着她说。

"就像雅希文公爵一样,"她笑嘻嘻地说,"他认为巴蒂唱得太响了。"

"谢谢您!"她伸出戴着长手套的小手,从伏伦斯基手里接过节目单,就在这一刹那,她那美丽的脸突然抽搐了一下。她站起来,走到包厢后面去了。

伏伦斯基发现下一幕开始时她的包厢空了。在观众刚安静下来倾听独唱的当儿,他站起来,在一片轻微的嘘声中走出剧场,坐车回家。

安娜已经回到家里。伏伦斯基走进她的房间,她仍穿着看戏时穿的那身衣服,一个人待着。她坐在靠墙的一把安乐椅上,眼睛瞪着前方。她对他望了望,立刻恢复原来的姿势。

"安娜。"他说。

"你,你,全得怪你!"她含着绝望和怨恨的泪水叫着站起来。

"我要求过你,要求你不要去,我早知道你去了会不愉快的……"

"不愉快!"她叫起来。"太可怕了!只要我活一天,就一天不会忘记这件事。她竟说坐在我旁边是一种耻辱。"

"一个傻婆娘的话,"他说,"可是你为什么要冒这个险,要去惹事呢……"

"我恨你的冷静。你不应该使我落到这个地步。要是你爱我的话……"

"安娜!这事同我爱你有什么相干……"

"啊,要是你爱我像我爱你一样,要是你像我一样痛苦……"她带着恐惧的神色凝视着他说。

他可怜她,但还有点恼恨。他向她保证永远爱她,因为看到现在只有这一点才能安慰她,他嘴里没有再责备她什么,但心里还在怪她。

他向她保证永远爱她,自己也觉得太庸俗,简直不好意思出口,她却如饥似渴地听了进去,逐渐安静下来。第二天,他们完全和好了,就一起动身到乡下去。

第 六 部

1

陶丽带着孩子们在波克罗夫斯克妹妹吉娣家避暑。她自己庄园里的房子全倒塌了,列文夫妇就请她到他们那里去消夏。奥勃朗斯基很赞成这个计划。他说可惜他因公务缠身,不能和家人一起到乡下避暑,要不然这对他也是一大乐事。他留在莫斯科,只偶尔到乡下来住上一两天。除了奥勃朗斯基一家和他们的家庭女教师,今年夏天到列文家来做客的还有老公爵夫人——她认为照顾缺乏经验的有喜的女儿是她的责任。此外,吉娣在国外结交的朋友华仑加,履行在吉娣结婚后来看她的诺言,也住在她家里。这些都是列文妻子方面的亲友。列文虽然喜欢这些亲友,但眼看他列文的小天地和生活秩序受到他所谓"谢尔巴茨基因素"的冲击,不免有点遗憾。今年夏天,他这方面的亲戚到他家来做客的只有一个柯兹尼雪夫,况且柯兹尼雪夫也不完全是列文家的人,他有他柯兹尼雪夫的特殊气质,因此在家里列文精神就完全湮没了。

列文家空关很久的房子如今住了那么多人,几乎个个房间都住了人。老公爵夫人每天坐下来吃饭,总要点一点人数。如果正好是十三个,她就叫一个孙儿或者孙女单独坐到小桌上去吃。对精心料理家务的吉娣来说,采购母鸡、火鸡、鸭子等东西就够她忙的了,因为夏天客人和孩子的胃口都很好,食品消耗量很大。

一家人坐下来吃饭。陶丽的孩子们、家庭女教师和华仑加打算到什么地方去采蘑菇。柯兹尼雪夫的过人智慧和渊博学识使客人们个个折服。他谈到有关蘑菇的事,尤其使大家感到惊讶。

"你们把我也带去吧!我很喜欢采蘑菇,"他眼睛盯着华仑加说,"我觉得这活动挺有意思。"

"那我们太高兴啦!"华仑加涨红了脸回答。吉娣意味深长地同陶丽交换了一个眼色。博学多才的柯兹尼雪夫要同华仑加一起去采蘑菇,这就证实了吉娣最近头脑里萦回着的猜想。她慌忙同母亲说了一句话,免得人家注意她的目光。饭后,柯兹尼雪夫端着一杯咖啡,坐在客厅的窗边,一面继续同弟弟谈话,一面望着孩子们采蘑菇去要经过的门。列文坐在哥哥旁边的窗槛上。

吉娣站在丈夫旁边,显然在等待这场她不感兴趣的谈话结束,她好对他说句什么话。

"你结婚以后许多地方都变了,变得更好了,"柯兹尼雪夫对列文说,同时对吉娣笑笑,他对这场谈话显然不感兴趣,"不过你好发怪论的脾气却没有变。"

"吉娣,你这样站着不好。"做丈夫的推给她一把椅子,含情脉脉地瞧着她说。

"哦,对了,现在可没工夫了。"柯兹尼雪夫看见孩子们跑进来,又说。

塔尼雅穿着长筒袜,挥舞着篮子和柯兹尼雪夫的帽子,侧着身子一路领先,向他大步跑来。

她大胆地跑到柯兹尼雪夫面前,那双酷似她父亲的秀眼晶晶发亮。她把帽子送给他,仿佛要替他戴上,露出羞怯而亲热的微笑来冲淡她的放肆行为。

"华仑加等着呢!"她从柯兹尼雪夫的笑容上看出她可以这样做,

就一面小心翼翼地替他戴上帽子,一面说。

华仑加换了一件黄色印花布连衫裙,头上包了一块雪白的头巾,站在门口。

"我来了,我来了,华尔华拉·安德烈夫娜。"柯兹尼雪夫说着喝完咖啡,把手帕和雪茄烟盒分放在两个口袋里。

"呦,我们的华仑加多美呀!呃?"吉娣等柯兹尼雪夫一站起来,就对丈夫说。她说得很响,使柯兹尼雪夫能够听见,显然是有意的。"她多美,美得多有风度!华仑加!"吉娣叫道。"你们到磨坊的树林那边去吗?我们回头去找你们。"

"你简直忘记你的身子了,吉娣!"老公爵夫人急急地走到门口说,"你现在可不能这样大喊大叫哇!"

华仑加听见吉娣的声音和她母亲的训斥,步态轻盈地向吉娣跑来。她动作敏捷,生气勃勃的脸上的红晕,都说明她心里正起着不平凡的变化。吉娣知道是怎么一回事,就留神她的一举一动。她现在叫唤华仑加,就因为她认为今天饭后在树林里将发生一件重大的事情,她在心里为她祝福。

"华仑加,要是今天发生一件事,那我真是太高兴了!"吉娣吻着她低声说。

"您跟我们一起去吗?"华仑加窘态毕露地问列文,假装没有听见吉娣的话。

"我要去的,可是只到打谷场,我要留在那边。"

"哦,你有什么事吗?"吉娣说。

"要去看看新买的货车,算算账,"列文说。"那你到哪里去啊?"

"我到阳台上去。"

2

女人全聚集在阳台上。饭后她们一般喜欢在那里坐坐,不过今天她们还有别的事情。除了人人都在缝制婴儿罩衫和编织襁褓带之外,今天那里还在用不加水的方法煮果酱。这种方法对阿加菲雅来说是新鲜的。吉娣介绍过她娘家使用的这个方法,但这项工作一向由阿加菲雅负责,她认为列文家的一切办法都不会错,因此煮草莓酱还是加了水,肯定说别的方法都行不通。这事被发觉了,现在就决定当众煮果酱,使阿加菲雅相信,不加水照样可以煮好果酱。

阿加菲雅怒气冲冲,满脸通红,头发蓬乱,用她那双露到肘部的瘦手转动着炭炉上的锅子,闷闷不乐地望着草莓,巴不得果酱烧糊,煮不成功。公爵夫人发觉阿加菲雅在生她的气——因为她是煮果酱的主要顾问——就竭力装作在忙别的事,根本不注意果酱,嘴里一直谈着别的事,但不时斜眼望望炭炉。

"我总是亲自给侍女们买些便宜的料子。"公爵夫人继续刚才的谈话……"现在是不是该把浮沫撇掉,我的好保姆?"她转身对阿加菲雅说。"你说什么也不要自己动手,那边太热了。"她阻止吉娣说。

"我来弄吧。"陶丽说着站起来,拿起勺子小心翼翼地在起泡的果酱面上撇着,时而把勺子在一只盛着金黄色浮沫、底下积着一层血红色果酱的盘子上敲敲,把粘在勺子上的浮沫敲下来。"他们喝茶的时候舔到这东西将会多高兴啊!"她想到她的孩子们,同时记起她自己小时候对大人不吃这最好的东西——果酱浮沫感到奇怪。

"斯基华说,最好还是给她们钱,"这时陶丽又继续谈论赏给仆人什么东西最合适这个有趣的问题,"但是……"

"怎么能给钱!"公爵夫人和吉娣异口同声地说,"她们是很看重送礼的。"

"拿我来说,去年就买给我们的马特廖娜一块假毛葛。"公爵夫人说。

"我记得她在您过命名日那天穿过。"

"花样可爱极了,又朴素又大方。要不是她已经有了,我真想给自己也做一件呢。有点像华仑加那一件。真是价廉物美。"

"嘿,现在看来好了。"陶丽舀了一勺子果酱,把它滴下来,说。

"等拉得成丝就好了。再煮一会儿,阿加菲雅。"

"这些该死的苍蝇!"阿加菲雅怒气冲冲地说。"还不是一个样。"她又说。

"啊,瞧它多可爱,别把它吓飞了!"吉娣看见栏杆上一只麻雀正翻着草莓梗,啄食着,突然说。

"是的,但你最好离开炭炉远一点。"母亲说。

"**趁这机会**来谈谈华仑加的事吧,"吉娣用法语说,每逢她们不愿让阿加菲雅听懂时,总是说法语。"您知道,妈,我不知怎的,真希望今天就能做出决定呢。您明白我说的是什么。那该有多好哇!"

"瞧她真是个做媒的好手!"陶丽说。"她多么巧妙地把他们拉在一起呀……"

"不,告诉我,妈,您有什么想法?"

"我会有什么想法呢?他("他"是指柯兹尼雪夫)什么时候都可以在俄国找到最好的对象,虽然他年纪已经不轻了,但我知道还是有许多女人愿意嫁给他……她是个好姑娘,但他可以……"

"不,您听我说,妈,为什么不论对他或者对她来说都没有更美满的婚姻了。第一,她实在迷人!"吉娣弯起一个手指说。

"他很喜欢她,这是真的。"陶丽附和说。

"其次,他有这样的社会地位,根本就不需要妻子的财产和势力。他只需要一个贤惠娴静的妻子。"

"是的,同她在一起可以放心。"陶丽又附和说。

"第三,她会爱他的。就是说……就是说一切都会称心如意!……我希望他们从树林里出来,事情就能决定了。我从他们的眼色里一下子就能看出来。那样我真会高兴死了!你看怎么样,陶丽?"

"你不要激动,说什么也不要激动!"母亲说。

"我并没有激动,妈。我想他今天就会求婚了。"

"啊,男人怎样求婚,什么时候求婚,这可真有意思……仿佛原来有一道障碍,一下子给冲破了。"陶丽回忆着她同奥勃朗斯基的往事,若有所思地微笑着说。

"妈,爸爸当年是怎样向您求婚的?"吉娣忽然问。

"没有什么特别的,简单得很。"公爵夫人回答,因为想起这件往事而绽开了笑颜。

"不,到底是怎样的?在你们开始交谈以前,您是不是已经爱上他了?"

吉娣觉得特别高兴的是,她现在可以平等地同母亲谈谈女人一生中最重要的问题。

"当然爱上了。当年他常到我们乡下来。"

"那么是怎样决定的呢,妈?"

"你一定以为你们现在流行的是一套新花样,对吗?其实还不都是一个样:眉来眼去,笑里传情……"

"您说得真好哇,妈!就是眉来眼去,笑里传情。"陶丽附和说。

"可是他说了些什么啦?"

"列文对你说了些什么?"

"他是用粉笔写的。这事真怪……我仿佛觉得这是好久以前的事了!"吉娣说。

三个女人都想着同一件事。吉娣首先打破沉默。她想起了婚前那个冬天,想起了她对伏伦斯基的迷恋。

"有一件事……就是华仑加以前的对象,"吉娣自然而然地联想到这事,说,"我要对谢尔盖·伊凡诺维奇说一说,使他有个思想准备。他们男人对我们的过去总是挺会嫉妒的。"她加上说。

"也不是个个都这样,"陶丽说。"你是根据你丈夫的脾气来判断的。列文直到现在想到伏伦斯基还觉得不愉快呢。是吗?是这样吗?"

"是的。"吉娣眼睛里含着笑意,若有所思地回答。

"我可不知道,你过去有什么事会使他烦恼?"公爵夫人出于做母亲的对女儿的关怀,插嘴说。"是因为伏伦斯基追求过你吗?这种事哪一个姑娘没有经历过呀!"

"嗳,我们不谈这个。"吉娣涨红了脸说。

"不,听我说,"做母亲的讲下去,"当时是你自己不要我去同伏伦斯基谈的呀。你记得吗?"

"哎呀,妈!"吉娣露出痛苦的神色说。

"如今可没有人拦着你们……你同他的关系也没有什么越轨的地方。我真想找他当面谈一谈。不过,我的小宝贝,你可激动不得。请你记住这一点,安静些!"

"我安静得很呢,妈。"

"当时亏得来了个安娜,真是吉娣运气好,"陶丽说,"可安娜真是倒霉呀!瞧,事情正好相反。"她不胜感慨地加上说:"当时安娜多么幸福,可吉娣还自以为倒霉呢。真是正好相反!我常常想到她。"

"亏你还想到她!这个不要脸的女人,真没有良心!"母亲说。她不能忘记,吉娣没有嫁给伏伦斯基,却嫁给了列文。

"谈这个事有什么意思呢!"吉娣恼火地说。"这事我不想,也不愿意想……我真不愿意想它!"她留神听着从阳台台阶上传来丈夫熟悉的脚步声,又说了一遍。

"嗨,什么事啊,连想都不愿意想?"列文走到阳台上说。

可是谁也没有回答他,他也就不再问了。

"真抱歉,我破坏了你们的妇女乐园。"列文不太乐意地向每个人扫了一眼,懂得她们在谈不愿当着他面谈的事,说。

刹那间,列文觉得他产生了同阿加菲雅一样的感情。她对煮果酱不加水很不满意,总之,对外来的谢尔巴茨基家的影响很反感。不过,他还是微微一笑,走到吉娣跟前。

"嗯,怎么样?"列文问她,他望着她的那种神情同别人望着她一样。

"没什么,很好!"吉娣笑眯眯地说,"你的事情怎么样?"

"那辆新车比旧车可以多装三倍东西呢。要不要去把孩子们接来?我已经吩咐他们套车了。"

"什么,你要吉娣坐敞篷马车吗?"母亲带着责备的口吻说。

"是一步一步慢慢地走呀,公爵夫人。"

列文从来没有叫过公爵夫人"妈妈",像一般做女婿的称呼丈母娘那样。这使公爵夫人不高兴。列文虽然很敬爱公爵夫人,却不肯这样叫她,因为他觉得这样会亵渎他故世的母亲。

"您跟我们一起去吧,妈。"吉娣说。

"我可不愿意看到这样的轻举妄动。"

"嗯,我走着去好了。我身体好着呢!"吉娣站起来,走到丈夫跟前,挽住他的手臂。

"身体好,可什么事都得有个分寸。"公爵夫人说。

"啊,阿加菲雅,果酱好了吗?"列文笑着对阿加菲雅说,想逗她高兴。"新办法好吗?"

"总该好了。可是照我们看来煮过头了。"

"这样更好些,阿加菲雅,不会变酸,要不然我们这儿冰已经化了,又没有地方保存,"吉娣立刻懂得丈夫说话的意思,就带着同样的心情对老太婆说。"不过你腌的咸菜真好,妈说她哪儿也没有吃到过这样好的咸菜。"她微笑着拉了拉头巾,补充说。

阿加菲雅怒气冲冲地对吉娣望了望。

"您用不着安慰我,少奶奶。我只要对你们俩瞧瞧,就高兴了。"她说。这粗鲁的"你们俩"三个字却使吉娣感动了。

"跟我们一起去采蘑菇吧,您可以给我们带路。"吉娣对阿加菲雅说。阿加菲雅微微一笑,摇摇头,像是在说:"我真想生您的气,可是生不起来。"

"你们照我的话办吧!"老夫人说。"在果酱面上盖一张纸,上面滴几滴朗姆酒,这样就是没有冰也永远不会发霉了。"

3

吉娣能有机会同丈夫单独在一起，感到特别高兴，因为她发现，丈夫刚才走进阳台问她们在谈些什么，却得不到回答时，他那善于流露感情的脸上掠过一种苦恼的神色。

他们走到别人前头，走到看不见房子的地方，来到撒满黑麦穗和麦粒、积有灰沙的踩得很平整的路上。这时候，她更紧地偎依着丈夫，把他的手臂贴住自己的身子。他已经忘记了刚才的不愉快，如今同她单独在一起，一心想到她快做母亲，体验到一种同心爱的女人亲近时超过肉体的纯洁的快乐。没有什么要说的话，但列文渴望听听她的声音，因为自从她怀孕以来，她的声音也同她眼神一样变了。她仿佛一个人在专心致志地从事心爱的工作，声音同眼神里都充满又温柔又严肃的调子。

"那么你不累吗？在我身上靠得舒服些吧！"列文说。

"不累，我真高兴同你单独在一起。老实说，同他们在一起不管怎么有趣，也不能使我忘记冬天晚上咱俩在一块儿的快乐。"

"本来就不错，但现在更好。这样那样都很好。"列文紧紧握住她的手说。

"你知道你进来的时候我们在谈什么吗？"

"是谈果酱吧？"

"不错，也谈过果酱，但还谈到男人怎样求婚。"

"哦！"列文说，他与其说是在听她的话，不如说是在听她的声音；

此刻他们正穿过林中的小路,他一直留神着,尽量避开那些她可能摔跤的地方。

"还谈到谢尔盖·伊凡诺维奇和华仑加呢。你没有注意吗?……我真希望这事能成功。"吉娣继续说。"你对这事有什么看法?"她说着瞧了瞧他的脸。

"我不知道该怎么看,"列文含笑回答。"我觉得谢尔盖这人有点古怪。我不是对你说过吗……"

"是的,他爱过那个死去的姑娘……"

"那还是我小时的事,我后来听别人讲的。我记得他当时的模样。他当时非常可爱。从那时起,我就一直在观察他对待女人的态度:他很亲切,有几个女人他也喜欢,但我觉得她们对他来说只是人,并不是女人。"

"对,不过现在他跟华仑加……看来有点什么……"

"也许有……但我们要知道他的为人……他是一个与众不同的怪人。他过的纯粹是精神生活。他这人太纯洁了,灵魂太高尚了。"

"怎么?难道这样会降低他的人格吗?"

"不是的,他过惯纯粹的精神生活,不会顺从现实生活,可华仑加终究是现实生活中的人。"

如今列文已惯于大胆说出自己的想法,不再字斟句酌了。他知道妻子在这种情意绵绵的时刻,只要他稍作暗示,就能懂得他的意思。此刻她确实懂得他的意思。

"是的,但她不像我这样讲究实际;我明白他是决不会喜欢我的。华仑加却是一味追求精神生活的。"

"嗳,不,他很喜欢你。我家的人喜欢你,这使我一直很高兴……"

"对,他待我很亲切,但是……"

"但是他不像已故的尼古拉……你们倒是很合得来,"列文替她把话说完。"您怎么不说了?"他接下去说。"我有时责备我自己,到头来总是把他给忘了。唉,他这人真是又可怕又可爱……是的,我们刚才在谈什么呀?"列文沉默了一阵说。

"你认为他这人不会谈恋爱,是吗?"吉娣用她习惯的语言直率地说。

"不是说他不会谈恋爱,"列文微笑着说,"但他没有人类少不了的那种毛病……我总是很羡慕他;就是现在这么幸福,我还是羡慕他。"

"你羡慕他不会谈恋爱吗?"

"我羡慕他比我强,"列文笑着说。"他活着不是为了自己。他的全部生活都是为了尽责任。因此他能够心安理得,无所需求。"

"那么你呢?"吉娣露出嘲弄而深情的微笑问。

她怎么也不能表达促使她微笑的思绪,但她最后归结为一点,就是丈夫称赞哥哥,贬低自己,并非完全出于真心。吉娣知道他这样做是因为热爱哥哥,因为自己过分幸福而感到惭愧,特别是因为这种追求幸福的欲望没有止境。她爱他这种心情,所以笑了。

"那么你呢? 你到底还有什么不满意?"她还是那样微笑着问。

吉娣不相信他还有什么地方对自己不满意,这使他觉得高兴。他无意中逗她说出了不相信的理由。

"我感到幸福,但我对自己不满意……"列文说。

"既然你感到幸福,怎么还会对自己不满意呢?"吉娣说。

"怎么对你说好呢? ……在我心里,除了你不摔跤以外,没有别的愿望。啊呀,你可不能这样跳哇!"列文中止原来的谈话,责备她,因为她越过横在路上的一根树枝时动作太快了。"但我扪心自问,拿自己同别人比较,特别是同我哥哥比较,就觉得自己太糟了。"

"到底糟在哪里呀?"吉娣带着同样的微笑继续说。"你不是也在为别人工作吗?你的田庄,你的农场,你的著作,都不能算数吗?……"

"不,我现在更加感觉到你错了,"列文握紧她的手说。"那些都算不了什么。我做那一切都是不卖力的。要是我能像爱你那样爱那些事就好了……事实上,我近来做工作就像应付差事一样。"

"那么,你说我的爸爸怎么样?"吉娣问。"他什么公益事业也不做,是不是也很糟呢?"

"他吗?——不。一个人应该像你父亲那样朴实、开朗、善良,可是这些我有吗?我什么事也不做,因此很痛苦。这一切都是你造成的。在没有你和没有'这个'以前,"他说着望望她肚子,她明白了,"我把全部精力都放在工作上,可是现在办不到,我感到惭愧。我做工作就像在应付差事那样,我假装……"

"那么你现在愿意同谢尔盖·伊凡诺维奇对调吗?"吉娣说。"你只要像他一样从事公益事业,热爱那非办不可的差事,就心满意足了吗?"

"当然不是的,"列文说。"不过我太幸福,简直什么也不明白。那么你想我哥哥今天会向她求婚吗?"列文沉默了一会儿,又问。

"我又想,又不想。只是我真希望他会求婚。啊,等一下!"吉娣弯下腰去,在路边摘了一朵野菊花。"嗯,来数一数:他会求婚,他不会求婚。"吉娣说着把花递给列文。

"他会,他不会。"列文一面撕下一片片狭长的白色花瓣,一面数着。

"不对,不对!"吉娣兴奋地注视着他的手指,捉住他的手,说。"你撕了两片了。"

"哦,那么这片小的就不算了!"列文撕下一片还没有长足的花瓣说。"你瞧,马车追上来了。"

"你累不累呀,吉娣?"公爵夫人叫道。

"一点也不累。"

"既然马很听话,走得很慢,你就坐上来吧。"

但是已经用不着坐车了。目的地快到了,大家就步行走了过去。

4

华仑加的黑头发上包着一块白头巾,她在一群孩子的簇拥下,和蔼而快乐地同他们玩着,显然因为有机会向她心爱的男人表白爱情而感到十分兴奋,她的模样也格外迷人。柯兹尼雪夫同她并肩走着,不断地欣赏着她的美丽。他眼睛望着她,心里回想着她说过的一切动听的话,思索着她的种种优点。他越来越意识到,他对她的感情是很特殊的,这种特殊的感情他好久好久以前体验过,而且只有一次,那是在他年轻的时候。同她接近的快乐越来越强烈,当他把采到的一个细株卷边的大桦树菌放进她的篮子里时,他对她的眼睛瞟了一下,看见她脸上泛起又惊又喜的红晕,他自己也窘态毕露,默默地对她微微一笑。这一笑可包含着多少情意呀。

"既然这样,"柯兹尼雪夫自言自语着,"我就应该好好考虑一下,做出决定,可不能像孩子那样热情冲动,神魂颠倒哇。"

"这会儿我要自己一个人去采蘑菇了,要不然我的成绩太差了。"他说着独自离开大伙儿——他们正走在林边稀落的老桦树中间柔软如丝的草地上——向那白桦树中间杂生着银灰树干的白杨和暗色榛树丛的树林深处走去。柯兹尼雪夫走了四十步光景,走进盛开的浅红和深红的卫矛花丛中。他知道人家看不见他,就站住了。周围一片寂静。只有他头上的桦树梢边有一群苍蝇像蜜蜂一样嗡嗡地闹个不停,偶尔还传来孩子们的声音。忽然从树林边上传来华仑加呼唤格里沙的女低音,柯兹尼雪夫的脸上不禁浮起一片快乐的微笑。柯兹尼雪夫觉察到这微笑,对自己这种处境不以为然地摇摇头,掏出一支雪茄,动手点火。他拿火柴在桦树干上擦了好一阵,怎么也擦不着。柔嫩的白色树皮上粘了些磷粉,火就熄灭了。最后,有一根火柴点着了,香味浓烈的雪茄的烟像一块飘荡的桌布向前飞翔,冉冉上升,缭绕在桦树低垂的枝叶之下和灌木上面。柯兹尼雪夫目送着这片烟云,慢慢地向前走去,心里考虑着自己的处境。

"为什么不行呢?"他想。"这会不会只是一时的感情冲动,会不会只是一种迷恋,一种相互的迷恋(我敢说是相互的)?但我觉得这在我是反常的,要是我屈服于这种迷恋,我就会背离我的天职和责任⋯⋯但情况并非如此。我说得出的反对理由只有一条,那就是当我丧失玛丽的时候,我立誓对她永不变心⋯⋯这一点很重要,"柯兹尼雪夫自言自语,同时又觉得这种顾虑是没有多大意思的,在别人看来,他至多损害了自己那种诗人的气质罢了。"除此以外,不论我怎样找寻,也找不出一条违反自己感情的理由。要是单凭理智选择的话,我可再也找不到比她更好的对象了。"

不论他回想多少认识的妇女和姑娘,也想不起哪一个具备他冷静思考后认为做他妻子应具备的全部优点。她具有少女的娇媚和魅力，却不是个不解事的孩子。她像一个成熟的女人自觉地爱一个男人那样爱他。这是一。其次，她不但一点也不俗气，而且显然很厌恶上流社会，但又懂得人情世故，还具备一个有教养的女人的优雅风度。缺乏这样的风度，柯兹尼雪夫认为是无法考虑做他终身伴侣的。第三，她的宗教信仰是虔诚的，但并不是像吉娣那样孩子式的懵懵懂懂的虔诚和善良，她的生活是建立在宗教信仰的基础上的。甚至在一些细节上，柯兹尼雪夫都觉得她是个理想的妻子：她贫穷而孤独，这样她就不会把一大堆亲戚和他们的影响带到夫家来，就像他看到的吉娣那样，而是处处依靠丈夫，感激丈夫，这也是他一贯对未来的家庭生活的希望。这位姑娘正是集种种优点于一身，并且爱着他。他通情达理，不会看不到这一点，因此他也爱她。唯一的顾虑就是他的年龄。但他出生的家庭是长寿的，他没有一根白发，谁也看不出他是个四十岁的人。他还记得华仑加说过，只有在俄国大家把五十岁的人看作老头儿，在法国五十岁的人往往自认为年富力强，四十岁还是青年呢。再说，既然他觉得自己的心像二十年前一样年轻，年龄又算得了什么？现在他又来到树林边缘，看见灿烂的夕阳下华仑加优美动人的体态。她穿着一身淡黄的连衫裙，手里挽着一只篮子，步态轻盈地走过一棵老桦树。当华仑加的形象，同他叹赏不止的夕阳下黄澄澄的麦田、田野后面逐渐没入苍茫天际的远方金黄色老树林的美景融成一片时，涌上他心头的不正是青春的感情吗？他的心快乐地收缩着。一股柔情涌上心来。他觉得他已打定主意。华仑加刚蹲下身去采一朵蘑菇，立刻又轻盈地站起来，回头一望。柯兹尼雪夫扔掉雪茄，毅然地大踏步向她走去。

5

"华尔华拉·安德烈夫娜,我年轻的时候,就想象我会爱上怎样的女人,并且乐意把她称为我的妻子。我经历了漫长的岁月,如今第一次发现您就是我心目中的理想女人。我爱您,向您求婚。"

柯兹尼雪夫离开华仑加十步远时,这样自言自语道。华仑加跪在地上,双手保护着几个蘑菇不让格里沙抢去,同时呼唤着小玛莎。

"到这儿来,到这儿来!孩子们!这儿多得很!"她用好听的胸音叫道。

她看见柯兹尼雪夫走过来,并没有起身,也没有改变姿势;但种种迹象都告诉他,她发觉他走近了,她很高兴。

"怎么样,您找到什么啦?"华仑加问,把白头巾底下笑盈盈的美丽的脸向他扭过来。

"什么也没有,"柯兹尼雪夫说。"那么您呢?"

她忙于应付身边的孩子们,没有回答他。

"这儿还有一个呢,在树枝旁边。"她对小玛莎说,指给她看一个小小的红蘑菇。这蘑菇富有弹性的粉红色小帽子压着一根干草,它正从草底下生长出来。玛莎把红蘑菇撕成两瓣,露出白色的肉身,捡起来。华仑加也站起来。"这使我想起了童年时代。"她离开孩子们同柯兹尼雪夫并肩走着,又说。

他们默默地走了几步。华仑加看出他想说话;她猜到他想说什么,兴奋和恐惧得心都缩紧了。他们走得离开孩子们很远了,谁也听不见他们说话，可是他还没有开口。华仑加宁愿沉默一下。刚刚谈过蘑菇的事，最好还是沉默一会儿再谈，这样比较容易说出他们心里想说的话。可是华仑加偏偏违反心意，仿佛脱口而出地说：

"那您真的什么也没有找到吗？其实树林里总要少一些。"

柯兹尼雪夫叹了一口气，什么也没有回答。他恼火的是她竟谈起蘑菇来。他想回过去再谈谈她刚才讲到的她童年的事；但他仿佛也违反自己的心意，沉默了一阵以后，就她最后那句话说出他的想法。

"我只听说白蘑菇多年都生在树林边上，可是我也不会鉴别哪些是白蘑菇。"

又过了几分钟，他们离开孩子们更远，只剩下他们两人了。华仑加的心扑通扑通地跳得她自己都能听见，她感到脸上一阵红一阵白。

在施塔尔夫人家里过了那么些年寄人篱下的生活以后，华仑加觉得能做柯兹尼雪夫那样的人的妻子真是莫大的幸福。再说，她差不多确信她已经爱上他了。而这事此刻就得做出决定。她感到害怕。她又怕他说些什么，又怕他什么也不说。

要么现在说，要么永远不说，这一层柯兹尼雪夫也感觉到了。在华仑加的目光里，在她脸上的红晕里，在她低垂的眼睛里，处处都流露出这种痛苦的期待。柯兹尼雪夫看出这一点，他为她难过。他甚至觉得，现在什么话也不说就是侮辱她。他在心里反复提出一切有助于做出决定的理由，同时在心里重复着向她求婚的话，可是他没有说出口，却忽然心血来潮地问：

"白蘑菇和桦树菌到底有什么不同？"

华仑加回答的时候，激动得嘴唇都抖动起来：

"蘑菇帽上几乎没有什么差别，差别在根上。"

这两句话一出口,他和她都明白事情完了,原来想说的话不会再说,而在这以前他们达到顶点的激情也平静下来了。

"桦树菌的根好像两天没有刮脸的男人的黑胡子。"柯兹尼雪夫说话已经平静了。

"是的,这倒是真的。"华仑加微笑着回答。他们不由得改变了散步的方向。他们向孩子们走去。华仑加觉得又痛苦又羞愧,但同时又感到轻松。

柯兹尼雪夫回到家里,反复思考着各种理由,觉得他原先的想法错了。他实在忘不了玛丽。

"轻一点儿,孩子们,轻一点儿!"列文站在妻子前面保护她,怒气冲冲地对孩子们嚷道,当时一大群孩子高兴得尖声直叫,向他们冲来。

柯兹尼雪夫同华仑加跟着孩子们从树林里出来。吉娣用不着问华仑加,她从他们两人平静而略带羞愧的脸色看出,她的计划没有成功。

"嗯,怎么样?"在他们回家的路上,丈夫问她。

"不干!"吉娣说,她微笑和说话的样子很像她父亲。列文常常满意地注意到这一点。

"怎么不干?"

"就是这个样子,"她抓住丈夫的一只手,拉到嘴边,抿紧嘴唇吻了吻。"就像人家亲主教的手一样。"

"谁不干?"他笑着问。

"两个都不干。喏,应该这样……"

"庄稼汉来了……"

"不,他们看不见的。"

6

孩子们喝茶的时候,大人们都坐在阳台上若无其事地谈天,虽然人人(特别是柯兹尼雪夫和华仑加)心里都很明白,发生过一件不愉快而很重要的事。他们两人共同的感受,就像考试不及格而留级或者永远被开除的学生。在场的人也个个察觉出了什么事,但都兴致勃勃地谈着别的问题。今天晚上,列文和吉娣觉得格外幸福和恩爱。他们在爱情上很幸福,这就使那些向往幸福而得不到幸福的人感到难受,他们因此甚至觉得害臊。

"我说阿历山大不会来了,你们瞧着吧!"老公爵夫人说。

今天晚上大家在等奥勃朗斯基的火车。老公爵来信说,他可能同女婿一起来。

"我还知道为什么,"公爵夫人继续说,"他常说应该让新婚夫妇单独住一阵。"

"爸爸真的就这样把我们扔下。我们好久没看到他了,"吉娣说。"我们怎么算得上新婚夫妇呢?我们早就是老夫老妻了。"

"要是他不来,我也要跟你们分手了,孩子们。"公爵夫人伤心地叹了一口气说。

"嗳,您这是怎么啦,妈!"两个女儿异口同声地责怪她。

"你们想想,他心里好受吗?要知道现在……"

老夫人的声音突然哆嗦起来。两个女儿都不作声,互相交换了一个眼色。"妈总是自寻烦恼。"她们的目光仿佛这样说。她们不知道,尽管夫人在女儿家里过得很好,尽管她觉得自己在这里很有用,但自从心爱的小女儿出嫁,家里变得冷冷清清以来,她就一直为自己伤心,也为丈夫伤心。

"您有什么事,阿加菲雅?"吉娣忽然对那站在面前的样子神秘、脸色庄重的阿加菲雅说。

"晚饭吃点什么?"

"哦,你去安排吧,"陶丽说,"我要去帮格里沙温习功课了。他自己还什么也没有做呢。"

"这是我的事!不,陶丽,我去帮他做。"列文霍地跳起来说。

格里沙已进了中学,夏天照理应该温习功课。陶丽在莫斯科的时候就陪同儿子一起学习拉丁文,到了列文家以后,规定每天至少一次同他复习算术和拉丁文中最困难的部分。列文自告奋勇来代替陶丽;但是做母亲的有一次听列文上课,不像莫斯科教师那样给他辅导,感到很为难,竭力想不得罪列文,但还是毅然对他说,要像老师那样照课本复习,并且表示最好还是让她自己来教。列文对奥勃朗斯基很有意见,因为他玩世不恭,逃避责任,把管教儿子的责任让不懂教育的母亲承担。列文对教师也很有意见,因为他们教孩子教得那么糟糕,但他答应姨姐遵照她的意思教课。他就不按照自己原来的想法,却照着课本替格里沙上课,因此没精打采,常常忘记上课的时间。今天也是这样。

"不,我去,陶丽,你坐着!"列文说。"我们会照章办事,根据课本教的,只不过等斯基华来了,我们要去打猎,那时要停一下课。"

列文说着找格里沙去了。

华仑加也对吉娣说了类似的话。就是在列文设备完善的幸福家庭里,华仑加也能出一分力。

"晚饭我去安排,您坐着吧。"华仑加说着站起来向阿加菲雅走去。

"好的,好的,他们买不到小鸡,那就用我们自己养的……"吉娣说。

"这事让我同阿加菲雅去安排吧。"华仑加说着同她一起走了。

"多么可爱的姑娘!"公爵夫人说。

"不是可爱,妈,简直是个迷人的姑娘,这样的姑娘哪儿也找不到。"

"那么今天你们就在等斯吉邦·阿尔卡迪奇吗?"柯兹尼雪夫说,显然不愿意再谈华仑加的事。"很难找到像他们两位这样不相像的连襟了,"他调皮地微笑着说。"一个活泼好动,在交际场中如鱼得水;另一个,我们的列文,机警灵活,可是一到交际场所就呆若木鸡,或者像鱼到了地上,乱蹦乱跳,死命挣扎。"

"是的,他这人粗心大意,"公爵夫人对柯兹尼雪夫说。"我正想求您对他说说,她(她指的是吉娣)绝对不能留在这里,一定要到莫斯科去。他说去请位医生来……"

"妈,他什么都会办到,什么都会答应的。"吉娣说,她对母亲要柯兹尼雪夫过问这事感到不高兴。

她们谈到一半,听见林荫道上传来马嘶声和沙砾路上车轮滚动的声音。

陶丽还来不及站起来迎接丈夫,列文就从格里沙上课房间的窗口跳出去,并且把格里沙也抱了出去。

"斯基华来了!"列文在阳台下面叫道。"我们的课已经上完了,陶丽,不要怕!"他又说,同时像孩子似的跑下去迎接马车。

"他,她,它;他的,她的,它的。"格里沙一面大声背着拉丁文代词,一面沿着林荫道连蹦带跳地跑去。

"还有个什么人。对了,是爸爸!"列文在林荫道入口处站住,叫道。"吉娣,你不要走那么陡的台阶,你绕个圈子过来。"

列文以为车上坐着的是老公爵,可是他错了。他走近马车,才看清坐在奥勃朗斯基旁边的不是公爵,而是一个头戴后面有长飘带的苏格兰便帽的漂亮肥胖的青年。原来是谢尔巴茨基的表兄弟维斯洛夫斯基,一个闻名彼得堡和莫斯科两地的年轻人,并且像奥勃朗斯基介绍时说的,"是位杰出的人物和热中打猎的好手"。

维斯洛夫斯基毫不计较人家因错把他当做老公爵而产生的懊丧,兴致勃勃地同列文寒暄,说他们以前见过面,接着又抱起格里沙,越过奥勃朗斯基带来的猎狗,把他抱进马车里。

列文没有上马车,却跟在后面走。他心里有点不高兴,因为他越是了解越是喜爱的老公爵没有来,却来了这个完全多余的生人维斯洛夫斯基。列文走到聚集了一大群闹哄哄的大人孩子的台阶边,看见维斯洛夫斯基露出特别亲昵殷勤的样子吻着吉娣的手,越发觉得他是个多余的生人。

"我同尊夫人是表兄妹,又是老朋友。"维斯洛夫斯基再次紧握着列文的手说。

"哦,怎么样,有野味吗?"奥勃朗斯基刚同每个人打过招呼,就问列文说。"我们两人野心可大了!哦,妈,他们结婚以后还没有到莫斯科去过呢。哦,塔尼雅,这给你!你到马车后面去拿吧。"他面面俱到地应付着。"你气色真好啊,我的陶丽。"他一面对妻子说,一面再次吻着她的手,又用一只手拉住她的手,另一只手在上面抚摩着。

列文刚才还兴高采烈,这会儿却闷闷不乐地望着大伙儿,他觉得一切都不顺心。

"昨天他这两片嘴唇才吻过谁呀?"他望着奥勃朗斯基对妻子那种亲热的样子,暗自思忖。他望望陶丽,对她也没有好感。

"她明明不相信他会真心爱她,为什么还那样快活呢?真恶心!"列文想。

他望望公爵夫人,一分钟以前他还觉得她很可爱,但此刻他也不喜欢她像在自己家里那样热情地招待这个帽带飘飘的维斯洛夫斯基。

他甚至不喜欢柯兹尼雪夫,因为他也走到台阶上,装出友好的样子欢迎奥勃朗斯基。列文知道他哥哥一向不喜欢也瞧不起奥勃朗斯基。

列文觉得连华仑加都很讨厌,因为她装出一副无比圣洁的模样同这位城里人认识,其实却一心想嫁人。

但最使他反感是吉娣,她竟然同这个自以为下乡旅行对人对己都是一大乐事的城里人又说又笑,兴高采烈;特别使他嫌恶的是她回报他微笑时那种异样的笑容。

大家闹哄哄地谈着话,走进屋去。列文等大家一坐下,转身就出去了。

吉娣看出丈夫有些异样。她想找个机会同他单独谈谈,可是他说有事要到账房去,就匆匆走掉了。他好久没有像今天这样关心农庄的事了。"他们老是像过节一样欢天喜地,"列文想,"现在又不是过节,工作不等人,不工作就不能生活呀。"

7

列文直到仆人请他吃晚饭,才回家去。吉娣同阿加菲雅站在楼梯上商量晚饭喝什么酒。

"你们忙①什么呀?像平常一样就行了。"

"不,斯基华是不喝酒的……康斯坦京,等一下,你怎么了?"吉娣一面说,一面连忙跟在他后面,可是他并不等她,冷冰冰地大踏步向餐室走去,立刻加入那边以维斯洛夫斯基和奥勃朗斯基为中心的热闹的谈话。

"嗯,我们明天就去打猎,怎么样?"奥勃朗斯基说。

"好的,去吧。"维斯洛夫斯基说,同时换到另一把椅子上侧身坐下,把一条胖腿搁在另一条上面。

"我很高兴陪你们去。您今年打过猎吗?"列文对维斯洛夫斯基说,注视着他的腿,但装出高兴的样子。吉娣心里很明白这种高兴是假装的,而且同他的为人极不相称。"大鹬不知能不能找到,但山鹬很多。不过得起个早。你们不累吗?斯基华,你不累吗?"

"我累?我从来不觉得累。我们来它个通宵!出去散散步。"

"真的,我们不要睡觉!太有意思了!"维斯洛夫斯基响应说。

"吓,你自己可以不睡,也不让别人睡,这一点我们倒是相信的,"陶丽用含嘲带讽的口气对丈夫说,现在她对他说话总是用这样的口气。

---

① 原文为英语。

"不过照我看来现在是时候了……我走了,我不吃晚饭了。"

"不,你坐一会儿,我的陶丽,"奥勃朗斯基一面说,一面转到他们正在吃饭的大饭桌后面陶丽的身边。"我还有多少话要对你说呀!"

"我看不见得。"

"你知道吗,维斯洛夫斯基到安娜那里去过了。他还要到他们那里去。要知道,他们离这里只有七十里路。我也要去一次。维斯洛夫斯基,你过来!"

维斯洛夫斯基转移到太太们那里,到吉娣身边坐下。

"嗯,您倒说说,您到她那儿去过吗?她怎么样?"陶丽问他。

列文留在桌子另一头,不停地同公爵夫人和华仑加谈话,看见奥勃朗斯基、陶丽、吉娣和维斯洛夫斯基正兴高采烈而又神秘地谈着话。不仅如此,他还看见妻子睁大眼睛望着夸夸其谈的维斯洛夫斯基俊俏的面孔,脸上露出全神贯注的表情。

"他们那里很好,"维斯洛夫斯基谈起伏伦斯基和安娜的情况。"我当然不敢妄加评判,但在他们那里就像在自己家里一样舒服。"

"那么,他们有什么打算吗?"

"大概想到莫斯科去过冬。"

"咱们一起到他们那里去该多好哇!你什么时候去?"奥勃朗斯基问维斯洛夫斯基。

"我打算在他们那里过七月。"

"那么你去不去?"奥勃朗斯基问妻子。

"我早就想去了,我一定要去一次,"陶丽说。"我替她难过,我了解她。她是个出色的女人。等你走了,我一个人去,免得给人家添麻烦。你不去更好。"

"好极了!"奥勃朗斯基说。"那么你呢,吉娣?"

"我?我去做什么?"吉娣满脸通红地说,她回头看了丈夫一眼。

"您同安娜·阿尔卡迪耶夫娜也熟吗?"维斯洛夫斯基问她说。"她真是个迷人的女人。"

"是的。"吉娣回答维斯洛夫斯基,脸涨得更红了。她站起来,走到丈夫身边。

"那么你明天去打猎吗?"她问丈夫。

在这几分钟里,列文妒意发作,特别是他看到吉娣同维斯洛夫斯基谈话时双颊绯红的那副娇态。这会儿,他又照自己的意思来理解她这句话。尽管后来想起这事感到很荒唐,但现在他满心以为,她问他去不去打猎,只是想知道他肯不肯让维斯洛夫斯基快乐一番,因为照他看来,吉娣已经爱上他了。

"是的,我要去的。"列文用一种连他自己都觉得讨厌的极不自然的声音回答。

"不,明天你们最好在家里待一天,要不然陶丽就没有机会看到丈夫了,你们后天去吧。"吉娣说。

吉娣这番话又被列文曲解成这样:"不要把我同他拆散。你去不去我无所谓,但让我享受享受同这位可爱的年轻人交际的快乐吧。"

"好,要是你希望这样,那我们明天就待在家里。"列文特别殷勤地回答。

维斯洛夫斯基万万没有想到,他的到来竟会造成别人那么大的痛苦,他随着吉娣从桌旁站起身,又用含笑的亲切目光望着她,跟着她走过来。

列文看见他的目光,顿时脸色发白,好一阵喘不过气来。"他怎么能这样盯住我的妻子瞧!"他怒气冲天地想。

"明天就这样过吗?让我们一起去吧!"维斯洛夫斯基说,坐在椅子上照例又架起腿来。

列文的妒意越发厉害了。他已把自己看成是个受骗的丈夫,妻子和情夫正利用他替他们提供的舒服生活在享乐……虽然如此,他还是彬彬有礼地问维斯洛夫斯基有关打猎、猎枪和皮靴的事,并且同意明天去打猎。

幸亏老夫人站起来,还劝吉娣去睡觉,才使列文不再受罪。不过,列文还是不能避免新的苦恼。维斯洛夫斯基同女主人告别的时候,又想吻吻她的手。但是吉娣脸涨得通红,缩回手去,用事后受她母亲责备的憨直口气说:"我们这里不兴这一套。"

列文认为,她纵容维斯洛夫斯基做出这种轻浮的举动,是她的过错,她又这样拙劣地表示不爱这一套,更是错上加错。

"嗳,何必这样忙着去睡觉!"奥勃朗斯基说。他晚饭时喝了几大杯葡萄酒,情绪特别好,心里充满了诗意。"你瞧,吉娣,"他指指菩提树后升起的一轮明月说,"多美呀!维斯洛夫斯基,这可是唱小夜曲的时候了。你知道他有一副好嗓子,我们一路上都在唱歌。他随身带来两首优美的抒情歌谱,都是新出的。最好让他同华尔华拉·安德列夫娜来个二重唱。"

等大家都走散了,奥勃朗斯基同维斯洛夫斯基又在林荫道上散步了好一阵。可以听到他们在合唱一首新的抒情歌曲。

列文听见他们唱歌,皱着眉头坐在妻子卧室的安乐椅上。吉娣问他有什么事,他始终不开口,直到最后她主动怯生生地微笑着问:"是不是维斯洛夫斯基有什么地方使你不高兴?"列文这才打破沉默,把心里话和盘托出。但他说的话使他自己感到惭愧,因此越发恼火了。

他站在她面前,皱紧眉头,眉头底下那双眼睛可怕地闪闪发亮,一双强壮有力的手臂抱住胸膛,仿佛在竭力克制自己的感情。要不是脸上露出使她感动的痛苦神色,他的表情是很严厉的,简直是冷酷的。他的下颚在抽搐,声音也不连贯。

"你要明白,我不是吃醋。吃醋是个卑鄙的字眼。我不会吃醋,我不相信……我说不出我的感情,但这是可怕的……我不吃醋,但我感到委屈,感到受侮辱,居然有人敢动脑筋,有人敢用这样的眼光瞧着你……"

"是怎样的眼光啊?"吉娣说,竭力回忆当天晚上的每句话和每个行动,分析它们的含义。

当维斯洛夫斯基跟着她走到桌子另一头时,她在内心深处是感觉到有点什么的,但这一点连她自己都不敢承认,更不敢告诉列文,来增加他的痛苦。

"我现在这个模样,还有什么吸引人的地方呢?……"

"唉!"列文双手抱住头,叫了一声,"你还是不要说的好!……那么,要是你还能吸引人呢?……"

"不,康斯坦京,等一下,你听我说!"吉娣带着痛苦的同情神色瞧着他,说。"嗐,你还能有什么想法呢?对我来说,除了你再没有别的人,再没有别的人!……你是不是要我不见任何人哪?"

他的妒忌起初使她生气。她觉得难过的是,连这样极其纯洁的交际的快乐他都不许她享受。不过,现在她不仅情愿牺牲这种小事,而且情愿牺牲一切,只要能使他放心,能使他摆脱痛苦。

"你要了解我这种又可怕又可笑的处境,"列文继续用绝望的口吻低声说,"他到我家来做客,除了他那种放肆的态度和搁腿的姿势,确实没有什么不成体统的地方。他还很自命不凡,我也只好对他客客气气。"

"不过,康斯坦京,你说得也太过分了。"吉娣嘴上这样说,看到他从妒忌中反映出来的对她的爱,心里倒很高兴。

"最可怕的是,你一向是那么纯洁,我现在觉得还是那么纯洁,我们是那么幸福,那么异常幸福,可是忽然来了这样一个坏蛋……不,不是坏蛋,我何必咒骂他呢?他根本不关我的事。可现在我的幸福和你的幸福又怎样啦?……"

"我明白这是什么缘故。"吉娣开口说。

"什么缘故?什么缘故?"

"吃晚饭时我们在谈话,我看到你怎么在看我们。"

"是啊,是啊!"列文害怕地说。

吉娣讲给他听他们谈了些什么。她讲的时候激动得喘不过气来。列文不做声,接着偷偷看了看她那苍白的恐惧脸色,突然双手抱住了头。

"吉娣,我把你害苦了!亲爱的,原谅我!这简直是发疯!吉娣,全是我错了。我怎么可以为这种蠢事自寻烦恼呢?"

"不,我真替你难过。"

"替我?替我难过?我算得了什么?我是个疯子!……可是为什么要害得你痛苦呢?想起来真可怕,我们的幸福竟会随便被人家破坏。"

"当然,这事叫人感到委屈……"

"好吧,我要留他在我们这里过夏天,我要客客气气对待他,"列文吻着她的手说。"你看好了。明天……对,明天我同他们一起去。"

8

第二天,太太们还没有起身,打猎用的轻便马车,有四轮的,有双轮的,已经停在门口了。拉斯卡一早知道要去打猎,就一直狂吠滥叫,欢蹦乱跳,接着又坐在车夫的驭座旁,因为猎人们迟迟不出来,它紧张而不满地望着大门——他们应该从那里出来。第一个出来的是维斯洛夫斯基,他脚蹬一双靴筒高到他的胖腿肚的崭新大皮靴,身穿一件绿色上装,腰里束着一条散发着皮革味的新子弹带,头戴那顶有飘带的苏格兰帽,手里拿着一支没有背带的英国新猎枪。拉斯卡窜到他跟前,跳起来向他致意,汪汪地叫着,仿佛在问,其余的人是不是快出来了,但没有得到回答,只好又回到原地等候,歪着头,竖起一只耳朵,又不做声了。大门终于格格响着打开了,奥勃朗斯基的黄斑猎狗克拉克飞了出来,在空地上奔突了几圈。接着,奥勃朗斯基手里拿着猎枪,嘴里咬着雪茄,走了出来。"别动,别动,克拉克!"他亲切地对那在他腹部和胸部乱扑乱抓、钩住他猎袋的狗叫道。奥勃朗斯基脚蹬软皮鞋,裹着包脚布,身穿一条破旧的马裤和一件短大衣。他头上戴着一顶破烂不堪的帽子,但那支新式猎枪却漂亮得像个玩具,子弹带和猎袋虽旧,材料倒是挺讲究的。

维斯洛夫斯基以前不懂得真正的猎人风度:衣服要穿得破烂,但猎具必须是最讲究的。如今他看到奥勃朗斯基优雅、肥壮而生气勃勃的身体穿上破烂的衣衫,别有一种风度,他才懂得了这一点,决定下次打猎也要这样打扮。

"咦,我们的主人怎么搞的?"维斯洛夫斯基问。

"有了年轻的太太嘛!"奥勃朗斯基笑嘻嘻地说。

"是啊,而且又是那么迷人。"

"他已经穿戴好了。大概又跑回她那里去了。"

奥勃朗斯基猜对了。列文又跑回妻子那里,再次问她是不是原谅他昨天的蠢事,还恳求她看在基督分上格外保重。最要紧的是要她留神孩子们,因为他们总是乱冲乱撞。然后又要她再次保证,他出门两天,她决不生气,而且明天一早就派人骑马送一个条子给他,哪怕只写上两个字,也好让他知道她平安无事。

吉娣要同丈夫分别两天,照例感到很难过,但是看到他穿着猎靴和雪白的短衫,显得格外魁梧,以及她所不理解的那种兴致勃勃的打猎劲头,她就因他的快乐而忘记了自己的难受,高高兴兴地同他告别了。

"对不起,各位先生!"列文跑到门口说。"午饭带上了吗?为什么把枣红马套在右边?嗳,没有关系。拉斯卡,安分点儿,躺下!"

"把它们放到没有配过种的羊群里去吧,"他对站在门口问他怎样安排阉羊的牧人说。"对不起,又来了一个捣蛋鬼。"

列文又从马车上跳下来,向手拿量尺朝台阶走来的木匠走去。

"嘻,昨天你不到账房来,现在又要来耽误我的时间了。那么有什么事?"

"您让我们再做一个转弯吧。只要再加三级就行了。我们一定把它配好。这样就稳当多了。"

"你早就该听我的话了!"列文恼火地回答。"我说过,先装侧板,再配上楼梯。现在可无法补救了。照我的话办,再做一副新的吧。"

事情是这样的:木匠在厢房里做楼梯,没有算准高度。结果装上去的踏级都是倾斜的,把活儿搞坏了。现在木匠仍想把这座楼梯装上去,只另外增加三级。

"这样就会好多了。"

"再增加三级,你要把楼梯通到哪儿去?"

"您别见怪,老爷,"木匠神气活现地笑着说。"不高不低,刚刚好。就是说,从下面走起,"他做着满有把握的手势说,"一级,一级,一级走上去。"

"要知道加三级就得增加长度……叫它通到哪儿去呢?"

"就是这样从下面一级一级上去。"木匠固执地说。

"那它就会通到天花板,穿破墙壁了。"

"您别见怪。就是从下面上去。一级,一级,一级走上去。"

列文拉出猎枪通条,动手在沙土上画楼梯的图样给他看。

"来,看见吗?"

"随您的便吧,"木匠说,他的眼睛顿时炯炯发亮,显然领会了他的意思。"看来得重新做一个了。"

"对,就是要照我的话办!"列文一面坐上马车,一面吆喝道。"走了!把狗拉住,菲利浦!"

现在列文把家务和农事全抛开,深深体会到生活和希望的快乐,连话都不想说了。此外,他还产生了猎人在接近目的地时常有的聚精会神的紧张心情。要是说他现在还有什么操心的话,那也只是他们能在柯尔本沼地找到什么野味,拉斯卡同克拉克比起来哪一个强,他自己今天打猎顺利不顺利。他在这位新客人面前怎样才能不丢脸?怎样使奥勃朗斯基打猎的成绩不超过他?——这些思想也在他的头脑里掠过。

奥勃朗斯基也有这样的感觉,同样很少说话。只有维斯洛夫斯基兴致勃勃地说个不停。列文现在听着他说话,想到昨天对他的误解,感到害臊。维斯洛夫斯基确实是个好小子,单纯,善良,乐天。列文要是在结婚以前遇见他,他们准会成为好朋友的。列文本来不太喜欢他那种玩世不恭的态度和放荡不羁的神气。他留着长指甲,戴着苏格兰便帽,打扮得不伦不类,还自以为超群脱俗;但由于他心地善良,举动文雅,这一切是可以得到人家原谅的。他博得列文的欢心,是因为教养好,能说一口漂亮的法语和英语,而且出身和列文一样。

维斯洛夫斯基非常喜欢左边那匹顿河草原马,对它赞不绝口。

"骑着草原马在草原上兜风,该多美呀!您说是不是?呃?"他说。

他把骑草原马奔驰看作是一种富有诗意的浪漫行为,其实完全不是那么一回事。不过他那天真烂漫的神气,再加上英俊的相貌,可爱的微笑和优雅的举动,确实很招人喜爱;不知是他的天性博得列文的好感呢,还是列文想补偿昨天的唐突,列文看到他身上的种种优点,同他在一起觉得很高兴。

他们走了三里路,维斯洛夫斯基忽然发觉雪茄烟和皮夹子都不见了。他不知道是丢了,还是放在桌上。皮夹子里装有三百七十卢布,不能就此算了。

"我说,列文,我想骑这匹顿河马回家去一下。这太有意思了。好不好?"维斯洛夫斯基一面说,一面准备上马。

"不,何必呢?"列文估计维斯洛夫斯基的体重约有一百公斤,回答说。"我派车夫去就行。"

车夫骑着那匹骖马跑了,列文就亲自驾驭剩下的一对马。

9

"嗯,我们的路线到底怎样?你好好给我们讲讲。"奥勃朗斯基说。

"计划是这样的:现在我们先到格伏兹吉夫。在格伏兹吉夫这一边是山鹬出没的地方,过了格伏兹吉夫就是大鹬聚居的沼地,那儿也有山鹬。此刻天太热,我们傍晚可以到达(大概有二十里路),晚上就在那里打猎;在那里住一夜,明天再去大沼地。"

"难道一路上什么也没有吗?"

"有是有的,可是要耽搁时间,天又这么热。有两个小地方还不错,但现在不见得会有什么东西。"

列文自己也想拐到那两个地方去一下,可是那两个地方离家近,随时可以去,再说地方又小,三个人不能同时打猎。这样,他就故意说没有什么东西。他们经过小沼地时,列文想把车子一直赶过去,可是奥勃朗斯基那双经验丰富的眼睛从路上就看见那里有一块沼泽。

"我们不到那里去一下吗?"他指着沼地说。

"列文,让我们去一下吧!多么出色的地方!"维斯洛夫斯基恳求说。列文只好答应。

不等他们停下车来,两条猎狗就争先恐后地向沼泽飞奔过去。

"克拉克!拉斯卡!……"

两条猎狗又回来了。

"三个人一起打太挤了。我留在这里吧。"列文说,满心以为除了那些被猎狗惊起、在沼泽上空盘旋哀鸣的麦鸡,什么也不会有了。

"不!一起去,列文,咱们一起去!"维斯洛夫斯基大声说。

"真的,太挤了。拉斯卡,回来!拉斯卡!你们不需要两条狗吧?"

列文留在马车旁边,妒忌地望着那两个猎人。他们走遍了整个沼地。除了野鸡和麦鸡(维斯洛夫斯基打死了一只),沼地上什么也没有。

"哎,这会儿你们也该明白了,为什么我不喜欢这块沼地,"列文说,"还不是白白浪费时间。"

"不,还是挺有意思的。您看见吗?"维斯洛夫斯基手里拿着猎枪和麦鸡,笨手笨脚地爬上马车,说。"这一只我打得多漂亮!是不是?哦,我们快到正式猎场了吧?"

突然,马向前猛冲了一下,列文的脑袋撞在谁的猎枪上,发出一声枪响。其实枪是先响的,但列文还以为是他撞响的。事情是这样的:维斯洛夫斯基在开双筒枪的时候只扳动了一个枪机,而把另一个枪机按住了。子弹打进地里,没有伤到人。奥勃朗斯基摇摇头,不以为然地对维斯洛夫斯基笑了笑。但是列文无意责备他。第一,不论怎样的责备显然都是由于刚才经历了那样的危险和列文额上隆起了疙瘩;第二,维斯洛夫斯基开头天真地感到很难过,后来看到大家一片惊慌,就诚心诚意地笑起来,弄得列文也忍不住笑了。

他们来到了另一片沼地,面积相当大,打一次猎得花许多时间,因此列文劝他们不要下车。可是维斯洛夫斯基坚决要求他停车。其实沼地上可以打猎的地方比较狭窄,列文这个殷勤的主人就又留在马车旁了。

克拉克一到沼泽就一个劲儿往土墩冲去。维斯洛夫斯基首先跟着狗跑去。不等奥勃朗斯基走近,一只大鹬就飞了起来。维斯洛夫斯基没有打中,那大鹬就往没有割过的草地上飞去了。这只鸟还是留给维斯洛夫斯基解决。克拉克又把它找到,自己站住了,维斯洛夫斯基就开枪把它击落,然后回到马车旁边。

"现在该您去了,我留下来看马。"他说。

猎人的妒忌心在列文身上发作了。他把缰绳交给维斯洛夫斯基,自己往沼泽走去。

拉斯卡早就在愤愤不平地尖声叫着,抱怨这样的不平等待遇,这会儿就一个劲儿向列文很熟悉、克拉克却没有到过的草墩那儿冲去。

"你怎么不把它叫住?"奥勃朗斯基嚷道。

"它不会把鸟儿吓跑的。"列文回答,他以他的猎狗自豪,匆匆地跟着它跑去。

拉斯卡在搜索中越接近熟悉的草墩,越发专心致志。沼地上的一只小鸟只吸引了他一刹那的注意。它在草墩前面兜了一个圈子,刚开始兜第二圈,突然周身打了个哆嗦,站住了。

"来呀,来呀,斯基华!"列文喊道,觉得他的心剧烈地跳动起来。突然,他紧张的听觉仿佛除去了一层障碍,各种声音分不出远近,乱糟糟地冲进耳朵,使他惊慌失措。他听见奥勃朗斯基的脚步声,却错把它当作遥远的马蹄声;他听见他脚下小草墩裂开的松脆声音,却错把它当作大鹬在展翅飞翔。他还听见后面有拍水的声音,可是听不出究竟是什么声音。

列文选择着落脚的地方,走到狗的旁边。

"抓住它!"

在猎狗前面飞起来的不是大鹬,而是一只山鹬。列文举起猎枪,但正当他瞄准的时候,拍水声越来越大,越来越近,还夹杂着维斯洛夫斯基的怪声尖叫。列文看到他的枪落在山鹬后面,但他还是开了枪。

列文确信他没有打中,回头一望,看见马和车已经不在大路上,而陷在沼泽里了。

维斯洛夫斯基想看看打猎,把车赶到沼地,弄得两匹马都陷在泥沼里。

"真见他的鬼!"列文一面暗自骂着,一面往陷住的马车那边走去。"您把车赶到这里来做什么?"他冷冷地说,接着召唤车夫,动手把马拉起来。

列文很恼火,因为他们妨碍了他打猎,又弄得他的马陷在泥沼里,尤其因为要把马拉起来,解下套子,而奥勃朗斯基和维斯洛夫斯基两人谁也不能帮他和车夫一点忙,他们对这事一窍不通。维斯洛夫斯基断定这地方很干燥,列文不理他,只默默地同车夫忙着把马拉出来。后来,在紧张的工作中,列文看见维斯洛夫斯基一个劲儿抓住马车的挡泥板拉,甚至把它折断了。他责备自己没有克服昨天的情绪,对维斯洛夫斯基太冷淡了。于是他故意显得格外殷勤来弥补自己的冷淡。等马车又拉到大路上,一切都安排妥当了,列文就吩咐开饭。

"谁有好良心,谁就有好胃口!这只小鸡会全部化成我的血肉。"维斯洛夫斯基吃完第二只小鸡,又兴高采烈,说了句法国俏皮话。"啊,我们的灾难结束,往后就会万事大吉了。但为了我的罪孽,我应该来驾车。对不起?呃?不,不,我是个顶呱呱的马车夫。瞧我怎样把你们送到目的地!"列文要求他让车夫赶车,他抓住缰绳不放,回答说:"不,我应当将功赎罪,再说我觉得坐在驭座上挺好的。"他说着驱动了马车。

列文有点担心,怕他把马赶坏,特别是他不懂该怎样驾驭左边那匹枣红马;但他不知不觉受到维斯洛夫斯基快乐情绪的感染,一路上听着他坐在驭座上唱抒情歌曲,或者看他边讲边表演英国人怎样驾驶驷马车①。午饭以后,他们全都兴高采烈地赶到了格伏兹吉夫沼地。

10

维斯洛夫斯基拼命赶马,结果太早到达了沼泽地,天气还很热。

列文来到他们的主要目的地大沼泽,不由得想摆脱维斯洛夫斯基,自己好自由行动。奥勃朗斯基显然也有这样的愿望,列文从他脸上看到一个真正的猎人在打猎以前全神贯注的表情,以及他特有的温厚而调皮的神气。

"我们怎么走法?这沼泽真不错,我还看见鹞鹰呢,"奥勃朗斯基指着盘旋在薹草上空的大鸟说。"有鹞鹰的地方准有野味。"

"我说,先生们,"列文一面露出闷闷不乐的神色,拉了拉靴筒,看了看猎枪上的弹帽,一面说。"你们看见这片薹草吗?"他指着河右岸一大片割过一半的湿草地,那里有一个暗绿色的小岛。"喏,沼泽就从这里开始,就在我们面前,那边颜色深一点,你们看见吗?沼泽从这里往右,那边有马群的地方;那边有草丛,常常有大鹬;在这丛薹草周围,到赤杨树丛,直到磨坊,都是沼地。喏,你们看,那边有个河弯。这是最好的地方。我在那边有一次打到过十七只山鹬。我们分开走,各人带一条狗,在磨坊那边会合。"

---

① 原文为英语。

"那么,谁往右,谁往左呢?"奥勃朗斯基问。"右边地方宽敞些,你们两个人去吧,我到左边去。"他仿佛随口说着。

"太好了!我们会比他打得多的!那么,走吧,走吧!"维斯洛夫斯基同意说。

列文只得同意。他们分手了。

一走进沼泽,两条狗就一起开始搜索,往锈铁色的水塘冲去。列文知道拉斯卡的搜索方式:小心翼翼,但迟疑不决。他也知道那个地方,希望能看见一群山鹬。

"维斯洛夫斯基,同我并排走,并排走!"他低声对在他后面哗哗地蹚水的同伴说。自从在柯尔本沼地猎枪走火以后,列文一直很注意枪口的方向。

"不,我不会妨碍您的,您不用为我操心。"

但是列文不禁想起了动身前吉娣对他说的话:"留神哪,不要打在人家身上。"两条狗离目的地越走越近,相互回避着,各走各的路。列文一心想找到山鹬,甚至把脚下靴子从泥沼里拔出来的咕唧声都当做山鹬的叫声。他抓住枪托,使劲把它握住。

"砰!砰!"他听见耳边响起了枪声。这是维斯洛夫斯基在射击沼泽上空飞翔着的一群野鸭,可是野鸭还远没有飞到他们头上。列文没来得及回头看,就听见一只山鹬啪的一声飞起来,接着第二只,第三只,总共有八只都飞了起来。

有一只山鹬忽左忽右乱飞起来,奥勃朗斯基举枪把它打中了。那只山鹬像一块石子似的掉到泥沼里。他不慌不忙地又瞄准向薹草丛低低飞来的另一只,枪声一响,这只鸟也应声掉下;接着看到它又从割过的薹草丛里窜出来,用它那只没有受伤的白色翅膀拼命挣扎。

列文不很走运:第一只山鹬在他开枪时已飞得太近,没有打中;当它再次飞起来,他又向它瞄准,可是这当儿另一只在他脚边飞起,分散了他的注意,结果又没有打中。

他们正在装子弹的时候,又有一只山鹬飞起来。维斯洛夫斯基已装好子弹,向水面上开了两枪。奥勃朗斯基捡起打中的两只山鹬,眼神里闪出得意的光芒,瞧了列文一眼。

"好,现在我们分开吧!"奥勃朗斯基说。他瘸着左腿,拿好猎枪,向狗吹了几声口哨,往一边走去。列文同维斯洛夫斯基走往另一个方向。

列文有个习惯,要是头上几枪打不中,他就发脾气,闹情绪,这样整天就打不好猎。今天也是这样。山鹬多得很,不断从猎狗和猎人脚下飞起。列文本可以定下心,可是他开枪的次数越多,在维斯洛夫斯基面前丢脸的次数也越多。维斯洛夫斯基呢,不管在射程之内还是射程之外,总是兴致勃勃地瞎打一阵,结果一无所得,但他若无其事,一点也不害臊。列文心慌意乱,沉不住气,越来越烦躁,虽然开枪,却根本不存打中什么的希望。看来,拉斯卡也懂得这一点。它搜寻猎物,越来越没精打采,仿佛带着怀疑和责备的目光望着猎人们。枪声一下接着一下,猎人周围硝烟弥漫,可是在宽敞的大猎袋里只有三只小小的山鹬。而且其中一只还是维斯洛夫斯基打中的,再有一只是他们两人共同打下的。然而,在沼泽的另一边,却陆续传来并不频繁、但列文觉得很有道理的枪声,而且枪声每响一下,就听到喊声:"克拉克,克拉克,叼来!"

这就使列文更加激动。山鹬成群地不断在薹草上空盘旋飞翔。地面上的噗噗声和空中的嘎嘎声从四面八方传来;山鹬纷纷飞起,在空中翱翔一阵,又在猎人面前落下。在沼泽上空盘旋尖叫的鹞鹰已不止两只,而是有几十只了。

列文同维斯洛夫斯基走过了一大半沼地,来到农民们的草场上。这些草场一长条一长条地直通薹草丛生的地方,各户草场的分界线,有些是践踏过的草地,有些是割过的草地。草场已割过一半了。

在没有割过的草地上找到猎物的希望并不比割过的草地上多,但列文答应过奥勃朗斯基同他会合,就只好带着同伴,踏着割过和没有割过的草地继续前进。

"喂,打猎的先生们!"有一个坐在卸掉马的大车旁的农民叫道,"来同我们一起吃点东西!喝点酒!"

列文回头望了望。

"来吧,不要紧!"一个大胡子农民喜气洋洋,满脸通红,露出雪白的牙齿,举起一个在阳光下闪闪发亮的绿幽幽酒瓶叫着。

"他们在说些什么呀?"维斯洛夫斯基用法语问列文。

"叫我们去喝伏特加。他们大概把草地分好了。我倒想去喝一杯。"列文别有用意地说,他希望维斯洛夫斯基会被伏特加吸引到他们那边去。

"他们为什么请客?"

"不为什么,就是大家快活快活。真的,您去吧。您会高兴的。"

"咱们去吧,这倒挺有意思。"

"去吧,去吧,您找得到通磨坊那条路的!"列文大声叫道。他回头一望,高兴地看到维斯洛夫斯基弯着腰,伸出一只手举着猎枪,拖着两条疲劳的腿磕磕绊绊地走出沼泽,向农民那边走去。

"你也来吧!"一个农民对列文叫道。"不要怕!你也来吃点馅饼吧!"

列文很想喝点伏特加,吃一块面包。他浑身乏力,觉得好容易把两条摇摇晃晃的腿一步又一步地从泥塘里拔出来。他犹豫了一会儿。那猎狗突然停下来。列文全身的疲劳顿时消失,又精神抖擞地踩着泥浆向猎狗走去。一只山鹬从他脚边飞起,他开枪把它打死,可是那狗又站住不走了。"叼来!"这时猎狗前面又有一只山鹬飞起来。列文开了枪。可是今天真不走运,他又没有打中。他再去找那只打死的鸟,也没有找到。他踏遍整个薹草丛,可是拉斯卡不相信他打死了什么。他打发它去找寻,它却只装出找寻的样子,其实并没有真正在找。

列文打猎失利本来都怪维斯洛夫斯基,现在维斯洛夫斯基走开了,情况并没有好转。这里的山鹬也很多,但列文一次一次都没有打中。

夕阳的光芒还很热。列文的衣服被汗湿透,粘在身上;左靴筒里灌满了水,走起路来很重,发出咕唧咕唧的声音;沾满火药的脸上滚动着大颗大颗的汗珠;嘴里发苦,鼻子里满是火药和铁锈的味儿,耳朵里不断地响着山鹬的啼声;枪筒热得烫手,碰也不能碰;他的心跳得又急又快;双手紧张得发抖;疲劳的双腿在草墩和泥沼地里磕磕绊绊,摇摇晃晃;但他还是一边走,一边开枪。最后,他又一次丢了脸,没有打中,就把猎枪和帽子扔在地上。

"不,得冷静点儿!"他对自己说。他捡起猎枪和帽子,喊拉斯卡跟住他,走出沼泽。他走到干燥的地方,在草墩上坐下来,脱下靴子,把靴子里的水倒掉,接着又走到水塘边,喝了点带锈铁味的水,把发烫的枪筒浸在水里,洗了洗脸和手。他觉得神清气爽,又向山鹬落下的地方走去,下决心再不焦躁了。

他想沉住气,但还是老样子。他还没有瞄准鸟儿,手指就扳动机枪。情况越来越糟。

他离开沼泽,往他同奥勃朗斯基约定会合的赤杨林走去,他的猎袋里只有五只鸟儿。

他还没有看见奥勃朗斯基,却看见了他的猎狗。克拉克从赤杨暴露的树根下窜出来,浑身上下沾满发臭的泥浆,像个黑炭。它摆出一副胜利者的姿态,同拉斯卡相互嗅着。在克拉克之后,奥勃朗斯基的魁梧身子出现在赤杨树阴下。他迎面走过来,满脸通红,汗水淋漓,敞开衣领,还是瘸着腿。

"喂,怎么样?你们打了很多吧!"他乐呵呵地笑着说。

"你怎么样?"列文问。不过根本用不着问,因为他看到奥勃朗斯基的猎袋装得满满的。

"还不错。"

他有十四只鸟。

"这片沼地真不错!准是维斯洛夫斯基碍了你的事。两个人合用一条狗不方便。"奥勃朗斯基说这话来冲淡他的得意神气。

11

当列文同奥勃朗斯基来到列文经常停留的那个农民家里时,维斯洛夫斯基已经在那边了。他坐在农舍屋子的中央,两手撑住长凳,让女主人的兄弟——一个兵士替他脱沾满泥浆的靴子,同时发出一阵有传染性的欢笑。

"我刚来不多一会儿。他们真有意思,又请我吃又请我喝。多么出色的面包!可口极了!还有伏特加,我可从来没有喝过这样的好酒!

他们说什么也不肯收我的钱。还连连不断地说：'别见怪,别见怪。'"

"怎么会收钱呢？他们是愿意请您这位贵客的呀！难道他们是卖酒的吗？"那兵士终于把那只湿淋淋的皮靴连同发黑的袜子脱下来,说。

农舍被猎人们的泥污靴子和两条正在舔身子的涂满泥浆的猎狗弄得肮脏不堪,屋子里又充满沼泽和火药的味儿,而且没有刀叉,但猎人们却津津有味地喝了茶,吃了晚饭。这种独特的风味只有打猎的时候才能尝到。他们梳洗完毕,来到打扫干净的干草棚里。车夫已在那里替老爷们铺好床了。

天色黑了,可是猎人们谁也不想睡觉。

他们海阔天空地谈了一通打猎、猎狗和打猎轶事,接着谈话就转到大家都感兴趣的题目上来。由于维斯洛夫斯基再三称赞这种迷人的过夜方式、芬芳的干草和那辆破马车（他把这辆卸下前轮的马车当作破马车）的独特风味、招待他喝伏特加的农民的慷慨好客,以及各自躺在主人脚边的猎狗的忠心耿耿,奥勃朗斯基就讲起去年夏天他在马尔杜斯家打猎的趣事来。马尔杜斯是著名的铁路大王。奥勃朗斯基讲到这位马尔杜斯在特维尔省租了多么好的沼地,而且保护得多么周到；猎人们坐的马车和狗车多么讲究,搭在沼泽旁边吃早饭用的帐篷又多么有气派。

"我真不了解你,"列文在草堆上站起来说,"你同这些人一起,怎么不觉得讨厌。我知道早饭时喝点法国红葡萄酒是挺愉快的,但是这样的穷奢极侈,你难道不反感吗？这些家伙就像从前的酒类专卖商一样,靠发横财致富,大家都瞧不起他们,可是他们满不在乎,还用发横财得来的钱去收买人心。"

"一点儿也不错!"维斯洛夫斯基附和说。"一点儿也不错!当然奥勃朗斯基去是出于好意,可是人家会说:'奥勃朗斯基也去了'……"

"完全不是那么回事,"列文听见奥勃朗斯基笑着这样说,"我根本就不认为他比任何富商或者贵族更不要脸。他们这些人都是靠劳动和智慧发财的。"

"是的,但靠的是什么样的劳动啊?难道霸占土地、投机倒把也算是劳动吗?"

"当然是劳动。要是没有他这一类人,也就不会有铁路了,这难道不是劳动吗?"

"但这种劳动同农民或学者的劳动不一样。"

"就算这样吧,但他的活动创造了成果——铁路。你却认为铁路毫无用处。"

"不,这是另一个问题。我可以承认铁路是有用的。但任何不符合所付劳动的收益都是不合理的。"

"那么,谁来判断符合不符合呢?"

"凡是用不合理手段,用巧取豪夺得来的利益。"列文觉得无法划清合理和不合理的界线。"譬如银行的收益,"他继续说。"大量财富不劳而获,这是罪恶。这同酒类专卖一样,只是换了个方式。正像法国俗话说的:'国王死了,国王万岁!'酒类专卖业刚消灭,就出现了铁路、银行,这些也都是不劳而获。"

"是的,你这些话也许是对的,也挺俏皮……躺下,克拉克!"奥勃朗斯基对在草堆里乱钻擦痒的猎狗喝道,显然深信自己的立论是正确的,因此镇定自若。"但你没有划清正当劳动和不正当劳动之间的界线。我拿的薪金比我的科长多,虽然他比我更熟悉业务,这难道是合理的吗？"

"我说不上来。"

"那就让我来告诉你吧：你从事农业劳动，得到的利益就说有五千卢布吧，可是我们这位种田的农民主人，不论他怎样拼着命干，收入绝不会超过五十卢布，这种情况就像我的收入超过科长，马尔杜斯的收入超过铁路工人一样不合理。反过来，我看到社会上对他们抱着一种不该有的敌视态度，我觉得这里有妒忌的成分……"

"不，这话不对！"维斯洛夫斯基说。"妒忌不至于，但这里是有点不干不净的地方。"

"不，听我说！"列文继续说。"你说我获得五千卢布而一个农民只有五十卢布是不公平的，这话很对。这是不公平的，我也感觉到，可是……"

"的确是这样。为什么我们吃吃喝喝，打猎玩乐，什么事也不做，可是农民一年到头都要劳动呢？"维斯洛夫斯基说，显然有生以来第一次想到这问题，因此语气十分真诚。

"是的，你感觉到这一点，可是你又不肯把自己的产业让给他。"奥勃朗斯基说，仿佛有意向列文挑衅。

在这两位连襟之间近来似乎产生了对立情绪：自从他们同两姐妹结婚以后仿佛就展开了竞争，看谁把自己的生活安排得更好。这种对立情绪，此刻就从带有个人意气的谈话中反映出来了。

"我不让给人，因为没有人向我要。即使我想让，也不能让，也没有人可让。"列文回答。

"就让给这位农民吧，他不会拒绝的。"

"好吧，叫我怎样让给他呢？同他去办个地契过户手续吗？"

"我说不上来，但是如果你相信你没有权利……"

"我根本不相信。相反,我觉得我没有权利出让,我对土地对家庭都有责任。"

"不,听我说:如果你认为这种不平等是不合理的,那你为什么不采取行动呢……"

"我是在行动,不过是消极的,我只是竭力防止扩大我同他们之间的差别。"

"不,对不起,这可是奇谈怪论。"

"对,这有点强词夺理。"维斯洛夫斯基附和说。"喂,当家人!"他对推开嘎嘎响的仓门走进来的农民说,"怎么,你还没有睡吗?"

"不,哪里睡得着!我还以为老爷们睡了,忽然听见你们在说话。我来拿把钩镰。那狗不咬人吧?"他问了一句,光着脚小心翼翼地走进来。

"那你睡在哪里呀?"

"我们夜里要去放马。"

"啊,夜晚多美呀!"维斯洛夫斯基一面说,一面从打开的仓房门里张望着苍茫暮色下农舍的一角和卸掉马的马车。"你们听,这是女人唱歌的声音。说实在的,唱得不坏。这是谁在唱啊,当家人?"

"是丫头们在唱,就在这附近。"

"咱们去玩玩吧!反正睡不着。奥勃朗斯基,走吧!"

"最好是又能躺下来又能出去玩,"奥勃朗斯基伸着懒腰回答。"躺着真舒服。"

"那么,我就自己一个人去,"维斯洛夫斯基一骨碌爬起来,一面穿靴,一面说。"再见,先生们。如果有趣,我再来叫你们。你们请我来打野味,我不会忘记你们的。"

"这小子不是挺可爱吗?"等维斯洛夫斯基走了,房东随手关上门,奥勃朗斯基说。

"是的,很可爱。"列文一面回答,一面继续思考刚才谈到的问题。他觉得他已经尽可能把自己的思想和感觉说清楚,可是这两位并不愚笨而且诚恳的朋友,却异口同声地说他强词夺理。这使他感到难过。

"事情就是这样的,我的朋友。你要么断定现存的社会制度合理,那你就维护自己的权利;要么承认你在享受不合理的特权,并且在像我这样尽情享受。二者必居其一。"奥勃朗斯基说。

"不,如果这是不合理的,你就不能尽情享受这些特权,至少我就办不到。我最要紧的是要做到问心无愧。"列文说。

"那么,咱们真的不出去走走吗?"奥勃朗斯基说,显然由于思考这种严肃的问题而感到厌烦了。"反正睡不着觉,咱们还是去走走吧!"

列文没有回答。他们刚才谈话时谈到他的公正行动是消极的,这问题一直萦回在他的心头。"难道公正行动只能是消极的吗?"他问自己。

"啊,新鲜干草多香啊!"奥勃朗斯基微微支起身子说。"我说什么也睡不着。维斯洛夫斯基不知在那边搞些什么。你听见笑声和他的说话声吗?咱们去不去?去吧!"

"不,我不去。"列文回答。

"难道你这也有规定吗?"奥勃朗斯基在黑暗中摸索着帽子,笑嘻嘻地说。

"这谈不到什么规定,可是叫我去干什么呢?"

"要知道你这是在自讨苦吃。"奥勃朗斯基找到帽子,站起来说。

"怎么会?"

"难道我看不出你同你太太是怎样相处的吗?我听见你们谈到你可不可以**去打两天猎**,仿佛这是什么不得了的大事。作为一段闺房佳话,**这当然不错**;可是一辈子就这么过,那可不行啊。男人应该独立自主,**男人有男人的兴趣,男人应该像个男人**。"奥勃朗斯基打开门说。

"**你**这是什么意思?去逗丫头们玩吗?"列文问。

"如果有兴趣,为什么不去呢?**这是不会有什么后果的**。对我的妻子不会有什么损害,我乐得快活快活。最要紧的是在家里要维护神圣的秩序。在家里可不能搞这一类事。但也不要把自己的手脚束缚起来。"奥勃朗斯基夹着法语说。

"也许是这样,"列文冷冷地回答,转过身去侧着睡。"明天一早就得走。我不叫醒什么人,天一亮就走。"

"**先生们,快来呀!**"传来维斯洛夫斯基的法国话。"**真迷人!这是我的一大发现。真迷人**,是个十足的甘泪卿①式的女人。我同她已经认识了。说实在的,太妙啦!"他说时赞不绝口,仿佛她是特地为他而造得如此美妙的,因此对造物主十分感激。

列文假装睡着了,奥勃朗斯基穿上鞋子,点着一支雪茄,走出仓房。不多一会儿,他们的声音就听不见了。

列文好一阵睡不着觉。他听见他的马在嚼干草,接着房东带着大儿子出去放马,然后听见那个兵士同侄儿——房东的小儿子在仓房另一头安顿下来睡觉;后来听见那个孩子用尖细的声音告诉叔叔他对狗的印象,听来他觉得那两条猎狗又大又可怕;后来那孩子又问那两条狗要去捕什么,那兵士就睡意蒙眬地哑着嗓子告诉他,明天猎人们要到沼

---

① 德国作家歌德名著《浮士德》里的女主人公。

泽地去打猎,后来为了摆脱孩子的问题就说:"睡吧,华西卡,睡吧,不然你留点儿神。"不多一会儿,他自己就打起鼾来,接着周围一片寂静;只听见马的嘶鸣和山鹬的啼声。"难道只能是消极的吗?"列文自言自语道。"那又怎么样?又不是我的过错。"他考虑起明天的活动来了。

"明天一早就出发,我一定不能发脾气。山鹬多得很。大鹬也有。等我回来,就可以看到吉娣的条子了。是的,斯基华说得也对:我在她面前缺乏男子气,有点婆婆妈妈……可是有什么办法呢!又是消极的态度!"

他在蒙眬的睡意中听见维斯洛夫斯基和奥勃朗斯基的笑声和兴致勃勃的说话声。他蓦地睁开眼睛;月亮升起来了,他们两人正站在月光溶溶的仓房门口说话。奥勃朗斯基讲到姑娘的新鲜娇嫩,把她比作刚剥出的核桃肉;维斯洛夫斯基呢,发出富有传染性的笑声,重复着大概是哪个农民对他说的话:"你还是赶快去讨个老婆吧!"

列文半睡半醒地说:"先生们,明天天一亮就出发!"说完又睡着了。

12

列文大清早醒来,试图唤醒两位朋友。维斯洛夫斯基俯卧在床上,伸出一只穿着袜子的腿,睡得那么熟,不可能回答他什么。奥勃朗斯基睡意蒙眬中拒绝那么早出发。就连那身子缩成一团,睡在干草堆旁的拉斯卡,也勉勉强强爬起来,先懒洋洋地伸出一条后腿,然后再伸出另一条后腿。列文穿上靴子,拿了猎枪,小心翼翼地打开吱嘎发响的仓房门,走到街上。车夫们睡在马车旁边,马群打着瞌睡。只有一匹马没精打采地嚼着燕麦,把麦子撒得满槽都是。天色还是灰蒙蒙的。

"你怎么起得这样早哇,好人儿?"女主人从屋里出来,像对老朋友那样亲切地招呼他。

"我去打猎,大婶。这里到沼泽地走得通吗?"

"从院子后面一直走,经过我们的打谷场,再穿过大麻地,老爷,那里有一条小路。"

上了年纪的女主人光着晒黑的脚,小心翼翼地领着列文,给他打开打谷场的栅栏门。

"从这里一直走,就可以走到沼泽地。我们家的几个昨天夜里都到那里放马去了。"

拉斯卡兴高采烈地沿着小径跑在前头;列文迈着轻快的步子跟在后面,不时观察天色。他希望在太阳升起之前能到达沼泽地。但是太阳并不懈怠。月亮在他出门的时候还很明亮,此刻却变得像水银一样发出微弱的白光;原来十分清楚的曙光,此刻要用心搜索才能看出;原来远方田野上一个个朦胧的斑点,此刻可以看得一清二楚。那是一堆堆黑麦。在芬芳的高高的大麻地里,雄麻已经被剔除了。大麻上的露珠没有照到阳光,还看不见,但把列文的腿和衣服,直到腰部以上的地方都沾湿了。在这万籁俱寂的清晨,连最微细的声音也可以听得一清二楚。一只小蜜蜂在列文耳边飞过,发出子弹般的啸声。他定睛一看,又看见第二只,第三只。它们从篱笆后面的蜂巢里飞出来,飞过大麻田,在沼泽那边消失了。小路一直通到沼泽。沼泽可以从弥漫在上面的雾气上辨认出来,雾气有些地方浓,有些地方淡,薹草和柳树丛像小岛屿似的在这蒙蒙雾海中浮沉。在沼泽和大路边上躺着夜里放牧马群的孩子和农民,他们在黎明前盖着外套睡着了。离他们不远的地方,有三匹被绳子绊住腿的马在徘徊。其中一匹把脚上的链子弄得叮当作响。拉斯卡在主人旁边走着,东张西望,要求跑到前面去。列文从睡着的农民们身边走过,走到第一个水塘边。他检查了一下弹筒帽,放了那猎狗。一匹喂养得很肥壮的三岁栗色马,一看见猎狗,吓得往边上一跳,扬起尾巴,打了个响鼻。其余的马匹也受惊了,它们用绊着绳子的脚踩着水塘,把蹄子从黏稠的泥浆里拔出来,发出哗哗的响声,接着又跳出沼泽。拉斯卡嘲笑地望望马匹,又询问般地望望列文,站住了。列文抚摩抚摩拉斯卡,吹了个口哨,表示可以行动了。

拉斯卡又高兴又担心地在软绵绵的泥沼地上跑着。

拉斯卡跑进沼泽,在熟悉的树根、水草、铁锈和不熟悉的马粪味中立刻嗅出了鸟腥气,那种最使它销魂的鸟腥气。在苔藓和酸模中间,这种腥味儿特别强烈,但弄不清哪个方向更浓,哪个方向淡些。要确定方向,必须顺着风走得更远些。拉斯卡飞跑着,仿佛不觉得腿在移动,但在这样的飞跑中,只要有必要,它还是能随时停下的。它向右方跑去,避开从东方吹来的黎明前的微风,接着又逆风前进。它张大鼻孔深深地吸了一口气,立刻发觉不是遗留的足迹,是它们本身就在这里,而且不止一只,有许多只。拉斯卡放慢脚步。鸟儿就在这一带,但究竟在什么地方,它还不能确定。为了找到那地方,它开始兜圈子,但忽然听见主人召唤的声音。"拉斯卡!这里!"列文给它指指另一个方向。它站住了,仿佛在问,是不是仍照它原来的主意行动。但主人还是怒气冲冲地重复他的命令,同时指着一个不可能有什么东西的浸水小草墩。拉斯卡听从了主人,装出找寻的样子来讨他的欢心,跑遍草墩,又回到原地。它立刻又闻到了鸟儿的腥味。这会儿,主人不再干涉它,它知道该怎么办。它不看自己的脚下,懊恼地在隆起的草墩上绊着交,掉到水里,但立刻又用它那矫捷灵活的腿站稳,兜起圈子来,进行搜索。鸟儿的腥味越来越浓烈、越来越分明地冲进它的鼻孔。它一下子完全清楚了,其中有一只就在这里,就在这个草墩后面,离它只有五步。拉斯卡站住了,整个身子一动不动。它的腿短,站着什么也看不见,但从气味上闻出那东西离它不出五步。它站住不动,越来越强烈地感觉到那东西,心里充满期待的快乐。它的尾巴紧张得直竖,只有尾巴尖在微微抖动。它的嘴稍稍张开,两只耳朵竖起。它在奔跑时一只耳朵向后倒下,它沉重而留神地喘着气,但对主人更留神地打量了一下,与其说是回过头去,不如说是斜着眼睛。列文带着拉斯卡看惯的脸色和可怕的眼神,磕磕绊绊,慢得异乎寻常地在草墩上走着。拉斯卡觉得主人走得很慢,其实他已在跑步了。

　　列文注意到拉斯卡搜寻猎物时的独特姿势,它的整个身子贴在地上,仿佛只用后腿大步扒着地面,微微张开嘴。列文明白它被大鹬吸引住了,就在心里祷告上帝,保佑他成功,因为这是今天看见的第一只鸟。他向它跑去。他走到它旁边,居高临下地向前眺望。他看到了它用鼻子嗅到的东西。在两步开外的草墩中间,他看见了一只大鹬。那鸟儿侧着脑袋,留神倾听。接着它稍稍展开翅膀又收拢来,笨拙地摆了摆尾巴,躲进草墩的一个角落消失了。

　　"抓住它,抓住它!"列文推推拉斯卡的屁股,叫道。

　　"我可不去,"拉斯卡想。"叫我到哪儿去呢?我在这儿闻到它们,可是一往前跑,我就不知道它们在哪里、它们是些什么东西了。"可是主人又用膝盖把它撞了撞,用压低的激动声音说:"抓住它,拉斯卡,抓住它!"

　　"好吧,既然他要这样,我就照办,但现在我可不能负责了。"拉斯卡暗自想,一个劲儿地往草墩中间冲去。现在它什么也闻不到了,只是茫然地看着和听着。

在离原地十步远的地方,一只大鹬发出大鹬特有的粗壮啼声和鼓翼声,飞了起来。枪声一响,雪白的胸脯朝下,啪哒一声落在泥淖里。另外一只不等猎狗惊动,就在列文身后飞起来。

等列文回过身去,它已经飞得很远了。但是子弹还是把它打中了。这只大鹬飞了二十步光景,像皮球似的画了个抛物线,沉重地落在干燥地上。

"哈,这才像话!"列文把暖烘烘的肥壮大鹬放到猎袋里,想。"啊,我的拉斯卡,你说行吗?"

列文装上子弹,继续前进。这时候太阳虽然还被乌云遮着,但已经升起来了。月亮失去了光辉,好像一小块白云浮在空中;星星一颗也看不见了。露珠滚滚的水草原来现出银白色,如今已变成金黄色了。锈黄的水塘变得像一大块琥珀。青葱的野草都染上了黄绿色。沼泽的鸟儿,在露珠翻滚、长长的影子投在小河边上的树丛里喧闹起来。一头鹞鹰醒来了,栖在一堆干草上,脑袋一会儿扭到这边,一会儿扭到那边,不满意地瞪着沼泽。穴鸟飞到田野里,一个赤脚的男孩把马群赶到老头儿旁边,老头儿已经揭开外套,正坐着搔痒。火药的硝烟像牛奶一样白蒙蒙地弥漫在青草上。

一个孩子跑到列文跟前。

"叔叔,昨天这里还有野鸭子呢!"他大声对列文叫道,老远跟着他走来。

列文当着这个连声喝彩的孩子的面又接连打中三只大鹬,感到特别高兴。

13

要是第一只走兽或者飞禽能打中,这天打猎就会走运。猎人的这种说法是有道理的。

列文走了三十里地,猎袋里装着十九只血淋淋的野味,腰里挂着一只野鸭(因为猎袋里装不下了),早晨九点多钟又疲劳、又饥饿、又快乐地回到借宿的地方。两位朋友早已醒了,而且早就感到饥饿,吃过早饭了。

"等一下,等一下!我记得是十九只。"列文一面说,一面又数了一遍大鹬和山鹬。那些鸟儿缩成一团,干瘪了,血迹斑斑,脑袋歪在一边,完全失去了飞翔时的那副神气。

数目没有错。奥勃朗斯基的妒忌使列文高兴。还有一件使他高兴的事是,他回到借宿处,吉娣派来的信差已给他送信来了。

"我完全健康,十分快乐。如果你为我担心,那么,现在可以放心了。我有了个新的保镖,就是玛丽雅·符拉西耶夫娜(这是个接生婆,是列文家庭生活中一位新的重要人物)。她来看望我,检查下来说我完全健康。我们留她住到你回来再走。大家都快乐,健康,请你不用着急。如果打猎顺利,你可以再待一天。"

打猎顺利和妻子来信这两件喜事实在了不起,使得列文对后来遇到的两件煞风景的事也不以为意了。一件是那匹拉边套的枣红马昨天准是累坏了,不吃草料,垂头丧气。车夫说它劳累过度了。

"昨天赶得过头了,康斯坦京·德米特里奇,"车夫说。"可不是,拼命赶了十里路!"

另一件煞风景的事起初破坏了列文的好心情,后来又使他感到好笑,那就是吉娣给他们准备的食物,原以为一星期也吃不完,如今已吃得一点也不剩了。列文打猎回来,又累又饿,一心想吃馅饼。他走近房子就闻到那股香味,嘴里就感觉到那个滋味,好像拉斯卡嗅到野味一样。他立刻吩咐菲利浦给他拿出来。谁知不但没有馅饼,连小鸡也没有了。

"吓,他的胃口真大!"奥勃朗斯基指着维斯洛夫斯基笑道,"我的胃口也不算错,可是他的胃口实在惊人……"

"嘻,有什么办法!"列文闷闷不乐地望着维斯洛夫斯基说。"菲利浦,那么给我弄点牛肉来。"

"牛肉都吃光了,我把骨头喂了狗了。"菲利浦回答。

列文很不高兴,生气地说:"多少也该留一点给我呀!"他说着差点儿哭出来。

"那么就收拾点野味,放上点大麻,烧来吃吧!"列文声音哆嗦地对菲利浦说,眼睛竭力避开维斯洛夫斯基。"再想办法给我弄点牛奶来。"

后来,等吃饱了牛奶,列文想到对不太熟的客人发脾气,觉得有点不好意思,就嘲笑自己饥饿时的那种凶相。

黄昏,他们又去打了一次猎,连维斯洛夫斯基也打中了几只鸟。他们就连夜动身回家。

归途也像出来时一样高兴。维斯洛夫斯基一会儿唱歌,一会儿津津有味地回忆农民们怎样请他喝酒,还对他说:"别见怪,别见怪";一会儿又想起昨夜的猎艳和那个迷人的姑娘,还有那个农民问他有没有结过婚。而当他知道他还没有妻子,就对他说:"你可别去追求人家的老婆,最好还是自己娶一个。"这两句话维斯洛夫斯基觉得特别好玩。

"总之,我对这次旅行十分满意。您呢,列文?"

"我也很满意。"列文真心诚意地说。他对维斯洛夫斯基不仅没有像在家里时那样的对立情绪,而且觉得他十分亲切可爱。

14

第二天早晨十点钟,列文巡视过农庄,去敲维斯洛夫斯基的房门。

"请进!"维斯洛夫斯基用法语大声答应。"对不起,我刚淋过浴呢。"他穿着一件衬衣站在列文面前,笑嘻嘻地说。

"您不用拘礼,"列文在窗口坐下。"您睡得好吗?"

"睡得像死过去一样。今天这天气打猎真好哇!"

"您喝茶还是喝咖啡?"

"都不要。我只要吃早饭。真不好意思。我想太太们该都起来了吧?现在出去散散步多好。您让我看看您的马。"

列文陪着客人在花园里走了一圈,参观了马厩,还一起练了一会儿双杠,这才回家,走到客厅里。

"打猎打得真惬意,增长了多少见识!"维斯洛夫斯基向坐在茶炊旁的吉娣走去,说。"可惜太太们享受不到这种乐趣!"

"嘻,这有什么呢,他总得同女主人应酬几句!"列文自言自语说。他又觉得这位客人同吉娣说话时的微笑和得意洋洋的神气有点不是滋味……

公爵夫人同玛丽雅·符拉西耶夫娜和奥勃朗斯基坐在桌子的另一头。她唤列文过去,同他谈吉娣到莫斯科去生产和准备房子的事。他们结婚时,列文觉得种种琐事只会损害婚礼的庄严;如今为了即将到来的生产而做种种准备,他也觉得不胜其烦。他总是竭力避免听他们谈论未来婴儿的襁褓式样,避免看到陶丽特别重视的神秘莫测的编织不完的带子和麻布三角巾,以及诸如此类的事。对于儿子降生这件事(他认为将是个儿子)他充满希望,但毕竟还不能完全肯定。在他看来,这事非同寻常,因此,一方面,是种莫大的因而也是无法到手的幸福;另一方面,既然这事神秘莫测,可人们偏偏自作聪明,把它当做一种平凡的、人为的事来迎接,这就使他感到气愤和委屈。

但是公爵夫人不了解他的心情,认为他对这事不闻不问是粗心和冷淡的表示,因此不让他安宁。她委托奥勃朗斯基看房子,此刻又把列文叫到跟前来。

"我什么也不懂,公爵夫人。您想怎么办就怎么办好了。"列文说。

"要决定一下你们什么时候搬过去。"

"我实在不懂。我知道千百万孩子不去莫斯科,不请医生,也照样生下来……那么何必……"

"万一有什么……"

"哦,不,那就照吉娣的意思办吧。"

"这事可不能同吉娣谈!难道你要我把她吓坏吗?你听我说,今年春天娜塔丽·戈里岑娜就死在不好的接生婆手里。"

"您要怎么样,我一定照办。"列文闷闷不乐地说。

公爵夫人开始向他解释,可是他并没有留神听。公爵夫人的谈话搞乱了他的心境,不过他闷闷不乐倒不是由于这场谈话,而是由于他看到茶炊旁的情景。

"不,这是不会的。"列文偶尔望望身子侧向吉娣、笑容迷人地对她说着什么的维斯洛夫斯基,又望望满脸绯红、情绪激动的吉娣,心里这样想。

在维斯洛夫斯基的姿态里,在他的眼神和笑意思,有一种不纯洁的东西。甚至在吉娣的姿态和眼神里,列文也看出有不纯洁的地方。他又觉得天昏地暗,眼睛发黑。他又像昨天那样觉得自己一下子从幸福、安宁和尊严的顶峰掉到绝望、愤恨和屈辱的深渊。他又讨厌一切人,讨厌一切事了。

"那么就照您的意思办吧,公爵夫人。"列文说着又回头看了一眼。

"独裁者的王冠沉得很!"①奥勃朗斯基同他开玩笑说,显然不仅影射公爵夫人的谈话,而且挖苦他所发现的列文激动的原因。"你今天怎么这样晚,陶丽!"

大家都站起来迎接陶丽。维斯洛夫斯基只站了站,并像现代青年对妇女缺乏礼貌的通病那样,只微微点了点头,接着又嘻嘻哈哈地说下去。"玛莎把我弄得好苦。她睡得不好,今天脾气坏透了。"陶丽说。

维斯洛夫斯基同吉娣又谈到昨天的题目,谈到安娜,以及爱情是不是可以超然于社会环境的问题。吉娣不喜欢谈这件事,因为这件事本身和他说话的腔调使她不安,特别是因为她知道这会引起丈夫什么反应。但是她实在太天真纯朴了,不会打断这样的谈话,甚至不会掩饰由于这位青年公然向她献媚而产生的快乐。吉娣想中断这谈话,但她不

---

① 引用普希金作品《鲍里斯·戈东诺夫》中的话。

知道该怎么办。不论她做什么,她知道都会被丈夫察觉,丈夫都会往坏处想。果然,她问陶丽玛莎怎么了,而维斯洛夫斯基却希望她们之间乏味的谈话快点结束,冷冷地望着陶丽。列文认为吉娣问这个是装腔作势,可恶地耍弄手段。

"我们今天去采蘑菇好不好?"陶丽说。

"去吧,我也去。"吉娣说着脸红了。她出于礼貌想问问维斯洛夫斯基去不去,可是没有问。"你到哪儿去,列文?"当丈夫大踏步从她旁边走过时,她露出歉疚的神色问道。她这种羞愧的神情正好证实了他的疑心。

"我不在的时候有个技工来找我,我还没见到他。"列文眼睛不看她,嘴里这样说。

他走下楼去,但还没有走出书房,就听见妻子急急忙忙地跟着他走来的熟悉脚步声。

"你有什么事?"列文冷冷地对她说。"我们有事。"

"对不起!"吉娣对德国技工说,"我要同我丈夫说一句话。"

德国人想走开,可是列文对他说:

"您放心好了。"

"是三点钟的火车吗?"德国人问,"可别误了车。"

列文没有理他,同妻子走了出去。

"嗯,您有什么话要同我说?"列文用法语问。

他不望她的脸。他不想看到她怀着孕,整个脸都在抽搐的那副极为伤心的模样。

"我……我要说,再不能这样过下去了,这简直是受罪……"吉娣喃喃地说。

"饭厅里有仆人,"列文怒气冲冲地说,"不要哭哭啼啼的。"

"那我们到那边去吧!"

他们在过道里站住了。吉娣想到隔壁房里去,可是英国女教师在那里教塔尼雅功课。

"嗯,我们到花园里去吧!"

在花园里他们遇见一个正在扫地的农民。他们不顾那农民会看见吉娣满面的泪痕和列文激动的神色,也不顾他们活像两个逃避灾难的人,就一个劲儿快步向前走去,都想把心里话说个痛快,消除对方的误会。他们单独待在一起,好摆脱两人都忍受着的痛苦。

"再不能这样过下去了!简直是活受罪!我痛苦,你也痛苦。可这是为了什么呀?"当他们终于来到菩提树小径头上一个单独的长凳旁边时,吉娣这样说。

"你只要告诉我一件事:他的口气里有没有不成体统、不干不净、下流无耻的地方?"列文又像那天夜里那样,两只拳头紧按住胸口,站在吉娣面前,说。

"有的,"吉娣声音哆嗦着说。"但是,列文,难道你看不出这不是我的过错吗?我从早晨起就想换一种态度,可是这些人……他到这儿来干什么?我们原来多么幸福哇!"她放声痛哭,哭得整个怀孕的身子直打哆嗦,说不出话来。

虽然没有什么东西追逐过他们,他们也不需要逃避什么,坐在长凳上也不会有什么意外的乐事,但是园丁却惊奇地看到,他们脸上洋溢着安详而幸福的光辉,从他身旁走过,回到屋子里去了。

15

列文把妻子送到楼上,自己就走到陶丽房里。今天陶丽也很苦恼。她在房里走来走去,怒气冲冲地对号啕大哭的小女孩说:

"罚你站一天墙角,让你一个人吃饭,一个洋娃娃也不给你玩,一件新衣服也不给你做!"陶丽训斥着,不知道该怎样处罚她才好。

"哼,这丫头真坏!"陶丽对列文说。"她这种坏习惯是从哪里学来的?"

"她到底做了什么事?"列文冷冷地问。他本想同她商量商量自己的事,因此懊恼地感到来得不是时候。

"她同格里沙到草莓丛里,在那里……我简直说不出口她在那里做了什么。爱里奥小姐也真叫人遗憾。她就是什么也不管,像机器一样……您倒想想,一个女孩子……"

于是陶丽讲了玛莎的罪状。

"那算得了什么,根本不是什么坏习惯,那只是淘气罢了。"列文安慰她说。

"那么你有什么事不开心哪? 你来做什么?"陶丽问。"那边出了什么事?"

列文从她的语气中听出,他可以痛痛快快地把心里话说出来。

"那边我没有去过,我同吉娣两人到花园里去了。自从……斯基华来了以后,我们这是第二次吵嘴了。"

陶丽用她那双聪明懂事的眼睛望着他。

"嗯,你凭良心说一句,在……不是在吉娣方面,而是在这位先生的腔调里,有没有什么使做丈夫的感到不愉快,不是不愉快,是感到可怕甚至受侮辱的地方?"

"怎么对你说好呢……站着,站在角落里!"陶丽对玛莎说,玛莎看见母亲脸上一丝笑意,刚想转过身来。"上流社会的人们会说,他的行动同一般青年人一样。*他向年轻美丽的女人献殷勤,一个上流社会的丈夫是应该引以为荣的。*"她夹杂着法语说。

"是的,是的!"列文阴沉沉地说。"那么你察觉了?"

"不光是我,连斯基华也察觉了。喝完茶他就坦率地对我说:*我看维斯洛夫斯基有点在追求吉娣呢。*"

"那太好了,这下子我可定心了。我要把他赶走!"列文说。

"你怎么,疯了吗?"陶丽恐惧地叫起来。"你怎么了,列文,快冷静些!"她笑着说。"喂,你现在可以到芳尼那里去了!"她对玛莎说。"不行,如果你真要这样做的话,那我告诉斯基华。让他来把他带走。可以对他说,你这里还有客人要来。总之,他待在我们这里不合适。"

"不,不,我自己去。"

"那你会吵架吗?……"

"绝对不会。我会高高兴兴地去办的。"列文真的眉飞色舞地说。"哦,你就饶了她吧,陶丽! 她下次不会了。"列文是指那个小罪犯说。玛莎没有到芳尼那里去,却迟疑地站在母亲面前,皱着眉头等待着,竭力想捉住母亲的目光。

母亲对她瞧了一眼。女孩子哇的一声哭出来,脸埋在妈妈膝盖中间。陶丽把自己纤细柔软的手放在她的头上。

"他同我们有什么共同之处呢?"列文一面想,一面去找维斯洛夫斯基。

列文穿过前厅,吩咐仆人备好轿车去车站。

"车上的弹簧昨天断了。"仆人回答。

"那么就备轻便车吧,可是要快。客人在哪里?"

"他回自己屋里去了。"

列文找到维斯洛夫斯基的时候,维斯洛夫斯基正拿出箱子里的东西,摊开新的抒情歌谱,试穿皮绑腿,准备去骑马。

是列文的脸色有点异样呢,还是维斯洛夫斯基意识到他对女主人略施殷勤在这个家庭里是不合适的,他看到列文进来有点儿(一个上流社会的人士所能达到的程度)不好意思。

"你穿绑腿骑马去吗?"

"是的,这样要干净多了。"维斯洛夫斯基一面说,一面把一条肥腿搁在椅子上,搭上绑腿最下面的钩子,快乐而温厚地微笑着。

维斯洛夫斯基无疑是个好小子。列文发现他的眼睛里有一种羞怯的神色,不禁替他难过,并且因为自己是主人而害臊。

桌上放着半截手杖,那是今天早晨他们一起试图纠正倾斜的双杠而折断的。列文拿起这半截手杖,动手撕去头上的断片,不知道怎样开口才好。

"我要……"他说不下去。但一想到吉娣和种种情景,立刻毅然盯住维斯洛夫斯基的眼睛说:"我吩咐他们给您备马车了。"

"您这是什么意思?"维斯洛夫斯基惊奇地问。"到哪儿去呀?"

"把您送到火车站去。"列文撕着手杖头上的断片,阴沉沉地说。

"您要出门去,还是出了什么事?"

"我家里不巧有客人要来。"列文一面说,一面越来越迅速地用粗壮的手指撕着手杖的断片。"不,没有客人来,什么事也没有,但我请求您离开。我这样不讲礼貌,您要怎么解释,就怎么解释吧。"

维斯洛夫斯基挺直身子。

"我请求您给我解释……"他终于恍然大悟,不失身份地说。

"我不能向您解释,"列文慢慢地低声说,竭力掩饰下颚的颤动,"您最好别问。"

手杖头上的断片撕光了,列文抓住手杖粗大的两端,把它折断,留神接住折下来的一头。

大概是列文那双有力的手,今天早晨做体操时摸到的肌肉,两只炯炯有光的眼睛,低低的声音和颤动的下颚,这些比任何语言更有力地使维斯洛夫斯基服从了。他耸耸肩,轻蔑地微微一笑,点了点头。

"我可不可以见一见奥勃朗斯基?"

耸肩和冷笑并没有使列文生气。"他还要干什么?"他心里想。

"我马上去叫他来。"

"这真是太荒唐了!"奥勃朗斯基听朋友说他被驱逐,在花园里找到正在那里踱步等客人离开的列文,这样对他说。"这简直可笑!什么毒蚊子把你叮了?简直可笑到极点了!要是一个青年人……你就认为……"

列文被毒蚊子叮过的地方显然还很疼,因为奥勃朗斯基刚想说出来,列文就脸色发白,慌忙打断他的话:

"请你不要问原因!我没有别的办法!我对你、对他都感到很不好意思。不过,我认为他离开这里是不会太难受的,可他在这里我和我妻子都觉得不愉快。"

"他会感到委屈的!再说,这实在太可笑了。"

"可是我觉得又委屈又痛苦！我没有任何过错，我没有理由应该受罪！"

"嘻，真没想到你会这样！吃醋也可以，但达到这样的程度，简直可笑之至！"奥勃朗斯基又夹着法语说。

列文迅速地转过身去，离开他走到林荫路深处，继续独自在那里踱步。不多一会儿，他听见马车的辘辘声，看见树木后面维斯洛夫斯基坐在干草上（倒霉的是马车里没有坐垫），戴着他那顶苏格兰帽，顺着林荫道颠簸着离去。

"又有什么事？"列文看见仆人从房子里跑出来，拦住马车。原来是那个德国技工，列文已完全把他给忘了。那个德国人一面鞠躬，一面对维斯洛夫斯基说着什么，接着爬上马车。他们就一起坐车走了。

奥勃朗斯基和公爵夫人对列文的行为感到气愤。列文觉得自己不仅可笑到了极点，而且罪孽深重，无脸见人；但是一想到他和他妻子所受的罪，他自问下次要是又遇到这样的事他将怎样处理，接着回答说，还是这样办。

虽然如此，到了晚上，除了公爵夫人不能饶恕列文的行为以外，大家又都显得非常轻松愉快，好像孩子受过了处分，大人结束了一次难堪的官场应酬一样。到了晚上，公爵夫人一走，他们谈到维斯洛夫斯基被驱逐的事，就像在谈一件久远的往事。陶丽从父亲身上继承了说笑话的才能，把华仑加笑得前仰后合。她一次又一次地讲着，每次都添油加醋，增加些新的笑料。她讲到她刚准备系上新的蝴蝶结迎接客人，刚走到客厅，忽然听见一辆老爷马车的辘辘声。是谁坐在马车上啊？一看，原来是维斯洛夫斯基，头上戴着苏格兰帽，手里拿着抒情歌谱，脚上打着皮绑腿，坐在干草上。

"你至少也该弄辆轿车让他坐坐啊!没有,后来我又听见:'站住!'哟,我想,准是大发善心了。我一看,原来是让那个德国胖子坐在他旁边,把他们一起送走……我这个新蝴蝶结就这样白系了!……"

16

陶丽实现了自己的心愿,动身去访问安娜。她感到抱歉,因为这事使妹妹伤心,使妹夫不愉快。她明白,列文一家不愿同伏伦斯基有任何来往,是理所当然的,但她认为有责任去看望安娜,表示安娜的处境虽然起了变化,但她对安娜的感情并没有改变。

陶丽这次旅行不愿依赖列文家,自己派人到乡下去租马。列文一知道这事,就走来责备她。

"你为什么以为你去我会不高兴?如果说这事使我不高兴,那你不用我的马,我就更加不高兴了,"列文说。"你从没对我说过一定要去。至于到乡下租马,这事首先使我不高兴,而主要的是他们会租给你,但不会把你送到目的地。马,我有的是。如果你不想使我难堪,你就用我的马。"

陶丽只好同意。到了约定的日子,列文为姨姐准备好四匹马,还有替换的马,都是从耕马和骑马中凑起来的,外表不太好看,但能当天把她送到目的地。当前,要送走公爵夫人和送走接生婆都需要马匹,这对列文来说是有为难之处,但从责任心出发,列文不能让陶丽租用马匹从他家动身;再说租一次马要花二十卢布,对她来说也是一大笔开支。陶丽手头拮据,列文是很同情她的。

陶丽听从列文的劝告,天没亮就动身了。道路平坦,马车舒服,马也跑得很起劲。驭座上除了车夫以外,还坐着账房,那是列文派来代替男仆护送陶丽的。陶丽在车上打起瞌睡来,直到到了换马的客店才醒。

陶丽在列文那次去史维亚日斯基家途中逗留过的富裕农民家喝了茶,同农妇们谈了一会儿孩子的问题,又同那个老农谈到他很称赞的伏伦斯基伯爵的事,到十点钟才继续上路。她在家里忙于照顾孩子,从来没有时间思索。这会儿,在这四小时的旅途中,以前被压在心里的种种想法一下子都浮现出来了。她从各个不同的方面回顾自己的一生,这是从来没有过的事。她自己都觉得她的思想很怪。开头她想念孩子们,尽管公爵夫人,主要是吉娣(陶丽更相信她)答应照顾他们,她还是不放心。"但愿玛莎不再淘气,格里沙别让马给踢了,莉丽不再闹肚子。"接着,现实问题被即将发生的问题代替了。她开始想到,今年冬天要在莫斯科租一个新寓所,客厅家具要换一套新的,还要给大女儿做一件皮大衣。然后又想到较远的未来的问题:怎样把孩子们抚养成人。"女孩子倒没什么,"她想,"可是男孩子怎么办?"

"现在还好,我可以自己管教格里沙,因为我现在没有怀孕,有的是时间。要斯基华管教,当然是靠不住的。我依靠人家的帮助,可以把他们抚养成人,但要是又怀孕呢……"她忽然想起一句俗话:"生儿育女是对女人的诅咒。"她觉得这话没有道理。"分娩倒无所谓,怀孕可真是件苦事。"她回忆最后一次怀孕和最小一个孩子的死亡,这样想。她又想到刚才在歇脚的地方同那个青年农妇的谈话。对有没有孩子这个问题,那个漂亮的年轻农妇快乐地回答说:

"有过一个小姑娘,但上帝把她接走了,过四旬斋时把她给埋了。"

"你是不是很舍不得她?"陶丽问。

"有什么舍不得的?老头儿的儿孙多的是。有了儿女就是麻烦,弄得你不能干活,什么事也不能做。只会束缚你的手脚。"

陶丽当时听了这回答很反感,尽管那个农妇待人和蔼可亲,现在她不由得想起这句话来。在这句不近人情的话里倒有一点道理。

"总而言之,"陶丽回顾她婚后十五年来的生活,想,"怀孕,呕吐,脑子迟钝,无所作为,主要是模样丑恶。吉娣,年轻美丽的吉娣,连她都变得那么难看了,我一怀孕就更丑。生产,痛苦,说不出的痛苦,最后关头……然后是喂奶,通宵不眠,这种可怕的痛苦……"

陶丽给每个孩子喂奶几乎都生奶疖,一想到这种苦,她浑身打了个哆嗦。"然后是孩子生病,无穷无尽地担惊受怕;再有教育,孩子的种种坏习惯(她想到玛莎在草莓丛里的过错),学习,拉丁文——这一切都那么麻烦,不好应付。最可怕的是孩子的夭折。"于是永远揪住做母亲的心的惨痛回忆又浮上她的脑海:那个最小的婴儿患喉炎夭折,他的葬礼,大家对那口粉红色小棺材的冷漠,以及那盖上带有金边十字架的粉红色棺材盖的一刹那,她面对生着鬈曲鬓发的苍白小脑门,感到肝肠撕裂的痛楚。

"这一切都是为了什么?这一切会有什么结果?结果只是:我得不到片刻安宁,一会儿怀孕,一会儿喂奶,老是闹脾气,发牢骚,苦了自己,也苦了别人,使丈夫讨厌,就这样过上一辈子,抚养出一批缺乏教养的不幸的小叫花子。这会儿,要不是在列文家过夏,我真不知道怎样对付过去呢。当然,列文和吉娣很体贴人,使我们不觉得有什么不愉快,但总不能一直住下去呀。等他们有了孩子,他们就不能再帮助我们了。事实上,现在他们手头也并不宽裕。至于爸爸,他几乎没有给自己留下什么财产,又怎么能照顾我们呢?这样,我自己连孩子都养不起,也不能低声下气去求人家接济呀。哦,就算最如意的打算吧,往后不再有孩子夭折,我也勉强把他们培养成人。他们最好也不过是不成为坏蛋。我所能希望的不过如此。可就是为了这个,我得吃多少苦,花多少心血呀……我这辈子也就完了!"陶丽又想到了青年农妇的话。想到这些,她又感到难过,但她不能不同意她的话还有一点粗鲁的道理。

"怎么样,还远吗,米哈伊拉?"陶丽问账房,想摆脱使她感到恐惧的思想。

"听说离这个村子还有七里地。"

马车沿着村道驶到一座小桥上。桥上走着一群快乐的农妇,她们肩上挂着一圈圈草绳,叽里呱啦地有说有笑,十分热闹。她们在桥上站住了,好奇地打量着马车。陶丽觉得她们的脸张张都是健康快乐的,都在用生的欢乐挑逗她。"人人都在生活,人人都在享受生的欢乐。"陶丽经过农妇们身边,往小山上驶去,身子又在老式马车柔软的弹簧上惬意地摇晃,心里这样想。"可是我像一个刚出狱的囚犯,心事重重,此刻总算有片刻的安宁。人人都在快快活活地过日子,不论是这些农妇,妹妹娜塔丽雅,还是华仑加,或者我现在去访问的安娜,可就是没有我的份儿。"

"他们攻击安娜。为了什么?难道我比她好吗?至少我还有一个心爱的丈夫。虽说不上称心如意,我还是爱他的,可是安娜不爱她的丈夫。她到底有什么过错?她要生活。上帝赋予我们心灵这样的欲望。要是我处在她的地位,也很可能这样做。在那可怕的日子里,她到莫斯科来看我。我至今不知道,我当时做得对不对。我当时应该抛弃丈夫,重新开始生活。我也可能真正去爱上一个人,真正被人家所爱。也许还是现在这样好?我不尊重他,不需要他,"她想到了丈夫,"但我容忍了他。这样是不是好?那时还会有人喜欢我,我还有几分姿色呢。"陶丽继续想,很想照照镜子。手提包里有一面旅行镜子,她很想取出来,但回头看看背后的车夫和那摇摇晃晃的账房,想到万一被他们看见,那可难为情了,结果没有把镜子拿出来。

　　但不照镜子,她心里还是在琢磨,她的年纪也不算太老,也还来得及。于是她想起了丈夫的朋友土罗甫春,他待她特别殷勤,在她孩子患猩红热的时候同她一起照顾他们,他爱上了她。还有一个年纪很小的青年——丈夫曾开玩笑地告诉她——认为她是三姐妹中最美的。于是陶丽头脑里幻想着最热烈最荒唐的风流韵事。"安娜的行动了不起,我说什么也不能责备她。她自己幸福,也使别人幸福,不像我这样逆来顺受。她一定还是像以往那样鲜艳、聪明和开朗。"陶丽心里这样想,嘴上浮起狡猾的微笑,特别是想到安娜的风流韵事。陶丽同时幻想自己也有了这样的风流韵事。一个她想象中的集种种优点于一身的男子被她迷住了。她也像安娜一样,把私情向丈夫和盘托出。奥勃朗斯基一听到这消息,又惊奇又窘困,使她禁不住笑了。

　　就在这样的胡思乱想中,陶丽的马车离开大路,转弯向伏兹德维任斯克村驰去。

17

　　车夫勒住四匹马,向右边黑麦田望了一眼,看见几个农民坐在那里的大车旁。账房本想跳下车去,但后来改变了主意,向一个农民命令似的吆喝了一声,招招手叫他过来。马车奔驰时吹拂着的微风,等车一停就静止了;汗淋淋的马身上落满了牛虻,马怒气冲冲地想把它们驱散。大车旁锤子敲击镰刀的铿锵声停止了。一个农民站起身,向马车走来。

"瞧你这么磨磨蹭蹭的!"账房向那个赤脚踩着留有车辙的坎坷道路慢慢走来的农民怒斥道。"快一点!"

这个鬈发的老农头上扎着树皮绳子,弯着被汗水湿透的背,加快步子,走到马车旁边,伸出一只黧黑的手,抓住马车挡泥板。

"到伏兹德维任斯克去吗?到伯爵老爷的庄院去吗?"老农反复问。"走完这条坡路,向左拐,顺着大路一直往前就到了。你们要找谁呀?伯爵本人吗?"

"嗯,他们在家吗,老爷子?"陶丽含糊其辞地说,她甚至不知道该怎样向农民打听安娜的情况。

"多半在家。"老农两脚交替踩着泥地,清清楚楚地留下五个脚趾印。"多半在家。"他重复说,显然很想聊聊。"昨天还来了客人。客人多极了……你要什么呀?"他转身对在大车旁向他喊叫的小伙子说。"噢,对了!他们刚才骑马打这儿过,去看收割机。现在该回家了。你们是打哪儿来的?……"

"我们是远道来的,"车夫爬上驭座说。"那么不远了?"

"跟你说就在这里。你一走到路口……"老农摸着马车的挡泥板,说。

一个年轻矮壮的小伙子也走了过来。

"怎么样,收割缺少人手吗?"小伙子问。

"我不知道,老弟。"

"喏,你向左边一拐,就到了。"老农说,显然还想谈谈,不愿放他们走。

车夫催动了马,他们刚转弯,那个老农就叫道:

"站住!喂,朋友,站住!"两个声音同时叫起来。

车夫停下来。

"他们来了!瞧,这不是他们吗!"老农叫道。"瞧,大队人马!"他指着大路上四个骑马和两个坐敞篷马车的人说。

原来骑马的是伏伦斯基、赛马骑师、维斯洛夫斯基和安娜,坐在敞篷马车上的是华尔华拉和史维亚日斯基。他们出去兜风,还观看了正在开动的新收割机。

马车停下了,骑马的人也慢步走过来。安娜同维斯洛夫斯基并肩走在前头。安娜慢悠悠地骑着一匹鬃毛剪过的短尾英国矮脚马。她那戴着一顶高帽露出一绺绺乌黑头发的漂亮脑袋,她那丰满的肩膀,她那穿着黑色骑装的苗条身段,以及端庄优美的骑马姿势,这一切都使陶丽感到惊讶。

最初一刹那,她觉得安娜骑马有点不成体统。在陶丽的心目中,女人骑马是同年少轻浮、卖弄风情分不开的,因此就安娜的处境来说,骑马是不合适的;但当她走近仔细一看,就觉得她骑马也不错。何况安娜的优雅风度,她的姿态、服饰和举止都朴素文静,落落大方,十分自然。

在安娜旁边,维斯洛夫斯基骑着一匹灰色烈性的骑兵军马。他头戴一顶缎带飘动的苏格兰帽,向前伸着两条粗大的腿,洋洋自得。陶丽一认出是他,忍不住快活地笑了。他们后面是伏伦斯基。伏伦斯基骑着一匹纯种的深色枣红马,那马跑得浑身冒热气。他拉紧缰绳把它勒住。

伏伦斯基后面是一个穿骑装的矮个子。史维亚日斯基同公爵小姐坐着一辆崭新的敞篷马车,车上套着一匹高大的骊马,追赶着骑马的人。

安娜一认出那辆旧马车角落里蜷缩着的瘦小的人就是陶丽,顿时笑逐颜开。她尖叫一声,身子在鞍座上抖动了一下,催马奔驰起来。她驰到马车跟前,不用人家搀扶就跳下马,提起骑装,迎着陶丽跑去。

"我一直盼望你来,但又怕这是痴心妄想。嘿,我太高兴啦!你真不知道我有多高兴!"安娜一面说,一面把脸贴住陶丽的脸,吻着她,接着又把她推开,笑盈盈地打量着她。

"啊呀,我太高兴啦,阿历克赛!"安娜回头望了望那跳下马、向她们走来的伏伦斯基,说。

伏伦斯基脱下灰色高帽,走到陶丽跟前。

"您真不能想象,您来,我们有多高兴!"伏伦斯基特别加重语气说,笑眯眯地露出一排结实的雪白牙齿。

维斯洛夫斯基没有下马,只摘下帽子向客人致礼,喜气洋洋地在头上挥动帽子的飘带。

"这位是华尔华拉公爵小姐。"当敞篷马车驶近时,安娜这样回答陶丽询问的目光。

"哦!"陶丽说,她的脸上不禁露出不满的神色。

华尔华拉公爵小姐是她丈夫的姑妈。陶丽早就认识她,并且瞧不起她。陶丽知道,这位老小姐一辈子都在阔亲戚家里当食客;但她现在竟住在陌生的伏伦斯基家里,而又是她丈夫名下的亲戚,这就使陶丽觉得很丢脸。安娜察觉陶丽脸上的表情,感到很尴尬,脸涨得绯红,两手一松,骑装往下滑,把她绊了一跤。

陶丽走到停下的敞篷马车跟前,冷冷地同华尔华拉公爵小姐打了个招呼。她同史维亚日斯基也是认识的。史维亚日斯基问起他那位怪癖的朋友和年轻妻子的情况，接着扫了一眼那几匹拼凑起来的杂牌马和那辆挡泥板打过补丁的老爷马车，就邀请太太们改坐他的敞篷马车。

"让我坐到那辆老爷马车上去吧，"史维亚日斯基说。"这匹马很听话，公爵小姐的驾驭本领也挺出色。"

"不，你们还是坐你们的一辆，"安娜走拢过去说，"我们坐那一辆。"说着挽住陶丽的手臂，把她带走。

陶丽看到这辆从没见过的豪华马车，这几匹雄赳赳的骏马和周围这批风度翩翩的贵人，不禁眼花缭乱。但最使她惊奇的，还是她熟悉而喜爱的安娜身上所发生的变化。要是换了别的女人，观察不像陶丽那样细致，不那么熟悉安娜，特别是没有像陶丽那样一路上产生过那些想法，她就看不出安娜身上有什么异样的地方。但这会儿，陶丽却在安娜脸上发现那种只有当女人在热恋时才会出现的昙花一现的美，因而感到十分惊讶。一切都在她的脸上表现出来：双颊和下巴上分明的酒窝，嘴唇的优美线条，荡漾在整个脸上的笑意，眼睛里闪烁的光芒，动作的优美和灵活，说话声音的甜美和圆润，就连她回答维斯洛夫斯基（他要求骑她的马，好让他教会那马用右脚起步）时半是嗔怪半是撒娇的媚态——这一切都使人神魂颠倒。看来安娜自己也意识到这一层，因此洋洋得意。

她们同坐一辆马车，两人都有点不好意思。安娜感到不好意思，因为陶丽用那么专注的疑问目光打量着她；陶丽呢，因为史维亚日斯基说到老爷马车，而现在她同安娜就坐在这辆破旧的马车里，觉得不好意思。车夫菲利浦和账房也有同感。账房为了掩饰窘态，手忙脚乱地扶太太们上车；可是车夫菲利浦闷闷不乐，决心不因人家车子外表的华丽而低声下气。他看了一眼那匹骊马，心里就断定它只配拉敞篷车"兜兜风",这样大热天一口气是跑不了四十里路的,因此冷笑了一声。

农民们都从大车旁站起来,好奇而又津津有味地望着客人们的会晤,品头评足。

"他们可高兴呢,好久没见面了。"那个头上扎着树皮绳子的鬈发老头儿说。

"我说,盖拉西姆大叔,要是让那匹黑乌鸦来运麦子,那就快了!"

"嗨,看哪!那个穿马裤的是女人吗?"一个农民指着那坐到女用马鞍上的维斯洛夫斯基说。

"不,是个男的。瞧,骑上去多利索!"

"喂,弟兄们,今天我们不睡一会儿吗?"

"这会儿哪能再睡觉!"老农斜眼望望太阳说。"过了晌午了!大家拿起镰刀来干吧!"

18

安娜望着陶丽消瘦、憔悴、皱纹里落满尘土的脸,本想直率地说,她觉得陶丽瘦了,但是一想到自己却变得更加丰满艳丽,陶丽的眼神也有这样的表现,她就叹了一口气,说起她自己的情况来。

"你望着我,一定在想,"安娜说,"我现在这样的处境,是不是觉得幸福?嗯,好吧!说出来真有点不好意思,我……我实在太幸福了。我身上发生了奇迹。我好像做了一场噩梦,吓得死去活来,突然醒了过来,却又觉得什么可怕的事也没有。我清醒过来了。我经历了痛苦和恐惧,如今这一切都过去了,特别是自从我们来到这儿以后,我实在是太幸福了!……"安娜一面说,一面带着羞怯和探询的微笑瞧着陶丽。

"我太高兴了!"陶丽微笑着说,语气不禁变得冷淡了一些。"我真为你高兴。你为什么不写信给我?"

"为什么?……因为我不敢……你忘记我的处境了……"

"给我写信?你不敢?你真不知道我……我认为……"

陶丽很想说出她今天早晨的想法,但不知怎的这会儿又觉得不合适。

"不过,这事以后再谈。哦,这是些什么建筑物?"陶丽想转变话题,就指着刺槐和丁香构成的天然篱笆后面红绿相间的屋顶问。"简直像一座小城。"

但安娜没有回答。

"不,不!你怎样看待我的处境,你有什么想法?"安娜问。

"我认为……"陶丽刚开始说,不料这时维斯洛夫斯基已教会马用右脚起步,他那穿着短上衣的身子笨重地在女用马鞍上一起一伏,在她们旁边驰过。

"行了,安娜·阿尔卡迪耶夫娜!"维斯洛夫斯基叫道。

安娜连一眼都没有瞧他,可是陶丽觉得在马车里不便长谈,就这样简单地回答。

"我没有什么想法,"陶丽说,"我一向都很喜欢你。我觉得要喜欢一个人,就该喜欢他这个实在的人,而不是喜欢凭空想象中的人。"

安娜不看朋友的脸,眯缝起眼睛(这是安娜的一个新习惯,陶丽以前没有见过),沉思起来,想领会这话的意思。接着显然按照自己的想法领会了,就对陶丽看了一眼。

"就算你有什么过错,"安娜说,"现在你一来,又说了这一番话,那就什么都可以饶恕了。"

陶丽看见安娜的泪水夺眶而出,默默地握了握安娜的手。

"那么这到底是些什么建筑物？这么多房子！"陶丽沉默了一会儿,又重新问道。

"这是佣人的下房、养马场和马厩,"安娜回答。"从这里开始是花园。原来全荒芜了,但阿历克赛把它修好了。他很喜欢这庄园,我怎么也没想到,他搞经济竟那么起劲。不过,他的天分也真高！不论什么事,他做起来都很出色。他不但不觉得乏味,而且劲道十足。我现在才知道,他确实是个精明能干的好当家,在农业上处处精打细算。不过也只限于农业。遇到几万卢布进出的事,他倒不会打算盘了。"安娜说时脸上露出得意而调皮的微笑,女人谈到只有她们才知道的爱人的优点时往往会流露出这样的表情。"你看见这个大建筑物吗？这是一座新医院。我想总要花十万以上吧。这是他的得意杰作。你知道这是怎么搞起来的？农民们要求他减少草地的租金,大概就是那么一回事,可是被他拒绝了。我责备他太小气。当然并不完全为了这事,还有其他各种原因加在一起,他就着手造这座医院,来证明他这人并不小气。说实在的,这都是些小事,可我却因此更加爱他。啊,你马上可以看到住宅了。那还是从他祖父手里传下来的房子,外表一点也没有变。"

"好漂亮！"陶丽露出情不自禁的惊讶目光,望着那座耸立在绿荫蔽天的古树丛中带圆柱的美丽住宅,赞叹说。

"确实很漂亮,是吗？从楼上望出去,景色也挺美。"

她们的马车驶进铺有碎石的院子,在大门口停下。院子里有两个工人正在用粗糙多孔的石头砌花坛,坛里的泥土已耙松了。

"哦,他们已经到了！"安娜望着刚从台阶边牵走的坐骑,说。"这匹马很出色,你说是吗?这是匹矮脚马,我挺喜欢。牵到这里来,给我点儿砂糖。伯爵在哪里?"她问两个从房子里奔出来的服装体面的仆人。"啊,他来了!"安娜看见伏伦斯基和维斯洛夫斯基出来迎接她,说。

"您把公爵夫人安顿到哪里呀?"伏伦斯基用法语问安娜,不等她回答就再次向陶丽问好,还吻了吻她的手。"我看是不是住那个有阳台的大房间?"

"嗳,不,太远了!还是住转角的那一间,我们俩见面方便些。好,我们去吧。"安娜一面把仆人拿来的砂糖喂给她的爱马,一面说。

"您忘记您的责任了。"安娜对同时走到台阶上来的维斯洛夫斯基说了一句法语。

"对不起,我的责任有满满几口袋呢。"维斯洛夫斯基把手指插到背心口袋里,笑嘻嘻地也用法语回答。

"可是您来得太迟了!"安娜用手绢擦擦被马舔湿的手,又用法语说。接着她转身问陶丽:"你可以住一阵吧?只住一天吗?这可不行!"

"我答应过他们的,再说孩子们……"陶丽说,模样有点狼狈,因为她得从马车上取出手提包,而且知道自己一定是满面风尘。

"不,陶丽,我的好人……那么,咱们瞧着办好了。来吧,来吧!"安娜说着把陶丽领到她的房里。

这不是伏伦斯基提出的富丽堂皇的大房间,而是安娜要陶丽将就住住的那个房间。但就连这个房间也十分豪华,陶丽从来没有住过这样的房子,她觉得简直像国外最讲究的旅馆。

"嘿,我的好人,我太幸福了!"安娜穿着骑装在陶丽旁边坐了一会儿,说。"告诉我你家里人的情况。我匆匆见过斯基华一面。可是他不会把孩子们的情况讲给我听。我的宝贝儿塔尼雅怎么样?我想该已经长成大姑娘了吧?"

"是的,长得很大了。"陶丽简单地回答。她自己也弄不懂,有关孩子的事她竟回答得这样冷淡。"我们在列文家里过得很好,"她加了一句。

"嗐,要是我早知道你并没有瞧不起我……"安娜说,"那就应该请你们一家都来。要知道斯基华是阿历克赛很老的朋友哇!"她补充说,顿时脸红了。

"是的,不过我们过得很好……"陶丽不好意思地回答。

"说实在的,我简直高兴得语无伦次了。总之,我的好人,我见到你太高兴了!"安娜一面说,一面又吻她。"你还没告诉我,你对我有什么想法,我什么都想知道。不过我很高兴,你会看到我究竟是个什么样子的。你不要以为我想自我表白什么。我不想表白什么,我只要生活;我不想伤害任何人,除了我自己。我有这样的权利,是不是?不过,这事说来话长。我们以后再好好谈吧。现在我要去换衣服了,我去给你派个侍女来。"

19

当剩下陶丽一个人时,她就以主妇的目光仔细打量这个房间。她来到这座房子,在房子里面走过,此刻又住到这个房间里。她目睹的一切都给她留下富丽堂皇和充满现代欧洲奢侈生活的印象。这种豪华气派她只有在英国小说里读到过,在俄国可从来没有见过,更不要说在乡下了。从花纹新颖的法国糊墙纸到铺满整个房间的大地毯,一切都是崭新的。弹簧床上铺着厚垫子,床头放着别致的靠垫和套有缎子枕套的小枕头。大理石的洗脸盆、梳妆台、长沙发、桌子、壁炉上的青铜座钟、窗帘和门帘,一切都是贵重的,崭新的。

派来的侍女梳着时髦的发式,服装比陶丽还要摩登。这个漂亮的女仆打扮得像这个房间一样新颖华丽。陶丽对她的彬彬有礼、整齐清洁和殷勤周到很满意,但同她在一起又觉得局促不安,不好意思让她看到她那件打过补丁的短袄。那短袄是她错放在行李包里的。在家里,她以这些东补西缀的朴素衣着自豪,这会儿却感到害臊。在家里,她很清楚,做六件短袄需要二十四码①棉布,每码棉布值六十五戈比,总共得花十五卢布以上,花边和人工还不算在内。这样修修补补,她就可以节省十五个卢布。这会儿在侍女面前,她并不觉得羞耻,但有点儿不自在。

陶丽早就认识的安奴施卡走进房里来的时候,她觉得轻松多了。女主人把那个打扮得漂漂亮亮的侍女召回去,叫安奴施卡留在陶丽房里。

安奴施卡对这位夫人光临显然很高兴,不停地跟她说话。陶丽发觉她很想就女主人的处境,特别是伯爵对她的爱情和忠心,发表意见,可是陶丽一听她谈这事,就竭力制止她。

"我同安娜·阿尔卡迪耶夫娜从小在一起长大,她对我来说比什么都宝贵。当然,我们没资格评判这事。不过,看样子,爱情……"

---

① 原文是阿尔申,此处译作码,每阿尔申等于0.71米。

"哦,方便的话,请你把这拿去洗一洗。"陶丽打断她的话。

"是,夫人!我们这里有两个专门洗衣服的女工,不过被单那种大东西是用机器洗的。什么事伯爵都亲自过问。真是个好当家……"

陶丽看见安娜进来,打断了安奴施卡的唠叨,感到很高兴。

安娜换了一件十分素净的麻纱连衫裙。陶丽仔细察看这件衣服。她懂得这种素净是怎么一回事,得付出多少代价。

"这是我的老朋友。"安娜指着安奴施卡说。

安娜已不再觉得局促了。她落落大方,镇定自若。陶丽看到她完全克服了由于她来临而产生的激动,说话客客气气,从容不迫,似乎把那通向她真实感情和内心思想的门关闭起来了。

"哦,安娜,你的女儿怎样了?"陶丽问。

"安妮(她这样称呼她的女儿)吗?好了,完全复原了。你想看看她吗?来吧,我陪你去看。为了保姆的事,真是伤透脑筋了,"安娜讲了起来。"我们用了一个意大利奶妈。人很好,可是蠢得要命!我们想把她辞掉,可是孩子跟她过惯了,所以还用着。"

"那么,你们是怎样处理那个问题的?……"陶丽刚要问那女孩子用谁的姓,但发觉安娜突然皱起眉头,就改变话题。"你们怎样……已经给她断奶了吗?"

但是安娜已经懂得了她的意思。

"你要问的不是这个吧?你是不是要问她姓什么?是吗?这事使阿历克赛苦恼。她没有姓。或者说她姓卡列宁。"安娜说,眯缝起眼睛,眯得只见合在一起的睫毛。"不过,"她的脸色突然又开朗起来,"这事我们以后再谈吧。来,我带你去看看她。*这孩子可爱极了。她已经会爬了。*"

整个房子里穷奢极侈的气派已使陶丽感到惊异,而育儿室里的豪华景象更使她咋舌。这里有从英国定购来的童车,有学步用的坐车,有专门为婴儿爬行用的像弹子台那样的沙发,有摇椅,有崭新的特种澡盆。一切都是英国货,结实,耐用,看得出都很贵重。房间高大宽敞,光线很好。

她们进去的时候,小女孩穿着一件衬衣,坐在桌旁的小扶手椅上,正在吃肉汤。她衣服的前襟全被汤湿透了。那个专门照顾孩子的俄国侍女,一边喂给她吃,一边显然也在分享她的食物。奶妈和保姆都不在,她们在隔壁房里。那里传来她们用蹩脚法语说话的声音,这是她们唯一能够相互懂得的语言。

一个漂亮的高个子英国女人,脸上现出不愉快的神色和放浪的表情,一听见安娜的声音,就抖动浅黄色鬈发,急急地走进门来,立刻替自己辩解,虽然安娜一句话也没有责备她。安娜每说一句话,那英国女人就连声用英语说:"是,夫人。"

这个黑头发、黑眉毛的小女孩,面色红润,强壮的粉红色小身体上起着鸡皮疙瘩。她看见陌生人露出不高兴的神色,却逗得陶丽十分喜爱,她甚至有点羡慕这孩子的健康模样。小女孩爬行的样子她也很喜爱。她的孩子中就没有一个会像她这样爬的。这个小女孩穿上一件后面束住的衣服,被放到地毯上,模样可爱极了。她好像一只小动物,用她那双乌黑发亮的大眼睛打量着大人,显然对人家欣赏她感到很高兴,笑眯眯地伸出两脚,使劲用双手撑起她的小身体,接着敏捷地收缩两腿,又用劲往前爬了一步。

但是,陶丽很不喜欢育儿室里的整个气氛,特别是那个英国女人。一个好女人是不肯到安娜这种不正常的家庭里来工作的——陶丽只能用这种理由来解释,为什么像安娜这样能干的人竟会雇用这样一个不可爱不稳重的英国女人。此外,陶丽从几句话里立刻听出,安娜、奶妈、保姆和婴儿之间很少接触,母亲难得到育儿室来。安娜想给孩子找一件玩具,可是找不到。

最使人惊奇的是,问到婴孩有几颗牙,安娜竟回答错了,她根本不知道她最近长出的两颗牙。

"我有时觉得很难受,我在这里好像一个多余的人。"安娜一面说,一面走出育儿室。她拉起裙子下摆,免得绊到门口的玩具。"生第一个孩子不是这样的。"

"我看正好相反。"陶丽怯生生地说。

"嗳,不是的!告诉你吧,我看到过他了,看到过谢辽查了,"安娜一面说,一面眯细眼睛,仿佛在凝视远处的什么东西。"不过,这事我们以后再谈。你真不会相信,我好像一个饿坏的人,忽然面前摆出一桌丰盛的饭菜,不知道从哪里下手。这桌丰盛的饭菜就是你提供的,就是我不能同任何别人谈而只能同你谈的话。我真不知道该从哪里谈起,可我决不会放过你的。我要把心里话统统说出来。对了,我先要给你介绍一下你在这里可能见到的那几个人,"安娜继续说。"先从太太们谈起。华尔华拉公爵小姐。你知道她,我也知道你和斯基华对她的看法。斯基华说,她为人在世的唯一目的,就是要证明她比卡吉琳娜·巴甫洛夫娜姑妈高明。这话是真的。不过她心地善良,我对她十分感激。在彼得堡,我一度非常需要一个女伴。就在这时候,我遇见了她。说实在的,她心地很好。在当时的处境下,她使我大大减轻了痛苦。我看你不会了解我当时的处境有多么痛苦……在彼得堡,"她添了一句。"我十分安静,十分幸福。哦,这事以后再说。我得一个个说下去,然后是史维亚日斯基,他是首席贵族,是个很正派的人,但他有什么事要向阿历克赛求教。你要明白,阿历克赛有这样一笔财产,自从我们搬到乡下来住以后,他就有了一定的影响。然后是土施凯维奇,你见到过他,他以前常到培特西家去。如今他被抛弃了,就到我们这里来了。他这人正像阿历克赛说的那样,他喜欢装成什么样子,你就只能把他当成什么样的人。这样,他倒很讨人喜欢。再有,据华尔华拉公爵小姐说,他这人很规矩。还有就是维斯洛夫斯基……这个人你是认识的。一个挺可爱的小伙子!"安娜说着嘴唇上又浮起调皮的微笑。"他同列文究竟搞了些什么鬼名堂?维斯洛夫斯基讲给阿历克赛听,我们都不相信。他这人倒是挺天真可爱的,"她夹杂着法语说,又露出了同样的微笑。"男人都需要消遣。阿历克赛需要客人,我也很看重他们。我们这里就是要热热闹闹,快快活活,这样阿历克赛就不会有别的心思了。你还会看到我们的管家。是个德国人,人品很好,也很能干。阿历克赛很器重他。还有医生,是个年轻人,未必是个虚无主义者,可是吃饭用刀子……但他是个很出色的医生。还有建筑师……这里简直像个小宫廷!"

20

"啊,我把陶丽给您请来了,公爵小姐,您不是很想见到她吗?"安娜陪着陶丽走到石砌的大阳台上说,华尔华拉公爵小姐正坐在刺绣架旁替伏伦斯基伯爵绣沙发套。"她说晚饭以前不想吃东西,您吩咐仆人给她弄些点心来,我去找阿历克赛,把他们全都带到这里来。"

华尔华拉公爵小姐接待陶丽很亲切,但多少有点长辈的架子。她一见面就向陶丽解释,她住在安娜这里,是因为她一向比那个把安娜抚养长大的姐姐卡吉琳娜更爱她,现在大家都把安娜抛弃了,她觉得自己有责任帮助她度过这最痛苦的日子。

"等她丈夫同意离婚了,我就回去过隐居生活,但现在我还有用,我要尽我的责任,不管这事有多麻烦,我可不像别人。你真可爱,你来真是太好了!他们过得活像一对恩爱夫妻;可以裁判他们的只有上帝,不是我们凡人。难道比留卓夫斯基和阿文尼耶娃……还有尼康德罗夫,还有华西里耶夫和玛蒙诺娃,还有李莎·尼普东诺娃……难道没有人说过他们的坏话吗?到头来大家还不是照样接待他们?再说,这是个可爱的上等家庭,他们过得和英国人一模一样。早晨在一起吃早饭,吃完早饭各人做各人的事。晚饭以前,各人想做什么就做什么。七点钟吃晚饭。斯基华叫你来这儿,真是太好了。伏伦斯基需要同大家来往。不瞒你说,他通过母亲和哥哥的关系什么事都办得到。他们确实做了许多好事。他没有向你谈到他那所医院吗?真是太美了,什么都是从巴黎运来的。"

安娜在弹子房里找到那些男人,把他们带到阳台上,这样就把华尔华拉公爵小姐同陶丽的谈话打断了。离吃晚饭还有不少时间,天气又很好,大家提出了几种办法来消磨这剩下的两个小时。在伏兹德维任斯克消磨时间的方法很多,同波克罗夫斯克截然不同。

"让我们来一场草地网球吧!"维斯洛夫斯基笑容可掬地用法语说。"我再同您搭档,安娜·阿尔卡迪耶夫娜。"

"不,太热了;还不如到花园里去散散步,划划船,让陶丽看看两岸的风光。"伏伦斯基提议说。

"我什么都行。"史维亚日斯基说。

"我想陶丽更喜欢散步,是吗?待会儿再去划船。"安娜说。

于是就这样决定了。维斯洛夫斯基和土施凯维奇到游泳场去,答应在那里准备好船只等着。

安娜同史维亚日斯基,陶丽同伏伦斯基,他们两对在花园小径上散步。陶丽处身在这个陌生环境里,多少有点拘束。在理论上,她对安娜的行为不仅谅解,而且赞成。就像那些在品德操守上无可非议,但又对单调的正经生活感到厌倦的妇女那样,对待非法的爱情,她不仅不以为意,甚至还羡慕不止呢。何况她又是从心底里喜爱安娜的。但是在实际生活中,陶丽看见安娜处身在这样一群同她格格不入的人中间,看见她自己感到新奇的那种时髦风尚,觉得很不是滋味。特别是看到华尔华拉公爵小姐因为在这里享受着舒服的生活,就纵容他们,陶丽觉得特别反感。

总之,陶丽抽象地赞成安娜的行为,可是一看见她为他这样做的那个男人,她就觉得很不愉快。再说,她一向不喜欢伏伦斯基。她认为伏伦斯基骄傲自大,除了财富没有什么值得自豪的。伏伦斯基在自己家里想使陶丽愉快,但陶丽同他在一起却觉得局促不安。这种感觉就像被那个侍女看到她的短袄一样。好像由于衣服上的补丁,她在侍女面前感到的不是羞耻而是尴尬一样,她为自己的拮据在伏伦斯基面前感到的也不是羞耻,而是局促不安。

陶丽感到很不自在,竭力搜索话题。她认为像他这样高傲的人,未必爱听人家对他住宅和花园的赞扬,但又想不出别的话题,只好说说她很喜欢他的房子了。

"是的,这建筑是很漂亮,风格也很古雅。"伏伦斯基说。

"我很喜欢门前这个院子。原来就是这样的吗?"

"嗳,不是的!"伏伦斯基回答说,脸上洋溢着得意的神色。"可惜今年春天您没有看见这个院子!"

伏伦斯基开始有点拘束,接着越来越眉飞色舞地引她注意房子和花园里的种种装饰品。显然他在装饰美化住宅上花了不少心血,觉得非在新来的客人面前夸耀一番不可。他对陶丽的赞扬从心底里感到高兴。

"要是您不觉得累,还想看看医院的话,那么,路不远,我们去看看吧。"伏伦斯基察看了一下陶丽的脸色,好判断她是不是真的不觉得累,然后这样说。

"你去不去,安娜?"伏伦斯基问安娜。

"我们一起去。好不好?"安娜对史维亚日斯基说。"但可不能让可怜的维斯洛夫斯基和土施凯维奇在船上等太久啊。得派一个人去跟他们说一声。是的,那个医院是他在这里造的一个纪念碑。"安娜又带着原先谈到医院时那种调皮而懂事的微笑,对陶丽说。

"嘿,这可是个宏伟的工程!"史维亚日斯基说。但为了不让人家觉得他是在讨好伏伦斯基,立刻又补了一句略带批评的话。"不过,我弄不懂,伯爵,您在卫生方面为老百姓做了不少事,为什么对学校却这样漠不关心呢。"

"如今办学校没什么稀奇了,"伏伦斯基用法语说。"您要明白,问题不在这里,主要是我对办医院太感兴趣了。上医院往这儿走。"他指着林荫道旁一条小径,对陶丽说。

太太们打开阳伞,拐到小径上。转了几个弯,穿过一道栅栏门,陶丽看见前面高地上耸立着一座即将完工的式样别致的红色大建筑物。还没有漆过的铁皮屋顶在强烈的阳光下亮得耀眼。在这座快完工的建筑物旁边,另一座建筑物搭着脚手架,也已经动工了。工人们系着围裙站在脚手架上砌砖,从泥桶里倒着灰泥,用泥刀抹平。

"你们的工程进行得真快!"史维亚日斯基说,"我上次来,屋顶还没有盖好呢。"

"到秋天就可以全部完工。里面差不多都装潢好了。"安娜说。

"这座新房子是做什么用的?"

"这是医生的治疗室和药房。"伏伦斯基回答,他看见穿短外套的建筑师向他走来,便向太太们道歉了一下,迎着他走去。

伏伦斯基绕过工人们正在拌石灰的坑,同建筑师一起站住,兴致勃勃地谈论着什么。

"正面山墙还是太低。"安娜问他谈什么,他这样回答。

"我说,地基得再垫高一些。"安娜说。

"是的,再高一些当然更好,安娜·阿尔卡迪耶夫娜,"建筑师说,"可惜来不及了。"

"是的,这事我很感兴趣!"史维亚日斯基对安娜在建筑方面的知识表示惊讶,安娜就这样回答他。"新建筑必须合乎医院的要求。不过,有些地方是事后才考虑到的,开头并没有什么计划。"

伏伦斯基同建筑师谈好话,就加入太太们一伙,领她们到医院里参观。

尽管房子外面还在做飞檐,底层还在油漆,楼上差不多已完工了。他们沿着宽大的铁楼梯上去,走进第一个大房间。墙壁用灰泥做成大理石花纹,高大的玻璃窗已经装好,只有镶木地板还没有完工。那些正在刨镶木地板的木匠,放下活儿,解下扎头发的带子,向老爷们致意。

"这是候诊室,"伏伦斯基说。"这里将来放一张写字台,一个桌子和一个书架,不再放别的东西了。"

"来,打这儿过去。不要靠近窗子。"安娜一面说,一面摸摸油漆有没有干。"阿历克赛,油漆已经干了。"她加上说。

他们从候诊室来到走廊。在这里,伏伦斯基指给大家看新式通风设备。然后他领大家参观大理石浴室和安有特种弹簧的病床。接着又逐一参观病房、储藏室和洗衣室,观看了新式锅炉,然后又观看了运送物品的无声手推车,以及其他许多东西。史维亚日斯基摆出一副新式东西行家的架势,对一切都赞不绝口。陶丽对没有见过的东西感到新奇,很想知道个清楚,就详细询问着,这使伏伦斯基很得意。

"是的,我看这是全俄国唯一一座设备完善的医院。"史维亚日斯基说。

"你们设不设产科呀?"陶丽问。"这在乡下是非常需要的。我常常……"

伏伦斯基一向讲究礼貌,但这会儿还是把她的话打断了。

"这又不是产院,这是医院哪!专门治疗各种疾病,传染病除外,"他说。"哦,您瞧瞧这个……"他说着把一辆新近从国外定购来的轮椅推到陶丽面前。"一个病人,要是身体虚弱或者腿有毛病,不能走路,可是他需要新鲜空气,就可以坐这种轮椅出去……"

陶丽对什么都感兴趣,什么东西都喜欢,特别喜欢这个天真无邪、兴致勃勃的伏伦斯基。"是的,他是一个挺善良可爱的人。"她有时没有听他说话,而是盯着他瞧,琢磨着他的表情,设身处地替安娜考虑,同时心里这样想。他这种生气勃勃的英姿如今很使陶丽喜欢,也使她明白,安娜怎么会爱上他。

21

"不,我想公爵夫人一定累了,她对马也不会感兴趣的。"安娜建议去参观养马场,史维亚日斯基也想去看看那匹新到的种马,伏伦斯基就这样对他们说。"你们去吧,我送公爵夫人回家。我想同您谈谈,要是您愿意的话?"他对陶丽说。

"我对马一窍不通,可是同您谈谈,倒是高兴的。"陶丽感到有点突兀,这样回答。

她从伏伦斯基的脸色上看出,他有事要她帮忙。她没有猜错。他们刚穿过栅门回到花园里,伏伦斯基就朝安娜走去的方向望了望,确信她既听不见他们的谈话,也看不见他们,就开口了:

"您没想到我有话要同您谈吧?"伏伦斯基眼睛笑盈盈地望着陶丽说。"我很明白,您是安娜的好朋友。"他摘下帽子,掏出手帕擦擦开始秃顶的脑袋。

陶丽什么也没有回答,只是怯生生地对他瞧了瞧。当她同他单独在一起的时候,她突然感到害怕:那双含笑的眼睛和严厉的神气使她吃惊。

他要同她谈什么事?各种各样的猜测一下子掠过她的脑际:"他会要求我带着孩子到他们家来住一阵,那我只好拒绝了;也许是要我替安娜在莫斯科组织交际活动……会不会是维斯洛夫斯基同安娜之间的关系问题?也许是有关吉娣的事,会不会他觉得对不起吉娣?"陶丽尽是猜想各种不愉快的事,可怎么也没猜到他要同她谈的话。

"安娜很听您的话,她很喜欢您,"伏伦斯基说,"您要帮帮我的忙。"

陶丽带着疑惑和畏怯的神情望着他那生气勃勃的脸。这脸忽而被菩提树林漏下的阳光整个照亮,忽而被照到一部分,忽而又被阴影遮住。她期待着他再说些什么,可是他拿手杖在石子路上戳戳,在她旁边默默地走着。

"在安娜的老朋友中,您是唯一来看望我们的女人——我不把华尔华拉公爵小姐算在里面——我认为您来看望我们,并不是因为您认为我们的处境是正常的,而是因为您充分懂得这种处境的痛苦,您仍然那么喜欢她,您很想帮助她,我这样了解您,对不对?"伏伦斯基打量了陶丽一眼,问。

"嗯,是的。"陶丽收拢阳伞,回答。"不过……"

"不!"伏伦斯基打断她的话,没有意识到他这样做会使对方觉得尴尬,突然站住,弄得她也只好停下来。"安娜处境的困难,谁也没有我体会得深。只要您把我看做是个有良心的人,您准能明白这一点。是我造成她这样的处境,因此我有体会。"

"我明白,"陶丽说,很欣赏他这种坦率而肯定的语气。"但正因为您自认为是您造成了这样的局面,所以您未免有点言过其实了,"她说。"她在社交界的处境很为难,这我明白。"

"她在社交界简直像在地狱里!"伏伦斯基阴郁地皱起眉头,急急地说。"她在彼得堡两个礼拜,精神上真是受尽了折磨……我对您说的是实话。"

"是的,但在这儿,安娜也好……您也好,都不需要什么社交界……"

"社交界!"伏伦斯基轻蔑地说。"我要社交界做什么?"

"直到现在,也许是永远,你们是安定幸福的。我看安娜是幸福的,十分幸福。她对我也这样说过。"陶丽笑眯眯地说。此刻她一面这样说,一面不禁怀疑安娜是不是真的幸福。

但看来伏伦斯基对这一层并不怀疑。

"是的,是的!"他说。"我知道她饱经痛苦后又恢复平静了。她是幸福的,真正幸福的。可是我呢?……我担心我们的前途……对不起,您想走吗?"

"不,没关系。"

"那我们就在这儿坐一会儿吧。"

陶丽在花园小径转角的长凳上坐下来。伏伦斯基站在她的面前。

"我看到她是幸福的!"伏伦斯基重复说,但陶丽越来越怀疑她是不是真正幸福。"可是这样的局面能不能维持下去?至于我们做得对不对,这是另一个问题。如今*木已成舟*,"他改用法语说,"我同她这辈子的命运已经联系在一起了。我们是由我们认为最神圣的爱情结合在一起的。我们已经有了一个孩子,今后还可能再有孩子。可是法律和我们的处境都十分复杂,一言难尽。现在,在她经历了种种痛苦和磨难,精神上恢复平静以后,她却看不到这情况,她也不愿看到。这是可以理解的。但我却不能不看到。我的女儿,在法律上不是我的女儿,而是卡列宁的女儿。我受不了这样的作弄!"伏伦斯基使劲摆了摆手,用忧郁和询问的目光对陶丽望了望,说。

陶丽一句话也没回答,只是瞧着他。伏伦斯基又说下去:

"要是明天再生一个儿子,我的儿子,可是在法律上他是属于卡列宁的。他既不能用我的姓,也不能继承我的财产。不论我们在家里过得多幸福,不论我们有多少孩子,我同他们都没有关系。他们是卡列宁的孩子。您想想,这样的局面多么痛苦,多么可怕!我几次想同安娜谈谈这件事,可是一开口,她就发脾气!她不理解,我也不能对她把话说到底。再从另一方面来看。我为有了她的爱情感到幸福,但我还得有我的事业。我找到了这样的事业,我以此自豪,认为它比我在宫廷和军队里的同僚们干的要高尚得多。我当然也不愿拿我的事业来换取他们的事业。我在家乡安顿下来,在这里工作,我感到幸福,满足,我们再也不需要别的什么了。我爱我的工作,倒并非因为没有更合适的事可做,正好相反……"

陶丽发觉他讲到这地方有点含糊其辞。她不明白他为什么把话岔了开去,但是感觉到,既然谈起不能同安娜谈的心事,他一定会把事情和盘托出。他在乡下的活动,也像他跟安娜的关系一样,是他的一件心事。

"嗯,我再说下去,"他定了定神说。"主要的问题是,当我工作的时候,必须有一种信心,就是我的事业不会随着我死去,我将有继承人。可是现在我却没有。一个人预先知道,他和他心爱的女人生的孩子都不归他所有,而是属于一个憎恨他们、根本不关心他们的人所有。请您想想,这样的处境是多么难堪哪!实在太可怕了!"

伏伦斯基说不下去,他太激动了。

"当然,这一层我是理解的。可是叫安娜有什么办法呢?"陶丽问。

"是的,这就要接触到我这次谈话的目的了,"伏伦斯基竭力克制感情说。"安娜是有办法的,这事全在她……就算请求皇上恩准我立嗣,也必须先办理离婚手续。而这事全在安娜。她的丈夫本来同意离婚,您的丈夫当时也做好了安排。我知道他现在也不会拒绝解决这问题。只要给他写一封信就行了。当时他就直截了当地回答说,如果她表示有这样的愿望,他决不拒绝。当然,"伏伦斯基阴沉沉地说,"这是只有这种没有心肝的人才干得出来的法利赛人的残酷。他明明知道,她一想到他是多么痛苦,却偏偏要她写这样的信。我知道这在她是很痛苦的。但是,办理离婚手续太重要了,因此非克服这样的感情不可。这事关系到安娜和她孩子们的幸福和前途。至于我,那就不用说了,虽然我也痛苦,十分痛苦,"伏伦斯基露出一种仿佛在威胁一个使他痛苦的人的神情,夹杂着法语说。"因此您看,公爵夫人,我不怕难为情,像抓住救生圈那样把您抓住了。请您帮助我,叫她写一封信给他,要求离婚!"

"当然可以!"陶丽生动地回想起最后一次同卡列宁的见面,若有所思地说。"当然可以!"她一想到安娜,就毅然地又说了一遍。

"请您利用您对她的影响,让她写封信。这事我不想同她谈,简直也无法同她谈。"

"好的,我去同她说说。可是她自己怎么会不考虑呢?"陶丽说,不知怎的突然想到安娜那种眯缝眼睛的古怪的新习惯。她也想到,安娜总是在接触到她的私生活问题时眯缝起眼睛。"她眯缝起眼睛,仿佛不愿看到生活的全貌。"陶丽心里这样想。同时为了回答伏伦斯基那种感激的表情,她说:"为了我自己,也为了她,我一定要同她谈一谈。"

他们站起身来,向房子里走去。

22

安娜发现陶丽已经回来,仔细望望她的眼睛,仿佛在问她同伏伦斯基谈了些什么,但没有问出口。

"看来该吃饭了,"安娜说。"我们还没有好好谈过呢。我希望晚上能有机会谈谈。现在该去换衣服了。我想你也该换一换。在建筑工地上,我们把衣服都弄脏了。"

陶丽走到房里,觉得好笑。她没有什么衣服可换,因为已经把最好的穿在身上了;但为了表示她对参加晚餐有所准备,她叫侍女刷干净衣服,换了一副袖口和蝴蝶结,头上系了一条花边带子。

"你瞧,我只能这样打扮。"陶丽看见安娜已换上第三套朴素大方的衣服走过来,含笑对她说。

"是的,我们这里太讲究礼节了!"安娜说,仿佛在为自己的漂亮服饰表示歉意。"你来,阿历克赛很高兴,这在他是难得的。他肯定很喜欢你!"她加上说。"可你不累吗?"

饭前没有时间谈论什么。她们走进客厅,看见华尔华拉公爵小姐和几个穿黑礼服的男人已经在那里了。建筑师穿着燕尾服。伏伦斯基把医生和男管家介绍给客人。建筑师在医院里已经介绍过了。

肥胖的餐厅侍仆,滚圆的脸刮得精光,系着浆得笔挺的雪白领带,进来通报晚餐已准备好了。太太们都站起身来。伏伦斯基请史维亚日斯基陪安娜走进餐厅,自己走到陶丽跟前。维斯洛夫斯基抢在土施凯维奇前头,挽住华尔华拉公爵小姐,这样土施凯维奇同管家和医生就只好单独走了。

晚餐、餐厅、餐具、仆人和酒菜不仅同现代豪华住宅的气派相称,而且显得更加豪华,更加时髦。陶丽眼看着这种对她来说特别新鲜的豪华排场,并且作为一个善于治家的主妇,不由得仔细研究各种细节——虽然她并不希望在自己家里使用这样的东西,因为这些奢侈品是远远超过她家的生活水平的——同时心里琢磨着这一切都是谁安排的,怎样安排的。维洛夫斯基、她的丈夫,甚至史维亚日斯基和她所知道的许多人,他们从来不考虑这些事,并且轻易相信,凡是讲究礼节的主人总是希望客人们觉得,他家里安排得如此完美,并没费什么力气,而是本来就有的。但陶丽知道,即使孩子们当早餐吃的牛奶糊也不是天上掉下来的,因此像这样豪华而复杂的家庭生活一定是由谁苦心安排的。陶丽从伏伦斯基打量餐桌的目光,他对餐厅侍仆点头示意的姿态,以及他征求她吃冷汤还是热汤的口气上看出,一切都出自这位男主人的精心安排。安娜在这方面花的力气就同维斯洛夫斯基一样。安娜、史维亚日斯基、公爵小姐和维斯洛夫斯基全都是客人,都快活地坐享现成。

安娜只有在主持谈话上像个女主人。这种人数不多的宴会,有男管家和建筑师这样身份不同的人参加,他们面对这种叫人眼花缭乱的豪华气派都竭力装得大方,但在大家的谈话中却又插不上几句嘴。要主持这种宴会上的谈话是不容易的,但陶丽发觉安娜凭着她圆熟的交际手腕主持这种困难的谈话是那么从容自如,简直可以说是胜任愉快。

谈话转到土施凯维奇同维斯洛夫斯基两人单独划船的事,土施凯维奇讲到彼得堡游艇俱乐部最近举行的划船比赛。但是安娜等到谈话一停下,立刻就同建筑师说起话来,让他也有机会说说话。

"尼古拉·伊凡诺维奇感到大为惊奇,"她是指史维亚日斯基,"自从他上次来到这里后,新的建筑工程进展得快极了。我天天都到那里去,对工程进展的速度总是感到吃惊。"

"同伯爵阁下一起工作很顺利,"建筑师含笑说(他是个自尊心很强的人,彬彬有礼,镇定自若)。"不比同地方当局打交道。那里动不动就得写公文请示,可这里只要向伯爵当面报告一下,几句话,问题就解决了。"

"这是美国人的作风。"史维亚日斯基微笑着说。

"是的,那里盖房子总是很合理的……"

谈话转到美国当局滥用权力的问题,但安娜立刻又转移话题,让管家有机会说话。

"你看到过收割机吗?"她问陶丽。"我们遇见你的时候,刚好参观回来。我也是第一次看到呢。"

"这种机器究竟是怎样收割的?"陶丽问。

"同剪刀一模一样。一块板,加上许多小剪刀。就像这个样子。"

安娜用她那戴满戒指的白嫩好看的手拿起刀叉,比划起来。她显然看出自己的讲解谁也听不懂,但知道她讲得很动听,她的手又美,因此继续讲下去。

"还不如说像卷铅笔刀。"维斯洛夫斯基目不转睛地盯着她,讨好说。

安娜隐隐约约地微微一笑,但没有回答他。

"是不是像剪刀一样啊,卡尔·菲多雷奇?"她问管家说。

"是的,"德国人用德语说,"这个简单得很。"接着就开始解释机器的构造。

"可惜它不会捆庄稼。我在维也纳展览会上看见过一架,能用铅丝捆庄稼。"史维亚日斯基说。"那一种用起来就更方便了。"

"一切都要看……必须把铅丝的价格计算一下。"那德国人被引得开了口,用德语对伏伦斯基说:"这是算得出来的,阁下。"德国人刚伸手到口袋里去掏随身必备的铅笔和笔记本,但一想到他坐在餐桌旁,又注意到伏伦斯基冷淡的眼色,就不动了。"太复杂了,一定会有许多麻烦的。"他归结说。

"谁要想赚钱,就不能怕麻烦。"维斯洛夫斯基用德语嘲弄地对德国人说。"我真喜欢德国话。"他又微笑着用法语对安娜说。

"得了吧。"安娜也用法语半开玩笑半认真地说。

"我们还以为会在田野上遇见您呢,华西里·谢苗诺奇,"她对病容满面的医生说,"您到那里去过吗?"

"去过,但又溜了。"医生用忧郁的戏谑口吻回答。

"这么说,您又好好运动过了。"

"太好了!"

"那个老太婆的病怎么样?总不至于是伤寒吧?"

"伤寒倒不是,但病情恶化了。"

"真可怜!"安娜说。她和门客们应酬一通以后,就转身同亲友们攀谈起来。

"安娜·阿尔卡迪耶夫娜,照您说来,制造机器可真是不容易呀!"史维亚日斯基开玩笑说。

"不,怎见得?"安娜说话时满脸春风,表示她知道,在她描述机器操作时一定有什么动人的地方被史维亚日斯基发现了。她这种少女般卖弄风情的新作风使陶丽感到很不舒服。

"不过安娜·阿尔卡迪耶夫娜在建筑方面的知识实在叫人钦佩。"土施凯维奇说。

"可不是,安娜·阿尔卡迪耶夫娜昨天还谈到什么防湿层和踢脚板呢,"维斯洛夫斯基说。"我说得对吗?"

"那有什么稀奇,我看得多了,也听得多了!"安娜说。"您恐怕连房子是用什么造的都不知道吧?"

陶丽看出,安娜对自己同维斯洛夫斯基的戏谑并不满意,但又情不自禁地使用这样的腔调。

在这种场合,伏伦斯基同列文的态度截然不同。伏伦斯基对维斯洛夫斯基的胡诌显然毫不介意,相反还鼓励他这样做。

"您倒说说,维斯洛夫斯基,石头是用什么砌起来的?"

"当然是用水泥。"

"不错!那么水泥是什么呢?"

"嗯,有点像稀泥……不,像灰泥。"维斯洛夫斯基这样回答,引得哄堂大笑。

除了医生、建筑师和男管家严肃地保持着沉默外,其余用餐的人全都滔滔不绝地谈个不停,时而海阔天空,漫无边际;时而纠缠什么问题,争论不休;时而嘲弄揶揄,挖苦什么人。有一次,陶丽被刺痛了,大为恼火,甚至脸涨得通红,事后想起,还担心当时说了什么不得体的话。史维亚日斯基提到列文,说他有一种怪论,认为机器对俄国农业是有害的。

"我没有认识这位列文先生的荣幸,"伏伦斯基微笑着说,"但是他恐怕从来没有见过他所指摘的那种机器吧。就算他见过也试用过,也一定是老爷机器,不是进口货,是俄国土造的。这样还谈得上什么观点呢?"

"总之,是土耳其人的观点。"维斯洛夫斯基笑嘻嘻地对安娜说。

"我不能为他的意见辩护,"陶丽气得满脸通红地说,"但我可以说,他是一个很有学问的人。要是他在这里,他一定知道怎样回答你们,可是我说不出。"

"我很喜欢他这个人,我同他也是老朋友了,"史维亚日斯基和蔼地微笑着说。"但是,恕我说句实话,他这个人多少有点怪,譬如他硬说地方自治会和调解法官毫无用处,说什么也不愿参加。"

"这是我们俄国式的冷淡,"伏伦斯基把玻璃瓶里的冰水倒进一只高脚杯里,说,"没有感觉到我们的权利加在我们身上的责任,因此把它推卸掉。"

"我不知道有谁比他责任心更强的了。"陶丽被伏伦斯基妄自尊大的语气激怒了,这样说。

"我恰恰相反,"伏伦斯基不知怎的显然被这场谈话刺痛了,继续说,"我恰恰相反,像我这样的人,靠了尼古拉·伊凡诺奇(他指指史维亚日斯基)的大力支持,当选为名誉调解法官,我很感激给了我这样的荣誉。我认为出席地方自治会和调解农民的马匹纠纷,同我所能担任的其他工作同样重要。要是选举我正式当地方自治会议员,我认为这是一种光荣。也只有这样,我才能偿还我作为地主所享受的利益。可惜大家都不理解大地主对国家的作用。"

陶丽感到奇怪的是,伏伦斯基在自己家里的餐桌旁竟那么自以为是。她想起,列文虽然见解不同,但在自己家里吃饭,往往也是那么过分自信。但她喜欢列文,因此站在他一边。

"那么,伯爵,下次开会能指望您参加啰?"史维亚日斯基说。"但是得早一些去,最好八点以前到那里。您能赏光到我家去吗?"

"我倒是有点同意你妹夫的看法,"安娜说。"只是不像他那样激烈,"她笑眯眯地说下去。"我担心现在我们的社会公职太多了。就像从前官僚太多,什么事都要有个官到场,如今什么事都得有社会活动家参加。阿历克赛来到这里才六个月,已经担任五六个社会团体的职务了:什么慈善救济委员啦,调解法官啦,地方自治会议员啦,陪审员啦,还有什么马匹委员会啦。照这样生活下去,全部时间都要抛在这上面了。我怕事情太多,难免流于形式。尼古拉·伊凡诺奇,您有多少个公职啊?"她问史维亚日斯基。"总有二十来个吧?"

安娜开玩笑说,但从她的语气里听得出恼怒的成分。陶丽仔细观察安娜和伏伦斯基,立刻察觉到这一点。她还发觉在谈这问题时,伏伦斯基脸上现出严肃而固执的神气。陶丽注意到这一点,还察觉华尔华拉公爵小姐为了改变话题,慌忙谈起彼得堡的熟人来,同时她又回想到伏伦斯基怎样在花园里不伦不类地谈到他的活动。她明白了,在社会活动这个问题上安娜同伏伦斯基暗地里有争吵。

饭菜、酒类、餐具,一切都很精美,但一切也同陶丽在她已好久没有参加的同类宴会和舞会上看到过的那样,千篇一律,而且使人感到紧张。在日常交际活动和朋友交往中,这一切也都给了她一种不愉快的印象。

饭后,大家坐在阳台上。过了一会儿,开始打网球。球员分成两组,分别站在碾得十分平整的槌球场上,中间的网挂在金色的柱子上。陶丽试打了一会儿,但不懂怎样打法,等到懂了一点,已经精疲力竭,只能同华尔华拉公爵小姐一起坐着看人家打了。她的搭档土施凯维奇也打不动了,其余的人又继续打了好一阵。史维亚日斯基和伏伦斯基两人都打得很好很认真。他们机灵地注视着向他们打来的球,不慌不忙,又毫不迟疑地及时跑过去,等球一跳起来,就准确地把球打过网去。维斯洛夫斯基打得最差。他过分急躁,但他的快乐心情却鼓舞了所有打球的人。他的笑声和叫声没有停过。他也像其他男人一样,征得了女士们的许可,脱去上装。他那穿着雪白衬衫的健美身体、汗珠滚滚的红润脸庞和矫捷灵敏的动作给大家留下深刻的印象。

当天夜里,陶丽躺下来睡觉,一闭上眼睛就看见维斯洛夫斯基在槌球场上奔跑的身影。

打球的时候,陶丽有点不高兴。她不喜欢维斯洛夫斯基同安娜打球时连续不断的戏谑,也不喜欢孩子们不在时成年人玩孩子游戏的那种别扭劲儿。不过,为了不扫别人的兴,消磨消磨时间,她休息了一会儿,又参加打球,并且装出兴致勃勃的样子。这一天她老是觉得,好像在跟一批比她高明的演员同台演出,她的拙劣演技把整台好戏都糟蹋了。

陶丽来的时候原打算住上两天,要是住得惯的话。但是傍晚打球的时候,她决定第二天就回去。对那种做母亲的牵挂心情,她到这儿来的一路上还十分厌恶,此刻在离开儿女们一天以后,想法就完全不同,她又一心想起家来了。

在用过晚茶和划过夜船以后,陶丽独自回到房里,脱了衣服,松开她那稀疏的头发准备睡觉,她觉得轻松多了。

想到安娜马上就要来看她,她都觉得不愉快。她很想独自想想心事。

23

安娜穿着晨衣进来的时候,陶丽已想躺下睡觉了。

这一天,安娜几次想谈谈自己的心事,但每次总是谈了几句就不谈了。"等一下吧,等剩下我们两人时再谈。我有许多话要对你说呢。"她说。

这会儿,只剩下她们两人,安娜却不知道说什么才好。她坐在窗口眼睛望着陶丽,头脑里拼命搜索原以为倾吐不尽的知心话,结果却一句也想不出来。这会儿,她仿佛觉得一切都已说过了。

"那么,吉娣怎么样?"她深深地叹了一口气,负疚地望着陶丽说。"你老实告诉我,陶丽,她是不是在生我的气。"

"生气?不!"陶丽微笑着说。

"那么她恨我吗?瞧不起我吗?"

"嗳,不!不过你要知道,这种事人家是不会原谅的。"

"是的,是的!"安娜转过身去,望着打开的窗子,说。"可是我没有错。那么是谁的错呢?错在哪里呢?难道有别的办法吗?嗯,你有什么想法?你不做斯基华的妻子行吗?"

"我实在说不上来。那么你要告诉我的是……"

"是的,是的,不过吉娣的事我们还没有谈完。她现在幸福吗?听说他这人挺不错。"

"说挺不错还不够。我不知道还有没有比他更好的好人了。"

"啊,我真高兴!我真是太高兴啦!说他挺不错还不够。"安娜重复陶丽的话说。

陶丽微微一笑。

"那么,你给我说说你自己的事吧。我要同你好好谈一谈。我已经同……"陶丽不知道该怎样称呼伏伦斯基。她觉得不好意思称他"伯爵",也不好意思叫他"阿历克赛·基里洛维奇"。

"我知道你同阿历克赛谈过了,"安娜说。"但我要坦率地问你一句:你对我、对我的生活有什么看法?"

"一下子怎么说得清呢?我实在说不上来。"

"不,你还是对我说说……你现在看到我的生活了。不过你不要忘记,现在已是夏天了,现在也不是光我们两人在这里了……但我们是早春来的,当时冷清清只有我们两个人,今后也只有我们两个人,其实我也没有什么别的愿望。可是你想象一下,他不在,只剩下我孤零零一个人,这样的日子是要来的……我从各方面看得出,这种情况今后会常常发生,他会有一半时间不在家。"她说着站起来,坐得更靠近陶丽一些。

"当然!"陶丽想劝劝安娜,安娜却打断她说,"当然,我不会勉强要他留在家里。我也不会拖住他。哪天赛马,他的马要参加比赛,他都可以去。那很好。可是你替我想想,设身处地替我想想……唉,这有什么可谈的!"她微微一笑。"那么他到底同你谈了些什么?"

"他谈的正是我想说的,因此我很容易当他的辩护人。他谈到能不能……有没有可能……"陶丽讷讷起来,"补救,改善你的处境……你知道我是怎么看的……还是那一句话,要是可能,你们应该结婚……"

"你是说离婚吗?"安娜问。"你知道吗,在彼得堡唯一来看我的女人是培特西?你不是认识她吗?其实她是一个最放荡的女人。她同土施凯维奇有关系,用最恶劣的方式欺骗丈夫。可是她居然对我说,要是我这不合法的地位一天不改变,她就一天不愿理我。你别以为我在同人家比较……我是了解你的,我的好朋友。可是我不由得想起……那么,他到底对你说了些什么?"安娜又问。

"他说,他为你也为他自己感到很痛苦。你也许会说,这是自私自利,但这样的自私自利是合情合理的,是高尚的!他首先要使他的女儿合法化,他要你做他的妻子,对你享有合法的权利。"

"什么妻子?是奴隶,还不是像我现在这样当个十足的奴隶?"安娜闷闷不乐地打断陶丽的话说。

"主要的是他希望……希望你不再受苦。"

"这是办不到的!还有呢?"

"还有,最合情合理的是,他希望你们的孩子都有个合法的姓。"

"什么孩子啊?"安娜眼睛不看陶丽,皱起眉头说。

"安妮和未来的孩子……"

"这一点他可以放心,我不会再有孩子了。"

"你凭什么说不会再有了?……"

"不会有了,因为我不要了。"

安娜虽然很激动,但发现陶丽脸上现出好奇、惊讶和恐惧的神色,不禁扑哧一声笑了。

"上次病后医生对我说的……"

"不可能的!"陶丽睁大眼睛说。对她来说,这是一个十分重大的发现,最初一刹那,她只觉得无法完全领会,需要再三想想。

这个发现一下子向她解释了她以前弄不懂的一件事,就是为什么有的家庭只生一两个孩子。这个发现还引起她许多思想、感触和感情上的矛盾,弄得她一句话也说不出,只是惊讶地睁大眼睛望着安娜。这正是她今天一路上所幻想的事,如今一知道这是可能的,她又感到害怕了。她觉得这个复杂的问题解决得太方便了。

"这样是不是不道德呢?"她沉默了一阵儿,用法语问。

"怎么会呢?你要知道,我只能在两条路中挑选一条:或者怀孕,也就是害病,或者做我丈夫——事实上他等于丈夫——做我丈夫的朋友和伴侣。"安娜故意用一种轻浮的语气说。

"对呀,对呀!"陶丽说,听着她自己原来用过的论证,但觉得已经不像以前那样有说服力了。

"对你,对别人来说,"安娜说,仿佛猜度着她的思想,"也许还有怀疑,可是对我来说……你要知道,我不是他的妻子,他高兴爱我多久,就爱我多久。这样,叫我怎样来维持他的爱情呢?就用这个吗?"

她伸出一双雪白的手臂,在肚子前面围成半圆形。

种种想法和回忆,像平日心情激动时那样,一下子涌上陶丽的心头。"我总是不能把斯基华吸引住,"她想,"他抛下我去追求别的女人,但他为她而第一次对我变心的那个女人,虽然长得又漂亮又活泼,也没能长期迷住他。他把她抛弃了,又搞上另一个。难道安娜真能凭色相把伏伦斯基伯爵一直迷住吗?如果他追求的就是这个,那他总有一天会找到打扮得更漂亮、风度更迷人的女人的。不管她那双光着的手臂多白多美,她那丰满的身段多么好看,她那衬托着乌黑头发的红润脸蛋多么标致,他也会找到更美的女人,就像我那个又可恶又可怜又可爱的丈夫那样。"

陶丽什么也没有回答,只是叹了一口气。安娜发觉这种叹息是表示不同意,就又说下去。她心里还有不少论证,而且有力得叫人无从反驳。

"你说这样做不好吗?可是得仔细想想,"安娜继续说。"你忘记我的处境了。我怎么能希望再有孩子呢?倒不是说痛苦,痛苦我不怕。请你想想,我的孩子将成为什么样的人呢?将成为用别人姓的不幸孩子。就因为他们的身份,他们不得不在父母和出生这些问题上蒙受耻辱。"

"就因为这个缘故,你们必须离婚。"

但是安娜没有听她。她很想把那几次三番说服自己的论点说完。

"如果我不运用我的智慧,少生几个不幸的人,那上帝何必赋予我智慧呢?"

她对陶丽望了望,但不等回答又说下去。

"面对这样一些不幸的孩子,我将永远觉得有罪,"她说。"如果没有他们,也就不会有他们的不幸;他们如果不幸,那都是我一个人的罪过。"

其实这也就是陶丽自己用过的论点,可是这会儿她听着,却不懂是什么意思。"怎么会在不存在的人面前觉得罪过呢?"她想。她心里突然产生一个问题:如果她的爱儿格里沙根本不存在,那还谈得上什么对他好不好呢?她觉得这问题实在太荒唐太怪诞了,就摇摇头,想把这叫人头晕目眩的狂想驱除掉。

"不,我不知道,但这样可不好。"陶丽脸上露出厌恶的神色,只说了这样一句。

"是的,但是你不要忘记,你是什么人,我是什么人……再有,"安娜添加说,似乎承认这样做是不好的,尽管她的论点理由充足,陶丽的论点却显得理由不足,"主要的是你不要忘记,我现在的处境同你不一样。你的问题是:你是不是希望不再有孩子;可我的问题是:我是不希望有孩子。这是很大的差别。你要明白,就我的处境来说,不能存这样的希望。"

陶丽没有反驳。她忽然觉得,她同安娜之间的距离是那么遥远,对有些问题的看法永远不会统一,还是不谈的好。

24

"这样就更需要解决你的处境问题了,要是可能的话。"陶丽说。

"是的,要是可能的话。"安娜突然改用一种温和而悲伤的语气说。

"难道就不能离婚吗?听说你丈夫已经同意了。"

"陶丽!我不愿意谈这事。"

"好,不谈就不谈吧!"陶丽发现安娜脸上痛苦的神色,慌忙说。"我只觉得你看事情太悲观了。"

"我?一点儿也不。我很高兴,也很满足。你也看到,还有人在追求我呢,维斯洛夫斯基……"

"是啊,说句实话,我可不喜欢维斯洛夫斯基的腔调。"陶丽想改变话题,这样说。

"哼,一点儿也不!这只会使阿历克赛感到有趣罢了。其实他还是个孩子,完全掌握在我手里。老实说,我可以随意摆布他。他等于你的格里沙……陶丽!"她突然改变话题,"你说我看事情悲观。你不理解。这事实在太可怕了。我尽量不去想它。"

"但我认为你必须处理。必须尽一切力量去处理。"

"可是我能做什么呢?什么也不能。你说我应该同阿历克赛结婚,你说我不考虑这问题。我不考虑这问题!!"安娜重复说,脸涨得通红。她站起身来,挺起胸脯。长叹一声,迈开轻盈的步子在屋里走来走去,偶尔停一下。"我不考虑吗?我没有一天,没有一小时不在考虑,不在责备自己考虑个不停……因为这样想个不停会叫人发疯的,会叫人发疯的!"她反复说。"我一想到这问题,不吃吗啡就睡不着觉。好吧,让我们平心静气地谈一谈吧。人家都要我离婚。第一,他不肯答应。现在李迪雅伯爵夫人把他控制住了。"

陶丽挺直身子坐在椅子上,脸上露出痛苦的同情神色,转动脑袋注视着来回踱步的安娜。

"应该试一试。"陶丽低声说。

"就算我去试一试。可这意味着什么呢?"安娜说出了反复想过千百遍、背都背得出来的心事。"这意味着我虽然恨他,却不得不在他面前低头认错,我只好承认他宽宏大量,低声下气地写信给他……好吧,就算我努力去办,去把它办了。我也许会得到一个侮辱性的答复,也许会取得他的同意。好吧,就算我取得了他的同意……"安娜这时已走到屋子的另一头,站在那里摆弄着窗帘。"我取得了同意,可是儿……儿子呢?要知道他们是不肯把他给我的。要知道他将在被我抛弃的父亲家里长大,他将来会看不起我。你要明白,他们两个,谢辽查和阿历克赛,我可以说是一样爱,都超过爱我自己。"

她走到屋子中央,两手紧抱住胸膛,站在陶丽面前。她穿着雪白的晨衣,显得格外高大健美。她低下头,皱着眉,用泪光闪闪的眼睛,望着那激动得浑身哆嗦、穿着打过补丁的短袄、戴着睡帽的瘦小可怜的陶丽。

"世界上我只爱这两个人,可是他们互相排斥。我不能把他们两个联结在一起。可是把他们联结在一起却是我唯一的愿望。这一点要是办不到,一切也就都无所谓了。一切,一切都无所谓了。反正随便怎样总会了结的,就因为这个缘故我不能也不喜欢谈这件事。你也不要责备我,不要非难我。你太单纯了,不可能了解我的全部痛苦。"

安娜走过去,坐在陶丽身边,负疚地凝视着她的脸,拉住她的手。

"你有什么想法?你对我有什么想法?你不要歧视我。我不应该被歧视。我这人就是不幸。如果天下真有不幸的人,那就是我。"安娜说着扭过头去,哭了。

等剩下陶丽一个人,她做了祷告,躺到床上。刚才安娜同她说话,她满心可怜她,但这会儿她却不再想她了。对家庭和孩子的思念,特别迷人、特别鲜明地在她心头翻腾。这会儿,她觉得她的小天地是那么宝贵那么可爱,她在外面简直一天也待不下去了,她决定明天回家。

就在这时候,安娜回到自己房里,拿起一只酒杯,倒了几滴吗啡,喝了下去,木然不动地坐了一会儿,带着平静而愉快的心情走进卧室。

她走进卧室,伏伦斯基仔细对她瞧瞧。他知道她在陶丽房里待了这么久,她们一定谈过话了,他就在安娜脸上找寻谈话的痕迹。但从她那激动而又抑制的隐瞒着什么事的脸色上,他什么也看不出来,只看到那虽然已经见惯但仍使他销魂的美,她对自己美的矜持,以及想使他动心的愿望。他不愿向她打听她们谈了些什么,但希望她自动说出些什么来。可是她只说:

"你喜欢陶丽,我很高兴。你喜欢她,是吗?"

"其实我早就认识她了。我看她这人很善良,但有点庸俗。不过她来了,我还是很高兴。"

他捉住安娜的手,询问似的对她的眼睛望了望。

安娜把他的眼色理解成别的意思,向他嫣然一笑。

第二天早晨,不顾两位主人再三的挽留,陶丽还是要回去。列文的车夫穿着他那件旧外套,戴着类似驿站马车夫戴的制帽,驾着一辆由几匹拼凑起来的杂色马拖拉的挡泥板补过的老爷马车,神色阴郁,断然地把车驶到铺满沙砾的大门口。

同华尔华拉公爵小姐和那些男人告辞,陶丽觉得不痛快。待了一天,她也好,主人们也好,都觉得他们合不来,还不如不见面的好。只有安娜一人觉得伤心。她知道,陶丽一走,就再不会有人来触动她那潜藏在心底、因这次见面而翻腾起来的感情。触动这种感情很痛苦,但她知道这是她心灵中最美好的部分,它将很快在她的现实生活中泯灭。

陶丽乘马车来到田野上,顿时感到神清气爽。她刚想问问仆人,他们喜不喜欢伏伦斯基家,车夫菲利浦却出其不意地说:

"有钱人就是有钱人,但他们只给了我们三斗燕麦。天没亮就被马吃得精光。三斗燕麦顶什么用?只能当顿点心吃。如今燕麦也不过四十五戈比一斗。要是到我们家做客,要吃多少,就给多少。"

"他家老爷太小气。"账房附和说。

"那么,你喜欢他们的马吗?"陶丽问。

"马吗,没话说的。伙食也挺好。可是我觉得怪气闷的,达丽雅·阿历山德罗夫娜,我不知道您觉得怎样。"账房转过漂亮而和善的脸,对陶丽说。

"我也有这样的感觉。怎么样,傍晚到得了家吗?"

"准能到。"

陶丽回到家里,大家平安无事,特别亲切,就兴致勃勃地给家里人讲了这次旅行的经过,他们怎样热情接待她,伏伦斯基家的生活多么阔绰,格调多么高雅,讲到他们怎样消遣,并且不让谁说他们半句坏话。

"你应该多了解安娜和伏伦斯基——我现在对他们比较了解了——才能知道他们为人多么可爱,多么叫人感动!"陶丽十分恳切地说,把她在那里感觉到的不满和局促忘记得干干净净。

25

伏伦斯基和安娜还是没有想出任何解决安娜离婚问题的办法,他们就这样在乡下过了一个夏天和部分秋天。他们决定哪儿也不去，但两人离群索居得越久，特别是秋天没有客人来，就越觉得这样的日子不好过，非改变一下不可。

乍一看来，他们的日子似乎不能更美满了：有足够的财产，有健康的身体，有孩子，各人都有自己的活动。没有客人来，安娜照样修饰打扮，还阅读大量图书，都是风行一时的小说和论著。凡是外国报刊推荐过的书籍她都订购，并像单身读书时那样聚精会神地阅读着。此外，她还通过书籍和专业刊物研究伏伦斯基所从事的各项事业，因此伏伦斯基常常就农业、建筑，甚至养马、运动等方面的问题向她请教。伏伦斯基对她的知识和记忆力感到惊讶，开头还不很相信她，要她提出证据。于是她就从书本里找出他需要的地方，指给他看。

她对医院的建设也很感兴趣，不仅帮了许多忙，而且亲自作了安排，出了点子。不过，她最关心的毕竟还是她自己，关心怎样博得伏伦斯基的欢心，怎样补偿伏伦斯基为她牺牲的一切。她生活的唯一目的就是不仅讨他欢心，而且曲意奉承他。伏伦斯基对此很欣赏。不过，他对她竭力用情网来束缚他，又感到苦恼。日子一天天过去，他越来越清楚地看到自己被这情网所束缚，越来越想——倒不一定要挣脱——试试，看它究竟是不是妨碍他的自由。要不是这种日益增长的获得自由的愿望，要不是每次到城里开会或赛马都要发生一场争吵，伏伦斯基对自己的生活真可以说是称心如意了。他现在的身份——构成俄国贵族核心的富裕大地主的身分——不仅完全符合他的愿望，而且在过了半年这样的生活以后，给他带来的乐趣也越来越大。他为事业耗费的精力和时间越来越多，事业也发展得越好。尽管医院、农业机器和从瑞士订购来的奶牛和其他许多东西花费了大量资金，但是他相信并没有浪费,而且增加了他的财富。凡是事关他的收入的,不论出卖森林、粮食或者羊毛,或者出租土地,伏伦斯基总是铁面无情,咬定价钱不放。不论在哪个田庄,凡是遇到数目较大的业务,他总是采用最稳当可靠的办法,即使遇到进出不大的经济问题,他也精打细算。那个德国管家诡计多端,引诱他买进什么,或者在制订预算时耍弄手法,先把数字定得很高,然后又说经过一番考虑可以低价买进,这样立刻就有利可图,但是伏伦斯基从不轻易听从他。只有遇到订购或者建设的东西是最新式的,在俄国还闻所未闻,可以引起轰动的,他才听从那管家的话,同他商量洽购。除此以外,只有当他手头有余款的时候,他才肯大笔支出,而在支付时更是精打细算,竭力做到一本万利。因此从他经营业务上可以清楚地看出,他没有浪费而是增加了财产。

10月里,卡辛省举行贵族大选。伏伦斯基、史维亚日斯基、柯兹尼雪夫、奥勃朗斯基的田庄和列文的一小部分产业就在这个省里。

这次选举由于种种原因和参加的人物,引起社会上的注意。大家议论纷纷,积极筹备。莫斯科、彼得堡和国外的侨民,以前从没参加过选举,这次也都聚集到这里。

伏伦斯基早就答应史维亚日斯基去参加了。

大选以前,常来伏兹德维任斯克的史维亚日斯基顺路跑来邀请伏伦斯基。

前一天,为了这次预定的旅行,伏伦斯基和安娜几乎发生争吵。现在是秋季,正是乡下最寂寞无聊的时节,伏伦斯基思想上做好准备,要同安娜争吵一次,就板着脸,冷冷地——这是从来没有过的——向她宣布要出门了。但是,使他感到惊奇的是,安娜听到这消息竟若无其事,只问他什么时候回来。他仔细对她打量了一下,弄不懂她怎么能这样泰然自若。她看到他的注视,微微一笑。伏伦斯基知道她有不动声色的本领,还知道只有当她暗地决定什么事却不告诉他时才会这样。他有点担心,但他很想避免纠纷,就装出一副深信不疑的神气(其实他多少也有点相信),相信她是通情达理的。

"我想你不至于感到寂寞吧?"

"我想不至于,"安娜说。"我昨天收到戈缔耶书店①寄来的一箱书。不,我不会感到寂寞的。"

"她想装得毫不在乎,这样也好,"伏伦斯基想,"要不然又会来那一套。"

他没有要她坦白她的心事,就去参加选举。他没有同她说个明白就同她分手了,这在他们同居以来还是第一次。这一方面使他感到不安,另一方面又使他觉得这样倒更好些。"开头这样有点别扭,但以后她会习惯的。总之,我什么都可以为她牺牲,就是不能牺牲我男子汉的独立性。"他心里这样想。

26

9月间,列文为了准备吉娣生孩子搬到莫斯科去住。当柯兹尼雪夫——他在卡辛省拥有田产,很关心当前的选举——动身去参加选举时,列文在莫斯科已经闲居整整一个月了。柯兹尼雪夫邀请弟弟一起去,而列文在谢列兹聂夫斯克县是享有选举权的。此外,列文还要在卡

---

① 当时开设在莫斯科的一家法国书店。

辛省替侨居国外的姐姐办理一件有关托管和收取土地押金的要事。

列文一直犹豫不决,但吉娣看到他在莫斯科无聊,就劝他去,并且替他定制了一套价值八十卢布的贵族礼服。这笔定制礼服的八十卢布是促使列文决心去的主要原因。他就这样到卡辛去了。

列文来到卡辛已经六天了,天天出席会议,为姐姐的事到处奔走,但毫无结果。贵族领袖们都忙于选举,弄得一件同托管有关的普通事也无法解决。另外一件事——收取土地押金,同样遇到了困难。在经过一番奔走后,禁令取消了,押金准备付了,可是那位热心的公证人却不能签发支票,因为需要会长的签名,而会长正忙于开会,又没有指定人代理公务。这样东奔西走,同那些完全理解申请人的苦恼却又爱莫能助的好心人谈话,眼看各种麻烦事都是白费力气,毫无结果,列文觉得十分痛苦,好像一个人在噩梦中挣扎,却不能动弹一样。他同那位心地善良的律师谈话,就有这样的感觉。这位律师看来已经绞尽脑汁,竭尽所能,想帮助列文解决困难。"嗯,您这样试试,"他说过不止一次,"到某某地方去一次。"律师说着制订了一整套计划,怎样避开碍事的主要阻力。但他立刻又补充说:"恐怕还有困难,但不妨一试。"于是列文就去试了,又是四处奔走。遇到的人个个和蔼可亲,可是避开的阻力最后又冒了出来,又妨碍了事情的解决。特别使人恼火的是,列文怎么也不明白他在同谁冲突,他的事情迟迟不得解决究竟对谁有利。这一点看来谁也说不出,就连那律师也不知道。火车站买票必须排队,列文要是懂得这原因,他也就不会觉得委屈和恼火了。同样,他在事务上遇到障碍,也没有一个人能向他说明原因。

不过,列文结婚以后人变了很多,他变得耐心了。每逢他不明白事情的原因时,就对自己说,不了解情况不要随便判断,大概非这样不可,就竭力忍耐着不生气。

现在，他出席会议，参加选举，也尽可能不指摘人家，不同人家争论，对他所尊敬的正直善良的人认真做着的工作，总是竭力去理解。结婚以后，列文发现许多重要的新事物，那些事物他以前由于轻率而不加重视，忽略了。对选举这件事，他现在也很重视，并且探究它的重大意义。

柯兹尼雪夫向他解释，通过这次选举将引起的变革的重大意义。省首席贵族按照法律规定掌管许多重要公务：又是负责托管机关（列文现在就由于这种机关在受罪），又是保管贵族的大量基金，又是主持男女中学和军事学校，又是负责新式国民教育，最后还有地方自治会。现在的省首席贵族斯涅特科夫是个老派贵族，挥霍光了巨额家产，为人正直，心地善良，但是对新时代的要求一窍不通。他处处站在贵族立场，公然反对普及国民教育，并且使应该具有广泛代表性的地方自治会受阶级的局限。因此，必须选举一位具有现代思想、精明能干的新人来代替他，以便凭贵族（不是作为贵族，而是作为地方自治会的成员）的特权充分发挥对自治有利的作用。在这事事领先的富饶的卡辛省，如今集中了一大批优秀人士。这里的事情办得好，就可以成为其他各省和全国的典范。因此，这次选举具有重大的意义。代替斯涅特科夫当首席贵族的，已提出的候选人是史维亚日斯基，或者更恰当一些，聂维多夫斯基。聂维多夫斯基是位退休教授，绝顶聪明，也是柯兹尼雪夫的好朋友。

选举大会由省长致开幕词，他在讲话中对贵族们说，选举公职人员不能讲情面，应该以功绩和造福祖国为出发点。他希望卡辛省尊贵的贵族像历届选举一样，神圣地执行自己的义务，以不负君主的愿望。

省长讲完话就离开会场。贵族们闹哄哄地、生气勃勃地、甚至欢天喜地跟着他走出去。当他穿上外套、同首席贵族亲切交谈的时候,大家又把他团团围住。列文想知道细节,什么事也不愿放过,因此也站在人群里。他听见省长说:"请您转告玛丽雅·伊凡诺夫娜,很抱歉,我妻子不能来,她到孤儿院去了。"接着贵族们快快活活地接过各人的外套,坐车到大教堂去了。

在大教堂里,列文和大家一起举起手来,跟着大祭司念祷词,庄严地宣誓,愿意执行省长的一切要求。宗教仪式对列文总是影响很大,他嘴里说着"我吻十字架",眼睛扫视说着同样话的老老少少,心里十分感动。

第二天和第三天讨论贵族基金和女子中学的问题,这些事正像柯兹尼雪夫说的,无关紧要。列文就四出奔走,去处理私事,没注意那些事。第四天,在省会上公开审查本省的基金。新旧两派第一次正式发生冲突。负责审查账目的委员会向大会报告,账目分毫不差。首席贵族站起身来,感谢贵族们对他的信任,激动得流泪。贵族们向他高声欢呼,一个个同他握手。但这时候,柯兹尼雪夫一派里有个贵族说,他听说委员会并没有查过账,他们认为查账是对首席贵族的侮辱。委员会里有个成员鲁莽地证实了这一点。然后,一个个儿矮小、样子年轻、说话尖刻的绅士站起来说,首席贵族本来很愿意报告账目,说明公款用途,可是由于委员会过分客气,使他无法如愿。于是委员会就收回了这个报告。柯兹尼雪夫开始条理清楚地论述,他们要么宣布查过账目,要么承认没有查过账目,并且详细说明这种二者必居其一的论点。反对派中一个口若悬河的人反驳了柯兹尼雪夫。接着史维亚日斯基发言,然后又是那个说话尖刻的绅士发表意见。辩论进行了好久,但毫无结

果。列文感到惊奇的是,这事他们竟能辩论这许多工夫,特别是当他问柯兹尼雪夫,他是不是认为公款被盗用了,柯兹尼雪夫回答说:

"嗳,不!他是一个规矩人。不过,这种管理贵族事务的家长作风必须改变。"

第五天选举各县的首席贵族。这天在有几个县里特别热闹。在谢列兹涅夫斯克县,史维亚日斯基经全体一致同意当选为县首席代表。当天晚上在他家里大摆酒席庆祝。

27

第六天开始选举省首席贵族。大大小小的厅堂挤满身穿各种制服的贵族。有许多人是为了这天的选举特地赶来的。久未晤面的熟人,有的从克里米亚,有的从彼得堡,有的从国外来到这里,大家欢聚一堂。首席贵族的桌子上方挂着沙皇像,人们围着桌子进行热烈的讨论。

在大小厅堂里,贵族们三五成群,从他们含有敌意和猜疑的目光中,从外人走近时就停止谈话,以及其中有些人甚至避到走廊远处去交头接耳这些迹象上可以看出,每一方都有不可告人的秘密。表面上看来,贵族分成两派,老派和新派。老派多半穿着老式的紧身贵族服,佩着长剑,戴着礼帽,或者按照各人的身份穿着海军、骑兵、步兵等军服。老派贵族的制服式样很老,带有高耸的肩章,衣服又短又小,肩膀很窄,仿佛穿的人身子长得高大了。新派穿着低腰身、阔肩膀的宽大贵族制服,里面衬着白背心,或者穿着黑领子的有桂叶标志的司法官制服。穿宫廷制服的也属于新派,在人群中很显眼。

不过,年龄上老与少的区别并不完全符合政治上的派别。据列文观察,有些年轻人属于老派;反过来,有些年纪很老的贵族却在同史维亚日斯基低声说话,显然是热烈赞同新派的。

在吸烟和小吃的小厅里,列文站在朋友们旁边,倾听他们的谈话。他全神贯注,但还是听不懂他们在谈些什么。柯兹尼雪夫是他们一堆人的中心人物。这会儿,他在听史维亚日斯基同赫留斯托夫谈话。赫留斯托夫是另一个县的首席贵族,也属于他们一派。他不同意他一县的人去要求斯涅特科夫当候选人,但史维亚日斯基在劝他这么办,柯兹尼雪夫也赞成这个计划。列文不明白为什么他们要让一个希望他落选的反对派首席贵族再当候选人。

奥勃朗斯基穿着宫廷侍从制服,刚吃过点心,喝过酒,用洒过香水的镶边麻纱手帕擦着嘴,走过来。

"我们摆开阵势了,"他抚平络腮胡子说,"谢尔盖·伊凡诺维奇!"

奥勃朗斯基听他们谈话,支持史维亚日斯基的意见。

"一个县就够了,史维亚日斯基分明已成了反对派。"奥勃朗斯基这样说,除了列文,大家都懂得他的意思。

"啊,列文,看来你也懂得个中奥妙了,是吗?"他转身对列文说,同时挽住他的手臂。列文也很愿意懂得其中奥妙,可是他不明白究竟是怎么一回事。他稍稍离开人群,告诉奥勃朗斯基,他弄不懂为什么要请首席贵族再当候选人。

"嘿,你太天真了!"①奥勃朗斯基用拉丁语说,接着就扼要地对列文作了一番解释。

---

① 原文为拉丁语。

如果像历届选举那样,所有的县都提名省首席贵族当候选人,那么他不用选举就可以当选。这样可不行。现在有八个县同意提名,但要是有两个县反对,那么斯涅特科夫就可以拒绝当候选人。这样老派就可能推选别人,他们的计划就会完全落空。但要是只有史维亚日斯基的一个县提名,斯涅特科夫就可以当候选人。他们甚至还要选举他,设法使他增加票数,这样就把反对派的计划打乱。当人家提出我们一派的候选人时,他们就会投他的票。

列文有点懂了,但还没有完全清楚。他正想再提几个问题,突然大家都说起话来,闹哄哄地向大厅走去。

"什么?什么?谁呀?""委托书吗?委托谁?什么?""被否决了?""没有委托书。""不让弗列罗夫进来。""受到审判有什么关系?""这样谁也不让进去了。这太卑鄙了。""遵守法律嘛!"列文听见四面八方传来的叫声,他跟着慌慌张张唯恐错过什么的人群向大厅挤去。他夹在贵族中间,走近首席贵族的桌子。首席贵族、史维亚日斯基和其他领袖正在那边起劲地争论着什么。

28

列文站得相当远。他旁边有一位贵族呼噜呼噜地拼命喘气,另一位贵族穿着厚底皮靴,发出咔嚓咔嚓的声音,弄得他听不清楚。他只远远地听见首席贵族的温柔声音,接着是那个说话尖刻的贵族的尖细声音,然后是史维亚日斯基的声音。他从听得懂的话中听出,他们正在争论对一条法律的解释,以及对"在侦讯中"这个术语的理解。

人群散开来,让柯兹尼雪夫走到桌子旁边。柯兹尼雪夫等那个说话尖刻的贵族讲完就说,他认为最可靠的办法是查一查法律条文,并请书记把那一条找出来。原来法律条文规定,遇到意见分歧,必须投票表决。

柯兹尼雪夫念了一下法律条文,开始解释它的含义,但这当儿一个个儿高大、背有点驼、小胡子染过色的地主,穿着一身高领子夹住后颈的狭窄礼服,打断了他的话。他走到桌子旁,用手上戴着的戒指敲敲桌子,大声叫道:

"投票!投票表决!不必多费口舌!投票表决!"

这时,突然有几个人同时说起话来。戴戒指的高个子贵族火气越来越大,叫得越来越响,但听不出在叫些什么。

他说的其实就是柯兹尼雪夫所建议的;不过,他显然很恨柯兹尼雪夫和他的一派,这种愤恨情绪影响了他一派的人,这样也就引起了对方的反击,虽然这种情绪表现得比较温和。大家叫嚷起来,霎时间乱成一团,省首席贵族不得不要求大家遵守秩序。

"投票表决,投票表决!凡是贵族都会明白的。我们流血牺牲……皇上信任的……不准审查首席贵族,他又不是伙计……问题不在这里……让我们投票表决!真卑鄙!……"四面八方传出愤怒粗暴的呐喊声。每个人的眼神和脸色都比声音更愤怒粗暴。大家都现出不共戴天的仇恨。列文看到大家的情绪为弗列罗夫的问题要不要表决而这样激动,感到惊讶,弄不懂是怎么一回事。他忘记了柯兹尼雪夫后来向他解释的三段论法:为了公共福利,必须撤换省首席贵族;要撤换省首席贵族,必须获得多数票;为了获得多数票,必须让弗列罗夫有选举权;为了使弗列罗夫取得选举权,必须解释法律条文。

"一票就可以决定全局,因此如果真愿为公共事业着想,必须严肃认真,贯彻始终。"柯兹尼雪夫这样归结说。

但是列文忘记了这一点。看到这些他所尊敬的好人情绪这样愤激,他觉得很难过。为了摆脱这种痛苦的心情,他不等辩论结束就来到大厅。那里除了茶座旁边有几个茶房外,不见一个人影子。列文看见茶房正忙着擦餐具,摆盘子和酒杯,看见他们镇定自若而生气勃勃的脸,顿时觉得神清气爽,仿佛从一个乌烟瘴气的屋子里来到空气清新的地方。他高兴地走来走去,望着这些茶房。他特别高兴的是看到一个留灰白络腮胡子的茶房,对那些正在取笑他的年轻人露出鄙夷不屑的神气,同时教他们怎样折叠餐巾。列文刚要同老茶房攀谈攀谈,贵族托管委员会秘书,一个具有熟悉全省贵族姓名和父名特长的小老头,叫他过去。

"康斯坦京·德米特里奇,请过来!"小老头对他说,"令兄正在找您。要投票了。"

列文走进大厅,领到一个白球,就跟着哥哥柯兹尼雪夫走到主席台旁边。史维亚日斯基摆出煞有介事而又含嘲带讽的神气站在那里,把大胡子握在拳头里嗅着。柯兹尼雪夫把手伸向投票箱,把一个白球投进去。他站在一旁,给列文让出地位。列文走了过去,但是惊惶失措,问柯兹尼雪夫说:"往哪儿投?"他悄悄地问。当时旁边正好有人在说话,他希望没有人会听见他的问题。但是,谈话的人住口了,大家都听见了他这个可笑的问题。柯兹尼雪夫皱起眉头。

"这要看各人的信仰了。"他严厉地说。

有几个人笑了。列文涨红了脸,慌忙把手伸到票箱罩布下,投在右边,因为那球在他的右手。等投好了票,他才记起左手也应该伸进去,又连忙伸进去,但已经晚了,这样就更加窘态毕露,他慌忙往后排走去。

"赞成的一百二十六票!反对的九十八票!"口齿不清的秘书喊道。接着传出一阵笑声:票箱里发现一个纽扣,两个核桃。弗列罗夫获得了选举权,新派胜利了。

但老派并不服输。列文听见有人要求斯涅特科夫当候选人,并且看见一群贵族围住这位正在说话的首席贵族。列文走近去。斯涅特科夫在回答贵族们的话时,说到贵族对他的信任,说到他们对他的爱戴使他受之有愧,他虽为贵族服务了十二年,但这是他的本分。他几次三番重复说:"我尽心尽力,效忠君王,承蒙各位信任,感激不尽!"他突然被眼泪哽住,说不下去,就离开会场。他的眼泪不知是由于想到他所受的委屈,还是由于对贵族的满腔热情,或者是由于他所处的四面楚歌的困境,但这种激动情绪影响了大家,多数贵族都很感动。列文对斯涅特科夫也发生了同情。

省首席贵族在门口同列文撞了个满怀。

"对不起!请您原谅!"他像对陌生人那样说,但一认出是列文,便怯生生地微微笑了一笑。列文觉得他想说些什么,但由于激动而说不出来。当他匆匆走过时,他脸上的神色以及穿着制服和镶金边白裤、挂着十字勋章的姿态,使列文觉得他好像一头被逼得走投无路的野兽,意识到大难临头了。他脸上的神色使列文特别感动,因为昨天刚为托管的事到他家里去过,看到他是一个相貌堂堂、和蔼可亲的人。一座摆设着古色古香旧家具的大房子;几个衣冠不讲究而且有点肮脏的毕恭毕敬的老仆人——显然是留在主人家里的农奴;他那位和蔼的胖太太,头戴一顶有花边的睡帽,身披一块土耳其式大披肩,正在抚爱她的小外孙女;他那个在念六年级的儿子,刚放学回家,吻了吻父亲的大手,向他致敬;主人威严而又亲切的语言和手势——这一切昨天都使列文肃然起敬,产生好感。这会儿,列文很怜悯和同情这位老人,很想安慰他几句。

"看来您还是我们的首席贵族。"他说。

"未必见得,"老头儿怯生生地环顾了一下,说。"我累了,老了。有人比我合适,比我年轻,让他们担任吧。"

首席贵族说完就往边门走去。

最庄严的时刻到了。马上要开始正式选举。这派和那派领袖都在掐着指头估计白球和黑球的数目。

辩论弗列罗夫选举资格的问题,不仅使新派获得了弗列罗夫的一票,而且使他们赢得时间,争取三个由于老派的阴谋而不能参加选举的贵族前来投票。两个贵族嗜酒成癖,被斯涅特科夫的党羽灌醉了;另外一个贵族的制服不翼而飞了。

新派得知这个情况,就趁辩论弗列罗夫资格问题的机会,派人乘马车给那个贵族送去一套制服,又把两个灌醉的人中的一个接来投票。

"一个接了来,用冷水把他冲醒了,"那个乘车去接的地主走到史维亚日斯基跟前说。"不要紧,能顶用。"

"醉得不太厉害吧,不会倒下吧?"史维亚日斯基摇摇头说。

"不要紧,他行的。只要不再给他喝酒就是了……我对茶房领班说过,说什么也不要再让他喝了。"

29

在供吸烟和小吃的小厅里挤满了贵族。大家的情绪越来越激动,每个人的脸色都显得焦虑不安。情绪特别激动的是两派贵族的领袖,他们知道全部底细,算得出票数。他们是一场将要展开的战斗的指挥官。其余的人就像交战前的士兵,做好了战斗准备,但此刻还在寻欢作乐。有些站着或者坐在桌旁吃点心;有些在狭长的屋子里来回踱步,一面吸烟,一面同久未晤面的朋友谈话。

列文不想吃东西,也不吸烟。他不愿加入自己人的一伙,也就是柯兹尼雪夫、奥勃朗斯基、史维亚日斯基等人的一伙,因为身穿宫廷武官制服的伏伦斯基正在兴致勃勃地同他们谈话。列文昨天在选举大会上看到他,就竭力避开他,不愿同他见面。列文走到窗口坐下,打量着周围的人群,听听他们在谈些什么,他觉得非常伤心,因为看到周围人人生气勃勃,奔走忙碌,只有他一人同旁边坐着的那个身穿海军服、没有牙齿、喃喃地说个不停的老头,对选举漠不关心,无事可做。

"他是个十足的骗子手!我对他说过,那样不行。可不是!他收了三年都收不齐。"一个个儿不高、背有点驼的地主,搽过油的头发耷拉在制服的绣花领子上,他使劲踩响那双因为参加选举才穿的新皮靴后跟,精神抖擞地说。他不满地向列文瞥了一眼,猛地转过身去。

"是的,这事可不体面,没话说的。"小个儿地主声音尖细地说。

一大群地主簇拥着一个胖将军,紧跟着他们,匆匆地走近列文。地主们显然在找寻一个人家听不到的地方谈话。

"他居然敢说是我指使人偷了他的裤子!我看他是把裤子当掉买酒喝了。我才不管他什么公爵不公爵呢!他不该说这话,这个猪!"

"对不起,听我说!他们有条文作根据,"另外一伙中有人说,"太太应该登记成为贵族家属。"

"我他妈的才不管什么条文不条文!我说的是心里话。高尚的贵族就应该这样。要有信心。"

"阁下,来吧,喝一杯好香槟。"

再有一群人紧跟着一个大声叫嚷的贵族:他是三个被灌醉的人中的一个。

"我总是劝玛丽雅·谢苗诺夫娜把地租出去,因为不租出去没有好处。"一个留灰白小胡子、穿旧参谋部上校军服的地主声音悦耳地说。这就是列文在史维亚日斯基家遇见的那个地主。列文立刻认出了他。那地主也打量了一下列文。他们相互问好。

"看到你真高兴,可不是!我记得很清楚。去年在首席贵族尼古拉·伊凡诺维奇家里见到过您。"

"那么您的农庄弄得怎么样了?"列文问。

"还是那个样子,总是亏本。"那地主露出听天由命的苦笑和无可奈何的冷静神气回答,在列文旁边站住。"那您怎么会到我们省里来的?"他问,"来参加我们这里的政变吗?"他用咬音不准的法语着重说了"政变"两个字。"俄国文武百官都集中在这里了:又是宫廷侍从,又是各部大臣。"他指指身穿白裤和宫廷侍从服、仪表堂堂的奥勃朗斯基说。

"不瞒您说,我很不了解贵族选举的意义。"列文说。

那个地主对他望了望。

"这有什么好了解的?没有丝毫意义。这是一种没落的制度,完全靠惯性活动。您只要看看这些制服就明白了:都是些调解法官,终身官僚,以及诸如此类的人,可就是没有贵族。"

"那您何必来呢?"列文问。

"按照习惯,这是一。再有,关系还得维持。而且也有道义上的责任。再有,说句实话,也有个人的利害关系。我女婿想弄个终身官职。他们没有钱,得提拔提拔他们。可是这些老爷跑来做什么呢?"他指指那个在主席台上发过言的说话尖刻的绅士说。

"他是新一代贵族。"

"新是新的,但不是贵族。他们是地主,我们可是乡绅。他们这些贵族在自取灭亡。"

"您不是说这是一种没落的制度吗?"

"没落尽管没落,但对他们还得客客气气。就拿斯涅特科夫来说吧……好也罢,歹也罢,我们毕竟有一千年历史了。譬如说,我们要在房子前面造个花园,要设计一下,可是这地方长着一棵百年老树……它尽管长得节节疤疤,老态龙钟,但我们可不会因为造花坛而把老树砍掉,我们将利用这棵树重新布置花坛。树不是一年长得起来的,"那个地主小心翼翼地说,接着立刻改变话题。"您的农场弄得怎么样了?"

"不好。只有五厘利润。"

"是的,但您还没有把您的劳动算进去。您的劳动不是也得花代价吗?就拿我来说吧。我在没有搞农场以前,每年有三千卢布官俸。如今我干得比当差还卖力,可是像您一样也只有五厘利润,而且还算走运呢。我自己的劳动还不算在里面。"

"既然是纯粹亏本的买卖,您何必还要干呢?"

"就这样干下去!您说有什么办法?习惯了,不得不这样。我还要对您说,"那个地主臂肘搁在窗口,滔滔不绝地说下去,"我儿子对农业毫无兴趣。看来他要做个有学问的人。这样,我的事业就没有人继续了。可我还是照样干。最近我又办了个果园。"

"是的,是的!"列文说,"您说得很对。我总觉得搞农场没有实利,可我还是照样干……总觉得对土地有一种义务。"

"让我来讲件事给您听吧,"那个地主继续说。"有一个做买卖的邻居来看我。我们在农场里绕了一圈。还参观了果园。他说:'啊,斯吉邦·华西里奇,您这儿什么都好,可就是果园荒芜了。'其实我的果园弄得很好。他还说:'要是换了我,我早就把这些菩提树都砍掉了。不过要等到茂盛的时候砍。您这里有上千棵菩提树,每棵树可以锯两块厚板。如今厚板很值钱,还可以砍下来盖房子。'"

"他就可以用这笔钱去买牲口,或者低价买进土地,再分租给农民,"列文含笑替他把话说完,显然不止一次遇见过打这种如意算盘的人。"他就会大发其财。可是咱们能保住自己的产业,再能留些给孩子们,就算上上大吉了。"

"听说您结婚了,是吗?"那地主问。

"是的,"列文得意洋洋地回答。"说起来也真有点怪,我们就是这样毫无算计地过日子,好像命里注定了,只能跟灶王奶奶那样一辈子守着家。"

那地主在灰白的小胡子底下冷笑了一声。

"我们中间也有这样的人,譬如我们的朋友尼古拉·伊凡诺奇,或者最近在这里定居下来的伏伦斯基伯爵,他们都想搞现代化农场,可是至今除了亏本毫无结果。"

"可是为什么我们不能像商人那样办呢?为什么我们不能把树木砍成木材呢?"列文又回到吸引他的那个问题上来。

"就像您说的那样,我们守着家。那可不是贵族的事。我们贵族的事不是在这里选举大会上,而是在我们各自的角落里。什么该做,什么不该做,也是根据我们的阶级本能。在农民身上我也看到这样的情况:一个好农民总是竭力想多租些地种种。不管地多糟,还是一样种。结果也没有好处。总是净亏本。"

"我们也是这个样子。"列文说。"见到您真是太高兴了。"他看见史维亚日斯基向他走来,加上说。

"自从上次在府上见面以来,我们这还是第一次碰头,"那个地主说。"可是已谈得很痛快了。"

"噢,是不是在骂新制度哇?"史维亚日斯基微笑着说。

"我们不否认。"

"我们谈了个痛快。"

30

史维亚日斯基挽住列文的手臂,把他带到他那一派人那里。

如今列文要避开伏伦斯基已不可能。伏伦斯基同奥勃朗斯基和柯兹尼雪夫站在一起,眼睁睁地望着走近来的列文。

"见到您很高兴。我好像在……在谢尔巴茨基公爵夫人家见到过您。"伏伦斯基一面说,一面把手伸给列文。

"是的,那次见面我记得很清楚。"列文说着涨红了脸,立刻转过身去同哥哥谈话。

伏伦斯基微微一笑,继续同史维亚日斯基说话,显然不想同列文攀谈;但是列文一面同哥哥谈话,一面却不断打量伏伦斯基,心里考虑着同他说些什么话,来弥补刚才的失礼。

"现在问题究竟在哪里?"列文一面问,一面打量着史维亚日斯基和伏伦斯基。

"在于斯维特科夫。他要么放弃,要么答应。"史维亚日斯基回答。

"他怎么样,答应了没有?"

"问题就在于他既不放弃又不答应。"伏伦斯基说。

"要是他放弃了,那么谁当候选人呢?"列文瞧瞧伏伦斯基问。

"谁都可以。"史维亚日斯基说。

"那您愿意吗?"列文问。

"只有我除外。"史维亚日斯基窘了,怯生生地瞧了一眼站在柯兹尼雪夫旁边那个说话尖刻的绅士,说。

"那么谁呢?聂维多夫斯基吗?"列文问,觉得自己有点语无伦次了。

但他这样一说就更尴尬了。聂维多夫斯基和史维亚日斯基两个本来就是候选人。

"我可说什么也不干。"那个说话尖刻的绅士回答。

原来他就是聂维多夫斯基。史维亚日斯基替他同列文作了介绍。

"怎么,连你也动心了?"奥勃朗斯基对伏伦斯基使了个眼色,说。"这好比赛马。可以赌输赢。"

"是的,这确实叫人动心,"伏伦斯基说。"既然上了手,就想干到底。这可是一场斗争!"他皱起眉头,绷紧刚毅的脸说。

"史维亚日斯基真是个干练的人!什么事到他手里都干净利落。"

"嗯,是的。"伏伦斯基心不在焉地说。

接着是一阵沉默。这时伏伦斯基对列文望望(他总得望望什么),望望他的脚和他的制服,又望望他的脸,发现他眼神忧郁地望着自己,就敷衍着说:

"您长期住在乡下,怎么不当调解法官呢?您没有穿调解法官的制服。"

"因为我认为调解法庭是一种愚蠢的机构。"列文一直在找机会同伏伦斯基谈谈,好冲淡刚才见面时的鲁莽,这样说。

"我的看法正好相反。"伏伦斯基略带惊讶地说。

"那简直是开玩笑,"列文打断他的话说。"我们用不着调解法官。八年来我没有遇到过一件纠纷。有了事,判得也是颠三倒四的。调解法庭离开我有四十里路。为了解决两个卢布的纠纷,我得花十五卢布请一位律师。"

于是他就讲到,一个农民怎样偷了磨坊主的面粉,磨坊主向他提出诉讼,那农民反而控告他诽谤。这些话说得很不得体,很愚蠢。列文说的时候自己也感觉到了。

"嚆,他可真是个怪人!"奥勃朗斯基带着甜腻腻的微笑说。"我们去吧,大概要投票了⋯⋯"

他们就走散了。

"我真不懂,"柯兹尼雪夫注意到弟弟的笨拙行为,说,"我真不懂,一个人怎么会这样缺乏政治手腕。对,我们俄国人就是缺乏政治手腕。现任首席贵族是我们的对头,你却同他热乎,还请他当候选人。伏伦斯基伯爵呢⋯⋯我不会同他交朋友的;他请我去吃饭,我就不去;但他是我们方面的人,我们怎么能把他当作敌人呢?再有,你还问聂维多夫斯基当不当候选人。这太不成体统了。"

"咳,我真是什么也不明白!这一切都是小事。"列文闷闷不乐地说。

"你说这一切都是小事,可是你一插手,总是坏事。"

列文不做声。他们一起走进大厅。

现任首席贵族虽然感觉到有一种反对他的阴谋气氛,也不是个个人要求他当候选人,他还是决定参加竞选。大厅里一片肃静,秘书大声宣布,近卫军大尉斯涅特科夫被提名为省首席贵族候选人。

几个县首席贵族端着盛有选举球的小盘子,从自己的席位走到主席台,选举就这样开始了。

"投在右边。"当列文同哥哥跟着一位县首席贵族走近主席台时,奥勃朗斯基悄悄对他说。可是列文此刻忘记了原先向他说明过的办法,唯恐奥勃朗斯基说"投在右边"说错了。因为斯涅特科夫是他们的对头。他右手拿着球走近票箱,可是想了想,以为弄错了,在投入票箱前一瞬间把球换到左手。这样自然就投到左边去了。站在票箱旁边的一个老手,只要每个人的手臂一动,就知道球投到哪里了,这会儿不禁皱起眉头。他没有机会试一试他那明察秋毫的眼力。

一切又都归于沉寂,但听得数球的声音。接着就有一个人宣布赞成和反对的票数。

现任首席贵族获得相当多的票数。人群又喧哗起来,争先恐后地向门口走去。斯涅特科夫走进来,贵族们把他团团围住,向他祝贺。

"那么,现在结束了吗?"列文问哥哥说。

"刚开始呢,"史维亚日斯基笑着替柯兹尼雪夫回答。"另外两个候选人可能获得更多的票数。"

这事列文又忘记得干干净净了。他现在只记得其中有些奥妙的地方,但他极不愿意去回想究竟奥妙在哪里。他觉得闷闷不乐,很想离开这一伙人。

因为谁也不注意他,而且他认为谁也不需要他,他就悄悄地走到吃茶点的小厅里。他又看到那几个茶房,觉得轻松多了。那个小个儿老茶房请他吃点东西,他同意了。列文吃了一客青豆牛肉饼,同那老茶房谈谈他以前的主人。他不愿回到那乏味的大厅里,就往旁听席走去。

旁听席上挤满了衣饰华丽的贵妇人,她们伏在栏杆上,竭力不漏掉下面说的每一句话。贵妇人旁边坐着和站着一些风度翩翩的律师、戴眼镜的中学教师和军官。到处都在议论选举的事,谈到首席贵族脸色多么憔悴,争论多么有趣。列文听见有人在称赞他的哥哥。一位贵妇人对律师说:

"我听见柯兹尼雪夫的演讲,真是太高兴了!即使饿着肚子也值得一听。漂亮极了!一切都讲得那么清楚明白!你们的法庭里没有一个说得像他那样好。只有马伊台尔还可以,但就是他的口才也差远了。"

列文在栏杆边上找到一个空位子,就伏在栏杆上观察和倾听。

贵族们全都按县份坐在各自的席位上。大厅中央站着一个穿制服的人,正在用尖细而响亮的声音宣布:

"现在表决骑兵上尉阿普赫金当首席贵族候选人!"

接着是一片死一般的寂静,然后听见一个老头儿有气无力的声音:

"没有人同意!"

"现在表决七等文官波尔当首席贵族候选人。"一个人宣布。

"没有人同意!"一个青年的尖嗓子叫道。

于是又从头来起,又是"没有人同意"。这样过了一小时光景。列文伏在栏杆上,一面观察,一面倾听。开头他觉得奇怪,想弄明白究竟是怎么一回事,后来相信这种事他是无法理解的,开始感到无聊。后来他想起他在人人脸上看到的那种激动和凶狠的神气,他又觉得悲哀。

他决定离开这地方,就往楼下走去。在旁听席外的走廊里,他遇见一个来回踱步的垂头丧气、眼睛红肿的中学生。在楼梯上,他又遇见一对人:一个穿高跟鞋匆匆跑上楼来的贵妇人和一个轻浮的副检察官。

"我对您说过不会迟到的。"当列文闪在一旁给贵妇人让路时,那副检察官说。

当秘书抓住列文的时候,列文已经走到出口的楼梯上,正在背心口袋里掏着外套的号牌。"请您快些来,康斯坦京·德米特里奇,在选举了。"

正在表决那位坚决不肯当候选人的聂维多夫斯基。

列文走到大厅门口,门已经锁上了。秘书敲了敲门,门开了,两个面红耳赤的地主迎着列文溜出来。

"我受不了啦!"一个地主说。

紧接着露出了省首席贵族的脸。他的脸由于疲劳和恐惧显得很难看。

"我对你说过不要放任何人出去!"他斥责看门人。

"我是让人家进来,大人!"

"老天爷!"省首席贵族长叹一声,垂下头,无力地拖着他那穿白裤子的腿,向大厅中央的大桌旁走去。

果然不出所料,聂维多夫斯基得票最多,当选为省首席贵族。不少人喜笑颜开,不少人心满意足,不少人欢天喜地,但也有不少人垂头丧气,闷闷不乐。原来的省首席贵族掩饰不住内心的失望。当聂维多夫斯基离开大厅的时候,人群围住他,兴高采烈地紧跟着他,那情况就像第一天大家簇拥着致开幕词的省长,也像簇拥着上次当选的斯涅特科夫一样。

31

新当选的省首席贵族和获得胜利的新派中的许多人,当天晚上都在伏伦斯基的住处聚餐。

伏伦斯基来参加选举,是因为待在乡下觉得无聊,同时表明他在安娜面前仍享有自由行动的权利,再有是为了支持史维亚日斯基的竞选,报答史维亚日斯基为他在地方自治会选举上的奔走。而最重要的原因是要严格履行他所选定的贵族兼地主这个身份的全部义务。但他怎么也没有想到,选举这件事竟那么使他感兴趣,那么打动他的心,而他干这种事又是那么得心应手。在贵族圈子里,他是一个崭新的人物,但显然已获得成功,并且自信在贵族中间有一定的势力,这也是事实。他所以拥有这种势力是由于他拥有财富和爵位,由于他在城里拥有豪华的住宅——这是从事财政工作、在卡辛开有生意兴隆的银行的老朋友席尔科夫让给他的——以及由于他有一个从乡下带来的出色的厨子,再有就是由于他同省长(他是伏伦斯基的同学,又曾得到过伏伦斯基的庇护)交谊深厚,而最主要的是由于伏伦斯基平易近人,很快就使多数贵族改变成见,不再认为他高傲无礼了。伏伦斯基自己觉得,除了那个娶了吉娣的狂妄自大的家伙,**无缘无故**怀着疯狂的仇恨对他胡言乱语了一通以外,他所认识的贵族个个都支持他。他清楚地看到,别人也都承认,聂维多夫斯基的成功是借助于他的大力支持。这会儿,伏伦斯基坐在他举办的宴席上,庆祝聂维多夫斯基当选,感到很得意。他对选举这件事大感兴趣,竟想到三年后下届选举前他要是结了婚,就要参加竞选,好像一个骑师赢了一笔赌注以后,就想亲自参加赛马一样。

现在正在庆祝骑师的胜利。伏伦斯基坐在主位上,他的右首坐着年轻的省长———一位侍从将军。对大家来说,他是一省之主,他在选举大会上郑重其事地致了开幕词,正像伏伦斯基亲眼目睹的,许多人对他卑躬屈节,肃然起敬。但对伏伦斯基来说,他还是小马斯洛夫·卡吉卡(他在贵胄军官学校里的绰号),他看见伏伦斯基便张皇失措,伏伦斯基却总是竭力给他鼓气。伏伦斯基左首坐着年少气盛、相貌阴险的聂维多夫斯基,伏伦斯基对他却坦率而有礼。

史维亚日斯基高高兴兴地接受了自己的失败。对他来说,这甚至不是什么失败,正像他举杯向聂维多夫斯基祝贺时说的那样,再也找不到比他更能代表贵族所应遵循的新方向的合适人选了。因此,他说,凡是正直的人都拥护今天的胜利并且感到庆幸。

奥勃朗斯基也很高兴,因为这几天过得很愉快。大家都感到满意。在丰盛的宴席上,大家又提到了选举中的种种插曲。史维亚日斯基滑稽地模仿前任首席贵族声泪俱下的讲话,并且对聂维多夫斯基说,"阁下应该采取一种比眼泪复杂的审核基金的办法"。另一个爱说俏皮话的贵族说,前任首席贵族为了举行舞会,特地招聘了一批穿长袜的仆人,如今新任首席贵族要是不举行由穿长袜的仆人侍候的舞会,那就只好打发他们回家了。

在宴会中间,大家不断地称呼聂维多夫斯基"我们的省首席"、"阁下"。

这种称呼使聂维多夫斯基心花怒放,好像人家把新娘称作"夫人",并且对她用了夫家的姓一样。聂维多夫斯基装作无所谓,甚至蔑视这些称呼,不过显然很得意。他竭力克制感情,免得流露出在座全体自由主义新派人物所不欣赏的轻狂态度。

席间发了几份电报给关心这次选举的人。奥勃朗斯基兴致勃勃地发了一份电报给陶丽,全文是:"聂维多夫斯基以十二票优势当选。特此报喜。请转告。"他说:"要让他们高兴一下。"接着就口述了电文。不过,陶丽收到这份电报,只叹息又浪费了一个卢布的电报费,并且明白这又是宴会结束时的余兴节目。她知道斯基华一向有在宴会结束时"乱发电报"的毛病。

宴席上的食品,包括上等的菜肴和进口的各种美酒,都是名贵、纯粹和可口的。这一伙大约有二十个人,都是由史维亚日斯基从志同道合的自由主义新派人物中挑选出来的,个个都举止文雅,谈吐风趣。大家都半戏谑半认真地为新当选的首席贵族、为省长、为银行行长、为"我们亲切可爱的主人"的健康干杯。

伏伦斯基十分满意。他怎么也没有料到外省会有这样亲切的气氛。

到宴会结束时,大家越发欢畅了。省长邀请伏伦斯基参加义演音乐会,那是由省长夫人举办的,她又很想同伏伦斯基认识。

"那里要开个舞会,你可以看到我们的美人。那确实是很出色的。"

"*我可是个门外汉。*"①伏伦斯基说了这句他很欣赏的英国话,微微一笑,但答应参加。

大家已经离开餐桌,开始抽烟。这时候伏伦斯基的侍仆端着放有一封信的托盘,走到他跟前。

---

① 原文为英语。

"是专差从伏兹德维任斯克送来的。"他使了个眼色说。

"奇怪,他真像副检察官史文吉斯基。"当伏伦斯基皱着眉头看信的时候,有一位客人品评他的侍仆说。

信是安娜写来的。他没有看信,就知道内容了。他原以为选举五天就可以结束,因此答应星期五回家。今天是星期六了。他知道信的内容一准是责备他没有准时回去。他昨天晚上发出的信大概还没有送到。

信的内容果然不出他所料,但形式出乎意料,使他格外不愉快。"安妮病得很厉害,医生说可能是肺炎。我一个人手足无措。华尔华拉公爵小姐不会帮忙,反而碍事。我前天、昨天一直等你来,现在派人探问:你在哪里?你怎么啦?我本想亲自跑一趟,但知道你会不高兴的,因此改了主意。不论怎样给我写个回信,我好知道该怎么办。"

孩子病了,她却想亲自跑一趟。又是女儿生病,又是这样不客气的口气!

选举是这么欢欣愉快,而逼得他非回去不可的爱情却又是那么沉重难受,这两者竟形成这么强烈的对照,伏伦斯基不禁感到惊讶。可是不能不回去。于是他就搭下一班火车连夜赶回家。

32

伏伦斯基动身去参加选举以前,安娜想到他每次出门他们总要发生争吵,这样只会影响他对她的感情而不能系住他的心,就决定竭力克制自己的情绪,平静地忍受这次离别。但是,伏伦斯基来告诉她出门消息时那种冷淡而严厉的目光可伤了她的心。他还没有动身,安娜平静的心情就已被破坏了。

后来剩下一个人,她又反复琢磨他那种表示享有自由行动权利的目光,她照例感到屈辱。"他有权利什么时候走,就什么时候走;想去哪里,就去哪里。不但可以走,而且可以把我丢下。他享有一切权利,可我什么权利也没有。他明明知道这情况,就不应该这样做。不过,他究竟做了什么啦?……他用那么冷淡而严厉的目光瞧了瞧我。当然,他这种神气很难捉摸,但以前是没有的。他这目光包含着许多意思,"她想,"这目光表示他对我开始冷淡了。"

尽管她相信他对她开始冷淡了,她还是毫无办法,说什么也不能改变同他的关系。她还是像以前那样,只能用爱情和姿色来笼络他。也像以前那样,她白天用工作、夜里用吗啡来摆脱那种可能失宠的忧虑。不错,还有一个办法,不是去笼络他——别的她什么也不需要,她要的就是他的爱情——而是进一步密切同他的关系,使他无法抛弃她。这办法就是先离婚,再结婚。现在她愿意办手续了,并且下了决心,只要他或者斯基华一提出,她立刻同意。

安娜怀着这样的思想单独过了五天,也就是伏伦斯基预定去参加选举的五天。

散步,同华尔华拉小姐聊天,参观医院,主要是看书,一本又一本地看——她就这样消磨时间。但到了第六天,当车夫空车回来时,她觉得再也无法摆脱对他的思念,急于想知道他在那边做些什么。就在这时女儿病了。安娜亲自照顾她,但即使这样也不能使她分心,何况女儿的病并没有危险。不论安娜怎样勉强自己,也无法爱这个女孩,而她又不会装出爱她的样子。当天傍晚,安娜剩下一个人,为他惶惶不安,决定到城里去找他，但仔细考虑了一下，就改了主意，写了伏伦斯基收到的那封前后矛盾的信，写好后也没有再看一遍，就派人送去了。第二天早晨，安娜接到他的信，后悔自己不该写那封信。她担心又会看到他临走时向她投来的那种严厉目光，特别是当他知道女孩病情并不严重的时候。但她写了信给他，还是感到高兴。现在安娜心里已经肯定他讨厌她了。他恋恋不舍地放弃自由回家，但她看到他归来，还是很高兴。让他去讨厌吧，只要他能回到她身边，让她看着他，知道他的一举一动就好了。

安娜坐在客厅里，手里拿着丹纳①的新作在灯下阅读，同时倾听着门外的风声，时刻等待马车的来到。有好几次，她似乎听到了辘辘的车轮声，但每次都错了；最后她不仅听到了车轮声，而且听到了车夫的吆喝声和门廊下重浊的响声。就连正在独自摆牌阵的华尔华拉公爵小姐也证实了这一点。安娜立刻涨红了脸，站起来，但不像前两次那样下楼去，而是站住不动。她突然因为欺骗了他而害臊，但更担心的是不知他将怎样对待她。屈辱的感觉过去了；她现在害怕的只是他不高兴的神色。她想起女儿的病昨天就完全好了。她刚发出信，女儿的病就好了，她简直生起女儿的气来。然后她想起了他，想起了他的手、他的眼睛、他整个的人。她听到他的声音。她忘记了一切，欢天喜地地跑下楼去迎接他。

"啊，安妮怎么样？"他望着向他跑来的安娜，在下面提心吊胆地问。

---

① 丹纳(1828—1893)，法国文艺理论家、史学家、哲学家。主要著作有《英国文学史》《艺术哲学》《十九世纪法国哲学家研究》《论智力》等。

他坐在椅子上,一个仆人正在替他脱暖靴。

"没什么,她好一些了。"

"你呢?"他身子抖动了一下,说。

安娜双手抓住他的一只手,把它拉过来搭住她的腰,同时盯住他的眼睛。

"噢,那太好了。"伏伦斯基说,冷冷地打量着她,打量着她的发式和服装。他知道她是特地为他而打扮的。

这一切他都很欣赏,但已经欣赏过多少次了!这时他脸上又出现了她十分害怕的那种冷若冰霜的神色。

"噢,那太好了。那么你身体好吗?"他用手帕擦了擦潮湿的胡子,吻吻她的手说。

"不要紧,"她心里想,"只要他在这里就好了,他在这里就不会不爱我,不敢不爱我。"

他们同华尔华拉公爵小姐一起快快活活地度过了黄昏。华尔华拉公爵小姐抱怨说,他一走,害得安娜又服了吗啡。

"那有什么办法?我睡不着……一个人东想西想的。他在,我从来不吃。几乎从来不吃。"

伏伦斯基讲着选举的情况。安娜善于提问题引他谈到他最高兴的事——他的成功。她告诉他家里一切使他感兴趣的事。她讲的各种消息都是最令人高兴的。

深夜,当只剩下他们两人时,安娜看出她又完全控制了他的心,就想消除由那封信所造成的不愉快印象。她说:

"你倒坦白一下,收到我的信,你有没有气?你是不是不相信我了?"

话刚一出口,她就明白,不管他现在对她怎样满怀热情,这件事他可不会原谅她。

"是啊,"他说,"那封信真是太吓人了。一会儿说安妮病了,一会儿又说你要亲自来。"

"这一切都是实话。"

"我并没有怀疑。"

"不,你怀疑了。你不高兴了,我看得出来。"

"我一刻也没有怀疑过。我有点不高兴,这是真的,我不高兴的只是你不肯承认,我还有义务……"

"参加音乐会的义务……"

"好,我们不谈了。"他说。

"为什么不谈呢?"她说。

"我只是想说,有时候会遇到一些非办不可的事。譬如说,现在我为了房产的事要到莫斯科去一次……嗐,安娜,你为什么这样容易生气?难道你不知道我没有你就活不成吗?"

"如果是这样,"安娜突然改变语气说,"那你是讨厌这种生活了……哼,你回来一天又要走了,就要那些……"

"安娜,你太不讲道理了。我愿意献出整个生命……"

但是她不听他的话。

"要是你去莫斯科,那我也去。我不愿一个人留在这里。我们要么分手,要么生活在一起。"

"你要知道,这就是我唯一的愿望。但为了这个……"

"必须离婚,是吗?我来写信给他。我再也不能这样过下去了……不过,我要同你一起去莫斯科。"

"你这简直是在威胁我。其实,我要同你永远不分离,我没有比这更大的愿望了。"伏伦斯基微笑着说。

不过,他嘴里说着这样温柔的话,眼睛里却闪出又冷又凶的目光,就像一个被逼得走投无路、不顾死活的人。

她看到这目光,正确地猜到了它的含义。

"如果这样,那可太不幸了!"他的目光似乎在这样说。这只是一刹那的印象,但她却永远不会忘记。

安娜写了一封信给丈夫,要求离婚。十一月底,她同要到彼得堡去的华尔华拉公爵小姐分了手,和伏伦斯基一起迁居莫斯科。现在,他们一面天天等待卡列宁的回信,好接着办离婚手续,一面像正式夫妻那样定居下来。

第 七 部

1

列文夫妇在莫斯科已经住了两个多月。根据有经验的人的可靠计算,吉娣的预产期已经过了,但还没有分娩,也没有任何征象表明现在比两个月前更接近产期。医生也罢,产婆也罢,陶丽也罢,母亲也罢,特别是一想到分娩临近就胆战心惊的列文,都开始感到焦虑;只有吉娣自己觉得十分平静和幸福。

她现在清楚地意识到,内心产生了一种对未来的——对她来说多少已是现实的——婴儿的爱,并且快乐地体味着这种新奇的感情。这婴儿已不是她身体的一部分,有时已开始独立生活。她因此觉得苦恼,同时又为这种新奇的快乐,简直要笑出声来。

她喜爱的人,个个都在她身边,个个都待她很亲切,个个都十分体贴她,处处都使她称心满意,因此,要是她知道这一切不久都将结束,她也不会想望更美好的生活了。使她感到美中不足的是,丈夫不像她以前所爱的那样,不像在乡下那样了。

在乡下,吉娣爱他那种亲切温和、殷勤好客的风度。在城里,他总是显得惶惶不安,仿佛怕人家欺负他,尤其是怕欺负吉娣。在乡下,列文感到得其所哉,不用紧张地赶时间,但也从来没有空闲。在城里,他总是匆匆忙忙,唯恐错过什么,但其实无所事事。吉娣觉得他很可怜。她知道,在别人看来他并不可怜,正好相反,在交际场中——就像一般女人有时观察心爱的人那样,故意冷眼旁观,以便看出他给人什么印象——她甚至带着妒意察觉到,他不仅并不可怜,而且由于他那良好的教养、对待妇女略带拘谨、腼腆而文雅的态度,他那强壮的体格,特别是她觉得他那富有表情的脸,他简直是十分迷人的。不过,她不是看他的外表,而是看他的内心。她看出他在这里有点反常,但不懂是什么原因。有时她在心里责怪他不会在城里过日子,有时又承认,他确实很难在城里把生活安排得使她满意。

真的,他有什么办法呢?他不爱打牌,也不上俱乐部。同奥勃朗斯基那样的男人一起过花天酒地的生活,她现在可知道是怎么一回事……那就是狂饮滥喝,然后到哪儿去寻欢作乐。她一想到男人们在这种时候会到什么地方去,就感到不寒而栗。叫他去交际场所吗?她知道,那里只有同年轻女人接近才有乐趣,可她又不愿他这样。叫他同她、同母亲和姐妹们一起坐在家里吗?可是,不管那种"东家长西家短"的谈话——老公爵这样称呼她们姐妹之间的谈话——她觉得多么有趣,对他来说毕竟是索然无味的。这样,他还有什么事可做呢?继续写他的书吗?他也这样试过,还为写作到图书馆去搜集过资料,但正如他所说的那样,越没有事做,时间就越少。他还向她诉苦,关于他的著作这里谈得太多了,反而搞乱他的思想,损害他的兴致。

城市生活的唯一优点是,他们俩一次也没有吵过嘴。不知是由于城市的生活环境不同呢,还是由于他们在这方面都变得更谨慎理智了,总之,他们在莫斯科没有因妒忌而吵过嘴。这一点,他们刚来的时候是很担心的。

这方面还发生过一件对两人来说都非同小可的事,就是吉娣同伏伦斯基的见面。

吉娣的教母,上了年纪的玛丽雅·波里索夫娜公爵夫人,一向很钟爱吉娣,一定要看看她。吉娣由于怀孕哪儿也不去,但这次也只得随着父亲去拜访这位德高望重的老夫人,结果就在这位老夫人那里遇见了伏伦斯基。

这次见面,吉娣唯一可以自责的是,当她一认出原来很熟识的穿便服的人时,顿时呼吸急促,血往心脏里直涌,还感觉到脸涨得通红。但这种情况只持续了几秒钟。父亲故意提高嗓子同伏伦斯基攀谈,使吉娣不等他们谈话完毕,就做好精神准备,可以落落大方地面对伏伦斯基,必要时还可以平心静气地同他谈话,就像同玛丽雅·波里索夫娜公爵夫人谈话一样。不过,最重要的是她的一举一动,包括最细微的语气和笑容,都能得到丈夫的赞许——她仿佛觉得丈夫此刻就在身边。

吉娣同伏伦斯基谈了几句话。他把选举戏称为"我们的国会"。吉娣听了甚至平静地笑了一笑(这时一定要微微一笑,表示她懂得这个玩笑),但接着她就向玛丽雅·波里索夫娜公爵夫人转过身去,再也不看他一眼,直到他起身告别。这时,她才对他瞧了瞧,但显然只是因为人家向她鞠躬告别,不瞧瞧他是失礼的。

她很感激父亲,因为父亲在她面前只字不提这次同伏伦斯基的邂逅。但她看出,从此以后,在日常散步的时候,父亲待她特别亲切,说明对她的行为是满意的。她对自己也很满意。她怎么也没有想到,居然有力量把自己对伏伦斯基的旧情全部禁锢在心里,在他面前显得落落大方,镇定自若。

她告诉列文在玛丽雅·波里索夫娜公爵夫人家遇见伏伦斯基,列文听了脸涨得比她更红。要把这事告诉他,她觉得很难启齿;要讲述这次见面的细节,那就更加狼狈,因为他虽没向她提什么问题,却一直皱着眉头盯住她。

"可惜你当时不在,"吉娣说。"不是说你不在房间里……要是你在场,我就不会那么自然了……我现在的脸比那时要红得多,红得多了,"她说这话时脸红得简直要掉眼泪。"可惜你没在门缝里张望。"

她那双真诚的眼睛使列文相信,她对自己的行为是满意的。他虽然看到她脸红,但立刻放心了,开始向她询问她愿意讲的情况。列文知道了详细经过,甚至知道,在开头一刹那她情不自禁地涨红了脸,但接着就像萍水相逢一样若无其事;他十分高兴,对吉娣的态度很满意。他说自己以后再不会像选举大会上那样鲁莽行事,下次再遇见伏伦斯基,一定待他客客气气。

"以前我想到世界上有个莫须有的对头,心里就觉得难受,"列文说,"如今可高兴了,十分高兴了。"

2

"那你就去看望一下保尔夫妇吧!"十一点钟,列文出门前进来看吉娣,吉娣对他说。"我知道你要在俱乐部吃晚饭,爸爸已给你预定好了。上午你打算做些什么呢?"

"我只想去看看卡塔瓦索夫。"列文回答。

"怎么这样早就去?"

"他答应给我介绍梅特罗夫。我很想同他谈谈我的著作,他是彼得堡有名的学者。"列文说。

"噢,你上次大为称赞的就是他的文章吧?嗯,那么以后呢?"吉娣问。

"可能还要到法院去一下,为了我姐姐的事。"

"那么,音乐会去不去?"吉娣问。

"嘻,我一个人去有什么意思!"

"不,你去一下,那边要演奏一些新作……你一向很感兴趣。要是换了我,一定去。"

"嗯,无论如何晚饭前我一定回家。"列文看看表说。

"那你穿上礼服,好直接去拜访保尔伯爵夫人。"

"非去不可吗?"

"啊呀,非去不可!她来拜访过我们。那又费得了你什么事?你拐过去坐一会儿,谈上五分钟天气什么的,就走好了。"

"唉,不瞒你说,这一套我已经不习惯了,我觉得别扭。这算什么呢?一个人陌陌生生地跑去,无缘无故坐上一会儿,既打扰人家,又挺不自在,坐这么一会儿又走了。"

吉娣笑了。

"你单身的时候不也常去拜访人家吗?"

"拜访过,但总觉得别扭,如今可完全不习惯了。说实在的,我宁可两天不吃饭,也不愿去做这样的访问。真别扭!我总觉得人家会恼火,会说:'你没有事跑来干什么?'"

"不,人家不会恼火的。我可以向你担保。"吉娣笑盈盈地盯着他的脸说。她拉住他的手。"嗯,再见……你就去一下吧。"

他吻了吻妻子的手,刚要走,她却把他拦住了。

"康斯坦京,告诉你,我手头只有五十卢布了。"

"噢,那我到银行里去取。要多少?"列文现出那种她熟悉的不高兴神气说。

"不,你等一下,"吉娣拉住他的手说,"我们来谈一谈,这事使我发愁。我好像并没有什么浪费,可是钱就像水一样流走了。我们总有什么地方安排得不得当。"

"一点也没有。"列文咳清喉咙,皱起眉头瞧着她说。

她懂得这种咳嗽的意思。这表示他非常不高兴,不是对她,是对他自己。他确实很不高兴,倒不是因为钱花得太多,而是因为想起一件他明知不对却想忘却的事。

"我吩咐过索科洛夫卖掉小麦,把磨坊的租金先收一收。钱会有的。"

"不,可我总担心花得太多了……"

"一点也不多,一点也不多,"列文一再说。"嗯,再见了,我的心肝。"

"不,说实话,我有时后悔不该听妈的话。我们要是留在乡下多好!这会儿可把你们都害苦了,钱又花得……"

"一点也不,一点也不。自从结婚以来,我从没说过希望比现在过得更好这一类话……"

"真的吗?"吉娣瞧着他的眼睛说。

列文说这话根本没有经过考虑,只是随口安慰安慰她罢了。但当他对她望了望,看见她那双恳切的可爱的眼睛询问地盯着他时,他又诚心诚意地重复了一遍。"我压根儿把她给忘了。"他心里想。于是他想起了不久即将发生的事。

"那么快了吗? 你自己觉得怎么样?"列文握住她的双手,低声问。

"我原来想得太多,现在反而不想了,也不知道究竟怎样。"

"你不害怕吗?"

吉娣轻蔑地微微一笑。

"一点儿也不。"她说。

"万一有什么事,可以到卡塔瓦索夫家来找我。"

"不,不会有什么事的,你放心好了。我同爸爸到林荫道上去散一会儿步。我们要到陶丽家去看看。晚饭前等你回来。哦,对了!你知道吗,陶丽的情况简直糟透了。她一身是债,一个钱也没有。我们昨天跟妈妈和阿尔谢尼(她这样称呼她的姐夫李伏夫)谈过了,决定让你同他去教训教训斯基华。简直太不像话了。这事可不能告诉爸爸……但要是你和他……"

"可是,我们有什么办法呢?"列文说。

"不论怎么说,你到阿尔谢尼家去同他谈谈,他会把我们的决定告诉你的。"

"好,阿尔谢尼的意见我都能同意。我会拐到他那里去的。还有,要是赴音乐会,那我就同娜塔丽雅一起去。好,再见。"

在大门口的台阶上,列文的老仆顾士玛——结婚前侍候过他,目前在管理他城里的产业——把他拦住了。

"美人儿(从乡下带来的左辕马)换了马掌,可是走起来还是一跛一跛的,"顾士玛说。"您说怎么办?"

刚到莫斯科的时候,列文很关心乡下带来的几匹马。他想把这事尽可能安排得好些,钱花得少些。哪里知道用自己的马比租马更贵,他们还得雇马车坐。

"去请一位兽医来,说不定是挫伤。"

"嗯,那么卡吉琳娜·阿历山德罗夫娜怎么办?"顾士玛问。

据说,雇一辆双马大轿车,从城市这一头到那一头,在融雪的泥地里跑四分之一里,中间停留四小时,就得五个卢布。对这种情况,列文现在已经不像初到莫斯时那样感到吃惊。现在他已经习惯了。

"叫车夫租两匹马来,套上我们自己的车。"列文说。

"是,老爷。"

就这样多亏城市生活的便利,列文轻而易举地解决了在乡下不知要花费多少手脚的麻烦事,走到大门口,喊了一辆马车,向尼基塔街驶去。一路上他不再想到钱的问题,却考虑怎样同彼得堡一位社会学家见面,同他谈谈自己的著作。

只有刚到莫斯科的时候,乡下人所无法理解的种种开支——既是非生产性的,又是不可避免的——使列文大为惊奇。现在他已经习惯了。他的情况就像俗话说的醉汉那样:"第一杯像木头梗喉咙,第二杯像老鹰升天空,第三杯以后像小鸟飞西又飞东。"当列文兑开一张一百卢布钞票让仆人和门房购买制服时,他不由得计算了一下。这些毫无意义但又必不可省(他只是暗示了一下这种制服并没有必要,公爵夫人和吉娣就十分惊讶)的制服,抵得上整个夏季雇两个工人的代价,也就是说从复活节到四旬斋之间的三百个劳动日,而且每天从早到晚都干重活,因此花这一百卢布钞票,就同喝第一杯酒一样难受。但是兑开第二张一百卢布钞票——为了请亲戚吃饭,买了二十八卢布的酒菜——虽然也使列文想到,二十八卢布等于农民千辛万苦刈割、捆扎、脱粒、簸扬,包装好的九石①燕麦的代价,但毕竟要容易些了。如今兑散一张钞票早已不假思索,轻松得真像小鸟飞西又飞东了。花钱换来的乐趣是不是抵得上挣钱付出的劳动,也早就不再计较。某种谷物卖出去不能低于某种价格,这样的经济核算也被置诸脑后。长期以来他

---

① 这里指俄石,每俄石等于209.91升。

咬定价格的黑麦,每石也比一个月前少卖了五十戈比。照这样过下去,过不了一年就非负债不可——就连这样的盘算也起不了什么作用。只要银行里有存款,也不必问是从哪里来的,只要明天有钱买牛肉就行。他至少保持这样的观念:他在银行里总有钱存着。如今银行里的钱用光了,他又不知道到哪里去弄钱。因此,当吉娣提到钱的时候,他刹那间感到很烦恼,但他没有工夫考虑这问题。他一路上只是想着卡塔瓦索夫和即将同梅特罗夫见面的事。

3

列文这次来莫斯科,同大学里的老同学、结婚后还未见过面的卡塔瓦索夫教授往还密切。卡塔瓦索夫使列文喜欢的是他朴实明朗的世界观。列文认为卡塔瓦索夫的世界观明朗是由于他智力贫乏,卡塔瓦索夫则认为列文思想矛盾是由于他的头脑缺乏锻炼;但是列文喜欢卡塔瓦索夫的开朗,卡塔瓦索夫也喜欢列文丰富而纯朴的思想。因此他们愿意常常见面,争论一番。

列文曾把自己著作中的几段念给卡塔瓦索夫听,卡塔瓦索夫很喜欢。昨天卡塔瓦索夫在演讲会上遇见列文,告诉他大名鼎鼎的梅特罗夫——列文很喜欢他的文章——目前在莫斯科,卡塔瓦索夫同他谈起过列文的著作,他很感兴趣。梅特罗夫明天十一点钟将去他家,卡塔瓦索夫很愿意替列文介绍一下。

"您确实大有进步,老弟,我很高兴!"卡塔瓦索夫在小客厅里遇见列文说。"我听见门铃声,心里想,他不会准时到的……您说,黑山人怎么样？他们是天生的军人。"

"您问这个干什么？"列文问。

卡塔瓦索夫给他扼要讲了最新消息。接着走进书房,他把列文介绍给一个身材矮壮、模样可爱的人。这就是梅特罗夫。他们谈了一会儿时事,谈到彼得堡上层对一些时事的看法。梅特罗夫转述可靠方面传来的意见,据说那是沙皇和某位大臣的话。卡塔瓦索夫也从可靠方面听到沙皇的意见,说法却截然不同。列文竭力捉摸,这两种意见哪一种可能性大。这个问题谈到这里就结束了。

"您瞧,他几乎完成了一部论述劳动者同土地关系的著作,"卡塔瓦索夫说。"我不是专家,但我作为一个自然科学家觉得很高兴,因为他没有把人类看作超然于动物学规律之外的东西,恰恰相反,他认为人类受环境支配,并且在这种从属关系中探索发展的规律。"

"这倒挺有意思！"梅特罗夫说。

"我在写一部有关农业的著作,我研究了一下农业的主要手段——劳动者,"列文涨红了脸说,"却得出了完全意想不到的结论。"

列文像摸索道路一般开始小心翼翼地阐述他的观点。他知道梅特罗夫写了一篇文章反对流行的政治经济学,但列文不知道他对自己的新观点能支持到什么程度,也无法从这位学者沉着聪明的脸色上看出来。

"但您究竟从哪方面看出俄国劳动者的特点呢？"梅特罗夫说。"从动物的本性呢,还是从所处的环境？"

列文觉得提这样的问题就是表示不同意他的观点,但他仍继续阐述他的想法,认为俄国人民对土地的看法与其他民族截然不同。为了说明这个论点,他连忙补充说,俄国人民这种观点是由于他们认识到,他们有义务移居到荒无人烟的辽阔的东方去。

"要就人民的共同义务下一个结论,是很容易误入歧途的,"梅特罗夫打断列文的话说。"劳动者的状况总是由他同土地和资本的关系决定的。"

梅特罗夫不让列文把想法说完,就向他阐述自己学说的特点。

梅特罗夫学说究竟有什么特点,列文并不了解,他没有用心去思考。他认为梅特罗夫也像其他学者一样,虽然在文章中批驳一般经济学理论,但还是从资本、工资和地租的观点来看俄国劳动者的状况。虽然他不得不承认,在俄国面积最大的东部,基本上还没有实行地租制;对八千万俄国人口中的十分之九来说,工资只够勉强维持自己的生活;资本除了最原始的工具以外还不存在——他却只从这个观点来看待一切劳动者,尽管他有许多地方不同意一般经济学家的观点,并有他自己的新工资理论,也就是此刻他向列文阐述的那些观点。

列文勉强听着,开始还表示些不同意见。他很想打断梅特罗夫的话,说说自己的观点,来证明梅特罗夫继续阐述是多余的。后来,他觉得他们的意见太分歧,不可能相互了解,就不再反驳,只是听听罢了。他对梅特罗夫的观点虽然毫无兴趣,但仍高兴地听着。这样一位有学问的人,居然甘愿详细向他说明自己的观点,并且认为列文在这方面懂得很多,有时只要暗示一下就能把整个问题说清楚。这使列文的自尊心得到了满足。他满以为这是人家特别看得起他,殊不知梅特罗夫已同他的知己朋友们反复谈了不知多少次,因此特别高兴同每个陌生人谈这个题目,其实他同谁都高兴谈谈他正在研究、但自己还不清楚的问题。

"我们恐怕要迟到了。"卡塔瓦索夫等梅特罗夫一结束长篇大论,看了看表说。

"是的,今天业余爱好者协会要纪念斯文基奇学术活动五十周年,"卡塔瓦索夫回答列文说。"我约好同彼得·伊凡诺奇(梅特罗夫)一起去。我答应宣读一篇论文,来介绍他的动物学著作。您同我们一起去吧,挺有意思的。"

"真的,是时候了,"梅特罗夫说。"要是方便,您跟我们一起去吧,请您到舍间去坐坐。我很想听听您的大作呢。"

"不,不行。还没有写完。不过,我很高兴去参加纪念会。"

"哦,老兄,您听说了吗。我写了一份个人意见送上去了。"卡塔瓦索夫在另一个房里穿礼服,说。

大家开始谈论大学的问题。

有关大学问题的争论,是今冬莫斯科的一件大事。委员会里的三位老教授拒不接受青年教授的意见,青年教授就单独提出了一份建议。这个建议,一部分人认为是荒唐的,另一部分人却认为是合理的。于是教授分成了两派。

卡塔瓦索夫一派认为对方有告密和欺诈的卑劣行为;另一派则认为对方幼稚无知,不尊重权威。列文虽不在大学工作,但他来到莫斯科后就听到和谈论过这件事,并且有他自己的见解;到那所古老大学的一路上,他们一直谈论着这件事,列文也参加了谈话。

会议已经开始了。在卡塔瓦索夫和梅特罗夫就座的铺着桌布的主席台上坐着六个人,其中一个正低着头凑近稿纸,念着什么。列文在主席台旁的空位子上坐下来,低声问旁边一个大学生,那人在念什么。那个大学生不高兴地打量了一下列文,说:"传记。"

列文对那位科学家的传记并不感兴趣,但他不由自主地听着,并且知道了这位著名科学家生平的一些趣闻轶事。

等传记宣读完毕,主席向宣读者道了谢,又朗诵了诗人孟特专门寄来的贺诗,并对那位诗人表示谢意。然后卡塔瓦索夫用他响亮而尖细的声音宣读了他自己评介这位科学家著作的文章。

等卡塔瓦索夫读完,列文看了看表,才知道已经一点多了。在赴音乐会前给梅特罗夫念自己的著作已经来不及,再说他现在也没有这个兴致。他一面听人家宣读论文,一面在思索刚才的谈话。他恍然大悟,觉得就算梅特罗夫的想法有意思,他自己的想法也有道理。这两种思想只有分头进行研究,才能弄个明白,得出结论。要是混淆两种思想,那就不会有什么结果。列文决定辞谢梅特罗夫的邀请,于是等会议一结束,就走到他跟前。梅特罗夫正在同主席谈论时事,就把列文介绍给他。梅特罗夫顺便对主席说了他对列文说过的话,列文也发表了今天早晨发表过的意见,但为了换个方式,他讲了刚想到的新意见。随后他们又谈到大学问题。因为这一套列文都已听过了,他就对梅特罗夫说,他很抱歉,不能接受他的邀请,接着同大家点头告别,坐车到李伏夫家去了。

4

李伏夫是吉娣姐姐娜塔丽雅的丈夫,长期待在国外,大部分时间是在各国首都度过的。他在那里受教育,又在那里任外交官。

去年他辞去外交官职务,并非由于什么不愉快的事(他从没同人家闹过纠纷),而是调到莫斯科御前侍从厅,这样就可以让他的两个儿子受到最良好的教育。

尽管他们的习惯和观点截然不同,李伏夫比列文的年纪也要大好几岁,这个冬天他们却过得很投契,很友好。

李伏夫在家,列文不经通报就进去了。

李伏夫身穿一件束腰带的便服,脚蹬一双半统麂皮靴,戴一副蓝玻璃夹鼻眼镜,坐在安乐椅上读着一本摆在面前读书台上的书。他那只好看的手夹着一支烧掉一半的雪茄,小心地伸得离开身子远远的。

他一看见列文,他那张还相当年轻俊美、在银光闪闪的鬈发衬托下显得格外有威仪的脸现出了笑容。

"太好了!我正要派人到您那里去呢。哦,吉娣怎么样?这里坐,舒服点儿……"他站起来,挪了挪摇椅。"您看到最近一期《圣彼得堡杂志》吗?我觉得很精彩。"他带着一点法国腔说。

列文把从卡塔瓦索夫那里听来的彼得堡人们的言论讲了讲,又谈了些时事,还讲了他同梅特罗夫的认识和出席会议的情况。李伏夫对这些都很感兴趣。

"啊,我真羡慕您,您能进入这有趣的学术界。"李伏夫说。他谈得一起劲,照例就改用他讲得更流利的法语。"我没有空,这是事实。处理公务和教育孩子占掉了我的全部时间,再有,说出来我也不怕难为情,我的教养太差了。"

"我倒不这样看。"列文笑眯眯地说,对李伏夫这种不是做作,也不是有意装得谦逊,而是完全出于真诚的虚心,觉得很感动。

"嗯,的确是这样!我现在觉得我受的教育太少了。为了教育孩子,我甚至得温习功课,简直得重新学习。因为不仅需要教师,还需要督学,就像您搞农业既需要劳动者又需要监工一样。您看我在读这个,"李伏夫指指读书台上的布斯拉耶夫语法课本说,"他们要米沙学,可是难得很……来,您给我解释解释。这里说到……"

列文说这无法解释,只能靠死记,可是李伏夫不同意他的意见。

"嗳,您这是在笑话我!"

"正好相反,不瞒您说,我一看到您,就考虑到摆在我面前的任务——将来怎样教育孩子。"

"嘻,这又没有什么好学习的。"李伏夫说。

"我只知道,"列文说,"我没看见过比您的孩子更有教养的孩子,也不希望有比他们更好的孩子。"

李伏夫显然竭力克制着高兴的心情,但脸上还是洋溢出笑意。

"但愿他们比我强。我的希望不过如此。您真不知道,"李伏夫说,"对付像我那两个在国外放纵惯了的孩子有多费力。"

"这些都可以弥补。他们都是很有天分的孩子。最重要的是品德教育。我看到您的孩子,就有这样的想法。"

"说到品德教育,您真不能想象,这事有多难!您刚刚克服这种毛病,那种毛病又冒了出来,又得抓紧教育。要不是借助宗教——您记得我们以前谈过这事——做父亲的光靠自己的力量,谁也无法教育孩子。"

列文很感兴趣的这场谈话,被打扮好准备出门的美人娜塔丽雅闯进来打断了。

"嘿,我不知道您来了,"娜塔丽雅说,对打断这种她早就熟悉并且觉得无聊的谈话,不但不道歉,反而高兴。"哦,吉娣怎么样?我今天要到你们家去吃饭。我说,阿尔谢尼,"她对丈夫说,"你坐轿车去吧……"

于是夫妇两人开始商量一天的活动。丈夫因公事得去会见一个人,而妻子要赴音乐会,参加东南委员会的大会。总之,他们有许多事要商量并作出决定。列文既是自己人,也应该参与这种商量。最后决定,列文同娜塔丽雅一起乘车去参加音乐会和大会,从那里打发马车到办公室去接李伏夫。然后他再去接妻子,把她送到吉娣家。要是他还没有办完公事,那就派马车来,让列文送她去。

"你瞧,他对我过奖了,"李伏夫对妻子说,"他硬说我们的孩子好,可我看到他们身上的缺点真不少。"

"阿尔谢尼总是走极端,我一向这么说,"妻子说。"要是追求十全十美,那就永远不会满足。爸爸说得对,他们教养我们的时候走了极端,把我们关在阁楼里,自己住正房;现在正好相反,做父母的住贮藏室,孩子们倒住正房。如今做父母的不用活了,什么都为了孩子。"

"要是愿意,那又有什么呢?"李伏夫露出可爱的微笑,摸摸她的手说。"不认识你的人还以为你不是亲娘,而是后妈呢。"

"不,走极端总是不好的。"娜塔丽雅一面镇定地说,一面把裁纸刀放回桌上原来的地方。

"啊,过来吧,十全十美的孩子。"李伏夫对走进来的两个漂亮男孩说。他们向列文行了个礼,走到父亲跟前,显然想问他什么事。

列文很想同他们谈谈,听听他们对父亲说些什么,但是娜塔丽雅同他说起话来,同时李伏夫的同事马霍京,穿着一身御前侍从服,来接李伏夫一起去会见什么人。他们就滔滔不绝地谈论赫尔采戈文、柯尔静斯卡雅公爵夫人、议会,以及阿普拉克辛娜伯爵夫人的暴卒。

列文把交给他的使命忘记了。他走到前厅才想起来。

"哦,吉娣嘱咐我同您谈谈奥勃朗斯基的事。"当李伏夫站在楼梯上送妻子和列文出门的时候,列文说。

"是的,是的,妈妈要我们两个连襟教训教训他,"李伏夫涨红了脸,笑着说。"可是为什么要我去呢?"

"那就由我去教训他吧,"娜塔丽雅披了一件雪白的斗篷,等他们谈完话,笑眯眯地说。"来,我们走吧。"

5

上午的音乐会演出了两个精彩节目。

一个是《荒野里的李尔王》幻想曲①,另一个是纪念巴赫的四重奏。这两个都是新作,具有新风格,列文很想对它们作出评价。他把姨姐送到她的座位上,自己就站在一根圆柱旁,聚精会神,用心细听。他望着系白领带的乐队指挥双手的挥舞——这总是分散人们对音乐的注意,叫人讨厌——望着那些为了来赴音乐会戴上帽子、却把帽带结在耳朵上的太太,以及那些或者对什么都无动于衷或者对什么都感兴趣、唯独对音乐不感兴趣的人。他望着这些,竭力不分散自己的注意,不破坏音乐给他的印象。同时他竭力避开音乐行家和饶舌的人,站在那里俯视舞台,用心听着。

他越往下听《李尔王》幻想曲,越觉得难以形成明确的概念。乐曲不断重复开头部分,仿佛在积聚某种感情,用音乐来表现,但接着又分裂开来,变成许多支离破碎的乐句,有时甚至变成作曲者随心所欲创作出来的毫无联系的复杂声音。这种支离破碎的乐句,即使有时还不错,

---

① 俄国作曲家 A. M. 瓦拉基列夫的音乐组曲《李尔王》中的一支插曲。

但听来也很不舒服,因为都是突如其来,使人毫无精神准备。欢乐也好,悲哀也好,绝望也好,柔情也好,高兴也好,都是无缘无故出现的,像疯子一样。而且,也像疯子一样,这种种感情又突然消逝了。

在演奏过程中,列文一直觉得好像聋子在看跳舞。乐曲演奏完毕,他觉得简直莫名其妙,由于注意力过分集中反而毫无所得,只感到特别疲劳。四面八方响起了雷鸣般的掌声。只听见人们纷纷起立,开始走动,说话。列文想听听别人的意见,好解答自己的疑问,就去找寻行家。他看见一位著名音乐家正在同他熟识的彼斯卓夫谈话,感到很高兴。

"太妙了!"彼斯卓夫用深沉的低音说。"啊,您好,康斯坦京·德米特里奇。我觉得特别生动明快、色彩丰富的,就是科苔莉雅的来临,这女人,这位永恒的**女性**①,同命运展开了搏斗。您说是不是?"

"怎么会出现科苔莉雅呢?"列文怯生生地问,完全忘记了幻想曲是描写荒野里的李尔王的。

"有科苔莉雅的……你看!"彼斯卓夫说,手指弹了弹那份像缎子一样光滑的节目单,把它递给列文。

这时列文才想起幻想曲的标题,连忙念了念节目单背面印着的译成俄文的莎士比亚诗句。

"不看这个就听不懂了。"彼斯卓夫对列文说,因为那位著名音乐家已经走开了,他没有谈伴了。

幕间休息时,列文同彼斯卓夫争论起瓦格纳②乐派的优缺点来。列文认为瓦格纳和他门生们的错误,就在于企图把音乐引到其他艺术

---

① 原文为德语。
② 瓦格纳(1813—1883),德国著名作曲家、文学家。主要作品有管弦乐《浮士德序曲》,歌剧《黎恩济》《漂泊的荷兰人》《汤豪舍》《罗恩格林》等。

领域,这就同诗企图描写应该由图画来描绘的形象一样。为了说明这种谬误,他举了一个雕塑家作为例子。这位雕塑家企图在诗人塑像的大理石台座上雕刻出诗的形象的阴影。"雕塑家手下的阴影简直不像阴影,它仿佛缠绕在梯子上。"列文说。他很欣赏这句话,但他不记得以前有没有说过,更不记得有没有对彼斯卓夫说过。他说了这句话,觉得很不好意思。

彼斯卓夫则认为艺术是统一的,只有把各种艺术糅合在一起,才能达到最高境界。

音乐会的第二个节目列文就听不下去了。彼斯卓夫站在他旁边,几乎不停地同他说话,批判这个乐曲过分追求形式的朴素,把它比作拉斐尔前派的绘画。离开音乐会的时候,列文又遇到许多熟人。他同他们谈论政治,谈论音乐,也谈论共同的朋友;他也遇到了保尔伯爵,可是他把访问他的事忘记得一干二净。

"好,那您现在就去吧,"娜塔丽雅对他说,因为他对她讲过这事,"也许他们不接见您,那么您就到会场里来找我。您可以在那里找到我。"

6

"也许现在不见客吧?"列文走进保尔伯爵夫人的大门问。

"见的,请进来。"门房说着,随即毫不犹豫地帮他脱下外套。

"真倒霉!"列文叹着气,脱下一只手套,整了整帽子,暗自想。"唉,我来做什么?嗨,我同他们有什么好谈的?"

列文穿过前客厅,在客厅门口遇见保尔伯爵夫人。她正板着脸,心事重重地对女仆吩咐着什么。她一看见列文,微微一笑,请他到隔壁小客厅里坐——那里有说话声传来。在小客厅里,伯爵夫人的两个女儿和列文认识的一位莫斯科上校坐在安乐椅上。列文走过去,同他们打了招呼,在长沙发旁坐下来,把帽子搁在膝盖上。

"夫人身体好吗?您去听音乐了没有?我们没能去。妈妈参加丧事去了。"

"是的,我听说了……真没想到这么快!"列文说。

伯爵夫人走过来,坐到沙发上,也问了问他妻子的健康,打听了一下音乐会的情况。

列文回答了她,又一次问起阿普拉克辛娜的暴卒。

"她的身体一向很弱。"

"您昨晚去听歌剧了吗?"

"去了。"

"露卡唱得太漂亮了。"

"是的,漂亮极了!"列文重复大家对这位歌星才华的赞词,根本不考虑人家对他会有什么想法。保尔伯爵夫人装出在听的样子。等到列文说够了,不再作声了,一直保持沉默的上校才开口。上校也说了些有关歌剧和歌剧院灯光之类的事。最后,他谈到即将在玖林家举行的狂欢节舞会,笑呵呵地站起身来走了。列文也站了起来,但他从伯爵夫人脸色上看出,还没有到走的时候,还得再待两分钟。他又坐下了。

但他一直觉得十分无聊,再也想不出话题,只好不做声。

"您不去参加大会吗?据说很有意思呢。"伯爵夫人开口了。

"不,我答应去接我的姨姐。"列文说。

接着出现了冷场。母女俩又交换了一下眼色。

"哦,看来现在是时候了。"列文想了想站起来。太太们同他握手,再三要他向夫人致意。

门房一边帮他穿外套,一边问:

"请问老爷哪里下榻?"接着就把他的住址登记到一个装帧精美的大本子里。

"当然,我倒没什么,但是多么可耻,多么无聊哇!"列文心里想,拿大家都这样干的想法聊以自慰。接着他就到大会场上去,好在那里找到姨姐,把她接回家。

参加委员会公开大会的人很多,上流社会的人几乎都到了。列文正好赶上被公认为非常精彩的时事述评。等到述评结束,人们三五成群,聚集在一起。列文遇见史维亚日斯基。史维亚日斯基请他今晚一定去参加农业会议,那里将宣读一份精彩报告,他还遇见刚从赛马场回来的奥勃朗斯基和其他许多熟人。列文又同人谈到大会、新的乐曲和公审等事,听到各种意见。大概由于他精神上过分疲劳,在谈到公审时说错了话,事后想起一直很懊悔。大家还谈到一个外国人在俄国受处分的事,都认为把他驱逐出境是不妥当的,列文就把昨天从朋友那里听来的话说了一遍。

"我觉得把他驱逐出境,就像处分梭鱼,把它放到河里去一样。"列文说。事后他才想到,他把朋友的话当作自己的想法说出来,其实是引用了克雷洛夫的寓言,那位朋友又是从报上一篇小品文里看来的。

列文陪着姨姐回到家里,看见吉娣身体健康,心情愉快,他就到俱乐部去了。

7

列文到俱乐部,来得正是时候。来宾和会员跟他同时到达。列文好久没有到俱乐部来了,自从他离开大学,住在莫斯科,进入社交界以来一直没有来过。他记得俱乐部,记得里面的种种设备,但当年俱乐部留给他的印象已消失了。直到马车驶进半圆形的院子,他下了马车,走上台阶,那个佩肩带的门房悄悄地拉开门,向他鞠躬的时候;直到他在门厅里看见一大堆套鞋和外套(大家认为在楼下脱掉套鞋比穿着上楼省事);直到他听见通报他上楼的神秘铃声,沿着缓斜的楼梯上去,看见楼梯口的雕像,又在楼上房门口看见第三个熟识的门房,穿着俱乐部制服,老态龙钟,不急不慢地打开门,打量着他这位客人——直到这时,俱乐部的印象,那种悠闲、舒适和华丽的印象,才重新浮上他的脑海。

"请把帽子给我,老爷!"门房对列文说,他已把帽子留在门厅里的规矩忘记了。"您好久没来了。老公爵昨天给您预定过位子了。奥勃朗斯基公爵还没有来。"

这个门房不仅认得列文,还知道他的亲友,立刻提到他的几位老朋友。

列文走过第一个摆有许多屏风的大厅,向右经过一个坐着水果商人的房间,赶过一个慢吞吞地走着的老头儿,这才进入人声喧闹的餐厅。

他穿过一排几乎坐满人的桌子,打量着来宾们。这里,那里,到处都看见形形色色的人,有年老的,有年轻的,有面熟的,有知己的。没有一个脸上带着愤怒和焦虑的神色,仿佛大家都把烦恼和忧虑连同帽子一起留在门厅里,准备逍遥自在地享受一番快乐的物质生活。来到这里的有史维亚日斯基,谢尔巴茨基,聂维多夫斯基,老公爵,伏伦斯基和柯兹尼雪夫。

"啊!你怎么迟到了?"老公爵含笑说,把手从肩膀上方伸给他。"吉娣怎么样?"他拉拉好塞在背心纽扣缝里的餐巾,又问。

"没什么,她身体很好。她们三个在家里吃饭。"

"啊,又在谈东家长西家短了。我们这里没有位子了。你到那张桌上去,赶快占个座位。"老公爵说,小心翼翼地接过一盘子鳕鱼汤。

"列文,这里来!"较远的地方有个亲切的声音叫道。这是土罗甫春。他同一个青年军人坐在一起,旁边有两只倒翻过来的空椅子。列文高兴地走到他们跟前。他一向喜欢那个吃喝玩乐、心地善良的土罗甫春——看到他就会想起向吉娣求婚的事——而今天,经过紧张的谈话以后,他觉得土罗甫春忠厚的模样格外可爱。

"这两个位子是留给您和奥勃朗斯基的。他马上就来。"

这位腰骨笔挺、眼睛总是含笑的快乐军人是彼得堡人加金。土罗甫春给他们做了介绍。

"奥勃朗斯基总是迟到。"

"啊,他来了。"

"你刚来吗?"奥勃朗斯基迅速地走到他们跟前,对列文说。"好极了。你喝过伏特加吗?好,来吧。"

列文站起来,跟他走到摆着各种伏特加和各色冷盘的大桌子旁。从二三十种冷盘里照理总可以挑到合乎口味的东西,但奥勃朗斯基又点了一种特殊的冷盘。那个站在旁边穿制服的侍者立刻把点的冷盘端了来。他们各喝了一杯伏特加,这才回到桌旁。

他们还在吃汤,加金就叫了一瓶香槟酒,吩咐侍者斟满四个玻璃杯。列文没有拒绝人家请他喝的酒,自己又要了一瓶。他肚子饿了,津津有味地又吃又喝,但更加津津有味地参加大家放肆的愉快谈话。加金压低声音,讲了彼得堡一个新鲜的趣闻。这个趣闻不成体统,也很无聊,但是十分可笑。列文听了忍不住放声大笑,引得邻座的人都回过头来看他。

"这件事有点像:'这我可实在受不了啦!'你听说过吗?"奥勃朗斯基问。"嘿,简直妙透了!再来一瓶!"他吩咐侍者,接着就讲起那个故事来。

"彼得·伊里奇·维诺夫斯基敬你们两位的酒。"一个老侍者端来两杯盛在精致玻璃杯里的泡沫翻腾的香槟酒,打断奥勃朗斯基的话,对他和列文说。奥勃朗斯基拿起酒杯,同桌子另一头那个留褐色小胡子的秃头男人交换了个眼色,笑眯眯地向他点点头。

"这是谁?"列文问。

"你在我那里见过他一次,记得吗?是个好小子。"

列文也像奥勃朗斯基那样,举起酒杯来。

奥勃朗斯基讲的趣闻也很可笑。列文也讲了一件有趣的事,大家也很欣赏。然后大家谈到了马匹,谈到了今天的赛马,以及伏伦斯基的那匹"缎子"怎样勇猛地赢得了冠军。列文简直没注意这顿晚餐是怎么过去的。

"嘿!他们来了!"晚餐结束的时候,奥勃朗斯基一面说,一面从椅背上伸出手去,同那伴着一位高个子近卫军上校向他走来的伏伦斯基握手。伏伦斯基脸上洋溢着俱乐部里人人都有的轻松愉快的神色。他兴高采烈地把臂肘搁在奥勃朗斯基的肩膀上,在他耳边悄悄地说了些什么,又带着同样快乐的微笑把手伸给列文。

"见到您很高兴,"伏伦斯基说。"我那天在选举大会上找过您,他们说您已经走了。"

"是的,我当天就走了。我们刚才谈到您的马,我向您道喜,"列文说。"您那匹马跑得快极了。"

"您不是也养马吗?"

"不,是我父亲从前养过,我还记得,还懂得一点。"

"你在哪里吃了饭?"奥勃朗斯基问。

"我们坐二号桌,在圆柱后面。"

"大家都在向他祝贺,"高个子上校说。"他第二次获得皇帝的奖赏,要是我打牌能像他赛马那样走运就好了。"

"嗐,何必浪费大好光阴呢。我要到'地狱'去了!"上校说完就走了。

"这是雅希文。"伏伦斯基回答土罗甫春的询问,在他们旁边的空位子上坐下。他喝干了敬他的一杯酒,又叫了一瓶。不知是受俱乐部气氛的影响呢,还是喝了几杯酒,列文兴致勃勃地同伏伦斯基谈着良种牲口,由于对他没有丝毫芥蒂而感到高兴。列文甚至还提到听他妻子说,她在玛丽雅·波里索夫娜公爵夫人家里遇见过他。

"嘿,玛丽雅·波里索夫娜公爵夫人,真是个妙人!"奥勃朗斯基说,接着讲了她的一件趣事,引得大家都笑了。伏伦斯基笑得特别真诚欢畅,使列文觉得他们已完全言归于好了。

"怎么样,结束了吧?"奥勃朗斯基站起身,笑着说。"我们走吧!"

8

列文离开餐桌,觉得走起路来两臂摆动得特别精神,特别轻松。他同加金一起经过一个个高大的房间,向弹子房走去。穿过大厅时,他同岳父碰上了。

"嗯,怎么样?你喜欢我们这座逍遥宫吗?"老公爵挽住他的手臂说。"让我们去走走。"

"我是想到处走一走,看一看。这里太有趣了。"

"是的,你觉得有趣。可是我的兴趣同你不一样。你瞧瞧这些老头儿,"老公爵指着一个脚穿软靴、蹒跚地向他们走来的驼背瘪嘴的老头儿说,"你以为他们生下来就是这样的老浑蛋吗?"

"怎么是老浑蛋?"

"对了,你就不知道这个名称。这是我们俱乐部里的行话。你知道滚鸡蛋游戏吧?一个熟鸡蛋滚得次数多了,就变成不中用的老浑蛋了。我们也是这样,俱乐部里天天来,月月来,年年来,终于变成老浑蛋了。嚆,你笑了,可我们只想到自己都快变成老浑蛋了。你认识契青斯基公爵吗?"老公爵问。列文从他的脸色上看出,他准备讲什么可笑的事了。

"不,我不认识。"

"哟,怎么会!契青斯基公爵可是个赫赫有名的人物。哦,那也不要紧。他这个人就是喜欢打弹子。三年以前他还不是老浑蛋,还精神得很呢。他自己也叫别人老浑蛋。最近,他有一次到这里来,可是我们的门房……你知道华西里吗？喏，就是那个胖子。他是个说俏皮话的好手。嘿，契青斯基公爵问他说：'喂，华西里，有哪些人来了？有没有老浑蛋？'不料他回答说：'您是第三名。'嗨，老弟，你说可笑不可笑！"

列文和老公爵一边谈天，同遇见的熟人打招呼，一边周游各个房间：大房间里摆着一张张桌子，老牌迷们正在打输赢不大的纸牌；休息室里，人们正在下棋，柯兹尼雪夫坐在那里同一个人谈话；弹子房里，在房间转角处的大沙发旁聚集了一群人，他们喝着香槟酒，有说有笑，加金也在里面；他们也参观了一下"地狱"，那里的一张桌子旁聚集了一群赌徒，雅希文也坐在那里。他们走进光线很暗的阅览室，竭力不弄出声音来，看见一个青年坐在灯下，怒气冲冲地翻阅着一本本杂志，另外有个秃头将军在埋头看书。他们还走进被老公爵称为"智囊室"的房间里，有三位先生正在那里起劲地谈论时事。

"公爵，您请过来，都准备好了。"老公爵的一位老搭档找到他，说。于是老公爵就走了。列文坐下来听了一会儿，可是一想到今天早晨的全部谈话，感到无聊极了。他连忙站起来去找奥勃朗斯基和土罗甫春，只有同他们在一起才有趣。

土罗甫春坐在弹子房的高背沙发上，手里端着一大杯酒。奥勃朗斯基同伏伦斯基坐在房间一侧的门边。

"她倒并不觉得寂寞，不过这种关系未定的尴尬处境……"列文一听见这样的谈话，想赶快走开，可是奥勃朗斯基把他叫住了。

"列文！"奥勃朗斯基叫道。列文发现他的眼睛里虽没有泪水，却是潮润的。他喝了点酒，或者动了感情，总是这样的。这会儿，他既喝了酒，又有点动感情。"列文，不要走！"他说着一把抓住他的臂肘，说什么也不肯放他走。

"这是我忠实的朋友,简直可以说是最最知心的了,"奥勃朗斯基对伏伦斯基说。"你当然也是我最亲密最可贵的朋友。我希望,我也相信,你们也会成为好朋友,因为你们都是好人。"

"好吧,那我们非亲嘴不可了。"伏伦斯基一面和蔼可亲地开着玩笑,一面伸出手来。

他连忙抓住对方伸出来的手,紧紧地握了握。

"我太高兴了,太高兴了!"列文一面说,一面握着伏伦斯基的手。

"喂,来一瓶香槟!"奥勃朗斯基吩咐道。

"我也高兴得很呢!"伏伦斯基说。

不过,尽管奥勃朗斯基抱着希望,他们两人也抱着希望,他们却无话可谈,而且两人都感觉到这一点。

"你知不知道他不认识安娜?"奥勃朗斯基对伏伦斯基说。"我一定要带他去见见她。我们去吧,列文!"

"真的吗?"伏伦斯基说。"她一定会很高兴的。我真想立刻回家!"他继续说,"可是我不放心雅希文,我要等他赌完再走。"

"什么,他赌得很糟吗?"

"他总是输钱,只有我才管得住他。"

"我们来打三角怎么样?列文,你打吗?嗯,好极了!"奥勃朗斯基说,"摆好三角。"他吩咐记分员说。

"早就准备好了。"记分员早已把弹子摆成三角形,正滚着红弹子玩,回答说。

"好,来吧。"

打完一盘以后,伏伦斯基和列文就坐到加金桌旁。列文应奥勃朗斯基的邀请也打起纸牌来。伏伦斯基一会儿坐在桌旁,被不断走来找他的熟人所包围,一会儿走到"地狱"里去看看雅希文输得怎样了。列文消除了精神上的疲劳,感到心旷神怡。结束同伏伦斯基的敌对关系,他感到高兴。他心里一直充满安宁、体面和满足的感觉。

打完牌,奥勃朗斯基挽住列文的手臂。

"嗯,那么我们去看看安娜吧。现在就去吗?呃?她现在在家里。我早就答应她带你去了。今天晚上你打算到哪里去?"

"哦,没有什么特别的地方要去。我答应过史维亚日斯基去参加农业会议。好吧,我们就去一下。"列文说。

"太好了,我们去吧!去看看,我的马车来了没有。"奥勃朗斯基吩咐侍者说。

列文走到牌桌旁,付清了他输掉的四十卢布,又把俱乐部里的全部花销付给门口那个不知凭着什么法术知道账目的老侍者。接着他就大模大样地摆动双臂,穿过一个个房间,向出口处走去。

9

"奥勃朗斯基老爷的马车!"门房用愤怒的低音喊道。马车驶过来,奥勃朗斯基和列文上了车。马车跑出俱乐部大门的一刹那,列文头脑里还充满俱乐部那种悠闲、舒适和人人彬彬有礼的印象,但一到街上,他就感觉到马车在高低不平的路上颠簸,听见迎面而来的马车夫的怒喝声,看见朦胧灯光下一家酒馆和一个小铺子的红色招牌,原来的印象顿时消失了。他开始思考他的行为,自问他去看安娜是否妥当。吉娣会说什么?但奥勃朗斯基不让他胡思乱想,仿佛猜透他的心事,驱除了他的疑虑。

"你能同她认识,我真是太高兴了!"他说。"你要知道,陶丽早就有这个心愿了。李伏夫也常去她家。她虽是我的妹妹,"奥勃朗斯基说下去,"但我敢说她是个了不起的女人。你会看到的。她的处境十分痛苦,特别是现在。"

"为什么现在特别痛苦呢?"

"我们正在同她丈夫交涉离婚的事。他也同意了,可是在儿子问题上卡住了。这件事早该解决,却拖了三个月。只要一离婚,她就同伏伦斯基结婚。那种古老的结婚规矩实在无聊,其实谁也不相信,却妨碍人家的幸福!"奥勃朗斯基又说。"嗯,只要一离婚,他们的处境就同我们一样了。"

"那么困难到底在哪里呢?"列文问。

"唉,这事说来话长,也实在无聊!我们这里什么事都莫名其妙。事实上,她在这里,在莫斯科,等待离婚已经等了三个月,这里人人都认识他,也都认识她;她哪里也不去,除了陶丽,不接见任何女客,因为她不要人家怜悯她。就连华尔华拉公爵小姐那个傻女人也认为待在她那里不体面,走掉了。老实说,要是换了别的女人,早就垂头丧气了。可是她呢,你可以看到,她多么会安排生活,多么沉着,多么自重……向左拐弯,就在教堂对面的巷子里!"奥勃朗斯基从车窗口探出身来,对车夫喊道。"嚯,好热呀!"他说,虽然气温才零下十二度,他却把解开纽扣的皮大衣敞得更开些。

"她不是有个女儿吗,一定在忙着照顾吧?"列文说。

"你大概把所有的女人都看成抱窝的母鸡了,"奥勃朗斯基说。"女人忙,就一定是忙孩子。不,她抚养女儿大概挺认真,不过没听到她提起。她首先在忙写作。嘻,你在讥笑了,可你不要笑。她写了一本儿童读物,但没向谁说起,只念给我听过。我把原稿交给伏尔古耶夫了……就是那个出版商……他自己大概也是个作家。他很内行,据他说这部作品写得很好。你以为她是位女作家吗?根本不是。她首先是个感情丰富的女人,你会看到的。她收养了一个英国小姑娘,老实说,整个家庭都需要她照顾。"

"怎么,她在做慈善事业吗?"

"瞧你的,马上就往坏处想了。不是什么慈善事业,是出于同情心。他们,就是说伏伦斯基,有个专门训练马的英国人,技术是有的,可是个酒鬼。他得了*酒精中毒症*①,丢下一家人不管。安娜看到了,帮助他们,对他们十分关心,如今一家人都由她负担。她也不是高高在上,光赐给他们一点钱。她亲自替两个男孩补习俄语,好让他们进中学,又把女孩接到身边。回头你会看到她的。"

马车驶进院子里,门口停着一辆雪橇。奥勃朗斯基下了车,使劲打了打铃。

他没问开门的仆人安娜在不在家,就径自走进门厅。列文跟着他进去,心里却越来越怀疑他这样做是不是合适。

列文照了照镜子,发现自己脸涨得通红,但他自信并没有喝醉,就跟在奥勃朗斯基后面沿着铺有地毯的楼梯走上去。到了楼上,一个仆人像对老朋友那样向他们鞠躬致意,奥勃朗斯基就问安娜有什么客人,那仆人回答就是伏尔古耶夫先生。

"他们在哪里?"

---

① 原文为拉丁语。

"在书房里。"

奥勃朗斯基同列文一起穿过有深色护壁板的小餐厅,踏着柔软的地毯,走进光线暗淡的书房,房里点着一盏有暗色大灯罩的油灯。壁上还有一盏反光灯,照亮了一个巨幅的女人全身像,不由得吸引了列文的注意。这是安娜的像,是在意大利时由米哈伊洛夫画的。奥勃朗斯基走到屏风后面,正在说话的那个男人住了口。这当儿,列文正凝视着这个在灯光照耀下仿佛要从画框里走出来的人,怎么也舍不得离开。他甚至忘记自己在什么地方,也没有听见人家在说些什么,一直目不转睛地盯着这幅美妙的肖像。这不是画像,是一个活生生的迷人的女人,披着一头乌黑的鬈发,光着肩膀和胳膊,长有柔软汗毛的嘴唇上挂着若有所思的微微笑意,并且用那双使人销魂的眼睛洋洋得意而又脉脉含情地望着他。如果说她不是活的,那只是因为任何活着的女人都不可能有她那么美丽动人。

"我太高兴了!"他突然听见身边有个声音,显然是对他而发的,原来就是他叹赏不止的画里那个女人的声音。安娜从屏风后面走出来迎接他。列文在书房暗淡的光线下看见了画里的女人,她穿着一件花纹斑驳的深蓝连衫裙,姿势不同,表情两样,但也像画家在画里所表现的那样,达到了美的顶峰。她本人不像画里那样光彩夺目,却有画里所没有的另一种使人心醉的风韵。

10

安娜站起来迎接他,并不掩饰看到他的喜悦。她伸出强健有力的小手同他握,给他介绍伏尔古耶夫,又指指那个坐着做针线的漂亮红发小姑娘,说是她的养女。她这些举动具有列文所熟悉和喜爱的上流社会妇女的气派:稳重端庄,落落大方。

"真是太高兴了,太高兴了,"她重复说,这句普通的应酬话从她嘴里说出来,列文觉得具有特别的意义。"我早就知道您并且喜欢您了,由于您同斯基华的友谊,以及您太太的关系……我认识她时间不久,可是她留给我的印象简直像一朵美丽的鲜花,真是一朵鲜花呀!听说她不久就要做母亲了!"

她说话从容不迫,毫无拘束,偶尔把视线从列文身上移到哥哥身上。列文觉得他给人家的印象是好的,同她在一起也就变得轻松愉快、没有拘束,仿佛他从小就认识她似的。

"我同伊凡·彼得罗维奇坐到阿历克赛的书房里来,"奥勃朗斯基问她可不可以吸烟,她这样回答,"就是为了好抽抽烟。"接着瞟了一眼列文,意思是问:他抽不抽烟?又把那个玳瑁烟盒拉过来,掏出一支烟。

"你今天身体好吗?"做哥哥的问她。

"没什么。像往常一样神经有点儿亢奋。"

"画得挺精彩,是吗?"奥勃朗斯基发觉列文望着安娜的肖像,说。

"我可从没见过这样好的肖像。"

"像极了,是不是?"伏尔古耶夫说。

列文的视线从画像移到安娜本人身上。当安娜感觉到他的目光落到自己身上时,她脸上焕发出一种异样的光辉。列文脸红了,为了掩饰自己的窘态,他刚想问她是不是好久没有看见陶丽了,但安娜抢先开了口:

"我刚才同伊凡·彼得罗维奇谈到华辛科夫最近的一些画。您看到了吗?"

"我看到了。"列文回答。

"对不起,我把您的话打断了,您想说……"

列文问她是不是好久没见到陶丽了。

"昨天她在我这里,她为格里沙很生学校的气。拉丁文教师对他似乎不讲道理。"

"是的,我见到那些画了。我不太喜欢。"列文回到她刚才开了头的话题。

列文现在不像早晨那样光说说客套话了。同她说话一字一句都有特殊意义。同她说话很愉快,听她说话就更愉快。

安娜说话不仅毫不做作,而且聪明直爽;她不坚持自己的意见,却很尊重对方的想法。

谈话转到新艺术流派和一位法国画家新近给《圣经》作的插图上。伏尔古耶夫非难那位画家把现实主义发展到俗不可耐的地步。列文说,法国人在艺术上总是最墨守成规,因此他们认为回到现实主义就是做了特殊贡献。他们认为不撒谎就是诗。

列文还没有说过一句比这更使他洋洋自得的俏皮话。安娜突然听到这个想法,大为欣赏,她的脸顿时容光焕发。她笑了。

"我笑,就像人家看见一幅惟妙惟肖的画像一样,高兴极了,"她说。"您的话一针见血,道破今天法国艺术的特点,包括绘画,甚至包括文学:左拉也好,都德也好。但也许通常就是这样的:先从千篇一律的虚构形象中产生概念,然后进行综合,等虚构的形象用腻了,这时就会想出一些比较自然比较合理的形象来。"

"嗯,这话一点儿也不错!"伏尔古耶夫说。

"那么,您到俱乐部去过了?"安娜问哥哥说。

"啊呀呀,真是个了不起的女人!"列文一面想,一面出神地盯住她那表情丰富的美丽脸蛋,发现它一下子就变了样。列文没听见她探过身去对哥哥说了些什么,但她面部表情的变化使他吃惊。原来那么娴静端庄的脸,突然显出一种异常好奇、生气和矜持的神色。但这只是一刹那的事。接着她就眯缝起眼睛,仿佛在回忆什么。

"是的,不过这可谁也不感兴趣。"她说,接着又对那个英国女孩说了一句英语:"请吩咐他们在客厅里摆茶。"①

女孩子站起身,出去了。

"怎么样,她考试及格吗?"奥勃朗斯基问。

"好极了。这姑娘很能干,脾气也挺好。"

"到头来你会比亲生孩子更疼她的。"

"瞧你们男人说的。爱是不能分多少的。我爱女儿和爱她是两种不同的爱。"

"我刚对安娜·阿尔卡迪耶夫娜说过,"伏尔古耶夫说,"要是她能把花在这个英国小姑娘身上百分之一的精力,用到教育俄国儿童的共同事业上,她就会做出重大贡献。"

"唉,随便您怎么说,我可办不到。伏伦斯基伯爵很鼓励我(她说'伏伦斯基伯爵'几个字时,用恳求和畏怯的目光望了列文一眼,他不由得也用尊敬和认可的目光回答她),鼓励我在乡下办好学校。我去过几次。孩子们都很可爱,可是我对这工作不感兴趣。至于精力,那是由爱产生的。爱不能勉强,不能依靠命令。嗯,就说我爱这个女孩子

---

① 原文是英语。

吧,我自己也说不出是什么缘故。"

她又对列文瞧了一眼。她的微笑和眼神都告诉他,她这话是说给他听的,她尊重他的意见,并且预先知道他们是能互相理解的。

"这一点我完全理解,"列文回答。"我们不可能把全部心血放在学校和这一类机关上,我想就因为这个缘故吧,慈善事业总是不大有成效。"

她沉默了一会儿,微微一笑。

"是的,是的!"她证实说。"我可永远办不到。*我没有那么开阔的胸襟*,不能爱孤儿院里所有那些讨厌的小姑娘。这一点我可永远办不到。有多少妇女就靠这个手法猎取社会地位,这种情况如今越发厉害了。"她带着忧郁和信任的神气夹着法语说,表面上仿佛是对哥哥说的,其实显然是讲给列文听的。"现在我很需要做些什么,可就是不能做。"她忽然皱起眉头(列文明白她皱眉头是因为谈到了她自己的事),接着就改变话题。"我知道人家议论过您,"她对列文说,"说您是个不好的公民。我总是竭力替您辩护。"

"您怎样为我辩护呢?"

"那要看人家怎样攻击您了。来,大家喝点茶好吗?"她站起身,拿起一本皮面精装的本子。

"交给我吧,安娜·阿尔卡迪耶夫娜,"伏尔古耶夫指着书说。"这挺有价值。"

"嗳,不,这还只是草稿。"

"我告诉过他了。"奥勃朗斯基指着列文对妹妹说。

"你这又何必呢!我写的东西有点像丽莎·梅尔察洛娃向我兜售的囚犯做的雕花小篮子。她在主持慈善会的监狱部,"她对列文说。

"那些不幸的人在耐心上表现了奇迹。"

列文在这个他十分喜爱的女人身上又发现了一个特点。除了智慧、文雅和美丽以外,她还具有诚实的美德。她不想在他面前掩饰自己艰难苦涩的处境。她说了这话,叹了一口气,面部表情变得像石头一样呆板。这样也就显得格外美丽动人,但这是一种新的表情,完全超出画家在肖像中所表现的那种洋溢着幸福的光辉并且把幸福散发给别人的神态。列文又望望肖像和她本人,看她怎样同哥哥手挽着手走进高大的门里,不禁对她产生了一种他自己都感到惊奇的怜爱之情。

她请列文和伏尔古耶夫先去客厅,自己同哥哥留下来说话。"他们在谈论离婚,谈论伏伦斯基,谈论他在俱乐部里做些什么,还是在谈论我?"列文暗自猜想。安娜同哥哥在谈些什么?这问题使他忐忑不安,他简直没听见伏尔古耶夫告诉他安娜这部儿童读物的优点。

喝茶的时候又继续这种富有内容的愉快谈话。不仅没有一分钟需要找寻话题,相反,大家总觉得来不及把想说的话说个畅快。为了听别人说话,情愿自己克制着不说。不论他们说些什么,也不仅是她说的,就是伏尔古耶夫和奥勃朗斯基的话,由于她的注意和评论,列文觉得也都别有含义。

列文一面倾听这场有趣的谈话,一面欣赏她,欣赏她的美丽、聪明和教养,欣赏她的淳朴和真挚。他边听边说,又不断地思索,思索她的精神生活,竭力捉摸她的感情。他以前曾经严厉地谴责她,如今却以古怪的逻辑替她辩护,为她难过,并且唯恐伏伦斯基不能充分理解她。十点多钟,奥勃朗斯基起身要走(伏尔古耶夫走得更早),列文却觉得仿佛才来了不久。他无可奈何,也只好站起来,心里却还舍不得走。

"再见!"安娜握着他的手,用迷人的目光盯住他的眼睛说。"我真高兴,冰块融化了。"她用法语加了一句。

她放了他的手,眯缝着眼睛。

"请您转告尊夫人,我仍旧喜爱她。要是她不能饶恕我现在的处境,那就希望她永远不要饶恕我。要饶恕,就得经历我经历过的这种生活,但愿上帝保佑她别受这个罪。"

"好,我一定转告……"列文涨红了脸说。

11

"一个多么奇妙、可爱和可怜的女人!"列文同奥勃朗斯基走到严寒的户外,心里想。

"嘿,怎么样?我不是对你说过吗?"奥勃朗斯基看到列文完全被征服了,对他说。

"是的,"列文若有所思地回答,"真是个非同寻常的女人!不但聪明,而且极其真挚。我真替她难过!"

"上帝保佑,如今一切都快解决了。我说,凡事都不要太早下结论,"奥勃朗斯基打开车门说。"再见,我们不是同路。"

列文不断地想着安娜,想着同她交谈的每句话。同时回忆着她脸部的各种表情,越来越同情她的处境,越来越替她难过——他就这样回到了家里。

到家以后,顾士玛告诉他吉娣平安无事,她的几位姐姐刚走,又交给他两封信。列文在前厅看了信,免得以后分心。一封是账房索科洛夫写来的。索科洛夫说小麦不能脱手,因为人家只肯出每石五个半卢布,可是钱又没有别的来路。另一封信是他姐姐寄来的。她怪他至今没有把她的事情办好。

"好吧,既然不肯多出钱,那就五个半卢布卖掉吧。"列文立刻果断地就第一件事做了决定,这在以前他会觉得很棘手的。"真奇怪,在这里怎么老是这样忙啊!"他想到第二封信。他觉得对不起姐姐,因为她托他办的事至今没有办好。"今天我又没有去法庭,但今天实在没有空。"他决定明天去办,就往妻子房里走去。他一边走,一边迅速地回顾这一天的活动。这一整天就是谈话:听人家谈,自己也参加谈。他们谈的事,他在乡下是决不会谈到的,可是在这里,却谈得很有趣。他谈的话都没有错,只有两件事不太妥当。一件是他谈到梭鱼,另一件是他对安娜产生的爱怜之情。

列文看到妻子有点闷闷不乐。三姐妹一起吃饭本来很开心,但左等右等都不见他回来,大家都觉得无聊,两位姐姐便先走了,剩下吉娣一个人。

"嗯,那么你在做些什么呀?"她盯着他那双形迹可疑的眼睛问。但为了不影响他讲出全部真相,她藏起关注的神色,和颜悦色地听他讲述怎样消磨黄昏。

"啊,我遇见了伏伦斯基,真是高兴。同他在一起我一点也没有感到拘束。说实在的,从今以后我决心再也不同他见面了,不过以前那种尴尬局面已经不存在了。"他说了这话,想到自己"决心再也不同他见面了",却又立刻去看望安娜,不禁脸红起来。"你瞧,我们总是说老百姓爱喝酒,我不知道究竟谁喝得更多:是老百姓还是我们这个阶级的人。老百姓只有逢年过节才喝一点,可是我们……"

但是吉娣对议论老百姓喝酒的问题毫无兴趣。她看到他脸红了,很想知道是什么缘故。

"那么,你后来又到哪里去了?"

"斯基华拼命拉我去看望安娜·阿尔卡迪耶夫娜。"

列文说了这话,脸涨得更红了。他去看望安娜是不是妥当,这个问题终于明确了:他不该去。

一听到安娜的名字,吉娣便睁大眼睛,眼里闪闪发光,但她竭力克制自己的感情,掩饰内心的激动,不让他发觉。

"哦!"她只叫了一声。

"我去过了,你总不会生气吧?斯基华劝我去,陶丽也希望我去。"列文继续说。

"嗯,不。"吉娣嘴里这样说,但从她的眼神里可以看出,她在竭力克制自己的感情。这不是什么好兆头。

"她是个非常可爱又非常非常可怜的好女人。"列文讲到安娜,讲到她的活动,以及她要他转达的问候。

"是的,她自然非常可怜,"当他讲完了,吉娣说。"你接到谁的信了?"

列文告诉了她;他被她平静的语气哄过去,就去换衣服。

他回来时,看见吉娣仍旧坐在那把椅子上。他走到她面前,她对他望了一眼,便哇的一声哭了起来。

"怎么回事?怎么回事?"列文嘴里这样问,心里已明白是怎么一回事了。

"你爱上这个可恶的女人了,她把你给迷住了!我从你的眼神里看得出来。对,对!这会有什么结果呢?你在俱乐部里喝酒,拼命喝酒,还赌钱,然后又到……到谁那里去了?不,我们走吧……我明天就走。"

列文劝慰妻子,劝了半天都没有结果。最后他承认,怜悯的感情加上酒,就使他忘乎所以,因而受到安娜狡猾的诱惑,今后他一定回避她。他诚恳地承认,在莫斯科待得太久,老是吃喝玩乐,成天空谈,他变得糊涂了。夫妻俩一直谈到深夜三点钟。直到三点钟,他们才言归于好,安心睡觉。

12

安娜送走客人,没有坐下,却在屋子里走来走去。整个晚上,她都无意识地竭力使列文拜倒在她的脚下(近来她对年轻男人都是这样的)。她知道,她使一个已婚的正派男人,在一个晚上对她倾倒的程度达到了顶峰,而且她也很喜欢他(尽管从男人角度来看,伏伦斯基同列文截然不同,但她是个女人,看出了伏伦斯基和列文的共同之处,也就是吉娣能同时爱他们两人的原因),但是等他一离开屋子,她就不再想他了。

一个思想,只有一个思想,以各种不同方式一直执拗地纠缠着她。"既然我对别人,对那个结过婚热爱妻子的人,都那么有魅力,为什么他却待我这样冷淡?……也不能说是冷淡,他是爱我的,这一点我知道。但如今一种新的因素使我们之间有了隔阂。为什么整个晚上都不见他的人影子?他叫斯基华带口信,说他不能让雅希文独自留下,他得看住他赌钱,雅希文又不是个小孩子!就算这是实话吧——他倒是从来不说假话的——这句话也别有用意。他趁机向我表示,他还有别的义务。其实这一点我是知道的,我没有意见。但何必做给我看呢?他要向我证明,他对我的爱情不应妨碍他的自由。可是我不需要证明,我需要爱情。他应该了解我在这里莫斯科生活是多么痛苦。难道这样也能算生活吗?我这不是在生活,而是在等待一拖再拖的结局。又没有回信!斯基华说他不能去找阿历克赛·阿历山德罗维奇。我又不能再写信。我毫无办法,无从下手,无法改变,我只能忍耐,只能等待,自己找点消遣——摹仿英国家庭的生活方式啦,写作啦,读书啦。但这一切都只是自欺欺人,都只是吗啡罢了。他应该可怜可怜我呀。"她一面自言自语,一面感觉到眼睛里涌上自爱自怜的泪水。

她听见伏伦斯基急促的打铃声,慌忙擦去眼泪,不仅擦去眼泪,而且坐到灯下,翻开一本书,装出若无其事的样子。要让他明白,他没有如期回来,她很不满意,但只是不满意罢了,决不能让他看出她很伤心,看出她这种自爱自怜的心情。她可以自爱自怜,却不能叫他来怜爱她。她不愿吵嘴,还曾责备他想吵嘴,可是这会儿自己却不由得摆出吵嘴的姿态。

"嗨,你不觉得寂寞吧?"伏伦斯基兴致勃勃地走到她跟前说。"赌博真是一种可怕的嗜好!"

"不,我不觉得寂寞,我早就习惯了。斯基华来过了,还有列文。"

"是的,他们要来看看你。那么,你喜欢列文吗?"他在她旁边坐下来说。

"很喜欢。他们才走了没多久。雅希文怎么了?"

"他赢过钱,赢了一万七。我招呼他走。他刚打算走,可是又回去,结果还是输了。"

"那你何必留在那里呢?"她突然白了他一眼,问。她面部的表情冷淡而带有敌意。"你对斯基华说你留下来是要把雅希文带走。可你还是让他留了下来。"

他的脸上同样现出准备吵架的冷酷表情。

"第一,我没有请他给你带什么口信;第二,我从来不撒谎。主要是我想留下就留下了。"他皱着眉头说。"安娜,何必这样,何必这样呢?"他停了停,向她探过身去说。接着张开手,希望她会把手放在他手里。

这种爱情的挑逗使她高兴。但是一种古怪的邪恶力量却不让她屈服于爱情的诱惑,仿佛争吵的条件不允许她就此投降。

"当然,你想留下就留下。反正你想干什么就可以干什么。可是为什么你要对我说这话呢?为什么呢?"她越说越激动。"难道有谁要剥夺你的权利吗?可是你总要表示你有理,那就有你的理去吧!"

他捏拢拳头,扭过身去,脸上现出比原来更加顽固的神气。

"你真是顽固不化!"她对他凝视了一会儿,突然想出适当的字眼,来说明他那种使她恼怒的神情,说,"的确是顽固不化。对你来说,这只是能不能在我面前保持胜利者姿态的问题,可是对我来说……"她又为自己伤心,差点儿哭起来。"你真不知道这对我是个什么问题!我觉得你对我抱着敌意……就是抱着敌意,你真不知道这对我意味着什么!你真不知道我在这种时刻是多么悲观绝望,我真害怕,害怕我自己!"她说着转过身去,掩饰她的哭泣。

"嗐,我们这是在干什么呀?"他看到她那种绝望的神色,大吃一惊,又探过身去,拉住她的手吻了吻,说。"这是为什么呀?难道我在外面寻欢作乐了吗?我不是竭力避免同别的女人来往吗?"

"但愿如此!"她说。

"嗯,你倒说说,我该怎样才能使你放心呢?只要你幸福,我什么都愿意做,"他被她的绝望神情所感动,这样说。"只要你不像现在这样难受,我什么都愿意做,安娜!"

"没什么,没什么!"她说。"我自己也不知道,是由于孤独的生活,还是神经……好吧,我们不说了。这次赛马怎么样?你还没有讲给我听过呢!"她问,竭力掩饰得意的神色——胜利毕竟在她一方面。

他吩咐摆晚饭,接着就给她讲赛马的详细情况;但从他的语气里,从他变得越来越冷的眼神里,她看出他没有原谅她的胜利,她反对过的那种顽固不化的神气又在他身上出现了。他待她比以前冷淡些,仿佛后悔向她屈服。她忽然想到使她获得胜利的那句话:"我是多么悲观绝望,我真害怕我自己。"——她懂得这种武器是危险的,下次不能再用了。她觉得除了使他们结合在一起的爱情,他们之间还出现了敌对的魔鬼,她无法把它从他身上赶走,更不能把它从自己心里驱除。

13

没有一种环境人不能适应,特别是他看到周围的人都在这样生活。要是在三个月以前,列文决不会相信他能在今天这样的环境里高枕无忧;能这样漫无目的、毫无意义地过日子,而且入不敷出,纵酒狂饮(他对俱乐部里的行为想不出别的说法),还同妻子一度爱恋过的男人保持不三不四的友谊,又去拜访那个除了荡妇之外没有其他称呼的女人,甚至受到这个女人的诱惑,弄得妻子很伤心——在这样的环境里,他居然能高枕无忧,而且在疲劳、通宵不眠和狂饮滥喝以后睡得十分酣畅。

早晨五点钟,开门声把他吵醒了。他霍地跳起来,向四下里张望了一下。吉娣不在床上,但隔壁屋子里有摇曳的灯光,他听见她的脚步声。

"什么事?……什么事?"他睡眼惺忪地问。"吉娣!什么事?"

"没什么,"吉娣手拿蜡烛从隔壁走过来说。"我觉得有点不舒服。"她说时露出一种特别可爱和古怪的微笑。

"什么?开始了?开始了?"列文恐惧地说。"得派人去请……"他慌忙穿衣服。

"不,不!"吉娣微笑着用手拦住他说。"大概没什么。我只是稍微有点不舒服,现在过去了。"

她说着走到床边,熄了蜡烛,躺下来,安静了。虽然她的屏息静气,尤其是当她从隔壁屋子过来,对他说"没什么"时那种温柔而兴奋的神色使他觉得古怪,可是他睡意正浓,立刻又呼呼睡着了。事后他才回想到她那种屏息静气的模样,懂得当她躺在他身边,一动不动地等待着女人一生中最重大的事件时,她那高贵可爱的心灵有些什么感受。七点钟,她用手轻轻推推他的肩膀,低声唤他,把他叫醒了。她仿佛在进行思想斗争:又想同他说话,又舍不得把他叫醒。

"康斯坦京,不要害怕,没什么,不过看样子……得派人去请丽莎维塔。"

蜡烛又点着了。吉娣坐在床上,手里拿着编织的活计。近来她常常做这活儿。

"你千万不要紧张,不要紧的。我一点儿也不怕。"吉娣看到他那惊慌失色的脸说,把他的手按在自己的胸口,又把它贴在自己的嘴唇上。

列文丧魂落魄地一骨碌爬起来,盯住她的眼睛,穿上晨衣站住,但一直望着她。他应该走出去,可是舍不得离开她的目光。难道他还不喜爱她的脸,不熟悉她的表情和眼色吗?可是他从没看到过她现在这种模样。想起昨天她那种痛苦的样子,他觉得自己在她面前,此刻在她面前是多么卑鄙可耻啊!她那张红喷喷的脸,围着从睡帽里散出的柔发,焕发出快乐和坚毅的光辉。

尽管吉娣的性格一般说很少矫揉造作和虚情假意,但列文看到她的心灵此刻揭去了一切掩盖,赤裸裸地暴露在他面前,他还是为她的单纯真挚而深深感动。他热爱的这个女人,这样单纯真挚,越发显出她的本色。吉娣含笑望着他,突然她的双眉抖动了一下,她抬起头来,迅速走到他面前,抓住他的手,整个身子依偎着他,使他沐浴在她火热的气息里。她很痛苦,并且仿佛在向他诉说她的痛苦。开头一刹那,他照例觉得这都是他的过错。但她的眼睛含情脉脉,说明她不但不怪他,还因此更爱他。"如果不是我的过错,那又是谁的过错呢?"列文情不自禁地想,找寻着造成这痛苦的罪人,好去惩罚他,可是找不到。她觉得痛苦,诉着苦,但又为这痛苦而得意,高兴,甚至欢天喜地。他看出在她的心灵里起着一种高尚的变化,但究竟是什么?他无法理解。这是超出他的理解能力的。

"我派人接妈妈去了。你快去请丽莎维塔来……康斯坦京!……没有关系,已经过去了。"

吉娣从他身边走开去打铃。

"嗯,现在你去吧,巴莎要来了。我不要紧。"

列文惊奇地看到她拿起夜间带来的编织物,又动手编织。

列文从一扇门里出去,听见侍女从另一扇门进来。他站在门口,听见吉娣在给侍女详细布置家务,还亲自同她一起移动床铺。

他穿好衣服,趁仆人套马的时候——因为还没有出租雪橇——又跑回卧室,但不是踮着脚尖,却像插上了翅膀。两个侍女正在卧室里小心翼翼地搬动东西。吉娣走来走去,一边敏捷地编织,一边吩咐侍女做什么事。

"我马上去请医生。已经派人去接丽莎维塔了,我现在再去一下。还需要什么吗?对了,要到陶丽家去一下,是吗?"

吉娣对他望望,显然没有把他的话听进去。

"是的,是的,去一下,去一下。"她皱着眉头,对他挥挥手,急急地说。

他刚走到客厅,突然听见卧室里传出一声凄惨的呻吟,接着又静止了。他站住,好一阵弄不懂是怎么一回事。

"是的,这是她。"列文自言自语,抱着头奔下楼去。

"啊,上帝赐恩!饶恕我们,救救我们吧!"他反复叨念着这突然涌到嘴边的话。他这个不信教的人,此刻不光是嘴里这样叨念着,他明白,别说他心里的种种怀疑,就是他凭理性根本无法相信的东西,也丝毫不妨碍他向上帝求救。一切怀疑和理性此刻都从他的心灵里消失了。试问:他不向支配他生命、灵魂和爱情的上帝求救,又能向谁求救呢?

马还没有套好,但由于准备当前要处理的事,他觉得体力上和精神上特别紧张,就不等套好马,先步行出发,并吩咐顾士玛随后追上来。

在转角处,他遇见一辆飞驰过来的出租雪橇。丽莎维塔身穿旧丝绒外套,头上包着一块头巾,坐在一辆小雪橇上。"赞美上帝,赞美上帝!"列文认出她那张配着淡黄头发、此刻显得特别严肃认真的瘦脸,兴奋得不断地叨念着。他没有吩咐雪橇停下来，却在旁边护送她往回跑。

"那么，已经有两个钟头了吗？不会再多吧？"丽莎维塔问。"您去接彼得·德米特里奇，可不用催他。再到药房里去买点鸦片来。"

"这么说，您看会很顺利吗？啊，上帝赐恩，救救我们吧！"列文看见自己家的马从大门里跑出来，这样说。他跳上雪橇，坐在顾士玛旁边，吩咐到医生家去。

14

医生还没有起床，仆人说他"睡得很晚，吩咐过不要叫醒他，不久自己就会起来的"。仆人正在擦灯罩，看上去十分专心。他擦灯罩那么认真而对列文家的事却那么冷淡，使列文开头觉得惊讶，但他仔细一想，立刻明白，人家不了解也没有必要了解他的心情，因此他的行动要格外镇定、慎重和果断，好打破这堵冷淡的墙壁，达到自己的目的。"要不慌不忙，不放过任何机会。"列文自言自语，觉得应付当前事务的体力和精神越来越充沛了。

列文听说医生还没有起床，就考虑各种办法，最后决定：让顾士玛拿条子去请另一位医生，他自己到药房里去买鸦片，要是等他回来医生还没起床，那就贿赂仆人，要是对方再不答应，那就强迫他把医生叫醒。

在药房里，一个形容消瘦的药剂师正在为等候的马车夫贴药瓶上的标签，像那个擦灯罩的仆人一样冷淡，拒绝卖给列文鸦片。列文竭力不动声色，不发脾气，说出医生和接生婆的名字，讲明鸦片的用途，竭力说服药剂师卖一些给他。药剂师用德语问了问卖不卖,听见隔壁有人表示同意,就拿出瓶子和漏斗,慢条斯理地从大瓶里灌一点到小瓶里,贴上标签,封上瓶口——尽管列文求他不用这样做——还要把它包扎起来。这下子列文可忍不住了,他断然从对方手里夺过瓶子,拔脚从巨大的玻璃门里冲了出去。医生还没有起床,那个仆人这会儿正忙着铺地毯,不肯去把他叫醒。列文不慌不忙地掏出一张十卢布钞票,慢悠悠地但又不浪费时间,一面把钞票递给他,一面解释说,彼得·德米特里奇(以前在列文心目中毫不足道的彼得·德米特里奇,此刻可变得多么重要哇!)答应过他随时可以出诊,因此此刻把他叫醒,他决不会生气。

那仆人同意了,走上楼去,请列文到候诊室等待。

列文听见医生在隔壁咳嗽,走动,漱洗,说话。这样过了三分钟,列文觉得简直像过了一个多小时。他再也等不住了。

"彼得·德米特里奇,彼得·德米特里奇!"他用哀求的声音对着那打开的门说。"看在上帝分上,请您不要见怪。您就这样接待我好了。已经有两个多小时了。"

"马上就来,马上就来!"医生在隔壁回答。列文听见医生说这话时还在笑,不禁感到惊异。

"一会儿就好……"

"马上就来。"

又过了两分钟,医生还在穿靴子;又过了两分钟,医生还在穿衣服,梳头发。

"彼得·德米特里奇!"列文又可怜巴巴地叫起来,这当儿医生穿好衣服,梳好头发,走出来了。"这种人真没有心肝,"列文想。"人家快没命了,他还梳头发!"

"您早!"医生一面同他握手,一面若无其事地说,仿佛存心逗逗他。"不要忙。怎么样?"

列文竭力把妻子的状况讲得很详细很周到,同时不断要求医生立刻就同他一起回去。

"您不用忙。这事您没有经验。其实我没有必要去,但既然答应您了,那就去一下。不过用不着急。您请坐,要不要喝杯咖啡?"

列文对他望了一眼,仿佛在问他是不是在作弄他。其实医生并没有作弄他的意思。

"这我知道,我知道,"医生微笑着说,"我也是一个成了家的人,不过我们男人在这种时刻总是最可怜的。我有一个女病人,她丈夫在这种关头总是直往马厩里跑。"

"那么您看怎么样,彼得·德米特里奇! 您看会顺利吗?"

"各种征象都表明是顺产。"

"那么您现在就去吗?"列文愤怒地瞧着端咖啡进来的仆人,说。

"再过一小时。"

"不,看在上帝分上您行行好吧!"

"好,那么让我把咖啡喝了。"

医生动手喝咖啡。两人都不做声。

"这下子可把土耳其人打得落花流水了。您看到昨天的电讯了吗?"医生嚼着面包说。

"不,我不能再等啦!"列文跳起来说。"那么您过一刻钟来吗?"

"再过半小时。"

"真的吗?"

列文回到家里,正好和公爵夫人同时到达。他们一起走到卧室门口。公爵夫人眼睛里含着泪水,双手直打哆嗦。她一看见列文,抱住他哭起来。

"啊,怎么样,我的宝贝丽莎维塔?"她一把抓住喜气洋洋而又心事重重走过来的接生婆的手,问。

"情况良好,"接生婆回答,"您劝她躺下来。这样会好过些。"

列文自从早晨醒来明白是怎么一回事后,就下定决心不胡思乱想,不随便猜测,坚决克制感情,免得扰乱妻子的心。他还要安慰她,鼓励她,这样来熬过当前这一时刻。列文打听到这种事通常要持续多久,精神上准备忍受五小时。他觉得可以控制情绪,甚至不让自己想到将发生什么事,将有怎样的结局。可是当他从医生那里回来,看到她痛苦的模样时,他就越来越频繁地仰起头,不断叹息,一再念叨:"啊呀,上帝呀,饶恕我们,救救我们吧!"他感到恐惧,唯恐自己受不住,会失声痛哭或者跑出门去。他是这么痛苦,而时间却只过了一小时。

这样过了一小时,两小时,三小时,直到他预定的忍耐极限——五小时,情况依然如故。他一直忍耐着,因为除了忍耐没有别的办法。同时每分钟他都觉得已达到忍耐的极限,他的心马上就要痛苦得碎裂了。

时间一分钟又一分钟、一小时又一小时地过去,他的痛苦和恐惧却不断增长,越来越厉害了。

生活中一切必不可少的习惯对列文来说都不再存在。他失去了时间观念。当吉娣把他叫到身边,他抓住她那忽而异常使劲地握紧他的手,忽而又把他推开的汗滋滋小手时,他觉得几分钟简直像几小时那么长,而有时几小时却又像只有几分钟那么短。丽莎维塔请他到屏风后面去点蜡烛,他感到惊奇,才知道已是傍晚五时了。要是人家告诉他现在才上午十点钟,他倒不会感到那么惊奇。他不太清楚自己在什么地方,现在是什么时候,在发生什么事情。他看见她热得发红的脸,时而不知所措,痛苦万状;时而嫣然微笑,使他得到宽慰。他看见公爵夫人,满脸通红,神情紧张,灰白的鬈发蓬乱不堪,她咬住嘴唇,勉强忍住眼泪。他看见陶丽,看见吸着很粗烟卷的医生。他还看见脸色坚定、果断和使人宽慰的接生婆,还看见皱着眉头在大厅里来回踱步的老公爵。他们从哪里来又到哪里去,他们在什么地方,他一概不知道。公爵夫人一会儿同医生一起在卧室里,一会儿在摆好饭桌的书房里;一会儿又不是她,而是陶丽。后来列文记得人家派他到什么地方去。有一次又叫他搬桌子和沙发。他干得很卖力,满心以为是为她而干的,后来才知道是为他自己安排过夜的地方。后来又为什么事派他到书房里去问医生。医生回答了他,接着又谈到议会里的混乱情况。后来又派他到公爵夫人卧室去取一个镀金的银圣像。他同公爵夫人的老女仆爬到一个柜子上去取,竟把一盏神灯打碎了。那个老仆人安慰他不要为妻子和神灯的事难过。他把圣像拿来放在吉娣的床头,竭力把它塞在枕头后面。但这一切是在什么地方,什么时候,为什么做的,他都不知道。他也不明白为什么公爵夫人拉住他的手,怜悯地瞧着他,请求他放心;陶丽劝他吃点东西,把他从房里领出去;就连医生都严肃而同情地望着他,给他吃了点药水。

  他只知道和感觉到,现在发生的事同一年前在省城医院里尼古拉哥哥临死时的情况有点相似。所不同的只是,那次是丧事,这次是喜事。但是,那次丧事和这次喜事同样都越出生活的常轨,仿佛是生活里的窟窿,通过这些窟窿看到了一种崇高的境界。当前正在发生的事同样痛苦,同样折磨人;在观察这种崇高的境界时,灵魂同样不可思议地达到了空前的高度,那是理性所不能达到的。

"啊,上帝呀,饶恕我们,救救我们吧!"他不断地念叨着,虽然长期疏远宗教,此刻却像儿童时代和青年时代一样虔诚一样单纯地祈求着上帝。

　　在这段时间里,他有两种截然不同的心情。当他不在她面前时,他同那一支接一支地吸着粗烟卷、又把烟头在积满烟灰的烟缸边上捻灭的医生,同陶丽和老公爵,在一起谈论正餐,谈论政治,谈论玛丽雅·彼得罗夫娜的病。在这种时候,列文暂时忘记了一切,仿佛好梦初醒。但当他在她面前,在她床头旁时,他的心就痛苦得几乎要裂开来,他就不停地祷告上帝。每当卧室里传来惨叫声,他从忘却的境界中醒悟过来时,他又回到最初的懵懂状态。他一听到呻吟,就跳起来,跑去替自己辩护,但一路上又想到他并没有过错,他真想保护她,帮助她呢。但一看到她,他又明白他帮不了忙,于是感到恐惧,就祷告起来:"啊,上帝呀,饶恕我们,救救我们吧!"随着时间的消逝,这两种心情都变得越来越强烈:不在她面前,他把她完全给忘了,心里就越来越平静;在她面前时,她的痛苦和他那种爱莫能助的心情也越来越沉重。他跳起来,想逃到什么地方去,结果却又跑回到她身边。

　　有时候,她接二连三地召唤他,他就责怪她。可是一看见她那温柔的笑脸,听见她说"我真把你折磨苦了",他就责怪上帝;可是一提到上帝,他立刻又祈求饶恕和施恩。

15

　　列文不知时间早晚。蜡烛已经烧光。陶丽来到书房,请医生躺一会儿。列文坐着听医生讲一个会催眠术的江湖骗子的故事,眼睛望着他烟卷上的灰烬。这是一段无事可做的空闲时间,他的头脑昏昏沉沉,完全忘记了当前的事。他听医生讲故事,听得很清楚。突然传来一声不同寻常的尖叫。这叫声太可怕了,列文甚至不敢跳起来,他屏住呼吸,用恐惧而疑问的目光对医生望了望。医生侧着头留神倾听,赞许地微微一笑。这一切都太不寻常,列文反而一点也不惊讶。"这是理所当然的。"他想,依旧坐着不动。"这是谁在叫哇?"他跳起来,踮着脚尖跑进卧室,绕过丽莎维塔和公爵夫人,走到床头旁边他的老位子。叫声停止了,但发生了什么变化。究竟是什么变化,他没有看到,也不明白,其实他也不想看到,不想明白。但他看见丽莎维塔的脸色严肃、苍白,依旧那么坚毅,虽然她的下颚在微微抖动,她的眼睛紧盯着吉娣。吉娣的脸发烧,显得很痛苦,汗涔涔的额上黏着一绺头发。她向他转过脸来,找寻着他的目光。她伸出双手要抓住他的手。她用湿滋滋的手捏住他冰凉的双手,把它们贴在自己的脸上。

"不要走开,不要走开!我不怕,我不怕!"她急急地说。"妈妈,替我把耳环摘下来,戴着碍事呢。你不害怕吧?快了,快了,丽莎维塔……"

她说得非常快,非常快,还想笑一笑。可是她的脸色突然变了,她将他一把推开。

"哎哟,不得了啦!我要死了,我要死了!快去,快去!"吉娣叫起来。于是他又听到了那种不同寻常的尖叫。

列文双手抱住头,从屋子里冲出去。

"没有什么,没有什么,一切都很好!"陶丽在后面对他叫道。

不过,不管人家怎么说,列文认为这下子一切全完了。他站在隔壁屋子里,头靠在门楣上,听着从没听到过的惨叫和哀号。他知道这声音不是别人而是他的吉娣发出来的。他早已不希望有什么孩子了。如今他简直恨那个孩子。他甚至并不珍惜她的生命,但愿能停止这种揪心的痛苦。

"医生!这是怎么啦?这是怎么啦?啊,我的上帝!"他一把抓住走进来的医生的手,问。

"快完了。"医生说。医生说这话时板着脸,列文还以为"快完了"就是说她快死了。

他忘乎所以地冲进卧室,首先映入眼帘的是丽莎维塔的脸。她的眉头皱得更紧,脸绷得更厉害了。看不到吉娣的脸。在原来是她的脸的地方,有一个样子紧张得吓人、有惨叫声发出来的东西。他把头靠在床栏杆上,觉得心都快碎了。恐怖的叫声没有停止,越来越可怕,并且达到了顶点,接着突然安静下来。列文不相信自己的耳朵,但又无法怀疑:叫声停止了,只听得低低的奔忙声、衣服的窸窣声和急促的喘息声,以及她那断断续续、富有生气的温柔而幸福的声音,低低地说:"全完了。"

他抬起头来。她的双臂软绵绵地落在被子上,她的模样异常妩媚娴静,默默地望着他,想笑又笑不出来。

列文蓦地觉得他从度过二十二小时的那个神秘、恐怖和怪诞的世界一下子回到了人世间。人世间是他熟悉的,如今可闪耀着简直难以习惯的新的幸福光辉。绷紧的弦全断了。意外的狂喜的呜咽和泪水涌上他的心头,他激动得浑身发抖,半晌说不出话来。

他在床前跪下来,把妻子的手放在嘴唇上吻着。她那只手微微动着手指来回答他的亲吻。就在这时候,床脚边,在丽莎维塔灵巧的手里像灯上的火花一样跳动着一个生命,那是以前没有的,但从今以后他就有权利活下去,并且懂得自身的价值,还要生儿育女,传宗接代。

"活的!活的!还是个男孩呢!大家都放心吧!"列文听见丽莎维塔用颤抖的手拍拍婴儿的背,说。

"妈妈,是真的吗?"吉娣问。

公爵夫人只用啜泣来回答。

在一片寂静中,响起了一个同屋里所有压抑的说话声截然不同的声音,像是肯定地回答做母亲的问题。这是一个不知从哪里降生的新人大胆、泼辣、肆无忌惮的啼叫。

以前,要是有人对列文说,吉娣死了,他也同她一起死了,他们的孩子都是天使,上帝就在他们面前,他是不会感到丝毫惊讶的。现在呢,他回到了现实世界,好容易才明白她平安无事,而那个拼命啼哭的小东西就是他的儿子。吉娣活着,痛苦过去了,他感到无比幸福。这一点他是明白的,并因此感到幸福。可是那孩子呢?他从哪里来?来干什么?他是谁?……这一点他怎么也无法理解,并且感到很别扭。他总觉得这是一种不必要的多余的东西,弄不懂究竟是怎么一回事。

16

早晨九点多钟,老公爵、柯兹尼雪夫和奥勃朗斯基一起坐在列文屋子里,谈了一会儿产妇的情况,接着就谈起别的事来。列文一边听他们谈话,一边不由自主地回顾往事。他回想今天早晨以前的事,还有昨天这事发生以前他自己的情况,简直像过了一百年。他仿佛觉得自己处在一个高不可攀的地方,因此竭力往下沉,免得那几个一起聊天的人感到不快。他嘴上说着话,心里却不断地想着妻子,想着她现在的情况,也想着儿子——他竭力使自己习惯他有了个儿子。婚后,女性的天地对于他来说,增添了一种崭新的意义,如今却达到了无法想象的高度。他听他们谈论昨天俱乐部里的宴会,心里却在记挂:"这会儿她怎样了?睡着了吗?她好吗?她在想什么?儿子德米特里是不是在哭?"在谈话时,话说到一半,他突然跳起来,从屋子里跑了出去。

"可不可以去看她,你叫人来告诉我。"老公爵说。

"好的,马上就来。"列文回答,一个劲儿地往她屋子里奔去。

吉娣没有睡着,正同母亲低声商量着给孩子施洗的事。

她仰天躺着,梳洗得整整齐齐,头上戴着一顶漂亮的蓝边睡帽,双手伸在被窝外面。她用目光迎接他,把他吸引过去。她的眼睛本来就炯炯有神,他走得越近,就越发明亮。她脸上的表情从尘世变为天堂,好像临死的人那样,不过一种表示诀别,一种却表示欢迎。一阵激动又袭上他的心头,同婴儿降生的一刹那所体验到的一样。吉娣拉住他的手,问他有没有睡过觉。他回答不上来,知道自己感情的脆弱,就扭过头去。

"我倒迷糊了一下,康斯坦京!"她对他说。"现在我觉得挺好。"

她瞧着他,但她脸上的表情忽然变了。

"把他抱来给我,"她听见婴儿的尖叫声说。"给我,丽莎维塔,也让他看一看。"

"好,让爸爸看看!"丽莎维塔抱起一个奇怪的蠕动着的粉红色东西,走过来说。"等一等,让我们先来打扮一下。"丽莎维塔说着把这个蠕动的粉红色东西放在床上,解开襁褓,用一个手指把他托起,翻了个身,扑上些粉,重新包扎起来。

列文望着这个可怜的小东西，竭力想在自己心里唤起做父亲的感情。他对他只觉得厌恶。但是，当接生婆解开襁褓，列文看见番红花色的小手臂和小腿，上面也长着手指和脚趾，大拇指同其他手指也显然不同，还看见接生婆把那双张开的小手臂像柔软的弹簧一样夹拢来用襁褓包住时，他忽然怜恤起这个小东西来，唯恐接生婆把他弄伤，竟一把拉住她的手。

丽莎维塔笑了。

"您别怕，别怕！"

等到婴儿打扮好了，变得像个结实的布娃娃，丽莎维塔把他摇晃了一下，仿佛在卖弄自己的手艺，接着身子闪到一旁，让列文看到儿子的整个俊俏模样。

吉娣乜斜着眼睛往那个方向望。

"给我，给我！"她说着甚至抬起身来。

"哎呀，卡吉琳娜·阿历山德罗夫娜，您可不能这样乱动啊！等一下，我这就给您。先让爸爸看看我们长得有多俊！"

丽莎维塔一手托住这个把头藏在襁褓里的奇怪的粉红色小东西，另一只手只用几个手指捏住晃动的脑袋，把他送到列文面前。这个粉红色的小东西也有鼻子，还斜着眼睛看人，咂着嘴唇。

"真是个漂亮的小娃娃！"丽莎维塔说。

列文伤心地叹了一口气。这漂亮的小娃娃在他心里只引起厌恶和怜悯。这可完全不是他所预期的感情。

当丽莎维塔把婴儿放到没有喂过奶的胸脯上时，列文别转过身去。

突然一阵笑声逗得他抬起头来。这是吉娣笑了。婴儿吃起奶来了。

"嗳,够了,够了!"丽莎维塔说,但是吉娣不肯放开他。他在她的怀里睡着了。

"现在你看看吧!"吉娣说,把婴儿转过来让他看个清楚。那张皮肤松得像小老头的脸皱得更厉害了,接着他打了个喷嚏。

列文带着微笑勉强忍住感动的泪水,吻了吻妻子,离开阴暗的屋子。

他对这个小东西所产生的感情完全出乎他的意料。这感情没有丝毫欢乐,相反只有一种难堪的恐惧:他意识到自己又一方面的软弱无能。这种意识最初十分强烈,他唯恐这个娇嫩脆弱的小东西将来吃苦,因此看见婴儿打喷嚏时油然而生的莫名其妙的欣慰和自豪,都没能使他感到轻松。

17

奥勃朗斯基的境况很窘迫。

卖树林所得的钱已花去三分之二,其余三分之一以九折向商人预支现款,几乎也预支光了。那商人再不肯多付一文钱,陶丽去年冬天又曾公开声明,她自己享有产权,拒绝在出售最后三分之一树林而领得款项的协议书上签字。他的薪水全部用作家里日常开支和偿还无法拖延的零星欠款,现在他确实囊空如洗了。

这种境况使人觉得很不痛快,很不体面,奥勃朗斯基再也无法容忍了。他认识造成这种局面的原因是他的年俸太少。他的官职在五年前还算不错,如今却不足道了。彼得罗夫任银行行长,年俸一万二;史文吉茨基当公司董事,年俸一万七;米丁是创办银行的董事长,年俸五万。"看来是我自己睡大觉,人家也把我给忘了。"奥勃朗斯基自怨自艾地想。他开始时时留意,处处打听,到冬末就窥察到了一个肥缺。他通过亲戚朋友先从莫斯科发动攻势,到春天时机成熟,又亲自出马,直闯彼得堡。这一类差事,年俸多少不一,从一千到五万,既安闲舒适,油水又足。近年来这种位置增加了几倍。这就是"南方铁路银行信贷联合公司"理事的职务。这项差事,也像其他类似的差事一样,需要渊博的知识和强大的活动能力,因此很难找到兼有这两种长处的人才。既然找不到这种理想人物,那么物色一位正派人来担任总比一个不正派人要好些。奥勃朗斯基不仅是个一般所谓正派人,而且是个名符其实的正派人。这里所谓正派,也就是当时莫斯科上层流行的说法:正派的事业家啦,正派的作家啦,正派的杂志啦,正派的机关啦,正派的流派啦,意思是说人或者机关不仅正派,有时还敢于顶撞政府。奥勃朗斯基出入于流行这种说法的上流社会,被公认为是个正派人,因此他弄到这个差事的希望比别人大。

这个差事年俸有七千到一万卢布,还可以不放弃原来的官职而兼任。奥勃朗斯基谋得这个差事的关键在于两位部长、一位贵妇人和两个犹太人。这些人都已疏通好了,但奥勃朗斯基还得亲自到彼得堡去走访一下。此外,奥勃朗斯基还答应妹妹安娜从卡列宁那里取得离婚的明确答复。他向陶丽要了五十卢布,就动身到彼得堡去了。

奥勃朗斯基坐在卡列宁的书房里,听他宣读《俄国财政衰落的原因》的报告,一心希望他早些结束,好谈谈他自己和安娜的事。

"是的,意思很正确!"当卡列宁摘下他那副看书非戴不可的夹鼻眼镜,询问地望了望原来的内兄时,奥勃朗斯基说,"这些细节也都很正确,不过现在的要旨毕竟还是自由。"

"是的,但我要提出另一个要旨,包括自由在内。"卡列宁说,特别强调"包括"两字,接着又戴上夹鼻眼镜,想再读一读报告中有关的段落。

卡列宁翻着字迹清秀、两边空白很宽的手稿,又读了那个说服力很强的段落。

"我不赞成关税保护政策,倒不是为了个人利益,而是为了集体福利——对下层阶级和上层阶级一视同仁,"他说,从夹鼻眼镜上面瞧着奥勃朗斯基,"可是他们不理解这道理,他们只关心个人利益,爱说空话。"

奥勃朗斯基明白,卡列宁一谈到他们——就是那些不愿意接受他的计划,造成俄国一切灾难的罪魁祸首——的思想和行为,他的话就快结束了,因此情愿放弃他提出的自由的重要性,表示完全同意他的意见。卡列宁住了口,若有所思地翻阅着手稿。

"哦,顺便说一下,"奥勃朗斯基说,"你若有机会见到波莫尔斯基,请你对他说说,我很愿意担任'南方铁路银行信贷联合公司'理事的职务。"

奥勃朗斯基对这个垂涎已久的差事说得多了,因此讲得十分利落,毫无差错。

卡列宁向他详细打听了这个新成立的理事会的业务,沉思起来。他在考虑这个理事会的业务同他的计划有没有抵触。但是,由于这个新机构的业务很繁杂,他的计划涉及面又广,他无法一下子做出判断,就摘下夹鼻眼镜说:

"当然,我可以对他说说,不过,你究竟为什么要谋这个差事啊?"

"年俸优厚,差不多有九千卢布,而我的经济……"

"九千卢布。"卡列宁重复说了一遍,皱起眉头。这笔数目可观的年俸使他想到,奥勃朗斯基所谋求的职位,在这方面就违反他计划中强调精简节约的宗旨。

"我认为并且写过一篇文章说明,现代的高薪制是我们政府错误的经济政策的表现。"

"那么,照你说应该怎么办呢?"奥勃朗斯基说。"假定一位银行行长年俸一万卢布,那是因为他的工作值这么多钱。或者说,一位工程师年俸两万卢布,那是因为他的事业是有前途的!"

"我认为薪俸是一种商品的代价,应该受供求法则的支配。规定薪俸时如果忽视这个法则,譬如说有两位同一学院毕业的工程师,学问和能力不相上下,一个年俸四万,另一个只要两千就心满意足了;或者重金礼聘毫无专长的律师或骠骑兵去当银行行长,那我可以断定,这种薪俸不是遵照供求法则,而是徇私枉法。这种舞弊行为情节恶劣,对政府工作十分有害。我认为……"

奥勃朗斯基连忙打断妹夫的话。

"是的,不过你得承认,现在开办的是一种肯定对国家有益的新机构。不论怎么说,这可是一项前途远大的事业!现在特别重要的是一定要办得正派。"奥勃朗斯基特别强调"正派"两字。

不过,"正派"两字在莫斯科流行的含义卡列宁并不知道。

"正派只是一种消极的因素。"他说。

"但你还是给我帮个大忙吧,对波莫尔斯基说说,如果有机会……"奥勃朗斯基说。

"不过，我看这事关键在于波尔加林诺夫。"卡列宁说。

"波尔加林诺夫那方面完全同意了。"奥勃朗斯基红着脸说。

一提到波尔加林诺夫，奥勃朗斯基的脸刷地红了，那是因为今天早晨他刚到这个犹太人家里去过，并且留下不愉快的印象。奥勃朗斯基深信他想望的工作是一项有发展前途的正派的新事业，但今天早晨波尔加林诺夫分明是有意叫他同其他来访者在接待室里坐等两小时。他一想起这事，就觉得浑身不自在。

他觉得不自在，也许是因为他奥勃朗斯基公爵，身为留里克王族的后裔，竟在一个犹太佬的接待室里等了两小时；也许是因为他有生以来第一次不遵照祖先的榜样为政府效忠，却自己另找出路。总之，他觉得非常不自在。在波尔加林诺夫家等待的两小时里，奥勃朗斯基勉强打起精神在接待室里踱步，抚摩着络腮胡子，同其他来访者随便攀谈，还想出一句俏皮话聊以自嘲："登门求告犹太佬，冷板凳上坐到老！"——就这样竭力想不让人家甚至包括他自己察觉当时的苦恼心情。

但他始终觉得很不自在很烦恼，自己也不知道是什么缘故：是由于那句俏皮话："登门求告犹太佬，冷板凳上坐到老！"呢，还是别的什么原因。最后，波尔加林诺夫接见他时客气得有点异乎寻常，显然是由于屈辱了他而洋洋自得，并且几乎拒绝了他的要求。奥勃朗斯基想尽快把这事忘掉，如今一提起，不禁脸红了。

18

"现在我还有一件事要同你商量，就是安娜的事。"奥勃朗斯基沉吟了一会儿,抖掉头脑里不愉快的印象,说。

奥勃朗斯基一提到安娜的名字,卡列宁的脸色顿时变了:原来那种生气勃勃的神气消失了,出现了憔悴和死灰般的颜色。

"您究竟要我怎么样?"他在安乐椅上转过身来,嗒地一声合拢夹鼻眼镜,说。

"做个决定,不论怎样的决定,阿历克赛·阿历山德罗维奇。我现在向你要求,不是把你当做(他本想说'一个受侮辱的丈夫',但唯恐因此坏事,就改了口)一位政治家(这种说法也不妥当),只是当作一个人,一个心地善良的人,一个基督徒。你应该怜恤她。"奥勃朗斯基说。

"你究竟要说什么?"卡列宁低声问。

"是的,应该怜恤她。你要是像我这样看见她——我同她一起过了一冬——你就会可怜她了。她的处境实在糟,糟得很呢。"

"照我看,"卡列宁声音尖得刺耳地回答,"安娜·阿尔卡迪耶夫娜已经万事如意了。"

"嗳,阿历克赛·阿历山德罗维奇,看在上帝分上,我们不要互相责备吧!过去的事已经过去了。你也知道,她所希望和期待的就是离婚。"

"但我想,要是我提出把儿子留给我作为条件,安娜·阿尔卡迪耶夫娜会拒绝离婚的。我原来就是这样答复的,并且认为这事已经了结啦。我认为这事已经结束了!"卡列宁尖声叫道。

"啊,看在上帝分上,你别激动!"奥勃朗斯基拍拍妹夫的膝盖说。"事情并没有结束。请你让我再把这事的经过扼要说一说:当你们分开的时候,你真了不起,真是再宽宏大量也没有了;你答应给她一切——自由,甚至离婚。她因此十分感激你。不,你听我说。她确实很感激,最初觉得对不起你,她什么也不考虑,她无法考虑。她放弃了一切。可是现实生活和时间表明,她的处境很痛苦,简直叫人无法忍受。"

"我对安娜·阿尔卡迪耶夫娜的生活毫无兴趣。"卡列宁扬起眉毛,打断他的话说。

"对不起,这话我可不信,"奥勃朗斯基婉转反驳说。"她的处境使她自己觉得很痛苦,对别人也没有丝毫好处。你说她自作自受。这一层她明白,她对你没有什么要求;她坦率地说不敢对你有什么要求。但是我,我们一家人,凡是爱她的人,都要求你,恳求你。她为什么要受这个罪?这样对谁有利呢?"

"对不起,看来您把我放在被告地位了。"卡列宁喃喃地说。

"不,不,绝对不是,你要明白我的意思,"奥勃朗斯基说,又碰碰他的手,仿佛这样可以使妹夫心软。"我只想说一点:她的处境很痛苦,只有你能减轻她的痛苦,这在你毫无损失。一切都由我来替你安排,不用你费神。其实你已经答应过了。"

"以前是答应过的。我原以为儿子的问题可以使这事了结。此外我希望安娜·阿尔卡迪耶夫娜能慷慨……"卡列宁脸色发白,嘴唇哆嗦,好容易才说了出来。

"一切全看你的宽宏大量了。她只有一件事请求你,恳求你——帮她摆脱当前难堪的处境。儿子,她不再要求了。阿历克赛·阿历山德罗维奇,你是一位心地善良的人。你设身处地替她想一想吧。离婚这件事目前对她来说是个生死攸关的问题。要不是你以前答应过她,她也就安心住在乡下了。你答应了她,她写信给你,这样就来到了莫斯科。可是,在莫斯科不论遇见什么人,她的心窝就像挨了一刀子。她住了六个月,天天都在盼你的决定。老实说,好比一个被判了死刑的人,脖子套上绞索有几个月了,随时可能被处决,也可能遇赦。你就怜恤怜恤她吧,一切都由我来安排……你这人挺认真……"

"我不是说这个,不是说这个……"卡列宁嫌恶地打断他的话说。"也许我答应过我没有权利答应的事。"

"那么你对答应过的事反悔了?"

"凡是办得到的事我从不拒绝,但希望有时间让我考虑一下,这事能办到什么程度。"

"不,阿历克赛·阿历山德罗维奇!"奥勃朗斯基跳起来说,"这话我可不愿相信!即使在女人中间也没有比她更可怜的了,你不能拒绝这样一个……"

"我答应过的事只要办得到就行。你是以自由思想出名的。我可是个信徒,遇到这么重大的事,我不能违反基督教教义。"

"不过就我所知,我们基督教是允许离婚的,"奥勃朗斯基说。"我们的教会也允许离婚。我们也看到……"

"允许是允许的,但不是这个意思。"

"阿历克赛·阿历山德罗维奇,我简直不认得你了!"奥勃朗斯基沉默了一阵说。"你不是出于基督教的精神饶恕一切并且不惜牺牲一切吗?我们大家不是都十分钦佩这种精神吗?你亲口说过:有人要拿你的外衣,连里衣也由他拿去。可是现在……"

"我请求您,"卡列宁突然站起来,脸色苍白,下颚哆嗦,声音尖得刺耳地说,"我请求您不要……不要再说了。"

"哦,不!我要是伤了你的心,那就请你……请你原谅,"奥勃朗斯基尴尬地微笑着说,同时伸出手,"不过我只是奉命传个口信罢了。"

卡列宁也伸出手来,沉思了一下,说:

"我得考虑一下,向人请教请教。后天我给您正式答复。"

19

奥勃朗斯基刚要走,柯尔尼进来通报说:

"谢尔盖·阿历克赛伊奇来了!"

"谢尔盖·阿历克赛伊奇是谁呀?"奥勃朗斯基刚要问,但立刻明白了。

"噢,是谢辽查!"他说,"我还以为谢尔盖·阿历克赛伊奇是哪位部长呢。"他立刻想起来:"安娜还要我去看看他呢。"

他还想起临别时安娜带着一种羞怯可怜的神气对他说:"你总会看见他的。你详细打听一下,他在哪里,谁在照料他。还有,斯基华……要是能办到的话!你看是不是能办到啊?"奥勃朗斯基明白,所谓"要是能办到的话",意思就是说,要是能办理离婚手续而把儿子归她的话……如今奥勃朗斯基看出这事想也别想了,但能看到外甥还是很高兴。

卡列宁提醒内兄他们从不向儿子提到他母亲,并要求他也只字不提。

"上次同他母亲见面后他大病了一场,这是我们没有料到的,"卡列宁说。"我们甚至担心他会送命。幸亏合理的治疗和一夏的海水浴使他恢复了健康。现在遵照医生的意见,我把他送到学校里去了。果然,同学们对他产生了良好的影响,他现在身体十分健康,书也念得很好。"

"嘿,多漂亮的小伙子!已经不是什么谢辽查,而是体体面面的谢尔盖·阿历克赛伊奇了!"奥勃朗斯基瞧着那个穿蓝色上装和长裤、肩膀宽阔的漂亮男孩矫健而洒脱地走进来,含笑说。这孩子看上去又健壮又快活。他像对一般客人那样对舅舅鞠了个躬,但一认出是舅舅就脸红了,连忙扭过身去,仿佛受了什么委屈,生气了。他走到父亲面前,把学校发下来的成绩单交给他。

"噢,还不错,"做父亲的说,"你去吧。"

"他瘦了,长高了,不再是小娃娃,而是个大孩子了。我很高兴,"奥勃朗斯基说。"你还记得我吗?"

孩子飞快地对父亲瞟了一眼。

"记得,*舅舅*。"他望了望舅舅回答,接着又垂下眼睛。

舅舅叫他过去,拉住他的手。

"啊,你怎么样?"他想同他谈谈,但不知道说什么好。

孩子红着脸没有回答,小心地从舅舅手里抽出手。奥勃朗斯基一松手,他询问地对父亲瞟了一眼,就像一只获释的小鸟,飞快地跑出了屋子。

谢辽查上次见到母亲,离现在已经有一年了。从那时起,他再也没有听到过她的消息。就在这期间他被送进学校,结识了许多同学,并且喜欢他们。那次母子见面后害得他生了一场病的对母亲的种种幻想和回忆,如今已不再盘踞在他的心头了。每当这种思绪袭上心头来的时候,他总是竭力把它驱散,认为这是丢脸的,只有女孩子才会动感情,一个男孩或男同学是不该这样的。他知道父母因争吵而分居,知道他命定要留在父亲这里,就竭力使自己适应这样的局面。

一看见相貌酷似母亲的舅舅,他感到很不愉快,因为引起了他认为可耻的回忆。使他更不愉快的是,当他在书房门外等候时听见了几句话,尤其是看到父亲和舅舅的脸色,他知道他们谈到了母亲。谢辽查为了不责怪住在一起并且赖以生活的父亲,特别是不受他认为有失面子的那种感情所支配,竭力不看这位跑来破坏他内心平静的舅舅,并且避免因他勾起这方面的思绪。

不过,当奥勃朗斯基跟着他出去,在楼梯上看见他,把他唤到跟前,问他在学校里课余玩些什么时,谢辽查看见父亲不在,就同他畅谈起来。

"现在流行开火车,"他回答舅舅说。"你知道怎么搞的吗?两个人坐一条长凳,算是乘客。另外一个站在长凳上。其余的人都来拉车。可以用手拉,也可以用皮带拉,拉着穿过一间间屋子。我们预先把门都打开。嗨,列车员可难当了!"

"就是站着的那一个吗?"奥勃朗斯基笑着问。

"对,干这个要又勇敢又灵活,特别是遇到急刹车,或者有人掉下来。"

"是的,这可不是闹着玩的。"奥勃朗斯基感慨地凝视着这双酷似母亲但不再有丝毫孩子气的灵活的眼睛,说。虽然他答应卡列宁不在谢辽查面前提到安娜,但他还是忍不住。

"你还记得妈妈吗?"他出其不意地问。

"不,不记得。"谢辽查急急地说,脸涨得通红,垂下了眼睛。做舅舅的就再也无法从他嘴里问出什么来了。

半小时以后,斯拉夫家庭教师发现他的学生在楼梯上,他怎么也弄不明白,他的学生是在发脾气还是在哭。

"喔唷,怎么了,你准是跌伤了,是吗?"家庭教师说。"我对你说过这种游戏很危险。得去告诉校长。"

"我要是跌伤了,谁也不会发觉的。这不成问题。"

"那么到底什么事啊?"

"别管我!我记得不记得……这干他什么事?我为什么要记得?别管我!"这会儿他已经不是对家庭教师而是在对全世界说话了。

20

奥勃朗斯基在彼得堡照例没有虚度光阴。到了彼得堡,除了妹妹离婚和给自己谋职这些事以外,他在莫斯科——正如他所说的——过了一阵发霉的生活以后,照例需要换换空气,提提神。

莫斯科虽然也有音乐杂耍咖啡馆和公共马车,但毕竟是死水一潭。奥勃朗斯基经常有这样的感觉。他在莫斯科住了一阵,特别是同家属生活在一起,总觉得提不起精神,愁闷得很。长期守在莫斯科家里,他常由于妻子的心情恶劣和责难埋怨,孩子们的健康和教育,以及工作上的种种琐事甚至债务而心烦意乱。但只要一到彼得堡,在他经常出入的上流社会——那里人人都在生活,的的确确是生活,而不像在莫斯科那样混日子——过上一阵,一切忧虑烦恼自然就烟消云散了。

妻子吗?……今天他刚跟契青斯基公爵谈过这事。契青斯基公爵已有家室,孩子都已长大,当上了贵胄军官学校学生,但他还有一个非法的家庭,也生了孩子。虽然第一个家也蛮不错,但契青斯基公爵觉得第二个家更使他快乐。他把长子领到第二个家里,对奥勃朗斯基说,他认为这样对儿子更有好处,更能增长他的见识。要是在莫斯科人家会怎么说呢？

孩子吗？在彼得堡，孩子们并不妨碍父亲的生活。孩子们都在学校里读书，这里也没有莫斯科流行的——例如李伏夫家——那种谬论，认为孩子们理应过穷奢极侈的生活，做父母的只能常年操劳和忧虑。这里大家都懂得，一个人活着应该为自己，凡是有教养的人都应该如此。

当差吗？在这里当差也不像在莫斯科那样只是毫无目的地服苦役；在这里当差很有意思。可以见到各种权贵，抓住机会为他们效劳，说说聪明得体的话，对不同的人施展不同的手腕。这样，一个人转瞬之间就会飞黄腾达，像奥勃朗斯基昨天遇见的如今已成了达官贵人的勃良采夫那样。这样当差才有意思啊。

彼得堡对金钱的看法特别使奥勃朗斯基宽心。巴特尼央斯基——照他的*生活方式*每年得花五万卢布——昨天就这事向他展开了一通妙论。

午饭前，奥勃朗斯基谈得很起劲，对巴特尼央斯基说：

"你同莫尔德文斯基一定很熟吧？你能不能帮我个忙，替我向他说句话。有一个位子我很想要，就是南方铁路……"

"唉，别提了，我反正记不住的……可你何苦为了这种铁路公司的事去同犹太佬打交道呢？……不论怎么说，总是很肮脏的！"

奥勃朗斯基没有告诉他这事业有发展前途。这一点巴特尼央斯基是无法理解的。

"我需要钱，没钱可活不下去。"

"你不是活着吗？"

"活着，可是负债。"

"真的吗？负了很多债吗？"巴特尼央斯基同情地问。

"很多,大约有两万呢。"

巴特尼央斯基呵呵大笑。

"啊,你真是个幸运儿!"他说。"我欠了一百五十万债,手头一无所有,可是你看,我还不是照样活着!"

奥勃朗斯基知道这是实话,他不仅听人家这样说,而且亲眼目睹。齐瓦霍夫负债三十万,手头不名一文,可是他照样生活,而且过得多么阔气!克利夫卓夫伯爵早被认为山穷水尽了,他却还养着两个情妇。彼得罗夫斯基挥霍掉五百万家产,依旧过着奢侈的生活,甚至还负责财政部工作,每年有两万卢布收入。除此以外,彼得堡对奥勃朗斯基的身体也很有好处。彼得堡使他恢复了青春。在莫斯科,他发现鬓上有几根白发,午饭后要打瞌睡,伸懒腰,走楼梯上气不接下气,对年轻女人不感兴趣,舞会上不爱跳舞。在彼得堡,他觉得年轻了十岁。

他在彼得堡的感受,正如刚从国外归来的六十岁的彼得·奥勃朗斯基公爵昨天对他说的那样。

"我们在这里不会过日子,"彼得·奥勃朗斯基说。"不瞒你说,我在巴登避暑;嚯,觉得自己完全像个年轻人。一看见年轻女人,就想入非非……吃点东西,稍微喝一点,就觉得精神抖擞,浑身是劲。一回到俄国,就得陪着妻子,还得住到乡下去,唉,说来你也不会相信,这样过上两个礼拜,就连衣服都懒得换,干脆穿着睡衣吃饭。哪里还有兴致去想年轻女人!变成十足的老头儿,想的也无非是灵魂得救之类的事。一到巴黎,可又恢复青春了。"

斯吉邦的体会同彼得完全一样。在莫斯科,他精神萎靡,要是再住下去,难保不弄到只考虑灵魂得救之类的事;可是在彼得堡,他觉得自己又是一个精力充沛的人了。

在培特西公爵夫人和奥勃朗斯基之间早就存在一种古怪的关系。奥勃朗斯基总是轻浮地向她献殷勤,轻浮地对她说些不成体统的话,他知道她最爱听这类话。在同卡列宁谈话后的第二天,奥勃朗斯基乘车去看她,觉得自己青春焕发,调情撒谎简直到了肆无忌惮的地步,但他其实并不喜欢她,甚至讨厌她。他们无法改变谈话的腔调,因为她很喜欢他。因此,米雅赫基公爵夫人一到,打断了他们的谈话,他倒觉得很高兴。

"啊,您也在这儿,"米雅赫基公爵夫人一看见奥勃朗斯基就说。"请问,您那位可怜的妹妹现在怎样了?您别这样看着我!"她补充说。"自从所有的人,所有比她坏千百倍的人,纷纷攻击她的时候起,我就认为她做得很漂亮。我不能饶恕伏伦斯基,因为上次她来彼得堡,他竟没让我知道。不然我一定去看望她,陪她到处走走。请您务必替我向她问好。现在您给我讲讲她的情况吧。"

"是的,她的处境很痛苦,她……"奥勃朗斯基太老实,把米雅赫基公爵夫人说的"讲讲您妹妹的情况吧"当做真心话,就讲起安娜的情况来。米雅赫基公爵夫人照例立刻打断他的话,自己滔滔不绝地讲起来。

"她做的同所有的人——除了我以外——做的都一样,不过人家偷偷摸摸,她却不愿欺骗,她做得漂亮极了。她抛弃了您那位性情乖僻的妹夫,真是再好也没有了。请您不要见怪。人人都说他聪明,聪明,只有我说他愚蠢。如今他同李迪雅还有兰道打得火热,大家都说他是傻子,我真不想同意他们的说法,可是这一次我不能不同意。"

"有一件事我要向您请教,"奥勃朗斯基说。"昨天我为妹妹的事去找他,要求他给我一个明确的答复。他当时没有给我答复,说是要想一想。今天早晨我没有收到回答,却收到他的请柬,邀请我今晚到李迪雅伯爵夫人家去。"

"噢,对了,对了!"米雅赫基公爵夫人高兴地说。"他们一定去请教兰道,听取他的意见。"

"向兰道请教?这是什么意思?兰道是谁?"

"怎么,您不知道裘利·兰道,大名鼎鼎的裘利·兰道,那个未卜先知的人吗?他也是个傻子,可是你妹妹的命运就掌握在他手里。唉,您什么都不知道,这就是住在外省的结果。不瞒您说,兰道原是巴黎一家铺子的伙计,他有一次去看病,在候诊室里睡着了,却在睡眠状态中给每个病人治病,治法真是稀奇古怪。后来密列丁斯基——您认识这位病人吗?——夫人知道了,就请他去替她丈夫治病。照我看是毫无效果,因为他仍旧很虚弱,可是他们相信他,把他随身带着。后来又把他带到俄国来。到了这里,大家一窝蜂地去找他,他开始替大家治病。他治好了别苏波夫伯爵夫人的病,她对他宠爱得不得了,还收他当干儿子。"

"怎么收他当干儿子?"

"是的,收了他当干儿子。如今他不再叫兰道,他成了别苏波夫伯爵了。但问题不在这里,李迪雅——她这人我很喜欢,可是她的头脑有毛病——就一个劲儿拜倒在兰道脚下。现在离开他,她也好,阿历克赛·阿历山德罗维奇也好,简直寸步难行。因为这个缘故,你妹妹的命运如今就掌握在这位兰道,或者说别苏波夫伯爵的手里。"

21

奥勃朗斯基在巴特尼央斯基家吃得酒足饭饱,走进李迪雅伯爵夫人家里,比约定的时间稍微晚了一点。

"伯爵夫人那里还有谁呀?那个法国人在吗?"奥勃朗斯基打量着熟识的卡列宁的外套和一件样子古怪的有扣子的朴素大衣,问门房说。

"阿历克赛·阿历山德罗维奇·卡列宁和别苏波夫伯爵。"门房一本正经地回答。

"米雅赫基公爵夫人猜对了,"奥勃朗斯基一面上楼一面想。"真是怪事!不过同她接近接近倒也不错。她很有点势力呢。要是她能对波莫尔斯基说句把话,事情就十拿九稳了。"

天色还很亮,可是李迪雅伯爵夫人的小客厅里已放下窗帘,灯火辉煌了。

伯爵夫人和卡列宁坐在一盏吊灯下的圆桌旁,低声谈着话。一个相貌漂亮的瘦小男人,臀部像女人一样宽,罗圈腿,脸色苍白,一双好看的眼睛炯炯有神,长头发直垂到礼服领子上。他站在另外一头,观看壁上的画像。奥勃朗斯基同女主人和卡列宁打过招呼后,不由得又瞧了一眼这位陌生人。

"兰道先生!"伯爵夫人声音温柔和谨慎得使奥勃朗斯基惊讶地招呼他,接着就给他们作了介绍。

兰道匆匆回头一望,走了过来,含笑把他那僵硬出汗的手放在奥勃朗斯基伸出的手里,接着又立刻走开去,继续观看画像。伯爵夫人和卡列宁会意地交换了一下眼色。

"我看到您很高兴,特别是今天。"李迪雅伯爵夫人给奥勃朗斯基指指卡列宁旁边的座位,说。

"我给您介绍的这位兰道,"她望望法国人,又望望卡列宁,低声说,"其实是别苏波夫伯爵,您一定也知道了。只是他不喜欢这个称号。"

"是的,我听说了,"奥勃朗斯基回答,"据说,他把别苏波夫伯爵夫人的病完全治好了。"

"她今天到我这里来过,样子怪可怜的!"李迪雅伯爵夫人对卡列宁说。"这次分别使她伤心极了。对她真是一大打击!"

"他一定要走吗?"卡列宁问。

"是的,他要到巴黎去。他昨天听见了一个声音。"李迪雅伯爵夫人望着奥勃朗斯基说。

"噢,一个声音!"奥勃朗斯基跟着说了一遍,觉得在这帮人中间正在发生或将要发生他还摸不着头绪的怪事,他必须保持警惕。

沉默了一会儿以后,李迪雅伯爵夫人仿佛言归正传,微妙地笑着对奥勃朗斯基说:

"我早就认识您了,今天有机会同您再次见面,真是太荣幸了。俗话说:'朋友的朋友就是朋友。'不过,要成为朋友,必须理解对方的心情,可您对阿历克赛·阿历山德罗维奇恐怕未必能做到这一点吧。我的意思您一定明白。"她抬起她那双若有所思的美丽眼睛,说。

"多少知道一点,伯爵夫人,我明白阿历克赛·阿历山德罗维奇的处境……"奥勃朗斯基说,不太清楚她究竟指的是什么,就含糊其辞地随口应和着。

"变化不在于表面处境,"李迪雅伯爵夫人严厉地说,同时含情脉脉地望着站起来走到兰道跟前的卡列宁,"他的心变了,他获得了一颗新的心,您不见得能完全理解他内心发生的变化。"

"不,我大致能想象这种变化。我们一向很要好,如今又……"奥勃朗斯基说,也用多情的目光回答伯爵夫人的目光,同时心里琢磨着两位部长中她同谁更接近,好请她向谁说说情。

"他内心的变化不会削弱他对人的爱,相反,只会加强他的爱。不过您恐怕未必能了解我。您不喝点茶吗?"她用眼睛指指端着一盘茶走过来的仆人说。

"不完全了解,伯爵夫人。当然,他的不幸……"

"是的,他的心一旦起了变化,不幸就成了大幸。"她满怀情意地望着奥勃朗斯基说。

"看来可以请她对两个人都说说情。"奥勃朗斯基心里想。

"哦,当然,伯爵夫人,"他说,"不过我想这种变化十分隐秘,即使最亲近的人也不愿说出口来。"

"正好相反!我们应该说,还应该互相帮助。"

"是的,这毫无疑问,不过人的信仰千差万别,何况……"奥勃朗斯基温柔地笑着说。

"在神圣的真理上是不可能有差别的。"

"噢,是的,这个当然,不过……"奥勃朗斯基尴尬地住了口。他明白他们谈到宗教问题上来了。

"我看他马上就要睡着了。"卡列宁走到李迪雅跟前,意味深长地低声说。

奥勃朗斯基回头望了望。兰道双臂搁在安乐椅扶手和椅背上,垂下头,坐在窗口。他一察觉大家都在望他,抬起头来,像孩子一般天真地微微一笑。

"别去注意他,"李迪雅说,轻巧地推过一把椅子给卡列宁。"我发觉……"她刚开口,就有一个仆人拿着一封信进来。李迪雅匆匆看了看信,道歉了一声,就飞快地写了封回信交给那仆人,回到桌子旁。

"我发觉,"她继续把话说下去,"莫斯科人,特别是男人,最不关心宗教了。"

"哦,不,伯爵夫人,莫斯科人是以信心坚定闻名的。"奥勃朗斯基回答。

"是的,不过就我所知,您就是个不关心宗教的人。"卡列宁懒洋洋地笑着对他说。

"怎么可以不关心呢!"李迪雅说。

"我在这方面不是不关心,我是在等待时机,"奥勃朗斯基露出最招人喜爱的微笑说。"我觉得对我来说,考虑这些问题的时候还没有到。"

卡列宁和李迪雅交换了一下眼色。

"我们永远无法知道我们的时候是不是到了,"卡列宁严厉地说。"我们不应该考虑我们有没有准备,因为上帝的恩惠不受人的支配,有时它并不降临到苦苦追求的人身上,却降临到毫无准备的人身上,就像降临到扫罗身上那样。"

"不,看来时候还没有到。"李迪雅注视着那个法国人的一举一动,说。

兰道站起来,走到他们面前。

"我可以听听吗?"他问。

"当然可以,我原来不想打扰您,"李迪雅温柔地瞧着他说。"跟我们一起坐吧。"

"只要不闭目回避上帝的光就好了。"卡列宁继续说。

"啊,但愿您像我们一样幸福,能感到永恒的上帝存在于我们心中!"李迪雅伯爵夫人怡然自得地微笑着说。

"不过,一个人也许觉得自己不可能达到这样崇高的境界。"奥勃朗斯基嘴上这样说,心里却觉得他这是昧着良心承认宗教的崇高,但在一个对波莫尔斯基说一句话就能使他获得垂涎已久的职位的人面前,又不敢吐露他的自由思想。

"您是说罪恶妨碍了他吗?"李迪雅说。"但这是个荒谬的说法。对信徒来说罪恶是不存在的,他们赎了罪。对不起!"她看见仆人又拿了一封信进来,说。她看完信,回答道:"告诉他明天在王妃那里。……对信徒来说罪恶是不存在的。"她接着又说。

"是的,信心若没有行为就是死的。"奥勃朗斯基想起教义问答上的这句话,微微一笑说,表示他坚持自己的看法。

"噢,这是《雅各书》里的话。"卡列宁带点责备的口吻对李迪雅说,这个问题他们显然已谈过多次了。"曲解这句话真是为害不浅!再没有比这种曲解更使人丧失信心的了。'我没有行为,我就不能有信心',哪里也找不到这样的话。有的正好相反。"

"为上帝辛勤操劳,守斋戒拯救灵魂。"李迪雅伯爵夫人鄙夷不屑地说,"这是我们的修士们的谬论……其实哪里也没有说过这样的话。照他们那一套倒要好办多了。"她说着,眼睛盯着奥勃朗斯基,脸上露出那种她在皇宫里抚慰惊惶失措的年轻新宫女时的笑容。

"我们靠为我们受难的基督得救,我们靠信心得救。"卡列宁露出赞赏的目光,附和说。

"您懂英文吗?"李迪雅问,在得到肯定的答复后站起身来,到书架上去找一本书。

"我念一段《平安和幸福》①或者《庇护》②,好吗?"她用询问的眼光瞧了瞧卡列宁,说。她找到书,又坐下来,打开了书。"这一段很短。是描写获得信心的途径,以及因此充满心灵的超越尘世一切的幸福。一个信徒不会不幸福,因为他不是孤独的。好吧,你们会明白的。"她刚要开始念,仆人又进来了。"是波罗兹金娜吗?告诉她明天两点钟。……是的!"她指着书里那个地方,用若有所思的美丽眼睛望了望前方,叹口气说。"瞧,真正的信心就是这样的作用。您认识萨宁娜吗?您知道她的不幸吗?她丧失了独生子。她绝望了。嗯,结果怎么样?她找到了**这位朋友**,如今她为孩子的夭折感谢上帝呢。瞧,这就是信心所赐予的幸福!"

"噢,这确实很……"奥勃朗斯基说,高兴的是她要念书了,这样可以让他稍微定定神。"不,看来今天还是不要开口的好,"他想,"只要不坏事,能从这里脱身就好了。"

"您会觉得无聊的,"李迪雅伯爵夫人对兰道说,"您不懂英文,但这一段很短。"

"嗳,我懂的。"兰道带着同样的微笑回答,闭上眼睛。

卡列宁同李迪雅会意地交换了一下眼色,她就念了起来。

22

奥勃朗斯基听了这些闻所未闻的怪论,觉得莫名其妙,不知所云。

---

①② 原文为英语。

五光十色的彼得堡生活把他从莫斯科的一潭死水中拯救出来,使他欢欣鼓舞。不过,这种五光十色的繁华景象,只有在熟悉的亲友中间才能欣赏和领略到。如今在这个陌生的环境里,他感到困惑,目瞪口呆,摸不着头绪。奥勃朗斯基听着李迪雅伯爵夫人朗诵,察觉兰道那双不知是天真还是狡猾的漂亮眼睛紧盯着他,他的头脑感到有种说不出的沉重。

五花八门的思想在他头脑里搅成一团:"萨宁娜死了孩子反而高兴……现在最好能抽支烟……要得救,必须有信心,修士不知该怎么办,可李迪雅伯爵夫人知道……我的头脑怎么这样沉哪?是白兰地喝多了,还是因为这一切太离奇了?直到此刻,看来我还没做过什么有失体统的事。不过现在请她帮忙总不是时候。据说,他们强迫人家做祷告。但愿他们不要来强迫我。那实在太无聊了。她这是在念什么鬼话呀?但她的声音倒很好听。兰道就是别苏波夫。为什么他就是别苏波夫?"奥勃朗斯基忽然觉得他的嘴忍不住打起哈欠来。他摸摸络腮胡子,不让人家看见他打哈欠,身子晃动了一下。紧接着他迷迷糊糊地觉得睡着了,要打鼾了,听见李迪雅伯爵夫人说:"他睡着了。"他才猛地惊醒过来。

奥勃朗斯基惊醒过来,仿佛做了什么错事,被人家揭发了。不过,他立刻看出"他睡着了"这句话不是在说他而是在说兰道,就放心了。那个法国人像奥勃朗斯基一样睡着了。不过,奥勃朗斯基认为,他打瞌睡一定得罪了他们(其实他也没有认真考虑,因为周围的一切实在太离奇了),而兰道的瞌睡却使他们异常高兴,特别是李迪雅伯爵夫人。

"我的朋友,"李迪雅说,小心翼翼地提着丝绸连衫裙,免得发出窸窣声,她有点得意忘形,对卡列宁不用"阿历克赛·阿历山德罗维奇",却用"我的朋友","把手给他。您看见吗?……嘘!"她对又走进来的仆人发出嘘声,"我现在不接见。"

法国人头靠在安乐椅背上睡着了,也许是假装睡着了。他那只搁在膝盖上的汗湿的手微微抽动着,仿佛在抓什么东西。卡列宁站起来,小心翼翼地(但还是在桌上撞了一下)走过去,把他的手放在法国人手里。奥勃朗斯基也站起身来,拼命睁大眼睛,想消除睡意,一会儿望望这个,一会儿望望那个。一切都是现实,不是做梦。奥勃朗斯基觉得他的头脑越来越不舒服了。

"叫最后来的那个人,那个有所企求的人滚出去!叫他滚出去!"法国人用法语说,没有睁开眼睛。

"对不起,不过您也看见……您十点钟再来吧,最好是明天来。"

"叫他滚出去!"法国人不耐烦地重复说。

"他这是不是指我呀?"

奥勃朗斯基得到肯定的回答后,忘记了他想求李迪雅的事,忘记了妹妹的事,一心想尽快离开这地方,就踮着脚尖走出去,然后像逃离传染病房那样一口气跑到街上。他同马车夫攀谈了好一阵,说着笑话,想尽快使自己的情绪恢复正常。

他在法国剧院里赶上最后一场戏,然后到鞑靼饭店喝了点酒,在这种熟悉的气氛中稍微定下心来,不过这天晚上他总觉得很不自在。

斯吉邦·奥勃朗斯基回到他在彼得堡借宿的彼得·奥勃朗斯基家里,发现培特西来的一封短信。她在信里说很想把那场开了头的谈话谈个完,请他明天去一次。他刚读完信,皱着眉头想着这件事,忽然听见楼下传来沉重的脚步声,仿佛有谁背着什么重东西在走路。

斯吉邦·奥勃朗斯基走出去看看,原来是模样变得年轻的彼得·奥勃朗斯基。彼得喝得酩酊大醉,楼梯也不会走了;但他一看见斯吉邦·奥勃朗斯基,就吩咐仆人把他扶起来,接着一把搂住斯吉邦·奥勃朗斯基,同他一起走到房里,讲他怎样度过这个黄昏,但一讲就睡着了。

斯吉邦·奥勃朗斯基垂头丧气,这在他是很难得的。他好久不能入睡。他记起的一切都是讨厌的,但最讨厌的,简直可以说是丢脸的,就是想到他在李迪雅伯爵夫人家度过的黄昏。

第二天,他收到卡列宁斩钉截铁拒绝同安娜离婚的答复。他明白这个决定的依据,就是那法国人昨天的梦呓或者假装做梦,信口开河。

23

在家庭生活中要采取什么行动,要么夫妇感情破裂,要么美满和谐。如果既不属于前者,也不属于后者,夫妇关系不好不坏,那就不会有什么行动。

许多家庭长年累月毫无变化,夫妇双方对生活都感到厌倦,就因为他们的感情既没有破裂,也谈不上美满和谐。

当阳光已不像春天那样和煦而像夏天那样炎热,林荫道上的树木早已绿叶成荫,树叶上也落满灰尘的时候,伏伦斯基和安娜觉得,莫斯科这种尘土飞扬的炎夏生活简直叫人难以忍受。不过,他们并没像早先决定的那样搬到伏兹德维任斯克去,却仍留在两人都感到厌恶的莫斯科,因为近来他们的生活已不美满和谐了。

使他们产生隔阂的恼恨情绪,不是任何外来原因造成的。一切尝试不仅不能消除这种情绪,反而使它加剧了。这种恼恨产生在各人自己心里,就她来说,是因为他的爱情日渐衰退;在他却是由于后悔他为了她而陷入苦恼的处境,如今她不仅不来减轻他的苦恼,反而火上加油,使他更加难受。他们谁也不提心情恶劣的原因,但都认为错在对方,并且一有机会就竭力指责对方。

对她来说,他整个的人,包括他的习惯、思想、愿望,以及他的全部心理和生理特点,可以归结为一点,就是爱女人,而这种爱她认为应该全部集中在她一个人身上。可是现在这种爱日渐减少了,因此她断定,他准是把一部分爱移到别的女人身上,或者某一个女人身上,她因此吃醋了。其实她不是吃别的女人的醋,她是因为他的爱情衰退而恼恨。她还没有吃醋的对象,她正在找寻。她往往凭蛛丝马迹,从妒忌一个女人转为妒忌另一个女人。时而她妒忌他过独身生活时结交的下流女人,他很容易同她们重修旧好;时而她妒忌他可能遇见的社交界女人;时而她妒忌一个凭空想出来的姑娘,认为他可能抛弃她而去同她结婚。这最后一种妒忌使她最痛苦,尤其因为有一次他无意中向她说起,他的母亲很不了解他,竟然劝他同索罗金娜公爵小姐结婚。

安娜对他发生猜疑,生他的气,找寻种种理由发泄。她处境的一切痛苦,她都怪在他头上。她在莫斯科上不沾天,下不沾地,在遥遥无期的等待中忍受痛苦,卡列宁处理问题迟疑不决,她孤独地生活——一切她都算在他的账上。他要是爱她,能体谅她处境的痛苦,一定会把她营救出来。她住在莫斯科而不住在乡下,也是他的过错。他不能像她希望的那样在乡下过田园生活。他需要交际,害她落到这种可怕的境地,可他又不愿了解她这种处境的痛苦。她同她的儿子永远分离,也是他的过错。

就连他们难得的片刻温存,也不能使她感到宽慰,因为她在他的温存中看到他心安理得的神气,这是以前没有的,因此引起她的恼怒。

天色已经黑了。安娜独自等待他从男人们的宴会上归来。她在他的书房里（那里最少听到街上的喧闹）来回踱步，仔细回想昨天吵嘴的那些话。她从使人难堪的话想起，想到他们争吵的原因，最后才想到那场谈话是怎样开始的。她怎么也无法相信，这场纠纷是由如此无伤大雅的话引起的。但事情确实是这样，起因就是他嘲笑女子中学，认为办这种中学没有必要，而她却为女子中学辩护。他根本不尊重女子教育，说什么安娜抚养的英国女孩甘娜就不需要懂得物理学。

这话激怒了安娜。她认为这是对她的活动蔑视的暗示。她就反唇相讥，进行报复。

"我不指望您能像情人那样把我和我的感情放在心上，但希望您说话留点情面。"她说。

他气得满脸通红，说出一些难听的话来。她不记得她用什么话回答他，只记得他显然有意刺痛她，说："您对那个女孩子的宠爱我确实不感兴趣，因为我看有点不自然。"

她千辛万苦为自己建立了一个小天地，以度过她的痛苦生活，却被他残酷地摧毁了。他还蛮不讲理地责备她装腔作势，不自然。他的残酷和蛮不讲理可把她激怒了。

"我觉得很遗憾，只有那种粗俗的物质的东西您才能理解，才觉得自然。"她说完就走出屋去。

昨天晚上，他到她屋里去，他们没有提这场争吵，觉得气氛缓和了，但问题并没有解决。

今天，他整天都不在家，她觉得非常孤独。一想到同他的争吵就很难受，她情愿忘记一切，饶恕他，同他言归于好，情愿责备自己，替他辩护。

"都怪我自己不好。我脾气暴躁,无缘无故吃醋。我要同他和好,我们到乡下去,到了那里我就放心了。"她自言自语道。

"不自然!"她忽然想起最伤她心的这几个字。其实使她伤心的与其说是这几个字,不如说是他有意弄得她难堪。

"我知道他想说什么。他想说:不爱自己的女儿,却爱人家的孩子,这不自然。他怎么能懂得我对孩子们的爱,懂得我为他而牺牲的对谢辽查的爱?可是他还要伤我的心!不,他一定是爱上别的女人了,一定的。"

她看到,为了安慰自己,思想上又兜了一次不知已兜过多少次的圈子,到头来还是那样恼怒,她不禁对自己感到害怕。"难道我真的不能控制自己吗?真的不能吗?"她自言自语,在思想上又回到了原地。"他这人诚实,真挚,他爱我,我也爱他。这几天就可以办好离婚手续。我还需要什么呢?我需要安宁,需要信任,我来承担责任好了。好吧,等他一来,我就说都是我错,尽管我并没有什么错。我们这就一起走。"

为了不再胡思乱想,不再任意发怒,她吩咐仆人把箱子搬来,准备整理下乡的行装。

晚上十点钟,伏伦斯基回来了。

24

"怎么样,过得快活吗?"安娜带着悔罪的温顺神情出来迎接他,问道。

"还是老样子。"伏伦斯基一眼看出她的情绪很好,回答说。他对她的喜怒无常早已习惯了,但今天他特别高兴,因为他自己的情绪也很好。

"啊,都准备好了!那太好了!"他指指前厅里的皮箱说。

"是啊,得走了。我乘车去兜一回风,天气太好了,我真想到乡下去呢。没什么事拦着你吧?"

"我也这样希望呢。我去换换衣服,马上就来,我们再谈谈。你吩咐他们摆茶。"

他说完就到书房里去了。

他说"那太好了"的口气,带着几分侮辱人的味道,好像大人赞扬小孩子不再淘气那样。特别叫人难受的是,她悔罪的语气同他那种趾高气扬的音调正好形成强烈的对照。刹那间,她真想再跟他吵一场,但她竭力克制,还是高高兴兴地迎接他。

伏伦斯基一进来,她就告诉他今天是怎么过的,以及下乡的计划。这些话她多半早就准备好了。

"不瞒你说,我这简直是心血来潮,"她说。"何必坐在这里等离婚呢?乡下还不是一样?我再也待不下去了。我对离婚再不抱希望,再不愿听人家提到这件事。我决定不再让这事影响我的生活。你同意吗?"

"嗯!"他不安地望了望她那激动的脸色,说。

"您在那里究竟做些什么?有些什么人?"她沉默了一下,问。

伏伦斯基说了客人们的名字。

"酒席很精致,还有划船比赛,一切都蛮不错,不过莫斯科总免不了有些荒唐事。来了一位女人,据说是瑞典皇后的游泳教师,她表演了一番游泳技术。"

"怎么?她游泳了?"安娜皱着眉头问。

"穿着一件红色的*游泳衣*,又老又丑。那么,我们什么时候动身哪?"

"真荒唐!怎么,她游泳有什么特别吗?"安娜没有回答他的问题,径自说。

"根本没什么特别。我说,真是无聊透了。那么,你想什么时候走哇?"

安娜摇摇头,仿佛想摇掉什么不愉快的思想。

"什么时候走吗?越早越好。明天来不及了。后天吧。"

"嗯……不,等一下。后天是礼拜天,我要到妈妈那里去一下。"伏伦斯基说着露出尴尬的样子,因为一提到母亲,就发觉安娜狐疑的目光紧紧盯住他。他的窘态证实了她的猜疑。她顿时涨红脸,竭力躲开他。现在浮现在安娜眼前的已不是瑞典皇后的教师,而是那个同伏伦斯基母亲一起住在莫斯科近郊的索罗金娜公爵小姐了。

"明天你能走吗?"她问。

"不行!我要办的那件事的委托书和钱,明天都还拿不到。"他回答。

"既然如此,那我们索性不去了。"

"那又为什么呢?"

"再晚我就不去了。要走礼拜一走,不然就不走了!"

"这究竟是为什么呀?"伏伦斯基仿佛摸不着头绪地说,"简直没有道理!"

"对你来说是没有道理,因为你根本就不把我放在心上。你不想了解我的生活。我在这里只有一件事,就是照顾甘娜。你却说这是装腔作势;你昨天还说,我不爱女儿,却假装爱这个英国女孩,说什么这是不自然的；我倒很想知道,我在这里怎样生活才算自然!"

她猛地醒悟过来,对自己违反原来的主意感到大吃一惊。她明明知道这样会断送自己,但还是克制不住感情,不能不向他指出,他是多么错误,她不能对他让步。

"这话我从没说过,我只是说,我不赞成你突然喜欢起人家的孩子来。"

"你既然自命直爽,为什么不说实话呢?"

"我从来不自吹自擂,也从来不撒谎,"他竭力压制着冒上心来的怒火,低声说。"那太遗憾了,要是你不尊重……"

"尊重两字只是用来掩盖失去爱情的心。您要是不再爱我,那还不如直说。"

"不,简直叫人受不了!"伏伦斯基站起身来,大声叫道。他站在她面前,慢吞吞地说:"你为什么要试验我的耐性呢?"他说话的神气仿佛有许多话要说,但是克制着。"凡事总有个限度。"

"您这话是什么意思?"她嚷道,恐怖地凝视着他整个脸上、特别是那双冷酷无情的眼睛里憎恨的光芒。

"我的意思是……"他刚开口,又停住了。"我倒想问问:您要我怎么样?"

"我能要您怎么样? 我只能求您不要抛弃我,像您想的那样,"她说,明白他没有说出口来的话是什么。"不过这并不是我所要的,这是次要的。我要的是爱情,可是没有爱情。因此全完了!"

她向门口走去。

"等一下! 你……等一下!"伏伦斯基仍旧皱着眉头,但拉住她的手。"这是怎么一回事? 我说我们要推迟三天动身,你却说这是胡说,我这人不老实。"

"是的,我再说一遍:一个为我不惜牺牲一切的人竟然责备我,"她想起上次争吵时的话,说,"那就比一个不老实的人更坏,这种人没有心肝。"

"不,忍耐是有限度的!"他大声嚷道,立刻把她的手放掉。

"他恨我,这很明显。"她想,接着就默默地头也不回,跟跟跄跄走出房去。

"他爱上别的女人了,这一点越发明显了。"她走到自己房里,自言自语。"我需要爱情,可是没有爱情,因此一切全完了,"她重复着说过的话,"也应该完了。"

"可是怎么办?"她问自己,在镜子前面的安乐椅上坐下。

如今她到哪里去:到把她抚养成人的姑妈家去呢,还是到陶丽家去,或者独自出国?他此刻一个人在书房里做什么?这场争吵是决裂呢,还是又会言归于好?她在彼得堡的熟人会怎样谈论她呢?卡列宁对这事会有什么看法?他们的关系破裂以后将会怎样?形形色色的思想涌上心头,但她还没有完全沉浸在这些思想中。她心里还有一种模模糊糊的意识,她对它很感兴趣,但究竟是什么,她还不明确。她又想到卡列宁,想到她产后的那场病,以及当时盘踞在头脑里的念头。"我为什么不死掉!"——她忽然想到她当时说过的话和当时的心情。她恍然大悟,她心里藏着一个念头。是的,这是解决一切烦恼的唯一办法。"是的,死!……"

"阿历克赛·阿历山德罗维奇的耻辱,谢辽查的耻辱,还有我自己的难堪的耻辱——只要我一死,就都解决了。我一死,他就会后悔,就会可怜我,就会爱我,就会为我而悲痛。"她嘴角上挂着一丝自怜自爱的惨笑,坐在安乐椅上,把左手上的戒指取下又戴上,从不同角度生动地想象着她死后他的心情。

越来越近的脚步声,他的脚步声,搅乱了她的沉思。她假装在收拾戒指,没有回过头去。

他走到她跟前,拉住她的手,低声说:

"安娜,你想走,我们后天就走。我什么都同意。"

她没有作声。

"怎么样?"他问。

"你自己知道。"她说,这当儿她再也忍不住,放声痛哭起来。

"抛弃我,抛弃我吧!"她边哭边说。"我明天就走……我还要做出别的事来。我是什么人?我是个堕落的女人,是你身上的包袱。我不再折磨你,不再折磨你!我要让你自由。你不爱我,你爱上别的女人了!"

伏伦斯基请求她安静,向她担保她的妒忌毫无根据,他对她的爱情从没消失,今后也永远不会消失,他比以前更加爱她。

"安娜,你为什么要这样折磨自己和折磨我呢?"他吻着她的手说。这会儿,他脸上洋溢着一片柔情,她听出他的声音里掺和着眼泪,她手里也感觉到湿润。安娜不顾死活的妒意一转眼就变成不顾死活的狂恋;她搂住他,在他的头上、脖子上和双手上印满数不清的热吻。

25

第二天早晨,安娜觉得他们已完全言归于好,就兴致勃勃地动手收拾行装。他们究竟星期一走还是星期二走,还没有最后确定,因为昨天双方互相谦让,但安娜还是积极准备动身,虽然她觉得早一天走还是晚一天走,现在都没有关系。当他穿戴好了,比平日早来到她的房里时,她正站在一个打开的箱子前面,挑选着衣服用品。

"我现在到妈妈那里去一下,让她把钱托叶戈罗夫转给我。明天就可以动身了。"他说。

尽管她的情绪很好,但一提到上他母亲别墅去,她的心又被刺痛了。

"不,我也来不及收拾呢。"她嘴上这样说,心里却想:"这样看来,可以按我的意图办了。"接着又说:"不,随你的便好了。你到餐厅去吧,我马上就来,我把那些用不着的东西挑出来。"她说着把一些东西放到安奴施卡手臂里,而安奴施卡身上已经堆了一大堆衣服了。

安娜走进餐厅的时候,伏伦斯基正在吃牛排。

"说来你也不会相信,这些房间使我腻烦透了,"她在旁边坐下来喝咖啡,说。"再没有比这种有摆设的房间更叫人讨厌的了,既没有表情,又没有灵魂。这挂钟,窗帘,特别是糊墙纸,简直像噩梦。我想念伏兹德维任斯克,就像想念天堂一样。你还没把马匹打发走吗?"

"没有,等我们走了再打发。你要上哪儿去吗?"

"我要到威尔逊那儿去一下。我要给她送些衣服去,那么肯定明天走喽?"她喜气洋洋地说,但接着她的脸色突然变了。

伏伦斯基的侍仆进来要彼得堡来电的收据。伏伦斯基收到一份电报,原是不稀奇的,但他仿佛有什么事要瞒过她,说到书房里去拿收据,接着就慌慌张张地对她说:

"明天我一定把事情都办好。"

"谁的电报?"她不理他,问道。

"斯基华打来的。"他勉强回答。

"那你为什么不让我看看?难道斯基华对我还有什么事要隐瞒吗?"

伏伦斯基叫住仆人,要他把电报拿来。

"我不高兴给你看,因为斯基华是个电报迷。事情还没有眉目,何必来电报呢?"

"是离婚的事吗?"

"是的,但他说还毫无进展。答应一两天内给明确答复。喏,你拿去看吧?"

安娜双手哆嗦地接过电报,看到了伏伦斯基所说的内容。电文后面又加了一句:"希望甚微,当尽力而为。"

"我昨天说过,什么时候离婚,甚至离得成离不成,我都不在乎,"她涨红了脸说。"完全没有必要瞒着我。"接着她暗自想:"看来,他要是同别的女人通信,照样可以瞒着我。"

"雅希文同伏伊托夫今天早晨要来,"伏伦斯基说,"他看来赢了钱,弄得彼夫卓夫倾家荡产,简直无法偿还了。大约有六万卢布。"

"不!"她恼怒地说,因为他这样明显地改变话题,表示看出她在发脾气,"你怎么认为我对这消息会感兴趣,非得瞒过我不可呢?我说过,这事我连想都不愿意想,但愿你也同我一样。"

"我是关心的,因为我喜欢把事情弄弄明确。"他说。

"明确不在乎形式,在乎爱情,"她越说越恼火,倒不是因为他的话,而是因为他说话的语气那么冷静。"你为什么希望这样呢?"

"天哪,又是爱情!"他皱着眉头想。

"你不会不知道为什么:为了你,也为了未来的孩子们。"他说。

"不会再有孩子了。"

"那未免太遗憾了。"他说。

"你只想到孩子们,可是为什么不替我想想呢?"她完全忘记了或者根本没听见他说的"为了你,也为了孩子们",这样责问他。

能不能再有孩子,早就成了他们争论并使她恼怒的问题。她认为,他希望再有孩子,就是不珍惜她的美。

"唉,我明明说过:为了你,主要是为了你,"他仿佛忍痛皱着眉头,重复说。"我认为你心情烦躁主要是由于身份不明。"

"是的,他不再装模作样了。他分明对我怀着冷酷的仇恨。"她不听他的话,暗自寻思,但心惊胆战地凝视着他那像法官一样冷酷无情的挑战目光。

"那可不是理由,"她说。"我简直不明白,既然我现在完全听你摆布,怎么还会成为心情烦躁的原因呢?还有什么身份不明的呢?正好相反。"

"我觉得遗憾,你不想明白我的意思,"他执拗地想把自己的想法说出来,打断她的话。"你觉得身份不明,就在于你以为我是自由自在的。"

"这一点你可以完全放心。"她说着背过身去喝咖啡。

她翘起小指,端起咖啡杯,举到嘴边。她喝了几小口,瞟了他一眼,从他的面部表情上清楚地看出,他讨厌她的手、她的姿势和她的声音。

"你母亲有什么想法,她要给你娶谁做媳妇,都不关我的事。"她用颤动的手放下杯子说。

"我们又不是谈这个。"

"不,就是谈这个。老实对你说,一个没有心肝的女人,不论她年老年轻,不论是你母亲还是别的什么女人,我都毫无兴趣,我根本不愿听到她的事。"

"安娜,我请求你谈到我的母亲时要尊重她。"

"一个女人不懂得什么是儿子的幸福和名誉,就是没有心肝。"

"我再一次请求你,谈到我所尊敬的母亲时要尊重她。"他提高嗓门,严厉地望着她说。

她没有回答。她凝视着他,凝视着他的脸和手,想起昨天他们和好时的种种景象,想起他热烈的爱抚。"他在别的女人身上一定也这样热烈地爱抚过,今后也还会这样的!"她暗自想。

"你并不爱你母亲。你这都是嘴上一套,嘴上一套,嘴上一套!"她恨恨地望着他说。

"既然如此,那么就得……"

"就得决定一下,我已经决定了。"她说完要走,这当儿雅希文正好走进来。安娜同他招呼一下,站住了。

为什么当她思潮翻腾,感觉到可能会有可怕下场的生死关头,她要在一个早晚会知道一切的陌生人面前装模作样呢?她说不上来,但立刻克制住内心的激动,坐下来,同客人攀谈。

"嗯,您近来怎么样?欠账都收齐了吗?"她问雅希文。

"还好,我看收齐是不可能的,礼拜三我就得走了。你们呢?"雅希文眯缝着眼睛望着伏伦斯基说,显然猜到他们刚才吵过嘴了。

"大概后天吧。"伏伦斯基说。

"你们不是早就想走吗?"

"现在已经决定了。"安娜说,她望着伏伦斯基的那种眼神表示,他别想再言归于好了。

"难道您就不可怜可怜倒霉的彼夫卓夫吗?"她继续同雅希文谈话。

"我从来不问我自己是不是可怜他,安娜·阿尔卡迪耶夫娜。您看,我的全部财产都在这里了,"他指指侧面的口袋。"现在我是个有钱人,可是今晚我到俱乐部去,说不定出来的时候就变成叫花子了。老实说,谁同我坐下来一起赌钱,谁就想叫我输个精光,我对他也是这样。嘻,我们就是这样赌你死我活,乐趣也就在这里。"

"噢,要是您结过婚,"安娜说,"您太太会怎么样呢?"

雅希文笑了。

"看来就因为这个缘故我没有结婚,也永远不打算结婚。"

"那么赫尔辛基的事呢?"伏伦斯基加入谈话说,接着瞧了一眼笑眯眯的安娜。

一遇到他的目光,安娜脸上立刻现出冷酷严厉的神情,仿佛对他说:"没有忘记呢。还是老样子。"

"难道您真的谈过恋爱吗?"她问雅希文。

"嚯,老天爷,谈过多少次了!不过,您要明白,有的人可以坐下来打牌,但只要幽会时间一到,站起来就跑。谈情说爱我也行,但不能耽误晚上的牌局。我就是这样安排的。"

"不,我不是问这个,我是说真正的恋爱。"她本想说赫尔辛基的事,可是不愿重复伏伦斯基说过的话。

那个向伏伦斯基买马驹的伏伊托夫来了,安娜站起身来,走了出去。

临走以前,伏伦斯基走到她房里。她想假装在桌上找寻什么东西,但觉得装假是可耻的,就对住他的脸冷冷地瞧了一眼。

"您要什么?"她用法语问。

"甘必塔的证书,我把它给卖了,"他说话的语气比语言更清楚地表示:"我没有工夫解释,解释也没有用。"

"我没有什么地方对不起她,"他想。"如果她自讨苦吃,那是她自作自受。"不过,当他出去的时候,他仿佛觉得她说了一句什么话,他的心突然因为怜悯她而揪紧了。

"什么,安娜?"他问。

"没什么。"她依旧那么冷淡而镇静地回答。

"没什么,那你就自作自受去吧!"他暗自想,又冷了心,转身就走。出门的时候,他在镜子里看见她脸色苍白,嘴唇发抖。他想站住,说句话安慰安慰她,可是话还没有想好,两脚已出了房门。这天他整天都不在家。晚上回来,侍女对他说安娜·阿尔卡迪耶夫娜头疼,请他不要到她房里去。

26

他们从来不曾闹过一整天别扭,今天是破题儿第一遭。其实也不是什么闹别扭,而是公开承认感情冷淡了。他在房里拿证书,冷冰冰地瞧了她一眼。他怎么能用这样的眼光瞧她呢?瞧了一眼,明明看见她绝望、心碎,怎能不吭一声,若无其事地走掉?他不仅对她冷淡,而且恨她,因为他显然爱上别的女人了。

安娜一面回想着他全部冷酷无情的话,同时想象着一些他显然想说而说不出口的冷言冷语,越来越恼火了。

"我不留您,"他会这样说。"您要去哪儿可以去哪儿。您不愿同您丈夫离婚,大概是想回到他那里去吧?您回去得了。您要是需要钱,我可以给您。您要多少卢布?"

在她的想象中,他说了只有粗汉才说得出口的种种最残酷的话,她不能饶恕他,仿佛他真的说过这些话。

"他这个忠厚老实人,昨天不是还发誓真心爱我吗?以前我不是也多次感到绝望,其实都没有必要吗?"她紧接着又自言自语。

除了访问威尔逊花去两小时外,安娜整天都沉溺在猜疑中:是一切全完了,还是有希望言归于好;是马上就走,还是再见他一面。她等了他一整天又一个黄昏,最后吩咐侍女转告他她头疼,自己走进卧室,同时心里合计着:"要是他听了侍女的话仍来看我,说明他还是爱我的。要是不来,那就是说一切全完了。我就得决定该怎么办!……"

晚上,她听见他的马车停下的声音、他的打铃声、他的脚步声和同侍女谈话的声音。他听了侍女的话,信以为真,不再探问什么,就到自己房里去了。可见一切全完了。

死现在是促使他恢复对她的爱情、惩罚他、让她心里的恶魔在同他搏斗中取得胜利的唯一手段;这种死的情景生动地出现在她的眼前。

去不去伏兹德维任斯克,同丈夫离不离婚,如今都是小事,都是不重要的。只有一件事非做不可,那就是惩罚他。

她倒出通常服用的一剂量鸦片,并且想到只要把这整瓶药一饮而尽就可以死去,实在容易得很。她不禁又津津有味地想象着他将多么痛苦,悔恨和追忆对她的爱情,可是已来不及的情景。她睁着眼睛躺在床上,在一支残烛的微光中望着天花板的雕花墙冠和屏风投上去的一小片阴影,脑子里生动地想象着,当她不在人间而只给他留下一个回忆的时候,他会有什么感触。"我怎能对她说出那么冷酷的话来呢?"他会这样自怨自艾。"我怎能一言不发就离开她的房间?如今她已经没有了。她永远离开我们了。她在那里……"屏风的阴影突然摇曳起来,笼罩了整个天花板和周围的墙冠;同时有些阴影从另一个方向朝她袭来;刹那间阴影消失了,然后又飞快地从四面八方涌来,摇曳着,融成一片。于是周围变得一团漆黑。"死!"她想。灭亡的恐惧攫住了她,她好半天弄不清她在什么地方。她想再点亮一支蜡烛来代替那支熄灭的残烛,可是双手哆嗦,怎么也找不着火柴。"不,什么都不要紧,只要活下去就行!因为我爱他,他也爱我!那些都是往事,什么都会过去的。"她一面说,一面感觉到欢庆复活的泪水沿着面颊滚滚而下。为了摆脱恐惧,她慌忙往他书房走去。

他在书房里睡得很熟。她走到他跟前,举起蜡烛照着他的脸,好一阵望着他。这会儿,他睡着了,她实在爱他,一看见他的模样,就忍不住流出爱的热泪。不过她知道,他一醒来,就会用自以为是的冷酷目光看她;她要向他倾诉爱情,首先非得向他证明是他负她不可。她没有弄醒他,回到自己房里,又服了一剂量鸦片,到天快亮时才睡去。但噩梦联翩,不断惊醒,始终没有完全失去意识进入睡乡。

早晨,她又做了同伏伦斯基结合前做过多次的那种噩梦,并且被吓醒了。一个胡子蓬乱的小老头,弯着腰摆弄一样铁器,嘴里喃喃地说着莫名其妙的法国话。每次做这种噩梦,她总是恐怖地发觉那乡下人并不理会她,却用铁器在她身上乱捅。她惊醒过来,一身冷汗。

她起床的时候,回想昨天的往事,好像隔着一片迷雾。

"吵过一次嘴。这种事发生过多次了。我说我头疼,他没有进来。

我们明天就动身,我得去看看他,做好准备。"她自言自语道。听说他在书房里,她就去找他。她穿过客厅的时候,听见门口有辆马车停下来。她往窗外一望,看见一个戴紫帽的年轻姑娘从车窗里探出头来,对那个打门铃的仆人吩咐着什么。有人在前厅谈了几句话,走上楼去。接着就听见客厅外面传来伏伦斯基的脚步声。他快步走下楼去。安娜又走到窗前。她看见他没有戴帽子,走到台阶上,向马车走去。那戴紫帽的年轻姑娘交给他一包东西。伏伦斯基笑眯眯地对她说了一句什么。马车走了,他又急急地跑上楼来。

笼罩着她整个心灵的迷雾突然消散了。昨天的种种感受重又刺痛着她那颗受伤的心。她怎么也无法理解,自己怎么会不顾屈辱,在他房里待上一整天。她走进他的书房,去向他表明自己的决心。

"刚才索罗金娜母女路过这里,从妈妈那里给我带来钱和证件。我昨天没有弄到。你的头怎么样?好些吗?"他若无其事地说,不愿看到也不愿探究她那阴郁而得意的神色。

她站在房间中央,默默地凝望着他。他对她瞧了一眼,皱了皱眉头,继续看信。她转过身,慢吞吞地走出房去。他还来得及把她唤回来,但她走到门口,他还是不做声。只听见他翻阅信件的飒飒声。

"喂,我问你,"她已经走到门口,他这才开口了,"我们明天一定走,是不是?"

"您走,我不走!"她转身对他说。

"安娜,这种日子叫人怎么过呀……"

"您走,我不走!"她重复说。

"这简直叫人受不了!"

"您……您会后悔的!"她说着走了出去。

他被她说这话时的绝望语气吓坏了,霍地跳起来,想去追她,但定了定神,又坐下,咬紧牙关,皱起眉头。这种他认为无礼的威胁使他大为恼火。"我什么都试过了,"他想:"只剩下一个办法,就是置之不理。"于是他就准备进城,再到母亲那里去一次,请她在委托书上签个字。

她听见他在书房和餐厅里走动的脚步声。他在客厅门口站住了。但他没有拐到她的屋里来,他只关照仆人,他不在的时候可以让伏伊托夫把马驹带走。随后她听见马车驶过来,大门打开了,他又走到门外。接着他又回到门厅里,有人跑上楼来。原来是侍仆上楼拿主人忘记的手套。她走到窗口,看见他看也不看地接过手套,拍拍车夫的背,对他说了些什么。然后,他没有抬头望望窗口,同平常一样洒脱地坐上马车,一条腿搁在另一条腿上,戴上手套,就在转角处消失了。

27

"他走了!全完了!"安娜站在窗前自言自语。回答她的只有蜡烛熄灭后的黑暗同噩梦留下的印象,她心里充满了冷彻骨髓的恐惧。

"不,这是不可能的!"她大声叫道,穿过房间,拼命打铃。这会儿,她真的害怕独个儿待着,不等人来,就走去迎接。

"去打听一下,伯爵上哪儿去了。"她说。

仆人回答说,伯爵到马厩去了。

"伯爵让我禀告您,您要是想出门,马车就会回来的。"

"好的。等一下。我这就写一张条子。叫米哈伊尔把条子送到马厩里去。快一点儿。"

她坐下来写道：

是我错了。快回家，有话面谈。看在上帝的分上，快回来，我害怕极了。

她把信封好交给仆人。

现在她害怕独个儿等着，就随着仆人走出房间，往育儿室走去。

"嘻，怎么搞的，这不是他，不是他！他那双蓝眼睛和他那怯生生的可爱笑容在哪里？"她精神恍惚，原希望在育儿室里看到谢辽查，却看到了胖鼓鼓、红喷喷、长着一头乌黑鬈发的小女孩，禁不住这样想。女孩子坐在桌旁，拿一个瓶塞子在桌上乱敲，一双乌溜溜的眼睛茫然地瞪着母亲。安娜回答英国保姆说，她身体很好，明天下乡去，接着就在女孩旁边坐下，拿瓶塞子在她面前旋转着。但孩子响亮的笑声和眉毛一扬的姿势太像伏伦斯基了，她好容易忍住呜咽，慌忙站起身来，走了出去。"难道真的一切全完了？不，这是不可能的，"她想。"他会回来的。他将怎样向我解释他和她谈话后的笑容和兴奋劲儿呢？但即使不解释，我也相信他。我要是不相信他，那就只剩下一条路了……我可不愿意。"

她看了看表。才过了十二分钟。"这会儿他接到条子，一定回家来了。要不了多少工夫，再过十分钟……万一他不回来怎么办？不，不会。可不能让他看出我的眼睛哭过了。我去洗个脸。咦，我头发梳过了没有？没梳过？"她问自己，但是记不起来。她摸摸头。"哦，对，梳过了，可是什么时候梳的，一点也记不起了。"她甚至不相信自己的手,走到镜子前面照照,看是不是真的梳过了。头发是梳过了,但她记不起什么时候梳的。"这是谁呀?"她望着镜子里那个脸上发烧、两只异样地闪闪发亮的眼睛盯住她的女人,想。"对了,这就是我。"她恍然大悟,从头到脚打量着自己,突然觉得他在吻她的全身,她打了个哆嗦,耸耸肩膀。然后把手举到嘴边吻了吻。

"怎么啦,我疯了!"她走进卧室,安奴施卡正在收拾屋子。

"安奴施卡。"她唤了一声,在侍女面前站住了,眼睛瞪着她,不知道对她说什么好。

"您得去看望达丽雅·阿历山德罗夫娜。"侍女懂事地说。

"去看望达丽雅·阿历山德罗夫娜吗?是的,我要去的。"

"十五分钟去,十五分钟来。他已经动身回来了,马上就要到了。"她摸出表,看了看。"可他怎么能这样撇下我自己跑掉呢?他不同我和好怎么能过日子呢?"她走到窗口,望望大街。算时间他该回来了。但也可能计算得不正确,她就重新回忆他什么时候走的,一分钟一分钟地计算着时间。

她刚走到挂钟前面去对表,就有人乘车来了。她往窗外一望,看见他的马车。但没有人上楼来,只听得楼下说话的声音。这是派去的仆人坐马车回来了。她下楼去迎接。

"伯爵没有碰到。他到下城车站去了。"

"你怎么啦?什么?……"她问那个把字条交还给她的红光满面、喜气洋洋的米哈伊尔。

"原来他并没有接到字条。"她恍然大悟。

"把这个条子送到伏伦斯基伯爵夫人的乡下去,你知道吗?立刻带回信来。"她对送信的人说。

"那么我自己……我自己做什么呢?"她想。"对了,我去看看陶丽,要不我会疯的。对了,我再打个电报去。"她拿起笔来写电文:

> 我有话要谈,即来。

她发了电报,去换衣服。穿好衣服,戴上帽子,她又望了望身子发胖、样子文静的安奴施卡的眼睛。她这双善良的灰色小眼睛,显然露出同情的神色。

"安奴施卡,好朋友,叫我怎么办哪?"安娜边哭边说,颓然倒在安乐椅上。

"您不要这样难过,安娜·阿尔卡迪耶夫娜!这种事总是难免的。您出去走走,散散心吧。"侍女说。

"是的,我这就去,"安娜打起精神,站起来说。"要是我不在家有电报来,就送到达丽雅·阿历山德罗夫娜那里去……不,我会回来的。"

"是的,不要东想西想了,得做些事,出去,主要是离开这座房子。"她自言自语,恐怖地听着自己心脏的扑扑跳动,急忙走出大门,坐上马车。

"您上哪儿,夫人?"彼得还没有跳上驭座就问。

"到兹纳敏卡街,奥勃朗斯基家。"

28

天气晴朗了。下了一早上的蒙蒙细雨,这会儿刚刚放晴。铁皮屋顶、人行道石板、马路上的鹅卵石、马车上的车轮、皮件、铜器和白铁,一切都在5月的阳光下闪闪发亮。下午三点钟正是街上最热闹的时候。

套着一对灰马的舒适的弹簧马车在飞驰中微微摇晃,安娜坐在车上的一角,在一刻不停的辚辚声中,眼望着窗外瞬息万变的景象,重新回顾这几天来的事件,对自己处境的看法同在家里时完全不同了。死的念头现在对她已不那么可怕那么肯定,死也不再是不可避免的了。现在她责备自己竟这样妄自菲薄。"我求他饶恕。我向他屈服,主动认了错。何必呢?难道没有他我就不能过吗?"她没有解答这个问题,却看起商店的招牌来。"公司和仓库……牙科医生……是的,我要把一切全告诉陶丽。她不喜欢伏伦斯基。这是丢人的,痛苦的,但我要把一切全告诉她。她爱我,我愿意听她的话。我对他不再让步,我不许他教训我……菲里波夫,精白面包。据说他们是把发好的面团送到彼得堡来的。莫斯科的水真好哇。还有梅基兴的矿泉和薄饼。"她回想起好久好久以前,她十七岁那年,同姑妈一起去朝拜三圣修道院。"当时是坐马车去的。难道那个双手冻得红红的姑娘就是我吗?有多少东西,当时觉得高尚美好,如今却变得一钱不值,过去的东西再也要不回来了。当时我能相信自己有一天会落到如此可耻的下场吗?他收到我的条子准会得意忘形了!但我会给他点颜色瞧瞧……这油漆味好难闻哪!他们怎么老是造个没完漆个没了的?……时装店和女帽店。"她又看看招牌。有个男人向她鞠躬。这是安奴施卡的丈夫。"是我们的寄生虫,"她想起伏伦斯基说过的话。"我们的?为什么是我们的?可怕的是不能把往事连根拔掉。不能拔掉,但可以忘却。我要把它忘却。"这时她想起同卡列宁的往事,想起她怎样把它从记忆中抹掉。"陶丽会以为我抛弃了第二个丈夫,因此当然是我的不是。我何必要人家说我是呢!我办不到!"她自言自语,伤心得想哭。但她立刻想,那两个姑娘什么事笑得那么开心。"大概是想到爱情了吧?她们不知道这事有多么痛苦,多么卑鄙……林荫道和孩子们。三个男孩在奔跑,玩着赛马游戏。唉,谢辽查!我失去一切,也不能使他再回来了。是的,他要是不回来,我就失去了一切了。说不定他赶不上火车,这会儿已经回家。我又要低三下四了!"她责备自己。"不,我要去找陶丽,向她坦白:我不幸,我自作自受,全是我不是,可我确实很不幸,你帮帮我忙吧……这两匹马,这辆马车——我坐着有多难受——都是他的,可我以后再也看不到它们了。"

安娜思考着她要向陶丽把心里的话都讲出来,不惜触痛自己的心,走上楼去。

"有客人吗?"她在前厅问。

"卡吉琳娜·阿历山德罗夫娜·列文来了。"仆人回答。

"吉娣!就是伏伦斯基恋爱过的那个吉娣,"安娜想,"他对她总是念念不忘。他后悔没有同她结婚。可他一想到我,总是怀恨在心,后悔同我结合。"

安娜到的时候,姐妹俩正在谈论哺育婴儿的事。陶丽单独出来迎接这位打断她们谈话的客人。

"哦,你还没有走吗?我正要去看你呐!"陶丽说,"我今天收到斯基华的信。"

"我们也收到他的电报了。"安娜一面回答,一面回头张望,找寻吉娣。

"他来信说,他不明白阿历克赛·阿历山德罗维奇究竟存什么心,但他得不到答复是不走的。"

"我想你有客人吧。可以让我看看信吗?"

"是的,吉娣在,"陶丽尴尬地说,"她在育儿室里。她生了一场大病。"

"我听说了。可以让我看看信吗?"

"我这就去拿。不过他并没有拒绝,相反,斯基华觉得蛮有希望呢。"陶丽站在门口说。

"我可不抱希望,我也没有这个要求。"安娜说。

"噢,吉娣是不是认为同我见面会辱没她的身份?"安娜剩下独自一人时想。"也许她是对的。但她不该……她这个同伏伦斯基恋爱过的人不该这样对待我,虽然这是事实。我知道,凡是正派女人都因我的身份不愿接见我。我知道,自从我为他牺牲一切的最初一刹那起,情况就是这样!这是报应!嘻,我真恨死他了!我来这儿干嘛呀?只有更痛苦,更难受!"她听见姐妹俩在隔壁商量。"如今叫我对陶丽说什么好呢?让吉娣看到我的不幸,我求她庇护,这样来安慰她吗?不,就连陶丽也不会理解的。我同她谈也没有用。我只要看看吉娣,让她知道现在谁也不放在我眼里,什么事也不放在我心上,我什么都不在乎,就行了。"

陶丽拿了信出来。安娜看完信,默默地交还给她。

"这些我全知道了,"她说。"我一点儿也不感兴趣。"

"那是为什么呀?我倒抱着希望呢。"陶丽好奇地瞧着安娜说。她从没见过安娜心情这样烦躁。"你什么时候动身?"她问。

安娜眯缝起眼睛望着前方,没有回答。

"吉娣怎么躲着我呀?"她望着门口,涨红了脸说。

"嗳,别瞎说!她在喂奶,她弄不来,我在教她……她听说你来很高兴呢。她马上就来,"陶丽不会撒谎,窘态毕露地说。"你看,她来了。"

吉娣知道安娜来了,本想不出来,但是陶丽把她说服了。吉娣鼓足勇气,走进来,脸涨得通红,走到安娜面前,伸出一只手。

"看到您我真高兴。"她声音哆嗦地说。

吉娣对这个不规矩的女人抱着敌意,但又想对她表示宽宏大量。在这种内心矛盾中,她心慌意乱,不知所措,但一看到安娜美丽可爱的脸,对安娜的敌意就完全消失了。

"您要是不愿意同我见面,我也不会觉得奇怪的。什么事我都习惯了。您害过病了吗?是的,您的样子变了。"安娜说。

吉娣发觉安娜望她的目光带有几分敌意。她认为这是由于安娜以前庇护过她,如今自己却落到这个境地,因而感到难堪。吉娣心里替她难过。

她们谈到吉娣的病,谈到婴儿,谈到斯基华,但安娜对这些事显然毫无兴趣。

"我是来向你辞行的。"安娜站起来说。

"您什么时候动身?"

安娜又没有回答,转身继续同吉娣攀谈。

"是的,看到您我真高兴,"安娜笑眯眯地说。"我从各方面听到您的情况,甚至从您丈夫嘴里听到。他到我那里去过了,我很喜欢他。"

安娜说这话显然不怀好意。"他现在在哪里？"

"他到乡下去了。"吉娣红着脸说。

"请代我向他致意，一定向他致意。"

"一定！"吉娣天真地重复她的话，满怀同情地注视着她的眼睛。

"那么，别了，陶丽！"安娜吻了吻陶丽，握了握吉娣的手，匆匆地走了。

"还是同原来一样，还是那么迷人，真美！"又剩下姐妹俩时，吉娣说。"不过她有一种说不出的可怜相！真可怜！"

"可不是，今天她有点异样，"陶丽说。"我送她到前厅，发觉她想哭呢。"

29

安娜上了马车，情绪比离家时更坏。除了原来的痛苦，又加上了被侮辱被唾弃的感觉，这是她在遇见吉娣时明显地感觉到的。

"您上哪儿，夫人？回家吗？"彼得问。

"是的，回家。"她说，现在根本不考虑她要到哪里去。

"他们瞧着我，就像瞧着什么稀奇古怪、神秘莫测的东西。他们那么起劲地谈些什么呀？"她望着两个步行的人想。"难道人能把自己的感受讲给别人听吗？我原来也想给陶丽讲讲，幸亏没有讲。她看到我的不幸会高兴的！表面上她会不动声色，但看到我由于她所妒忌的欢乐而受惩罚，她会感到高兴。吉娣会更加高兴。我可把她看透了！她知道我在她丈夫心目中特别有魔力，因此吃我的醋，恨我，瞧不起我。

在她的眼里,我是个道德败坏的女人。我如果真是个道德败坏的女人,只要我高兴,早就把她的丈夫迷住了……我的确有过这样的念头……瞧这家伙好神气。"这时一个红光满面的胖子迎面而来,把她当作熟人,掀了掀他那亮光光的秃头上的亮光光的大礼帽,接着发觉认错了人。安娜看见他,这样想。"他还以为认识我呢。其实他并不认识我,天下没有一个人认识我。连我自己都不认识我自己。正像法国人说的:我只认识我自己的胃口。你瞧,他们要吃那种肮脏的冰淇淋。他们就知道吃。"两个男孩拦住卖冰淇淋的小贩,那小贩从头上放下木桶,用手巾擦擦汗淋淋的脸,安娜望着他们,心里想。"大家都喜欢吃可口的甜食。没有糖果,就吃肮脏的冰淇淋。吉娣也是这样:得不到伏伦斯基,就要列文。她还吃我的醋呢。她还恨我呢。我们彼此互相仇恨。我恨吉娣,吉娣恨我。这是事实。……理发大师邱金。我总是请邱金替我梳头的……等他来了,我要告诉他。"她想着微微一笑,但立刻想到如今可没有人同她说笑话了。"其实也没有什么可笑的和好玩的。一切都叫人讨厌。晚祷的钟声响了,那个商人多么一本正经地画着十字!仿佛怕失掉什么。这些教堂,这些钟声,这些谎言,都有什么用?无非是想掩盖我们彼此的仇恨,像这些破口对骂的车夫一样。雅希文说:'他想使我输个精光,我对他也是这样。'这倒是真的!"

她在胡思乱想中暂时忘记了自己的处境,最后来到家门口。直到看见门房出来迎接她,才想起她发出的信和电报。

"有回信吗?"她问。

"让我看看。"门房回答。他朝桌上望了望,拿起一封薄薄的方形电报交给她。"十时前不能回来。伏伦斯基。"她念道。

"那么,送信的回来没有?"

"还没有,夫人。"门房回答。

"啊,既然如此,那我知道该怎么办。"她自言自语,心头起了一股无名火和复仇的欲望,她跑上楼去。"我亲自去找他。同他永别以前,我要把话同他说个明白。我从没像恨他这样恨过人!"她心里想。一看见衣帽架上挂着他的帽子,她嫌恶得浑身打了个哆嗦。她没想到他这个电报是回答她的电报的,他当时还没有收到她的信。她满心以为这会儿他正悠闲地同母亲和索罗金娜小姐聊天,拿她的痛苦取乐呢。"是的,得赶快走。"她对自己说,还不知道该到哪里去。她想尽快摆脱她在这座可怕房子里所产生的情绪。仆人、墙壁、房子里的每样东西好像几座大山压在她身上,引起她的嫌恶和憎恨。

"对了,我得到火车站去,要是找不到他,就到那边去揭穿他的把戏。"安娜看了看报上的火车时刻表。晚上八点二十分有一班车。"是的,我赶得上的。"她吩咐换上两匹马,自己动手把几天需用的东西收拾到行李袋里。她知道再也不会回来了。在掠过头脑的种种计划中,她模模糊糊地选定了一种,也就是在火车站或者伯爵夫人庄院里闹了一场以后,她就乘下城铁路的火车,在最先停靠的城里住下来。

晚饭已经摆好。她走到桌旁,闻了闻面包和奶酪,觉得样样食品都令人恶心,就吩咐仆人套好车,走出门去。房子已在整条街上投下阴影,天气晴朗,在夕阳下还很暖和。不论拿着行李送她出来的安奴施卡,还是把行李放上马车的彼得,或者情绪不佳的车夫,个个都使她讨厌,他们的言语和举动都惹得她生气。

"我不需要你了,彼得。"

"那么车票怎么办?"

"嗯,随你的便吧,反正都一样。"她不耐烦地回答。

彼得跳到驭座上，两手叉腰，吩咐车夫上火车站。

30

"哦，又是那个姑娘！我什么都明白了。"马车刚走动，安娜就自言自语。马车在石子路上摇摇晃晃，发出辘辘的响声，一个个印象又接二连三地涌上她的脑海。

"嗯，我刚才想到一件什么有趣的事啦？"她竭力回想。"是**理发大师邱金**吗？不，不是那个。噢，有了，就是雅希文说的：生存竞争和互相仇恨是人与人之间的唯一关系……哼，你们出去兜风也没意思。"她在心里对一群乘驷马车到城外游玩的人说。"你们带着狗出去也没用。你们逃避不了自己的良心。"她随着彼得转身的方向望去，看见一个喝得烂醉的工人，摇晃着脑袋，正被一个警察带走。"哦，他这倒是个办法，"她想。"我同伏伦斯基伯爵就没有这样开心过，尽管我们很想过这种开心的日子。"安娜这是第一次明白她同他的关系，这一点她以前总是避免去想的。"他在我身上追求的是什么呀？与其说爱情，不如说是满足他的虚荣心。"她回想起他们结合初期他说过的话和他那副很像驯顺的猎狗似的神态。现在一切都证实了她的看法。"是的，他流露出虚荣心得到满足的自豪。当然也有爱情，但多半是取得胜利时的得意。他原以得到我为荣。如今都已过去了。没有什么值得得意的了。没有得意，只有羞耻。他从我身上得到了一切能得到的东西，如今再也不需要我了。他把我看作包袱，但又竭力装作没有忘恩负义。昨天他说溜了嘴，要我先离婚再结婚。他这是破釜沉舟，不让自己有别的出路。他爱我,但爱得怎么样? **热情冷却了**①……那个人想出风头,那么得意洋洋的,"她望着那个骑一匹赛跑马的面色红润的店员想。"唉,我已没有迷住他的风韵了。我要是离开他,他会打心眼里高兴的。"

这倒不是推测,她看清了人生的意义和人与人之间的关系。

"我在爱情上越来越热烈,越来越自私,他却越来越冷淡,这就是我们分手的原因。"她继续想。"真是无可奈何。我把一切都寄托在他身上,我要求他也更多地为我献身。他却越来越疏远我。我们结合前心心相印,难舍难分;结合后却分道扬镳,各奔西东。这种局面又无法改变。他说我无缘无故吃醋,我自己也说我无缘无故吃醋,但这不是事实。我不是吃醋,而是感到不满足。可是……"突然一个念头涌上心来,她激动得张开了嘴,在马车上挪动了一下身子。"我真不该那么死心塌地做他的情妇,可我又没有办法,我克制不了自己。我对他的热情使他反感,他却弄得我生气,但是又毫无办法。难道我不知道他不会欺骗我,他对索罗金娜没有意思,他不爱吉娣,他不会对我变心吗? 这一切我全知道,但我并不因此觉得轻松。要是他并不爱我,只是出于责任心才对我曲意温存,却没有我所渴望的爱情,那就比仇恨更坏一千倍!这简直是地狱! 事情就是这样。他早就不爱我了。爱情一结束,仇恨就开始……这些街道我全不认识了。还有一座座小山,到处是房子,房子……房子里全是人,数不清的人,个个都是冤家……嗳,让我想想,怎样才能幸福? 好,只要准许离婚,卡列宁把谢辽查让给我,我就同伏伦斯基结婚。"一想到卡列宁,她的眼前立刻鲜明地浮现出他的形象,他

---

① 原文为英语。

那双毫无生气的驯顺而迟钝的眼睛,他那皮肤白净、青筋毕露的手,他说话的腔调,他扳手指的声音。她又想到了他们之间也被称为爱情的感情,不禁嫌恶得打了个寒噤。"好吧,就算准许离婚,正式成了伏伦斯基的妻子。那么,吉娣就不会像今天这样看我吗?不。谢辽查就不会再问到或者想到我有两个丈夫吗?在我和伏伦斯基之间又会出现什么感情呢?我不要什么幸福,只要能摆脱痛苦就行了。有没有这样的可能呢?不,不!"她毫不迟疑地回答自己。"绝对不可能!生活迫使我们分手,我使他不幸,他使我不幸;他不能改变,我也不能改变。一切办法都试过了,螺丝坏了,拧不紧了……啊,那个抱着婴儿的女叫花子,她以为人家会可怜她。殊不知我们投身尘世就是为了相互仇恨、折磨自己、折磨别人吗?有几个中学生走过来,他们在笑。那么谢辽查呢?"她想了起来。"我也以为我很爱他,并且被自己对他的爱所感动。可我没有他还不是照样生活,我拿他去换取别人的爱,在爱情得到满足的时候,我对这样的交换并不感到后悔。"她嫌恶地回顾那种所谓爱情。如今她把自己的生活和别人的生活看得一清二楚,她感到高兴。"我也罢,彼得也罢,车夫菲多尔也罢,那个商人也罢,凡是受广告吸引到伏尔加河两岸旅行的人,到处都是这样,永远都是这样。"当她的马车驶近下城车站的低矮建筑物,几个挑夫跑来迎接时,她这样想。

"票买到奥比拉洛夫卡吗?"彼得问。

她完全不记得她要到哪里去,去做什么,费了好大劲才听懂他这个问题。

"是的。"她把钱包交给他说,手里拿了一个红色小提包,下了马车。

她穿过人群往头等车候车室走去,渐渐地想起了她处境的细节和她犹豫不决的计划。于是,忽而希望,忽而绝望,又交替刺痛她那颗受尽折磨扑扑乱跳的心。她坐在星形沙发上等待火车,嫌恶地望着进进出出的人(她觉得他们都很讨厌),忽而幻想她到了那个车站以后给他写一封信,信里写些什么,忽而幻想他不了解她的痛苦,反而向母亲诉说他处境的苦恼,就在这当儿她走进屋子里,对他说些什么话。忽而她想,生活还是会幸福的,她是多么爱他,又多么恨他呀,还有,她的心跳得好厉害呀。

31

铃声响了。有几个年轻人匆匆走过。他们相貌难看,态度蛮横,却装出一副煞有介事的样子。彼得穿着制服和半统皮靴,他那张畜生般的脸现出呆笨的神情,也穿过候车室,来送她上车。她走过站台,旁边几个大声说笑的男人安静下来,其中一个低声议论着她,说着下流话。她登上火车高高的踏级,独自坐到车厢里套有肮脏白套子的软座上。手提包在弹簧座上晃了晃,不动了。彼得露出一脸傻笑,在车窗外掀了掀镶金线的制帽,向她告别。一个态度粗暴的列车员砰地一声关上车门,上了闩。一位穿特大撑裙的畸形女人(安娜想象着她不穿裙子的残废身子的模样,不禁毛骨悚然)和一个装出笑脸的女孩子,跑下车去。

"卡吉琳娜·安德烈夫娜什么都有了,她什么都有了,姨妈!"那女孩子大声说。

"连这样的孩子都装腔作势,变得不自然了。"安娜想。为了避免看见人,她迅速地站起来,坐到面对空车厢的窗口旁边。一个肮脏难看、帽子下露出蓬乱头发的乡下人在窗外走过,俯下身去察看火车轮子。"这个难看的乡下人好面熟。"安娜想。她忽然记起那个噩梦,吓得浑身发抖,连忙向对面门口走去。列车员打开车门,放一对夫妇进来。

"您要出去吗,夫人?"

安娜没有回答。列车员和上来的夫妇没有发觉她面纱下惊惶的神色。她回到原来的角落坐下来。那对夫妇从对面偷偷地仔细打量她的衣着。安娜觉得这对夫妻都很讨厌。那个男的问她可不可以吸烟,显然不是真正为了要吸烟,而是找机会同她攀谈。他取得了她的许可,就同妻子说起法国话来,他谈的事显然比吸烟更乏味。他们装腔作势地谈着一些蠢话,存心要让她听见。安娜看得很清楚,他们彼此厌恶,彼此憎恨。是的,像这样一对丑恶的可怜虫不能不叫人嫌恶。

铃响第二遍了,紧接着传来搬动行李的声音、喧闹、叫喊和笑声。安娜明白谁也没有什么值得高兴的事,因此这笑声使她恶心,她真想堵住耳朵。最后,铃响第三遍,传来了汽笛声、机车放汽的尖叫声,挂钩链子猛地一牵动,做丈夫的慌忙画了个十字。"倒想问问他为什么要这样做。"安娜恶狠狠地盯了他一眼,想。她越过女人的头部从窗口望出去,看见站台上送行的人仿佛都在往后滑。安娜坐的那节车厢,遇到铁轨接合处有节奏地震动着,在站台、石墙、信号塔和其他车厢旁边开过;车轮在铁轨上越滚越平稳,越滚越流畅,车窗上映着灿烂的夕阳,窗帘被微风轻轻吹拂着。安娜忘记了同车的旅客,在列车的轻微晃动中吸着新鲜空气,又想起心事来。

"啊,我刚才想到哪儿了?对了,在生活中我想不出哪种处境没有痛苦,人人生下来都免不了吃苦受难,这一层大家都知道,可大家都千方百计哄骗自己。不过,一旦看清真相又怎么办?"

"天赋人类理智就是为了摆脱烦恼嘛。"那个女人装腔作势地用法语说,对这句话显然很得意。

这句话仿佛解答了安娜心头的问题。

"为了摆脱烦恼。"安娜摹仿那个女人说。她瞟了一眼面孔红红的丈夫和身子消瘦的妻子,明白这个病恹恹的妻子自以为是个谜样的女人,丈夫对她不忠实,使她起了这种念头。安娜打量着他们,仿佛看穿了他们的关系和他们内心的全部秘密。不过这种事太无聊,她继续想她的心事。

"是的,我很烦恼,但天赋理智就是为了摆脱烦恼;因此一定要摆脱。既然再没有什么可看,既然什么都叫人讨厌,为什么不把蜡烛灭掉呢?可是怎么灭掉?列车员沿着栏杆跑去做什么?后面那节车厢里的青年为什么嚷嚷啊?他们为什么又说又笑哇?一切都是虚假,一切都是谎言,一切都是欺骗,一切都是罪恶!……"

火车进站了,安娜夹在一群旅客中间下车,又像躲避麻风病人一样躲开他们。她站在站台上,竭力思索她为什么到这里来,打算做什么。以前她认为很容易办的事,如今却觉得很难应付,尤其是处在这群不让她安宁的喧闹讨厌的人中间。一会儿,挑夫们奔过来抢着为她效劳;一会儿,几个年轻人在站台上把靴子后跟踩得咯咯直响,一面高声说话,一面回头向她张望;一会儿,对面过来的人笨拙地给她让路。她想起要是没有回信,准备再乘车往前走,她就拦住一个挑夫,向他打听有没有一个从伏伦斯基伯爵那里带信来的车夫。

"伏伦斯基伯爵吗?刚刚有人从他那里来。他们是接索罗金娜伯爵夫人和女儿来的。那个车夫长得怎么样?"

她正同挑夫说话的时候,那个脸色红润、喜气洋洋的车夫米哈伊尔,穿着一件腰部打褶的漂亮外套,上面挂着一条表链,显然因为那么出色地完成使命而十分得意,走到她面前,交给她一封信。她拆开信,还没有看,她的心就揪紧了。

"真遗憾,我没有接到那封信。我十点钟回来。"伏伦斯基潦草地写道。

"哼!不出所料!"她带着恶意的微笑自言自语。

"好,你回家去吧!"她对米哈伊尔低声说。她说话的声音很低,因为剧烈的心跳使她喘不过气来。"不,我不再让你折磨我了。"她心里想,既不是威胁他,也不是威胁自己,而是威胁那个使她受罪的人。她沿着站台,经过车站向前走去。

站台上走着的两个侍女,回过头来打量她,评论她的服装:"真正是上等货。"——她们在说她身上的花边。几个年轻人不让她安宁。他们又盯住她的脸,怪声怪气地又笑又叫,在她旁边走过。站长走过来,问她乘车不乘车。一个卖汽水的男孩目不转睛地望着她。"天哪,我这是到哪里去呀?"她一面想,一面沿着站台越走越远。她在站台尽头站住了。几个女人和孩子来接一个戴眼镜的绅士,他们高声地有说有笑。当她在他们旁边走过时,他们住了口,回过头来打量她,她加快脚步,离开他们,走到站台边上。一辆货车开近了,站台被震得摇晃起来,她觉得她仿佛又在车上了。

她突然想起她同伏伦斯基初次相逢那天被火车轧死的人,她明白了她应该怎么办。她敏捷地从水塔那里沿着台阶走到铁轨边,在擦身而过的火车旁站住了。她察看着车厢的底部、螺旋推进器、链条和慢慢滚过来的第一节车厢的巨大铁轮,竭力用肉眼测出前后轮之间的中心点,估计中心对住她的时间。

"那里!"她自言自语,望望车厢的阴影,望望撒在枕木上的沙土和煤灰,"那里,倒在正中心,我要惩罚他,摆脱一切人,也摆脱我自己!"

她想倒在开到她身边的第一节车厢的中心。可是她从臂上取下红色手提包时耽搁了一下,来不及了,车厢中心过去了。只好等下一节车厢。一种仿佛投身到河里游泳的感觉攫住了她,她画了十字。这种画十字的习惯动作,在她心里唤起了一系列少女时代和童年时代的回忆,周围笼罩着的一片黑暗突然打破了,生命带着它种种灿烂欢乐的往事刹那间又呈现在她面前,但她的目光没有离开第二节车厢滚近拢来的车轮。就在前后车轮之间的中心对准她的一瞬间,她丢下红色手提包,头缩在肩膀里,两手着地扑到车厢下面,微微动了动,仿佛立刻想站起来,但又扑通一声跪了下去。就在这一刹那,她对自己的行动大吃一惊。"我这是在哪里?我这是在做什么?为了什么呀?"她想站起来,闪开身子,可是一个冷酷无情的庞然大物撞到她的脑袋上,从她背上轧过。"上帝呀,饶恕我的一切吧!"她说,觉得无力挣扎。一个矮小的乡下人嘴里嘟囔着什么,在铁轨上干活。那支她曾经用来照着阅读那本充满忧虑、欺诈、悲哀和罪恶之书的蜡烛,闪出空前未有的光辉,把原来笼罩在黑暗中的一切都给她照个透亮,接着烛光发出轻微的哔镞声,昏暗下去,终于永远熄灭了。

第 八 部

1

差不多过了两个月。已经是盛夏时节,柯兹尼雪夫才准备离开莫斯科。

在这期间,他的生活中发生了一些重大事件。他花了六年心血写成的著作《试论欧洲和俄国国家基础和形式》,一年前完稿,其中一些章节和序言已在刊物上发表过,另一些章节柯兹尼雪夫也读给朋友们听过,因此这部著作的思想内容对公众已不新鲜,但柯兹尼雪夫还是期望它的出版会在社会上造成重大影响,即使不是一场学术革命,也将轰动学术界。

这部著作经过仔细修订,去年已正式出版,并且分发到书商手里。

柯兹尼雪夫向任何人提到这本书,朋友们问起,他都回答得很淡漠,他也从不向书商打听书的销路,其实他十分关心这部著作给社会和学术界的最初印象。

但是,过了一星期,两星期,三星期,社会上没有任何反应。他的朋友、专家和学者有时出于礼貌才提到它。那些对学术著作不感兴趣的熟人根本没有提到过它。目前社会上关心别的事,对它十分冷淡。学术期刊上整整一个月对这本书只字不提。

柯兹尼雪夫精确估计写书评需要的时间,可是过了一个月,两个月,始终毫无反应。

只有在《北方甲虫》一篇讽刺小品文里,谈到倒嗓歌唱家德拉班吉时,顺便插了几句话,批评柯兹尼雪夫的著作,说它早就受到大家的谴责和普遍的嘲笑。

到了第三个月,终于在一本严肃的杂志上出现了一篇批判文章。柯兹尼雪夫认识文章作者,在高鲁勃卓夫家见过他。

作者是个年轻有病的小品文作家,文笔泼辣,但教养极差,在私人交往上很胆怯。

柯兹尼雪夫虽然很瞧不起这位作者,但还是认真阅读这篇文章。这篇文章实在太厉害了。

写小品的人显然完全不理解这部著作,但巧妙地摘录了只言片语,使没有看过这书的人(事实上几乎谁也没有看过它)觉得整部著作只是辞藻的堆砌,文字很不恰当(已用问号表出),作者是个不学无术的人。批评的手法十分巧妙,使柯兹尼雪夫自己都无法否认,厉害也就厉害在这里。

柯兹尼雪夫分析这位评论家的论点是否正确,态度虽十分诚恳,但他从不认真考虑人家所指责的缺点错误,认为人家显然是有意挑剔。不过,他立刻不由自主地仔细回忆他同这位作者见面和交谈的情况。

"我有没有什么地方得罪了他?"柯兹尼雪夫问自己。

他记起上次见到这个年轻人,曾纠正他语言上的粗鲁无礼,这样就找到了对方写这篇文章的动机。

这篇文章发表后,对他的著作没有任何反应,不论文字的或者口头的。柯兹尼雪夫看到他六年心血完全白费了。

他觉得特别痛苦,因为在完成这部作品以后,不再有占据他大部分时间的著述工作了。

柯兹尼雪夫天资聪明,很有教养,身体健康,精力充沛,如今不知道该把精力往哪里使。交际场所的谈话,各种会议上的发言,花去了他一部分时间,但他是个城市居民,不愿像他那个缺乏生活经验的弟弟来到莫斯科那样,把时间全部花在谈话上,因此他还有许多空闲的时间和脑力活动的能力。

在他著作失败后最痛苦的时期,幸亏原来不受人重视的斯拉夫问题,开始取代异教徒、欢迎美国朋友、萨玛拉大饥荒、各种展览会和招魂术等问题。柯兹尼雪夫原是提出斯拉夫问题的人之一,就全心全意投入这项活动。

柯兹尼雪夫所属的圈子,除了斯拉夫问题和塞尔维亚战争外,什么也不谈,什么文章也不写。一向无所事事的人,如今都把全部时间用来为斯拉夫人服务。跳舞会、音乐会、宴会、演讲、妇女服装、啤酒、小饭馆——一切都证明大家是支持斯拉夫人的。

有关这个问题的许多言论和文章,柯兹尼雪夫在细节上并不同意。他看到斯拉夫问题在社会上已成了时髦的谈话资料——这种谈话资料总是在不断翻新。他看到许多人参与其事,怀有自私和虚荣的目的。他认为报刊大量登载夸大其词的东西,目的只是哗众取宠,压倒别人。他看到在这波澜壮阔的社会浪潮中,冲得最前、叫得最响的都是些郁郁不得志的人:没有军队的司令、没有部门的部长、没有刊物的记者和没有党羽的党魁。从这个问题上,他看到许多东西是轻率可笑的,但同时看到并且承认那种联合社会上各阶级、令人感动的日益高涨的热情。屠杀同教教友和斯拉夫弟兄的事件,引起大家对受难者的同情和对压迫者的愤恨。塞尔维亚人和门的内哥罗人为崇高事业而英勇斗争,激发全体人民不是口头上而是用行动来支援兄弟民族的愿望。

此外还有一件事使柯兹尼雪夫感到高兴,那就是舆论的表现。整个社会明确表示它的愿望。正如柯兹尼雪夫说的那样,"表现了民族精神"。他越深入研究这个问题，就看得越清楚，这将是一个规模浩大的划时代事件。

他全心全意投入这个伟大的运动，把著作也给忘了。

如今他忙得不可开交，连答复来信和要求的时间都没有。

他忙了一个春天和一部分夏天，直到七月才准备下乡到弟弟那里去。

他准备去休息两个星期，同时在全民族最神圣的地方，在偏僻的乡村，饱览一下民族精神高涨的景象。对这种精神他同全体首都居民都深信不疑。卡塔瓦索夫早就想实践去列文家访问的诺言，就和他同行。

2

柯兹尼雪夫同卡塔瓦索夫刚刚到达今天特别热闹的库尔斯克车站，下了马车，回头望望押送行李的仆人，就看到一批批志愿兵乘驷马车驰来。妇女们手拿花束欢送他们，她们在一群蜂拥而来的人的护送下进入车站。

有一个前来欢送志愿兵的贵夫人，走出候车室，招呼柯兹尼雪夫。

"您也来送行吗？"她用法语问。

"不，公爵夫人，我自己出门。到弟弟家去休息。您老是给人家送行吗？"柯兹尼雪夫似笑非笑地说。

"不能不送啊！"公爵夫人回答。"我们这里已经送走了八百人，是吗？马尔文斯基不相信我的话呢。"

"超过八百了。如果加上不是直接从莫斯科出发的，已超过一千了。"柯兹尼雪夫说。

"可不是,我说嘛!"那位贵夫人快乐地响应说。"据说已经募捐了将近一百万卢布,是吗?"

"超过了,公爵夫人。"

"今天有什么消息?又把土耳其军击败了。"

"是的,我看到了。"柯兹尼雪夫回答。他们谈到最新消息,证实连续三天土耳其军在各个据点被击败,四下逃跑,明天将有一场决战。

"嗯,想麻烦您一件事:有个很好的年轻人要求参军。不知怎地遭到留难。我想请您给他写个条子。我认识他,是李迪雅伯爵夫人介绍来的。"

柯兹尼雪夫详细询问公爵夫人那个要求参军青年的情况,走进头等车候车室,写了一张条子,交给公爵夫人。

"您知道吗,伏伦斯基伯爵,那位大名鼎鼎的……也坐这趟车。"当他找到公爵夫人,把条子交给她时,公爵夫人带着得意和微妙的笑容说。

"我听说他要走,但不知道什么时候。他坐这一趟车吗?"

"我见到过他,他在这里待了一阵。只有母亲来给他送行。到头来他也没有别的出路了。"

"噢,那当然。"

他们谈的时候,人群从他们旁边向餐室涌去。他们也向那边移动,看见一个绅士手拿酒杯,声音洪亮地向志愿兵讲话。"为信仰、为人类和同胞效劳!"他越说越响。"莫斯科母亲祝福你们去完成伟大的事业!万岁!"他声泪俱下地叫道。

人人都欢呼"万岁!"又有一群人涌到候车室,险些把公爵夫人撞倒。

"嘿！公爵夫人，怎么样！"奥勃朗斯基突然出现在人群中，满面春风地说。"说得漂亮，热情，是吗？太好了！还有谢尔盖·伊凡诺维奇！您最好也讲几句鼓励鼓励。您是行家。"他添上说，露出亲切、尊敬和谨慎的微笑，轻轻地推推柯兹尼雪夫的手臂。

"不，我马上就要走了。"

"上哪儿？"

"到乡下弟弟那里去。"柯兹尼雪夫回答。

"那您会见到我妻子的。我写过信给她，但您可以更早见到她。请您告诉她，您见到我了，*一切都好*。① 她会明白的。不过，麻烦您对她说一声，我已当上联合委员会理事了……嗯，是的，她会明白的！您知道，这是人生的小小苦恼。"他仿佛道歉似的对公爵夫人说。"米雅赫基公爵夫人，不是丽莎，是比比施，送去一千支步枪和十二名护士。我跟您说过吗？"

"是的，我听说了。"柯兹尼雪夫不大乐意地回答。

"您要走了，真可惜！"奥勃朗斯基说。"明天我们要设宴欢送两个参战的人：一个是彼得堡的迪米尔－巴特尼央斯基，另一个是我们的维斯洛夫斯基。两人都要出发了。维斯洛夫斯基结婚才不久，真是个好样的！是不是，公爵夫人？"他对公爵夫人说。

公爵夫人没有回答他，却对柯兹尼雪夫望了望。柯兹尼雪夫和公爵夫人似乎想摆脱奥勃朗斯基，但这并没使他感到狼狈。他笑嘻嘻地一会儿望望公爵夫人帽上的羽毛，一会儿左顾右盼，仿佛在回想什么

---

① 原文为英语。

事。他看见一位太太拿着募捐箱走过,就叫她过来,塞进一张五卢布钞票。

"只要口袋里还有钱,我看见募捐箱就不能无动于衷,"奥勃朗斯基说。"今天有什么消息?那些门的内哥罗人可真了不起!"

"真的吗?"当公爵夫人告诉他伏伦斯基也搭这班车的时候,他叫道。奥勃朗斯基的脸刹那间显得很哀伤,但稍微过了一会儿,当他抚摸着络腮胡子,微微摇晃着两腿走进伏伦斯基房间时,他就完全忘记了当时伏在妹妹尸体上失声痛哭的情景,而把伏伦斯基看作一位英雄和老友。

"尽管他有许多缺点,也不能不为他说句公道话,"奥勃朗斯基一走开,公爵夫人对柯兹尼雪夫说。"您瞧,这是真正的俄罗斯性格,斯拉夫性格!不过我怕伏伦斯基看到他会难过的。不论怎么说,这个人的遭遇太使我感动了。路上您同他谈谈吧。"公爵夫人说。

"好的,要是有机会的话。"

"我一向不喜欢他,但这事改变了大家对他的看法。他不仅自己去,还出钱带一连骑兵去。"

"是的,我听说了。"

铃响了。大家向门口涌去。

"这就是他!"公爵夫人指着身穿长外套、头戴阔边黑呢帽、挽着母亲走去的伏伦斯基,说。奥勃朗斯基走在他旁边,兴奋地谈着什么。

伏伦斯基皱着眉头,眼睛瞧着前方,仿佛不在听他说话。

大概是奥勃朗斯基告诉了他,他朝公爵夫人和柯兹尼雪夫站着的方向望了望,默默地掀了掀帽子。他那张饱经沧桑而显得苍老的脸简直像化石一样。

走到站台上,伏伦斯基默默地让母亲走过去,自己也消失在单间车厢里。

站台上奏起了国歌《上帝保佑沙皇》,然后是一片"万岁"的喊声。有一个志愿兵,身材很高,胸脯凹陷,年纪很轻,拿毡帽和花束在头上挥着,特别显眼地行着礼。接着两个军官和一个蓄大胡子、戴油腻制帽的老人也探出头来行礼。

3

柯兹尼雪夫向公爵夫人告别后,同卡塔瓦索夫一起走进挤得水泄不通的车厢。火车开动了。

在察里津车站,列车受到一群整齐地唱着《颂歌》的青年的欢迎。志愿兵又伸出头来,又行礼,但柯兹尼雪夫毫不在意,他同志愿兵打交道打得多了,很了解他们,对他们不感兴趣。但卡塔瓦索夫一向忙于学术活动,没有机会观察志愿兵,因此对他们很感兴趣,不断向柯兹尼雪夫询问他们的事。

柯兹尼雪夫劝他到二等车厢亲自同他们谈谈。到了下一站,卡塔瓦索夫就照他的话做去。

车一停,他就走到二等车厢,同志愿兵攀谈起来。志愿兵坐在车厢角落里,高谈阔论,显然知道乘客们和进来的卡塔瓦索夫都在注意他们。说话声音最响的是那个胸脯凹陷的高个子。看样子他喝醉了,正在讲他们学校里发生过的一件事。坐在他对面的,是一个穿着奥地利近卫军军服的老军官。他笑眯眯地听着他讲,偶尔打断他的话。第三个穿炮兵军服,坐在他们旁边的手提箱上。第四个睡着了。

卡塔瓦索夫同那个青年谈话,知道他原是莫斯科富商,不到二十二岁就把一大笔家产挥霍光了。卡塔瓦索夫不喜欢他,因为他娇生惯养,身体虚弱,毫无大丈夫气概,但他却以英雄自居,自吹自擂,叫人讨厌,此刻喝多了酒,更是肆无忌惮。

第二个是个退伍军官,也给卡塔瓦索夫留下不愉快的印象。这人看来阅历丰富,曾在铁路上工作,当过经理,办过工厂,此刻讲的话都毫无意义,而且滥用术语。

第三个是炮兵,同前面两个不一样,很招卡塔瓦索夫的喜欢。他是个谦逊文静的人,显然很崇拜那个退伍军官的学问和那个商人的慷慨,却只字不提自己的事。卡塔瓦索夫问他去塞尔维亚的动机是什么,他谦虚地回答说:

"没什么,大家都去嘛。应该帮帮塞尔维亚人。真替他们难过。"

"是的,那边特别缺少像您这样的炮兵。"卡塔瓦索夫说。

"但我在炮兵队里干了还没多久,说不定会把我派到步兵或者骑兵队里去的。"

"现在最需要炮兵,怎么会把您派到步兵里去呢?"卡塔瓦索夫从这位炮兵的年龄推测,他的军阶一定相当高。

"我在炮兵里没干过多久,我是个退伍的士官生。"他说着开始解释,为什么军官考试他没有及格。

这一切都给了卡塔瓦索夫不愉快的印象。当志愿兵下车到站上喝酒时,卡塔瓦索夫想同谁谈谈,来证实自己得到的不良印象。一个穿军大衣的老年旅客,一直在倾听卡塔瓦索夫同志愿兵谈话。等只剩下他们两人时,卡塔瓦索夫就同他攀谈起来。

"是的,动身去那边的人,情况确实个个不同。"卡塔瓦索夫含糊其辞地说,他想发表意见,也想引出老头儿的看法。

那老头儿是个军人,经历过两次战争。他知道怎样才算个真正的军人,但从这些人的外表和谈吐,从他们一路上抱住酒瓶不放的那份酒兴看来,他认为他们都是些该死的兵痞。他住在县城里,想讲讲他们那里有个退伍军人,又是酒鬼,又是小偷,因为没有人雇他做工就参了军。不过,他凭经验知道,在目前这种气氛中,发表与众不同的意见是危险的,尤其不能指摘志愿兵,因此他窥察着卡塔瓦索夫的神色。

"是啊,那边很需要人。"他眼睛里含着笑意说。他们谈论最新的战争消息,向对方掩饰着自己的疑虑,不知明天将同谁作战——根据最新消息,土耳其军已在各个据点被击溃了。结果,直到分手,两人都没有发表意见。

卡塔瓦索夫回到他的车厢里,不由得违心地对柯兹尼雪夫讲了他观察志愿兵的印象,说他们都是出色的战士。

在一个大城市的车站上,欢迎志愿兵的又是一片歌声和欢呼声,又是拿着募捐箱的男男女女,本城的妇女们又向志愿兵献花,陪着他们走进餐厅。不过这一切比起莫斯科来可差得远了。

4

列车停靠在省城车站,柯兹尼雪夫没有到餐厅去,却在站台上来回踱步。

他第一次经过伏伦斯基的房间,看见百叶窗关上了。但第二次经过时看见老伯爵夫人坐在窗口。她招手叫他过去。

"嗯,我现在送他到库尔斯克去。"她说。

"是的,我听说了。"柯兹尼雪夫说,站在她的窗口往里张望。"他这次行动真是太漂亮了!"他发觉伏伦斯基不在里面,加上说。

"出了那件倒霉事以后,他还能做什么呢?"

"那件事真是太可怕了!"柯兹尼雪夫说。

"唉,我这是受的什么罪!您请进来吧……唉,我这是受的什么罪!"柯兹尼雪夫走进车厢,坐在她旁边的软座上,她重复说。"简直没法想象!整整六个礼拜,他跟谁也不说一句话,要不是我求他,什么东西也不吃。简直一分钟也不能让他独个儿待着。我们把可以用来自杀的东西全拿走了,我们都住在楼下,谁也不能担保他不出什么事。您知道,他为了她已经开枪自杀过一次了,"她说,一想到这事她那苍老的前额又蹙了起来。"是的,她的下场正是她那种女人应得的下场。连死的方式都挑得那么卑贱下流。"

"审判她可不是我们的事,伯爵夫人,"柯兹尼雪夫叹息说,"但我懂得这件事对您有多痛苦。"

"唉,甭提了!当时我住在我家庄院里,他也在我那里。有人送来一封信。他写了回信,叫那人带回去。我们根本不知道她就在车站上。晚上我刚回到屋里,我的梅丽告诉我有位太太卧轨自杀了。真是晴天霹雳!我知道就是她。我当时就关照:不要对他说。可他们已经告诉他了。当时他的车夫在场,什么都看见了。我跑到他屋里,看见他已经精神失常,那个模样可吓人啦!他一言不发,骑上马往那里直奔。我不知道那里的情况究竟怎样,但他被送回来时已经像死人一样没有知觉。我都快认不出他来了。医生说是'完全虚脱'。后来就有点疯疯癫癫了。"

"唉,提他干什么!"伯爵夫人摆摆手说。"那些日子太可怕了!哼,她怎么说也是个坏女人。哎,这种不要命的热情算什么呀!无非让人看出她这人不正常罢了。就是这么一回事。她毁了自己,也毁了两个好人:她的丈夫和我那可怜的儿子。"

"她丈夫怎么了?"柯兹尼雪夫问。

"他带走了她的女儿。阿历克赛最初什么都答应了。如今他可后悔把自己的女儿给了人家。可是话出了口,又不好收回。卡列宁来参加了葬礼,我们竭力不让他同阿历克赛见面。这样对他,对做丈夫的,都要好些。她使他自由了,可我那个可怜的孩子完全被她给毁了。他抛弃了一切:他的前途和我,可是她还不肯放过他,存心把他彻底给毁掉。咳,不论怎么说,她这种死法就是一个堕落的不信教的女人的死法。上帝饶恕我吧,我眼看儿子给毁了,没法不恨她。"

"那他现在怎么了?"

"上帝拯救了我们:发生了塞尔维亚战争。我老了,不懂这种事,但对他来说确是上帝的恩典。当然,我这个做母亲的有点担心,再有,据说彼得堡对这事也另有看法。可是有什么办法呢!这是唯一能使他振作起来的事。雅希文,他的朋友,把钱输得精光,也要到塞尔维亚去。是雅希文来看他,把他动员去的。如今这事可引起了他的兴致。您去同他谈谈吧,我希望能使他散散心。他太伤心了。倒霉的是他的牙又痛了。不过,他看见您一定会高兴的。请您去同他谈谈,他就在那边散步。"

柯兹尼雪夫说他很高兴见他,说着就往站台那一头走去。

5

　　站台上,货物在夕照下投出的斜影里,伏伦斯基身穿长外套,帽子压得很低,双手插在口袋里,仿佛笼中的野兽,踱来踱去,每走二十步就猛地转个身。柯兹尼雪夫发觉他走过去的时候,伏伦斯基看见他,却假装没有看见。柯兹尼雪夫不在意。他不计较同伏伦斯基的个人恩怨。

　　这时候,在柯兹尼雪夫眼里,伏伦斯基是个从事伟大事业的伟大人物,他觉得有责任鼓励他,赞扬他。他就走到他面前。

　　伏伦斯基站住了,凝神细看,认出是柯兹尼雪夫,就上前几步,使劲握住他的手。

　　"也许您并不希望同我见面,"柯兹尼雪夫说,"不过,我能不能为您效点劳哇?"

　　"对我来说,同你见面比同谁见面都少些不愉快,"伏伦斯基说。"您不要见怪。人生对我已没有什么愉快的事了。"

　　"这我了解,我愿意为您效劳,"柯兹尼雪夫凝视着伏伦斯基痛苦不堪的脸,说。"要不要为您给李斯基奇①或者米兰②写封信哪?"

　　"噢,不用了!"伏伦斯基仿佛好容易才听懂他的话,说。"要是您不介意,那我们一起走走。车厢里太气闷了。写信吗?不,谢谢您,一

---

① 李斯基奇,当时塞尔维亚外交部长。
② 米兰,当时塞尔维亚亲王,后当塞尔维亚王。

个人去死是不用什么介绍信的。除非写给土耳其人……"他嘴角上微微一笑,说。他那双眼睛依旧流露出愤恨和痛苦的神情。

"是的,不过您同有地位的人建立些关系还是需要的,这样可以方便些。不过,当然随您的便。我很愿意知道您的决定。眼前对志愿兵攻击得太多了,因此像您这样的人去一定可以改变舆论。"

"我这人,"伏伦斯基说,"好就好在对生死毫不在意。冲锋也好,砍杀也好,倒下也好,我的力气都是足够的——这一点我知道。我高兴的是有机会献出我的生命——我觉得不仅多余而且简直讨厌的生命。它对别人也许还有点用处。"他的下颚由于一刻不停的剧烈牙痛而抽搐着,使他说话时无法表现他想表现的感情。

"我敢担保,您会重新振作起来的,"柯兹尼雪夫十分感动地说,"为了把同胞弟兄从压迫下解放出来,出生入死也是值得的。但愿上帝赐给您战斗的胜利和内心的平静。"他加上说,伸出手。

伏伦斯基紧紧握住柯兹尼雪夫的手。

"是的,作为一个工具,我还有些用处。可是,作为一个人,我已是个废物了。"他一字一顿地说。

他那阔大牙齿的剧痛使他嘴里充满口水,妨碍他说话。他不做声,凝视着那沿铁轨缓慢而平稳地滚过来的煤水车的车轮。

突然,一种截然不同的感觉,不是身上的疼痛,而是揪心的难受,使他刹那间忘记了牙痛。一看到煤水车和铁轨,再加上同那次事件以后没见过面的朋友一谈话,他顿时想起了她,想起了那天他像疯子一样冲进车站看见她所剩下的一切:一张长桌上,在一群陌生人的围观下,那不久前还充满生命的血肉模糊的尸体,不知羞耻地横陈着;那盘着浓密发辫、鬓角上覆着几绺鬈发的完整的脑袋向后仰着;那张美丽的脸上,嘴唇半开半闭,凝聚着一种异样的神情——嘴唇悲怆凄凉,那双没有闭上的凝然不动的眼睛动人心魄,仿佛在说他们吵嘴时她对他说的那句可怕的话:"你会后悔的!"

他竭力回忆第一次——也在车站上——见面时她的模样:神秘,妩媚,热情,自己追求幸福,也赐给人幸福,不像她最后一次留给他的冷酷的复仇神气。他竭力回忆同她在一起的幸福时刻,但这些时刻永远被糟蹋了。他只记得,她曾威胁他将饮恨终身,她胜利了。他不再觉得牙疼。一阵抽泣使他扭歪了脸。

他默默地在货物堆旁来回踱了两次,才勉强控制感情,平静地对柯兹尼雪夫说:

"今天没有什么消息吗?是的,他们第三次被击败了,看来明天会有一场决战。"

他们又议论了一阵米兰国王的宣言和它可能发生的巨大影响,听见铃响第二遍,就分手各自回车厢去。

6

柯兹尼雪夫不知自己什么时候可以从莫斯科脱身,所以没有打电报叫弟弟去接。当卡塔瓦索夫和柯兹尼雪夫坐着在车站上雇的四轮马车,像阿拉伯人一样风尘仆仆,正午到达波克罗夫斯克家门的时候,列文不在家里。吉娣同父亲和姐姐坐在阳台上,一认出大伯,就跑下去迎接。

"您怎么好意思不通知一下!"她一面说,一面伸出手给柯兹尼雪夫,并且凑过去让他吻吻前额。

"我们平安到达,没有惊动你们,"柯兹尼雪夫回答。"我一身是灰,真不敢碰你了。我近来很忙,不知道几时可以脱身。你们还是老样子,"他笑嘻嘻地说,"在幽静的好地方,不受潮流冲击,享享清福。你看,我们的朋友卡塔瓦索夫到底也来了。"

"不过,我不是黑人,只要一洗干净,又会像个人的。"卡塔瓦索夫习惯成自然地用戏谑的口吻说,微笑着伸出手。他的牙齿因为脸黑而显得格外洁白光亮。

"康斯坦京准会高兴的。他到农场去,该回来了。"

"他一直在搞他的农业。真是田园风光啊!"卡塔瓦索夫说。"可我们在城里,除了塞尔维亚战争,什么也看不见。那么,我们那位朋友对时局有什么看法?一定与众不同吧?"

"哦,他吗?没什么,同大家一样,"吉娣窘态毕露地转身望望柯兹尼雪夫,回答说。"我这就派人去找他,爸爸现在住在我们这里。他刚从国外回来。"

吉娣派人去找列文,又叫仆人带两位风尘满面的来客到屋里梳洗:一个到书房里,另一个到陶丽的大房间里,又吩咐给客人备饭,自己就敏捷地——这在她怀孕期是不允许的——跑到阳台上。

"谢尔盖·伊凡诺维奇和卡塔瓦索夫教授来了。"她说。

"啊呀,这么大热天,真够辛苦的了!"老公爵说。

"不,爸爸,他这人挺可爱,康斯坦京很喜欢他。"吉娣发觉父亲脸上嘲弄的神气,微笑着说,仿佛在向他恳求什么似的。

"我倒没什么。"

"你去招待招待他们吧,好姐姐,"吉娣对姐姐说。"他们在车站上见到斯基华了,他身体很好。我要去看看米嘉。真糟糕,自从吃茶点起还没喂过他呢。这会儿他该醒了,一定在哭了。"她觉得乳房发胀,快步向育儿室走去。

不出所料(她同婴儿生理上的联系还没有断),她凭自己乳房发胀知道他饿了。

她知道不等她走到育儿室,婴儿已在哭了。果然他在嚷嚷。她听见他的声音,加快脚步,但她走得越快,他哭得也越响。哭声很响亮健康,听得出是饿了,等不及了。

"哭了好一阵了吗,保姆?"吉娣一面坐下来准备喂奶,一面急急地说。"快把他抱给我。唉,保姆,你怎么这样慢吞吞的,嗐,帽子回头再系好了!"

婴儿声嘶力竭地啼哭着。

"总得弄弄好哇,少奶奶,"几乎一直待在育儿室里的阿加菲雅说。"总得把我们收拾得整整齐齐的。噢,噢!"她哄着婴儿,却不理做母亲的。

保姆把婴儿抱给母亲。阿加菲雅跟着走过去,慈祥的微笑使她的脸都松开了。

"他认得人,认得人。千真万确,卡吉琳娜·阿历山德罗夫娜少奶奶,他认得我呢!"阿加菲雅嗓门压倒婴儿的啼声叫道。

但吉娣不听她的。她同婴儿一样越来越急躁了。

由于急躁,好一阵没有喂上奶。婴儿没有吮到奶,生气了。

经过一番剧烈的啼哭、打呛以后,总算顺当了,母子都定下心来,不再作声。

"啊呀,可怜的宝贝浑身上下都是汗呢!"吉娣摸着婴儿的身子,低声说。"为什么你说他会认人了呢?"她加上说,斜睨着她觉得调皮地从小帽子底下望着她的婴儿的眼睛,又瞧瞧他那有节奏地一起一伏的小腮帮,以及他那在空中画着圆圈的粉红色小手。

"不可能!要是他认得人,那么准认得我了。"吉娣回答阿加菲雅,嫣然一笑。

她嫣然一笑,因为她嘴里虽说不可能认得人,心里却觉得他不仅认得阿加菲雅,而且什么都知道,什么都懂得,他还知道和懂得许多谁也不知道的事,她这个做母亲的就是依靠他而知道和懂得许多东西的。对阿加菲雅,对保姆,对外祖父,对父亲来说,米嘉只是一个需要物质照顾的生物;但对母亲来说,他早就是个有精神生活的人,她同他早就有一系列精神上的联系了。

"等他醒来,上帝保佑,您准会看到的。只要我这样一来,他就会高兴得笑起来,那宝贝,简直像明亮的太阳!"阿加菲雅说。

"嗯,好的,好的,我们回头看吧,"吉娣喃喃地说。"现在你去吧,他睡着了。"

7

阿加菲雅踮着脚尖走了出去;保姆放下窗帘,从小床纱帐里赶走苍蝇和一只在玻璃窗上乱撞的大胡蜂,这才坐下来,拿一把桦树帚在母子头上挥动着。

"热死了!老天爷就是落几滴小雨也好哇!"她说。

"是啊,是啊,嘘……嘘……"吉娣这样回答,微微摇晃身子,亲热地握住米嘉那只胖得手腕上仿佛有一根线束着的小手。米嘉那双眼睛忽而闭上,忽而睁开,他那只小手却一直在轻轻挥动。这只小手逗得吉娣心神不宁,她很想吻吻它,但又怕把孩子弄醒。那只小手终于不动了,眼睛也闭上了。那婴儿偶尔一面吃奶,一面扬起弯弯的长睫毛,在朦胧的光线中用他那双乌溜溜水汪汪的眼睛盯住母亲。保姆停止打扇,打起瞌睡来。可以听见楼上老公爵洪亮的说话声和卡塔瓦索夫哈哈大笑的声音。

"我不在,他们一定谈得很起劲,"吉娣想,"康斯坦京不在,总叫人恼火。他一定又到养蜂场去了。他常常到那里去,虽然叫人寂寞,可我还是高兴的。可以让他散散心。现在他比春天时快活多了,精神也好多了。要不然他老是那么闷闷不乐,心里烦恼,我真替他担心呢。他这人真可笑!"她笑盈盈地自言自语着。

她知道什么事使丈夫烦恼。就是他不信教。要是有人问她是不是认为他不信教来世就要灭亡,她准会同意他将灭亡。虽然如此,他的不信教并没使她觉得不幸。她承认一个不信教的人灵魂不能得救,而天下她最爱的就是丈夫的灵魂,但她想到他的不信教还是笑嘻嘻的,并且暗自说他这人真可笑。

"他一年到头尽读那些哲学书做什么?"她想。"要是这一切都写在书里,他会懂得的。要是书上的话都是胡扯,还读它做什么?他自己也说希望有信仰。那他又为什么不信教呢?大概是因为想得太多吧?想得太多是由于孤独。他老是一个人,一个人。他同我们又谈不来。我想这两个客人会使他高兴的,特别是卡塔瓦索夫。他喜欢同他谈天。"她想,接着她又立刻考虑让卡塔瓦索夫睡在哪里好——让他单独住一间,还是和柯兹尼雪夫同住。这当儿,她突然想到一件事,激动得浑身打了个哆嗦,把米嘉都惊醒了。他睁开眼睛,不乐意地望了她一眼。"洗衣妇看来还没把洗好的东西送来,客人用的干净床单一条也没有了。要是我不去料理一下,阿加菲雅就会拿用过的床单给柯兹尼雪夫铺床。"吉娣一想到这事,血就往脸上直涌。

"是的,我要去料理一下。"她下定决心,又回到原来的思路上;她记得还有一个重要的心灵问题没有思考好,就又重新想起来。"是的,康斯坦京不是教徒。"她想到这里又浮起了微笑。

"嗯,他不是教徒!但与其像施塔尔夫人或者我在国外想往做的那种人,还不如让他永远像现在这样。是的,至少他不会装腔作势。"

前不久那件证明他心地善良的事,又历历在目地呈现在她眼前。两星期前,陶丽接到奥勃朗斯基一封悔罪的信。他恳求她挽救他的名誉,卖掉她的地产来替他还债。陶丽绝望了,恨透丈夫,又蔑视他,又可怜他,决定同他离婚,拒绝他的要求,但临了还是同意卖掉一部分产业。这事以后,吉娣不由得带着柔情的微笑,回想丈夫当时那种羞涩的神态。他一再想解决这件他关心的事,终于想出了一种可以帮助陶丽而又不伤她自尊心的办法,那就是让吉娣把她的一份地产送给陶丽,这可是她怎么也没想到的。

"怎么能说他是个没有信仰的人呢?他生着这样一副好心肠,总是唯恐人家难受,连小孩都不例外!总是替别人着想,就是不想到自己。谢尔盖·伊凡诺维奇一直认为康斯坦京有义务当他的管家。姐姐也是这样。现在陶丽和她的孩子就由他保护着。乡下人都天天来找他,仿佛他就应该为他们做事。"

"啊,但愿你能像你爸爸,像你爸爸就好了!"吉娣说着把米嘉交给保姆,吻了吻他的小腮帮。

8

在心爱的哥哥临死那一刻,列文第一次用所谓新的信仰——在他二十到三十四岁期间逐渐形成,代替他童年和少年时代的信仰——来看待生死问题。自从那时起,使他惊异的主要不是死,而是生。他不知道生命从哪里来,它的目的是什么,它究竟是怎么一回事。生物体和它的灭亡、物质不灭、能量不灭定律、进化——这些术语代替了旧的信仰。这些术语和有关的概念对科学很有用,但对生命本身却毫无作用。列文忽然觉得自己好像脱去暖和的皮袄,换上薄纱衣服,一到冰天雪地,不是凭理论而是通过切身感受,觉得自己简直像赤身裸体一样,因此必将痛苦地灭亡。

自从那时起,列文对这个问题虽没有多加思索,并且照往常那样生活,他却忍不住地为自己的愚昧无知感到害怕。

他还模模糊糊地感觉到,他所谓信仰不仅是无知,而且是一种缺乏知识的胡思乱想。

在他新婚的日子里,新的欢乐和责任排除了这些思想;但在妻子生产以后,在莫斯科无所事事,他就越来越经常、越来越执拗地要求解决这样一个问题:"我要是不接受基督教对生命问题的解答,那我接受什么样的解答呢?"在他的全部信仰里,不仅找不到任何解答,就连类似解答的话都找不到。

他仿佛在玩具店和军器店里找寻食品。

如今他不自觉地在每本书里,在每次谈话中,在每个人身上找寻对这些问题的看法和答案。

最使他惊奇和苦恼的是,多数同他地位和年龄相仿的人,都接受新的信仰来代替旧的信仰,却看不出任何不幸,而是心安理得,十分满足。因此,除了主要问题以外,还有一些问题使列文感到苦恼:这些人老实吗?他们是不是在弄虚作假?还是他们比他更清楚地懂得他所关心的那些问题的科学答案?于是他就竭力钻研这些人的意见和解答这些问题的书籍。

他开始考虑这些问题以来,发现他少年和大学时代认为宗教已经过时的想法是错误的。凡是同他亲近的正派人,个个都信教。老公爵也好,他所喜爱的李伏夫也好,柯兹尼雪夫也好,还有妇女个个都信教,他的妻子同他童年时代一样虔诚。百分之九十九的俄国人,凡是他十分尊敬的人,没有一个不信教。

另外,读了许多书以后,他确信和他持有同样观点的人并没有什么真知灼见,也没有作过任何解释,只是摒弃他觉得不解决就活不下去的那些问题,却拼命去解决一些他毫无兴趣的问题,例如生物体的进化,机械地解释灵魂,等等。

此外,在他妻子分娩的时候,发生了一件对他来说异乎寻常的事。他这个不信教的人开始祈祷,在祈祷时信起教来。但过了那个时候,他就再没有那样的心情了。

他不能承认当时认识了真理,现在却犯了错误,因为只要平心静气地思索一下,一切便都不能成立;他也不能承认当时错了,因为他珍惜当时的心情,但他要是承认自己意志薄弱,那就会亵渎那个时刻。他处在自相矛盾的痛苦之中,竭力想摆脱出来。

9

这些思想折磨着他,苦恼着他,时而轻微,时而强烈,但从不离开他。他读书,思索,读得越多,想得越多,觉得离追求的目标越远。

最近,在莫斯科和乡下,他确信从唯物主义者那里找不到解答,就重新阅读柏拉图、斯宾诺沙、康德、谢林、黑格尔和叔本华的著作。这些哲学家都不用唯物主义来解释人生。

他阅读其他人的学说,特别是唯物主义理论,并试图加以批驳,他觉得他们都言之成理;但当他一读到或者自己思索问题的答案时,就会兜来兜去说不出一个所以然来。当他在精神、意志、自由、本质这些含义不清的名词上兜圈子,存心落入哲学家或者他自己所设下的文字陷阱时,他似乎有所领悟。但只要抛弃人为的思想,从现实生活出发,回到他一向感到满意的习惯的思路上来,这种空中楼阁立刻就像纸屋一样崩塌了。十分清楚,这种空中楼阁就是用颠来倒去的名词术语砌成的,除了理智以外,完全脱离生活中的重大事物。

他一度阅读叔本华,用"爱"这个字来代替"意志"。这种新的哲学在他还没有抛弃以前,曾经给了他一两天的慰藉;但当他从实际生活出发加以观察时,它也就崩塌了,成为一件不能御寒的薄纱衣服。

柯兹尼雪夫哥哥劝他读霍米亚科夫的神学著作。列文读了霍米亚科夫作品第二卷,虽然开头讨厌他那种振振有词、辞藻华丽和机智俏皮的风格,后来却深为他有关教会的论述所感动。最初使他感动的思想是,上帝的真理不是个人所能领悟,只有由爱结合起来的团体——教会才能理解。使他高兴的思想是，相信一个由一切人的信仰所组成、以上帝为首因而神圣不可侵犯的教会，然后再信仰上帝、创世、堕落、赎罪，要比直接信仰上帝——遥远而神秘的上帝，信仰创世等，容易得多。后来他阅读天主教作家写的教会史和东正教作家写的教会史，发现这两个本质上完全正确的教会互相排斥，他对霍米亚科夫的教会理论失望了，于是这座建筑物也像哲学建筑一样崩塌了。

整个春天他都茫然若失，精神上十分痛苦。

"要是不知道我这人是什么，我活着为了什么，那就无法活下去。可是我无法知道，因此无法活下去。"列文自言自语。

"在无限的时间里，在无限的物质里，在无限的空间里，分离出一个生物体水泡，这个水泡一刹那破灭了，我就是这样的一个水泡。"

这是一个叫人痛苦的谬误，但却是人类几世纪来在这方面冥思苦想的唯一成果。

这是一种最新的信仰，人类思想在各个领域的探索几乎都是以它为依据的。这是当前占主导地位的信仰，在各种不同的解释中，列文不由自主，也不知从什么时候和怎样开始，挑选了这种信仰，认为它是最明确的。

但这不仅是一个谬误，而且是一股恶势力——人类不该向它屈服的邪恶可恨的势力——的残酷嘲弄。

一定要摆脱这股恶势力。而摆脱的方法就掌握在每个人手里。一定要摆脱这股恶势力的控制。唯一的办法就是死。

于是，列文这个身强力壮、家庭生活美满的人，竟几次想到自杀，他只得把绳子藏起来免得上吊，随身不带手枪免得开枪自杀。

不过，列文并没有开枪自杀，也没有上吊，而是继续生活着。

10

列文思考,他是个什么人,他活着为了什么?他找不到答案,悲观失望。但当他不再向自己提这问题时,仿佛知道他是个什么人,他活着为了什么,因此就满怀信心地生活着,行动着。近来,他生活的信心充足多了。

六月初,他回到乡下,又恢复他的日常活动。农活、同农民和邻居交往、家务、姐姐和哥哥委托他代管家产、同妻子和亲属的关系、照顾婴儿、从今春开始他对养蜂的嗜好——这些活动占去了他的全部时间。

他从事这些活动,并不像以前那样遵照什么公认的理论,觉得非这样做不可;正好相反,现在他一方面由于过去办公共福利事业失败而感到灰心丧气,另一方面因为穷于思索和应付从四面八方压到他身上来的种种事务,根本不再考虑公共福利。他关心这些事,只因为觉得他应该这样做,这些事非做不可。

以前(几乎从童年直到成人),当时想做些对大家、对全人类、对俄国、对全村有益的事时,他觉得很愉快,但做起来往往不能令人满意,对活动是否必要也缺乏信心。再有,活动本身总是初看很有意义,越到后来就越无足轻重,最后竟显得毫无意义了。婚后他越来越纯粹为自己而生活,虽然想到自己的事业并没有什么乐趣,却坚信它是必要的,看到它比以前兴旺发达,规模也越来越大。

现在,他好像一张犁,不由自主地在地里越陷越深,不离开犁沟就拔不出来。

同祖祖辈辈一样过家庭生活，就是说达到和他们同样的文化教养，以同样的方式教育孩子，这是天经地义。好比肚子饿了要吃饭，要吃饭就得做饭一样，必须在波克罗夫斯克把农业经营得有利可图。如同有债一定要还那样，必须把祖传的田产保管好，使儿子将来继承产业时会感激父亲，就像列文感激祖父惨淡经营的家业那样。

不能袖手不管哥哥、姐姐和那些惯于向他请教的农民的事，就像不能把抱在怀里的婴儿抛弃一样。不能不关心请来作客的姨姐和她孩子们的舒适，以及妻子和婴儿的安宁，也不能不每天花一点时间来陪伴他们。

这一切再加上打猎和养蜂，就使列文的生活忙碌不堪，但当他冷静地思索一下时，又觉得这样的生活实在没有意思。

列文不仅知道他必须**做什么**，而且知道这一切他应该**怎样做**，怎样分清轻重缓急。

他认为雇佣工人工资越少越好，但不该用预支工资的方式来廉价奴役工人，虽然这样做很有利。在青黄不接的时候，可以向农民出售干草，虽然他很怜悯他们。夜店和酒店必须取缔，虽然都有利可图。砍伐树林一定要从严处分，但农民把牲口赶到他的庄稼地里可不用罚款。而且不准扣留闯到庄稼地里的牲口，虽然这使看守人生气，使农民肆无忌惮。

彼得付给高利贷者月息一分的债款，那就必须借一笔钱给他，好让他摆脱高利贷的盘剥；但对拖欠地租的农户却不准赖租或者宕账。草地不割，草都浪费了，不能原谅管家；但种上树苗的八十亩地不能割草。一个长工在农忙季节回家料理父亲的丧事，虽然可怜，却不能原谅他，在这种宝贵的时候旷工，工资必须照扣。对不能干活的老仆，每月口粮必须照发。

列文知道,一回家首先必须去看望身体不适的妻子,那些农民虽已等了他三小时,可以让他们再等一会。他也知道收集蜂群是一大乐事,但是既然有农民到养蜂场找他谈话,他只得放弃这种乐趣,让老头儿独自收集蜂群。

他做得对不对,他不知道,也不打算估量,而且避免谈论和思考这些问题。

反复思考往往使他疑惑不决,反而看不清什么该做,什么不该做。当他浑浑噩噩地过日子的时候,他常觉得心里有个英明的法官,能区别是非,分清好歹,他的行动稍有差错,立刻就会发觉。

他就这样活着,不知道,也无法知道,他是个怎样的人,他活在世界上为了什么,并且因为这样的愚昧无知而痛苦得想自杀,同时却又坚定不移地走着他独特的人生道路。

11

柯兹尼雪夫来到波克罗夫斯克那天,列文正好十分苦恼。

正是一年中农活最紧张的季节,在劳动中人人表现出忘我的精神,这在别处是看不到的。要是表现这种精神的人对自己的劳动要价很高,或者这种情况不是年年如此,劳动的成果也不是那么平凡,这种精神就会得到好评。

收割黑麦和燕麦,搬运麦捆,割草地,翻耕休闲地,打谷子,播种冬麦——这一切看来都很简单,但要及时完成,就得全村男女老少不停地劳动三四个星期,每天比平时多做三倍工作,只吃点克瓦斯、洋葱和黑面包,夜夜打谷和搬运麦捆,每晚最多只睡二三小时。全俄国年年都是这样干的。

列文在乡下度过一生的大部分时间,经常同老百姓接触,在干活时他总觉得受老百姓这种昂扬情绪的感染。

大清早,他骑马到黑麦地,又去察看正在搬运和堆垛的燕麦。然后在妻子和姨姐起床时回家,同她们一起喝咖啡。这以后又去打谷场,那里新装的打谷机准备打谷了。

这天列文整天都同管家和农民谈话,回到家里同妻子、陶丽、她的孩子们和岳父谈话,心里老是想着近来除了农活一直盘踞在他头脑里的问题,并且到处找寻答案:"我是个什么人?我在什么地方?我为什么在这里?"

列文站在新盖的谷仓——仓顶用剥皮的新鲜白杨做梁,叶子没有落光还散发着香气的榛树钉在上面做桁条——的阴处,从敞开的大门往里张望,透过到处飞扬的干燥而刺鼻的糠屑,时而望望骄阳照耀下打谷场上的青草和刚从仓房里搬出来的新鲜干草,时而望望花斑头和白胸脯的燕子——它们啁啾地叫着飞到屋檐下,又鼓动翅膀栖在门口光亮的地方——时而望望在灰尘飞扬的阴暗谷仓里忙碌的人们,头脑里出现了种种古怪的念头。

"干这一切都是为了什么呀?"他想。"为什么我站在这里,强迫他们干活?为什么他们都这样忙忙碌碌,拼命在我面前表示卖力呢?我熟识的玛特廖娜老婆子为什么这样起劲哪?(上次火烧,一根大梁掉下来把她打伤了,我替她治过伤。)"他望着那个消瘦的老婆子,在高低不平的坚硬的打谷场上紧张地挪动她那双晒黑的光脚,使劲耙着谷子。

"当时她的伤痊愈了,但不是今天就是明天,或者再过十年,人家就会把她埋葬,她身上什么也不会留下。这个穿红裙子的漂亮姑娘现在那么干净利落地簸谷,将来也什么都不会留下,人家也会把她埋葬。还有那匹花斑骟马也没有剩下多少日子了,"他望着肚子一起一伏、张大鼻孔拼命喘气的老马,怎样踩着转动的斜轮子,想,"它也会被埋葬的。还有那个费多尔,鬈曲的大胡子上落满糠屑,衬衫破了一大块,露出雪白的肩膀,正把麦子送到打谷机上,他也会被人家埋葬的。可他现在还在解麦捆,发号施令,对娘儿们吆喝,利索地调整飞轮上的皮带。最重要的是,不仅他们要被埋葬,连我也要被埋葬,我也什么都不会留下。这都是为什么呀?"

他一面这样想,一面看着表,好算出一小时能打多少麦子。他需要知道这个,好规定一天的工作定额。

"快一个钟头了,才开始打第三捆。"列文一面想,一面走到打谷人跟前,用压倒机器轰隆声的嗓门,要他每次往里面少放一点。

"少放一点,费多尔!你瞧,都堵住了,所以转不快。放得均匀些!"

费多尔满头大汗,脸上沾满灰尘,显得又脏又黑,大声答应着,但还是做得不符合列文的要求。

列文走到鼓轮旁边,把费多尔推开,亲自动手把麦束放进去。

他差不多一直干到农民吃午饭的时候,才同费多尔一起离开仓库。他们站在打谷场上一个整齐的留种用的黑麦堆旁,交谈起来。

费多尔是从一个遥远的村子,也就是列文出租土地让农民搞合作经营的地方来的。那块地现在租给原来看院子的人了。

列文同费多尔谈起那块地,还向他打听,同村那个富裕而善良的农民普拉东明年会不会租那块地。

"地租太贵,普拉东付不起,康斯坦京·德米特里奇。"费多尔从汗水淋漓的怀里取出麦穗,回答。

"那么基里洛夫怎么付得起呢?"

"米久哈那家伙(费多尔这样鄙称看院子人),康斯坦京·德米特里奇,怎么会付不起呢!那家伙就会剥削人,自己占便宜。他连同教弟兄都不怜悯。至于普拉东大叔会剥削人吗?人家欠了他债,他一笔勾销,自己却弄得手头很紧。全得看是什么人哪。"

"那他何必一笔勾销呢?"

"嘿,天下各种各样的人都有:有人活着就是为了满足自己的欲望,譬如米久哈就是为了填饱他的大肚子,可是普拉东是个规矩的老头儿。他活着是为了灵魂,他记得上帝。"

"他怎么记得上帝?怎么为灵魂而活着呢?"列文几乎喊起来。

"怎么样吗?服从真理,服从上帝的意志。要知道人是个个不同的。拿您来说,您也不会欺负人……"

"好,好,再见!"列文说,激动得喘不过气来。他转过身,拿起手杖,快步走回家去。一听到费多尔说普拉东活着是为了灵魂,并且服从真理,服从上帝的意志,一些模糊不清但意义重大的思想就涌上他的心头,好像冲破闸门,奔向一个目标,弄得他晕头转向,眼花缭乱。

12

列文沿大路大踏步走去,他关心的与其说是他的思想(他还理不出个头绪来),还不如说是他从未体验过的心情。

费多尔说的那些话像电花一般在他心里起了作用,把他心头零星的模糊思想汇合在一起。这些思想,在他谈论土地出租时,就不知不觉地盘据在他的心头了。

他觉得自己心里有一种新东西,他愉快地捉摸着,但不知道究竟是什么。

"活着不是为了欲望,是为了上帝。为了什么样的上帝?还有什么比他的话更荒谬的?他说一个人不应为自己的欲望活着,也就是说,不应为我们所理解、所迷恋、所追求的东西活着,而应该为那种莫名其妙的东西,为谁也无法理解、无法确定的上帝活着。这算什么话?我不理解费多尔这种谬论吗?就算理解,我也怀疑它们的正确性吗?我认为他的话愚蠢、暧昧、含义不明吗?

"不,我像他一样充分理解他的话,比我理解生活中任何事更透彻。我在生活中从不怀疑什么,因此也不可能怀疑他的话。不仅我一个人,世界上人人都理解,没有人对此发生怀疑,大家都同意他的话。

"费多尔说看院子人基里洛夫活着为了吃饱肚子。这是当然的事。我们人是有理性的生物,要活命不能不吃饱肚子。可是费多尔说,为吃饱肚子活着是不对的,活着应该为真理,为上帝。经他一提示,我才恍然大悟!我和千百万古人和千百万活着的人,心灵贫乏的农民和思想丰富、著作等身的贤人,都含糊其辞地谈论这个问题,但我们大家都同意一点:活着为了什么,什么是善。我和大家都只有一个坚定不移的信念,这个信念无法用理智解释,它超越理智,超越因果关系。

"要是善有原因,它就不是善;要是善有结果——奖赏,它也不是善。因此善是超越因果关系的。

"这个道理我明白,人人都明白。

"我追求奇迹,因为看不到能使我信服的奇迹而感到遗憾。嘿,原来奇迹就在这里,这是我周围永存的唯一奇迹,可是我没有发现!

"天下还有什么比这更大的奇迹呢?"

"难道我找到了一切答案,难道我的苦恼从此结束了?"列文一面想,一面漫步在灰砂飞扬的大路上走着,忘记了炎热,忘记了疲劳,觉得已经从长期的苦恼中解脱出来。这种感觉太痛快了,简直令人难以相信。他兴奋得喘不过气,再也走不动了,就离开大路来到树林里,坐在白杨树荫下没有割过的草地上。他从汗淋淋的头上摘下帽子,支着一个臂肘,侧身躺在林间宽大多汁的野草上。

"是的,得好好思考一番,弄个明白。"他一面想,一面凝视着面前没有被践踏过的青草,看一只绿色的甲虫怎样沿着一根冰草爬上去,但被茅草叶子挡住了。"一切得从头开始。"他自言自语说。他拉开茅草叶子,不让它挡住甲虫的路,又弯下另一片叶子,让甲虫爬过去。"什么使我这样高兴啊?我发现什么了?"

"以前我常常说,在我的身体里,在这根青草里和这只甲虫里(瞧,它不喜欢这根草,展翅飞走了)都按照物理、化学和生物规律,发生物质变化。我们每个人,还有白杨、云彩和星云都在进化中。从什么进化而来?进化成什么?进化和斗争是永无止境的吗?……仿佛在无穷中会有什么方向和斗争!我感到奇怪的是,尽管我沿着这条路冥思苦想,还是弄不懂人生的意义、我的欲望和冲动的意义。不过,我的冲动很明显,我经常受它支配。因此,当费多尔对我说:'要为上帝、为灵魂而生活'时,我觉得又惊奇又高兴。

"我什么也没有发现。我只是明确了我所知道的事。我懂得了那不仅过去而且现在赋予我生命的力量。我摆脱了欺骗,认识了我主。"

"是的,骄傲。"他自言自语,翻过身来趴在地上,动手拿一根草打了个结,竭力不把它折断。

"不仅是理智的骄傲,而且是理智的愚蠢。主要是诈骗,理智的诈骗。确实是理智的诈骗行为。"他重复说。

他扼要回顾了最近两年思想演变的过程,这种明显的关于死的思想是从看见他心爱的哥哥病危而产生的。

他第一次清楚地懂得,在人人面前,在他面前,除了痛苦、死亡和永远被忘却以外别无他物。他决定再不能这样活下去,要么把生命解释清楚,使它不致成为魔鬼的恶毒嘲笑,要么开枪自杀。

但是他既没有这样做,也没有那样做,而是照原来那样生活、思想和感觉,并且在这期间结了婚,体验到许多快乐,当他不考虑生活的意义时,还能感到幸福。

这说明什么问题?这说明他生活美满,但思想贫乏。

他凭着随同母奶一起吸进去的心灵的真理过活(他自己没有意识到这一点),可是思想上不仅不承认这些真理,而且竭力回避它们。

现在他明白了,他只能凭他从教养获得的信仰生活。

"要是我没有这种信仰,要是我不知道应该为上帝而不是为个人欲望而生活,那我会成为一个什么样的人呢?我将怎样度过我的一生呢?我会抢劫,撒谎,杀人。成为我生活中主要欢乐的东西也就不再存在了。"要是他不知道活着为了什么,不论他怎样苦苦思索,也无法想象他将成为一种什么样的充满兽性的东西。

"我寻求这些问题的解答。可是我的思想不能为我找到答案,因为它达不到这个水平。答案是生活本身给我的,是由于我知道什么是善,什么是恶。但这种知识我不是用什么方式取得的,它是天赋的,就像每个人都是天赋的一样,它是**天赋**的,因为我从任何地方都得不到它。

"我这是怎样得到它的呢?凭着理智我能做到爱人而不害人吗?我从小听人家对我这样说,我就高高兴兴地相信了,因为人家说的道理在我心灵里本来就有了。是谁发现的呢?不是理智。理智发现了生存竞争,发现了凡是妨碍满足我欲望的一切人理应被消灭的法则。这是理智作出的结论。但理智不会发现应该爱人这个原则,因为它是违反理性的。"

13

列文回想起前不久发生的跟陶丽和她的孩子们有关的一幕。孩子们没人照管,在蜡烛上煮草莓,用注射器把牛奶射到嘴里。做母亲的发现他们捣蛋,就当着列文的面训斥他们说,大人费了多少力气才取得的成果,被他们随便糟蹋,这些力气都是为他们花的;如果打碎茶杯,他们就没有茶喝;如果浪费牛奶,他们就没有东西吃,他们就会饿死。

孩子们听母亲训斥时那种平静、沮丧的不信任神气使列文感到惊奇。他们伤心的只是他们有趣的游戏被打断了,对母亲的话只字不信。他们无法相信她的话,因为不能想象他们的游戏会造成那么严重的后果,也不能想象他们所毁坏的就是他们赖以生活的东西。

"这些都是自然而然的,"他们想,"没有什么了不起的,因为一向如此,将来也是这样。这都是老规矩,永远不会变。这都是现成的,用不着我们操心,可是我们要想出些新鲜花样来。所以我们想出把草莓放在杯子里,搁在蜡烛上煮,牛奶用注射器直接相互射到嘴里。这很新鲜好玩,一点也不比用杯子喝差。"

"当我用理智探索自然力的作用和人生的意义时,难道不也是这样做的吗?"他继续想。

"一切哲理,通过人所不习惯的奇怪思路,去探索早已懂得而且人类借此生活的道理,不也是这样的吗?每个哲学家事先就像费多尔一样明确知道——但也不比他更清楚——人生的主要意义,但为了发挥他的理论,却用靠不住的推理方式回到尽人皆知的道理上来,这一点难道还不明显吗?

"好吧,如果丢下孩子们不管,让他们自己去做杯子,挤牛奶,以及诸如此类的事,他们还会淘气吗?不,他们都会饿死的。好吧,如果听任我们放纵欲望和思想,抛弃上帝和造物主的概念,那将会怎么样!或者不懂得什么是善,不解释什么是道德上的恶,那又会怎样!

"好吧,不懂得这些道理,你们去建设建设什么东西看!

"我们往往只会破坏,因为我们精神上是满足的,就像孩子一样!

"那种使我精神平静并同农民一致的使人快乐的知识是从哪里来的?这些东西我是从哪里得来的?

"我从小受的教养要我信奉上帝,我是个基督徒,这辈子充满基督教赐予我心灵的幸福,我的整个身心洋溢着这种幸福并且赖以生活。可是我像孩子一样幼稚无知,不了解它,总是破坏它,也就是想摧毁赖以生活的东西。一旦遇到危急,就像孩子饥寒交迫一样,去向他求教。而且我还不如孩子,他们因为淘气而驯顺地挨母亲的责骂,我却认为我那种幼稚的胡闹对我并没有什么损害。

"是的,我懂得事情并不是凭理智,而是靠天赋,我是通过心灵,通过教堂所宣扬的主要东西而懂得道理的。"

"教堂吗?是教堂!"列文自言自语,转了个身,用另一个臂肘支着身子,眺望着远处向河边走去的一群牲口。

"可是我能相信教堂传播的一切道理吗?"他想,试图用各种可能破坏他现在平静心境的事来考验自己。他故意回想一向使他觉得迷惑不解的那些教义。"创世的道理怎么样?我怎样解释生存?用生存来解释生存吗?没有东西能解释吗?还有魔鬼和罪孽呢?我用什么来解释罪恶?……那么救世主呢?……

"可是除了尽人皆知的道理,我什么也不知道,什么也无法知道。"

如今他觉得没有一条教义违反它的主要信仰——作为人类唯一天职的对上帝、对善的信仰。

每一条教义与其说是用来满足个人的欲望,不如说是侍奉真理。每一条教义不仅不会违反这个主要的信仰,而且是完成世上种种奇迹所必不可少的。出现这种奇迹,就是为了使每个人,使千百万形形色色的人,圣贤和白痴,儿童和老人,农民,李伏夫,吉娣,乞丐和国王懂得同一个道理,并且构成那种我们唯一重视和珍惜的精神生活。

他仰天躺着,遥望万里无云的高空。"难道我不知道这是无穷无尽的空间,而不是圆圆的苍穹吗?但不管我怎样眯细眼睛极目远望,我不能看到它不是圆的和不是有限的。我明明知道空间是无穷的,但当我看出它是坚实的苍穹时,我无疑是正确的,并且比我竭尽目力妄想看得更远要正确些。"

列文不再往下想,仿佛在倾听快乐而专心地交谈什么的神秘声音。

"这真的就是信仰吗?"他想,简直不敢相信自己的幸福。"我的上帝呀,我感谢你!"他喃喃地说,把喉咙里涌上来的呜咽咽下去,同时双手擦着夺眶而出的泪水。

14

列文眼睛瞪着前方,看见一群牲口,接着看见他那辆套着"乌鸦"的马车,还有那个驾车到牲口群旁同牧人说话的车夫。然后他听见近处的车轮声和他那匹骏马的喷鼻声,但他沉浸在遐想中,根本没想到车夫向他跑来有什么事。

直到车夫离他很近,向他招呼,他才醒悟过来。

"夫人派我来接您。大伯带着一位老爷来了。"

列文坐上马车,接过缰绳。

列文仿佛从梦中醒来,好一阵还没完全清醒。他打量着胯股间和被缰绳擦伤的脖子上汗沫淋漓的骏马,又望望身边的车夫伊凡,想到他一直在等待哥哥,想到妻子一定因他迟迟不归而担心,并且竭力猜想那个跟哥哥一起来的客人是谁。他的哥哥、妻子和未知的客人,此刻在他心目中都和以前不同。他觉得他同一切人的关系都起了变化。

"今后我同哥哥再不会像以前那样疏远,再不会争吵了;我同吉娣再不会吵嘴了;不论来客是谁,我都要待他客客气气;我对仆人、对伊凡的态度也会两样了。"

列文用粗硬的缰绳勒住焦躁地喷着鼻息、要求奔驰的骏马,转身望望旁边的伊凡。伊凡空着一双手不知所措,就一直按住衬衫。列文想找个借口同他谈话。他想说伊凡把马肚带收得太紧,但这样有点像责备，而他却想说些亲切的话。可是别的话又想不出来。

"您靠右边走吧，那边有个树桩。"车夫替列文拉了拉缰绳说。

"你别来碰我，也别来教训我！"列文由于车夫的干涉生气地说。人家干涉他的行动总使他恼火，这次也是如此，但他立刻烦恼地想到，只要一接触现实，他就无法保持良好的情绪。

在离家四分之一里的地方，列文看见格里沙和塔尼雅迎面跑来。

"康斯坦京姨父！妈妈也来了，外公也来了，谢尔盖姨父也来了，另外还来了一个人。"他们爬上马车说。

"是谁呀？"

"模样可吓人啦！瞧，两只手就是这个样子。"塔尼雅在马车里站起身来，模仿卡塔瓦索夫的样子，说。

"哦，是年老的还是年轻的？"列文笑着问，塔尼雅模仿的姿势使他想起了一个人。

"嗐，但愿不是一个叫人讨厌的人！"列文想。

大路刚一转弯，列文就看见那群迎面走来的人，并且认出那个戴草帽的就是卡塔瓦索夫——他走路时摆动双手的姿势就像塔尼雅所模仿的那样。

卡塔瓦索夫很喜欢谈论哲学，他从那些对哲学一窍不通的自然科学家那里听来一些哲学见解。最近列文在莫斯科同他争论过好多次。

列文一认出卡塔瓦索夫，首先想到那一次争论，卡塔瓦索夫显然认为他占了上风。

"不，我再也不争论，再也不随便发表意见了。"列文想。

他下了马车，同哥哥和卡塔瓦索夫打过招呼，就问起妻子的情况。

"她把米嘉抱到柯洛克（一座离家很近的树林）去了。她想让他在那里歇一会儿,家里太热了。"陶丽说。

列文一向劝妻子不要把婴儿抱到树林里,认为这很危险,因此这消息使他不快。

"她抱着他到处跑,"老公爵笑眯眯地说。"我劝她把他抱到冰窖里去试试。"

"她想到养蜂场去。她以为你在那边。我们正往那里走呢。"陶丽说。

"那么,你在忙什么呀?"柯兹尼雪夫落在众人后面,同弟弟并肩走着问。

"哦,没什么。仍旧在搞农业,"列文回答。"你怎么样,可以待一阵吗?我们早就盼望着你来了。"

"大概可以待两个礼拜。我在莫斯科还有一大堆事呢。"

说这话的时候,弟兄俩的目光相遇了。列文望着哥哥有点局促不安,虽然他一向希望,现在特别强烈地希望同哥哥友好,首先做到开诚布公。他垂下眼睛,不知道说什么好。

列文竭力搜索能使柯兹尼雪夫感兴趣的话题,免得他谈塞尔维亚战争和斯拉夫问题——他说到在莫斯科有一大堆事,已经作了暗示——就谈起柯兹尼雪夫的著作来。

"你那部著作有什么反应吗?"列文问。

柯兹尼雪夫听出他提这个问题的用意,微微一笑。

"对这事谁也不感兴趣,我自己尤其不感兴趣。"他说。"你瞧,达丽雅·阿历山德罗夫娜,要下雨了。"他用伞指指白杨梢上的灰云,又说。

这样的话就足以使兄弟之间恢复即使不是敌对也是冷淡的关

系——这是列文竭力想避免的。

列文走到卡塔瓦索夫跟前。

"承蒙光临,真是太荣幸了。"列文对他说。

"早就想来拜访您了。现在让我们好好谈一谈,交换交换看法,您读过斯宾塞的作品吗?"

"不,没有读过,"列文说。"不过,我现在用不着。"

"怎么用不着?可有意思呢,为什么用不着?"

"因为我完全相信,我关心的问题在他们那类人的著作里是找不到答案的。现在……"

卡塔瓦索夫脸上安详乐观的表情使他觉得惊奇。这场谈话显然破坏了他的情绪,他感到惋惜,但一记起自己的决心,就不再谈下去。

"好吧,我们以后再谈吧。"列文说。"如果到养蜂场,那么这儿走,走这条小路。"他对大家说。

他们沿着狭窄的小径,来到一块没有割过的林中草地,草地的一边长着一片色彩鲜艳的紫罗兰,夹杂着一丛丛高高的暗绿色藜芦。列文请客人们来到小白杨树浓密的阴影里,在专门为参观养蜂场而又害怕蜂群的客人设置的长凳和树桩上坐下,自己走到小木屋里去取面包、黄瓜和新鲜蜂蜜,招待大人和孩子。

他倾听着越来越频繁地在他旁边飞过的蜂群,沿着小径蹑手蹑脚走到木屋里。在入口处,一只蜜蜂钻到他的胡子里,嗡嗡叫着。他小心翼翼地把它放走。他走进阴凉的门廊,从墙上的衣架上摘下他的面罩,戴好了,两手插在口袋里,走进篱笆围着的养蜂场。在这割去野草的养蜂场上,一排排整齐的老蜂房用树皮绳子缚在木桩上。他认识每一个蜂房,知道它们的来历。沿篱笆陈列着一排今年才入箱的新蜂群。在蜂房出口处,一群群工蜂和雄蜂麇集在一起盘旋游戏,弄得人眼花缭乱;其中工蜂总是朝一个方向飞到鲜花盛开的菩提树林里,又飞回蜂房,这样不断地往返采蜜。

耳朵里不断地传来嘤嘤嗡嗡的声音,忽而是急急飞过的忙碌的工蜂,忽而是东游西荡的闲散的雄蜂,忽而是保护财物不受敌人侵犯、随时准备蜇人的守卫蜂。在篱笆的那一边,有个老头儿在做桶箍,没有看到列文,列文站在养蜂场中央,没有招呼他。

能有机会独自待着,摆脱一下破坏他情绪的现实生活,他觉得很高兴。

他想起他对伊凡又发了脾气,对哥哥态度冷淡,同卡塔瓦索夫谈话又很轻率。

"难道这样的心情只是一刹那的事,它又会无影无踪地消失吗?"他想。

但就在恢复情绪的当儿,他愉快地感觉到,他身上发生了一种重大的新变化。现实生活只是暂时搅乱了他内心的平静,他的心情其实还是很安宁的。

就像此刻在他周围飞舞、威胁他、吸引他注意的蜜蜂,使他身体上不得安宁,迫使他退缩,避开它们那样,自从他上了马车就骚扰他的种种忧虑,使他丧失了精神上的自由;但这种情况只是在他处身于这些忧虑之中时才有。就像他的体力并没有受蜜蜂的损伤一样,他新近觉醒的精神力量也是完整无损的。

15

"啊,康斯坦京,你知道谢尔盖·伊凡诺维奇跟谁同车吗?"陶丽给孩子们分好黄瓜和蜂蜜,说。"跟伏伦斯基!他到塞尔维亚去了。"

"他不光是自己去,还出钱带一个骑兵连去!"卡塔瓦索夫说。

"这倒像他的为人。"列文说。"难道一直还有志愿兵出去吗?"他瞧了一眼柯兹尼雪夫,加上说。

柯兹尼雪夫没有回答,用一把钝刀小心翼翼地从盛有一个楔形白蜂窝和蜜汁的碗里挑出一只活蜂。

"可不是!您没看到昨天车站上那个场面呢!"卡塔瓦索夫苏苏地吃着黄瓜,说。

"哦,怎么回事?看在基督分上,谢尔盖·伊凡诺维奇,您给我讲讲:这些志愿兵都到哪儿去?他们同谁打仗啊?"老公爵问,显然是继续刚才列文不在时开了头的谈话。

"同土耳其人打仗。"柯兹尼雪夫把那只拼命挣扎的被蜜浸得发黑的蜂挑出来,放在一张坚实的白杨树叶上,这才定下心来笑着回答。

"那么,究竟是谁向土耳其人宣战的?是伊凡·伊凡诺奇·果佐夫和李迪雅伯爵夫人以及施塔尔夫人吗?"

"谁也没有宣过战,但大家同情兄弟民族的苦难,愿意支援他们。"柯兹尼雪夫说。

"公爵说的不是支援,"列文帮岳父说话了,"他说的是打仗。公爵说,个人不得到政府许可是不能参战的。"

"康斯坦京,当心哪,这里有一只蜜蜂!真的,它要蜇我们了!"陶丽挥开一只黄蜂说。

"这不是蜜蜂,这是黄蜂。"列文说。

"嗯,嗯,那么照您的理论又该怎样呢?"卡塔瓦索夫笑嘻嘻地问列文说,显然想引他争论。"为什么个人就没有权利呢?"

"我认为:一方面,战争是灭绝人性的残酷行为,任何个人,更不用说一个基督徒了,不能承担发动战争的责任,只有政府才能担负这种责任,它也无法避免卷入战争。另一方面,按照科学和常识来说,在国家大事上,特别是在战争这种事上,公民不得不放弃个人的意志。"

柯兹尼雪夫和卡塔瓦索夫同时用想好的道理反驳他。

"对了,问题就在这里,老弟,有时政府不能执行公民的意志,社会就起来表示态度。"卡塔瓦索夫说。

不过,柯兹尼雪夫显然不赞成这种反驳。他听到卡塔瓦索夫的话,皱起眉头,说出不同的意见:

"可不能这样提问题,这里谈不上什么宣战不宣战,只不过表现人情,表现基督徒的感情罢了。骨肉同胞和同教弟兄遭屠杀。唉,即使不是骨肉同胞和同教弟兄,而只是一般的儿童、妇女和老人,也不能见死不救哇。一旦动了公愤,俄罗斯人就会赶去制止暴行。譬如说,你走在街上,看见醉汉殴打妇女或孩子,我想你一定不会问有没有向这人宣过战,就会向他冲过去,保护受欺负的人。"

"但我不会把他打死。"列文说。

"不,你会把他打死的。"

"我说不上来。要是看到这样的情景,我可能感情用事,但事先我可不敢说。遇到斯拉夫人受压迫,那就不会有这样的感情冲动了。"

"也许你没有。别人可是有的,"柯兹尼雪夫不满意地皱着眉头说。"民间还流传着正教徒受'渎神的伊斯兰教徒'压迫的传说。人民听到骨肉同胞受苦难,就会起来说话。"

"也许是这样,"列文含糊地回答,"可我没有看到;我自己也是人民,我没有感觉到这一层。"

"我也没有,"老公爵回答。"我住在国外,看看报纸,老实说,在保加利亚惨案以前,我怎么也不明白,为什么俄罗斯人忽然都那么热爱起他们的斯拉夫弟兄来,可我对他们却毫无感情?当时我心里很难过,想到我这人是个怪物呢,还是卡尔斯巴德矿泉在我身上起了作用。但一回来,我就放心了;我看到,只关心俄罗斯、不关心斯拉夫弟兄的,不止我一人,还有别的人。瞧,康斯坦京就是一个。"

"这里个人意见无足轻重,"柯兹尼雪夫说,"当全体俄罗斯人民表示态度的时候,个人意见就不足道了。"

"对不起,这一点我可看不出来。人民根本不知道有这么一回事。"老公爵说。

"不,爸爸……怎么不知道?礼拜天教堂里不是讲过吗?"陶丽听着他们谈话,插嘴说。"请你给我一块手巾,"她笑眯眯地望着孩子们,对老头儿说。"也不可能人人都……"

"礼拜天教堂里有些什么呢?牧师奉命宣读,他就读了。他们可什么也不明白,只是叹气,就像平时传道一样,"老公爵又说。"后来说,教堂为了拯救灵魂要募捐了,每人就掏出一个戈比献上去。至于做什么用,他们就不知道了。"

"人民不可能不知道;人民对自己的命运总是关心的,现在这种时候就表现出来了。"柯兹尼雪夫打量着养蜂老头,肯定地说。

这个相貌堂堂的高个子老头儿，长着花白大胡子和一头银发，手里拿着一杯蜂蜜，一动不动地站着，亲切而安详地俯视着老爷们，显然什么也不明白，什么也不想明白。

"确实就是这样。"他听了柯兹尼雪夫的话，煞有介事地摇摇头说。

"咳，您问问他好了。他什么也不知道，什么也不想，"列文说。"米哈伊雷奇，你听说打仗的事了吗？"列文问他。"你说说，教堂里念过什么了？你有什么想法？我们应该为基督徒打仗吗？"

"我们有什么可想的？皇上阿历山大·尼古拉耶维奇在替我们考虑，样样事情他都会替我们考虑的。他比我们看得清楚。要再拿点面包来吗？再给这娃娃一点吗？"他指指吃完面包皮的格里沙，问陶丽。

"我不需要问，"柯兹尼雪夫说，"我们看到过，我现在也看到，成千上万人牺牲一切，为正义的事业出力，他们从俄国四面八方来，明确表示他们的思想和目的。他们捐出钱来，或者亲自出发，直率地说出为了什么。这到底表明什么呢？"

"这表明，照我看，"列文开始有点激动，说，"在八千万人民中总会有几百个，甚至像现在这样几万个在社会上没有地位的亡命之徒，他们随时准备投奔普加乔夫一伙，奔往基发，奔往塞尔维亚……"

"我对你说，不是千百个亡命之徒，是最优秀的人民代表！"柯兹尼雪夫十分激动地说，仿佛在保护最后一点财产。"还有捐款呢？这可直接反映了全体人民的意志啊。"

"'人民'这个词的含义太笼统了，"列文说。"乡下文书，学校教师，再加上千分之一的农民，也许知道是怎么一回事。至于其余八千万人，像米哈伊雷奇那样，不仅没有表示他们的意志，他们根本不懂为什么要表态。那么，我们到底有什么权利说这是人民的意志呢？"

16

柯兹尼雪夫在论战上富有经验,没有立刻反驳,却把话题一转,说:

"不错,你要是用算术方法去了解人民的精神,那当然是很困难的。我们这里又不采用投票方式,事实上也不能采用,因为它不能反映民意。不过有别的办法。我们可以从气氛中感觉到,可以用心来体会。且不说在表面平静的人民海底里流动的潜流——凡是不抱成见的人都能看见,你就观察一下社会吧。世界上形形色色不同派别的知识分子以前都势不两立,如今却联合起来了。一切分歧都消除了,各种社会团体都有了共同语言,大家都感觉到有一种自然力量抓住他们,把他们往一个方向送。"

"是啊,所有的报纸都唱着同一个调子,"老公爵说。"这是事实。千篇一律,简直像雷雨前的蛙鸣。它们叫得你什么也听不见。"

"是不是青蛙,我不办报,不想替它们辩护;我是说全体知识分子思想一致了。"柯兹尼雪夫对弟弟说。

列文想回答,可是老公爵打断了他的话。

"咳,关于思想一致我还有些话说,"老公爵说。"我还有个女婿,叫斯吉邦·阿尔卡迪奇,你们都认识他的。现在他弄到一个什么委员会理事的差事,叫什么我记不清了。不过,那边没事可做——嗳,陶丽,这又不是什么秘密!——薪俸却有八千卢布。你们不妨问问他,这差事有没有作用,他会说作用极其重要。他为人诚恳,但我们也不能不相信这八千卢布是起作用的。"

"对了,他要我转告达丽雅·阿历山德罗夫娜他弄到这个差事了。"柯兹尼雪夫不满意地说,认为老公爵的话驴唇不对马嘴。

"报刊上的思想一致也是这么一回事。他们对我说,只要一打仗,他们的收入就会增加一倍。他们怎能不关心人民和斯拉夫人的命运……还有别的什么呢?"

"有许多报纸我是不喜欢的,但这话未免有点不公平。"柯兹尼雪夫说。

"我只要提出一个条件来就行了,"老公爵继续说。"阿尔方斯·卡尔在同普鲁士开战前发表的几句话很有意思。他说:'你们认为战争是不可避免的吗?好!谁鼓吹战争,就让谁参加特种先锋队,带头去冲锋陷阵吧!'"

"这下就要当编辑的好看了。"卡塔瓦索夫想象着他熟识的编辑参加这种先锋队的情景,放声笑起来说。

"我看他们准会临阵脱逃的,"陶丽说,"这样只会坏事。"

"如果临阵脱逃,那可以用霰弹或者派拿鞭子的哥萨克压阵。"老公爵说。

"这可是个笑话,公爵,恕我不客气说一句,还是个不体面的笑话呢。"柯兹尼雪夫说。

"我看并不是笑话,这是……"列文刚一开口,就被柯兹尼雪夫打断了。

"每个社会成员都有他应尽的责任,"柯兹尼雪夫说。"脑力劳动者的责任就是反映舆论。报刊的责任就是使舆论一致并得到充分反映,这也是一种可喜的现象。要是在二十年前,我们会保持沉默,可是现在我们听见了俄国人民的声音,他们万众一心准备站起来,准备为被压迫人民作自我牺牲。这是一种壮举,是力量的保证。"

"不过,这不光是自我牺牲,还要杀死土耳其人,"列文怯生生地说。"人民牺牲或者准备牺牲,是为了自己的灵魂,可不是为了杀人。"他加上说,不知不觉把这场谈话同他念念不忘的思想联系起来。

"怎么为了灵魂?要知道这种话一个自然科学家是很难理解的。灵魂到底是什么?"卡塔瓦索夫笑嘻嘻地说。

"嗯,您知道的!"

"哈哈,我真的一点也不知道!"卡塔瓦索夫放声大笑说。

"基督说:'我来,并不是叫地上太平,乃是叫地上动刀兵。'①"柯兹尼雪夫也反驳说,他仿佛随便引用《福音书》里一句话,却弄得列文发窘。

"这话一点不错。"老头儿站在他们旁边,重复说,同时回答偶尔向他投来的目光。

"不,老弟,你被打垮了,打垮了,彻底打垮了!"卡塔瓦索夫得意洋洋地叫道。

列文恼火得面红耳赤,倒不是因为他被打垮了,而是因为他沉不住气又争论起来。

"不,我没法同他们争论,"他想,"他们穿着刀枪不入的盔甲,我可是光着身子。"

他看到不可能说服哥哥和卡塔瓦索夫,而要他同意他们的观点则更不可能。他们宣扬的就是那种险些儿把他毁灭的智力上的妄自尊大。他不能同意,根据几百名开到京城里来夸夸其谈的志愿兵的高调,

---

① 见《新约全书·马太福音》第十章第三十四节。

包括他哥哥在内的几十个人就有权说,他们和报刊表达了人民的意志和思想,也就是复仇和屠杀的思想。他不能同意他们的意见,还因为他同人民生活在一起,却看不出有这种思想的表现,在他自己身上也找不到这样的思想(他无法不把自己看成是俄国人民的一分子),但最主要的是因为,他和人民都不知道,都无法知道什么是公共福利,却清楚地知道,只有严格遵守摆在人人面前的善的原则,才能得到这种公共福利,因此不论为了什么目的都不要战争和鼓吹战争。他和米哈伊雷奇如同传说中邀请北欧游牧民族酋长到俄国来实行统治的斯拉夫人一样:"您来做王,来统治我们吧。我们甘愿唯命是从。一切劳役,一切屈辱,一切牺牲,都由我们承担;我们不做判断,不做决定。"可是现在的人民,照柯兹尼雪夫的说法,已放弃了用如此昂贵的代价买得的权利。

他本来还想说:既然舆论是公正的法官,为什么革命、公社并不像支援斯拉夫人运动那样合法?但这一切只是些不能解决任何实际问题的空想而已。只有一点是明确的:当前这场争论激怒了柯兹尼雪夫,因此争论下去是不好的。列文不做声,只提醒客人们,乌云聚拢来了,还是趁没下雨赶快回家吧。

17

老公爵和柯兹尼雪夫坐上马车跑了;其余的人也都疾步走回家去。

天上的阴云忽而发白,忽而变黑,迅速地飘过来。他们必须再加快脚步,才能赶在下雨前回到家里。前面的乌云沉得低低的,黑得像煤烟,飞快地横过天空。离家还有两百步光景,可是刮风了,随时都会下倾盆大雨。

孩子们又惊又喜地尖叫着,跑在前头。陶丽吃力地挣脱贴住两腿的裙子,眼睛盯着孩子们,已经不是在走路,而是在奔跑了。男人们按住帽子,大踏步走着。当大滴的雨点打着铁皮水槽的边缘时,他们已走到台阶边了。孩子们和跟在他们后面的大人快活地说笑着,跑到屋檐底下。

"卡吉琳娜·阿历山德罗夫娜呢?"列文问阿加菲雅,她手里拿着头巾和披肩在前厅迎接他们。

"我们还以为她同你们在一起呢。"她说。

"那么米嘉呢?"

"一定在柯洛克树林里,保姆同他们在一起。"

列文抓起一件披肩,拔脚往柯洛克跑去。

刹那间,乌云已把太阳完全遮住,天色黑得像日食一样。狂风肆无忌惮地刮个不停,挡住列文的去路,吹落菩提树上的叶子和花朵,把白桦树枝上的树皮剥得不成样子,把洋槐、牛蒡、花草和树梢都吹得倒向一边。在花园里干活的姑娘们尖声叫着跑到下房。白茫茫的雨帘吞噬了远处的树林和附近的一半田野,迅猛地向柯洛克推进。雨点碎成一个个小水珠,弥漫在空中。

列文头向前冲,同那要刮去他手里头巾的狂风搏斗着,快跑到柯洛克了。这当儿,他看见一棵麻栎树后面有个白晃晃的东西,突然火光一闪,整个大地燃烧起来,头上的天空仿佛爆裂了。列文睁开发花的眼睛,透过把他同柯洛克隔开的浓密雨帘,首先恐惧地看到,树林中间那棵熟识的麻栎树的绿色梢头已古怪地换了位置。"难道真的被雷劈了?"列文刚一想到,那棵麻栎树的梢头越来越快地倒下来,隐没在其他树木后面,接着就听见轰隆一声,一棵大树倒在别的树木上。

闪电、雷鸣和浑身上下的一阵寒意交集在一起,使列文感到极其恐怖。

"我的上帝!我的上帝,千万别砸着他们哪!"他喃喃地说。

他立刻想到,祈求那棵已倒下的麻栎不要砸着他们是多么可笑,但他还是重复了一遍,因为除了这种毫无意思的祷告外,他束手无策。

他跑到他们平时常去的地方,可是没有找到。

他们在树林另一头一棵老菩提树下,正在呼唤他。两个穿深色衣服(他们出门时穿的是浅色衣服)的人弯腰站在什么东西上。这是吉娣和保姆。雨已经停了。列文跑到他们身边的时候,天亮起来了。保姆的下半截衣服是干的,可是吉娣的衣服全湿透了,贴在她身上。雨虽然已经停了,可他们还是保持雷电交加时那个姿势。两人都弯下腰,俯在一辆遮着绿色阳伞的童车上面。

"都活着吗?都平安无事吗?赞美上帝!"他喃喃地说,跺着一只灌满了水快要脱落的靴子,啪哒啪哒地向他们跑去。

吉娣戴一顶被雨淋得走了样的帽子,扭过她那张湿淋淋红喷喷的脸对着他,羞怯地微笑着。

"咳,你怎么不害臊啊!我真不明白怎么可以这样鲁莽!"他怒气冲天地责备妻子。

"说实在的,这不能怪我。我们刚要走,他就哭起来。我们只得给他换尿布。我们刚要……"吉娣开始为自己辩解。

米嘉身上一点没湿,平平安安,一直睡得很香。

"啊,赞美上帝!我简直不知道我这是在说什么!"

他们收拾好湿尿布；保姆把婴儿抱了起来。列文走在妻子旁边，为自己的发火感到悔恨，背着保姆，悄悄地握住吉娣的手。

18

那天一整天，列文只是心不在焉地参加人家的谈话。他对心中发生的变化虽然感到失望，但还是一直很高兴。

雨后地面太湿，不能出去散步；而且阴云始终没有离开地平线，忽而这里，忽而那里，雷声隆隆，遮暗了天空。大家就在房子里消磨那天剩下的时间。

大家不再争论，午饭以后，个个情绪都很好。

卡塔瓦索夫起初用他那种别出心裁的笑话逗得太太们发笑，后来受柯兹尼雪夫的怂恿，就讲了他对雌雄苍蝇性格和外貌差异以及它们生活习性的有趣观察。柯兹尼雪夫也兴致勃勃，喝茶时应他弟弟的要求讲了他对东方前途的看法，讲得那么通俗生动，使大家都很感兴趣。

只有吉娣一人没听完他的话，因为被叫去替米嘉洗澡了。

吉娣走了几分钟，列文也被叫到育儿室。

列文放下茶点，惋惜不能听完这场有趣的谈话，又担心不要出了什么事——因为没有要紧的事是不会请他去的——就向育儿室走去。

列文对哥哥关于获得解放的四千万斯拉夫人应该同俄国一起开辟历史新纪元的新鲜理论虽然很感兴趣，吉娣叫他去究竟有什么事也使他不安，但当他一离开客厅，剩下自己一个人时，早晨所想的事又立刻浮上心头。斯拉夫人在世界历史上的作用问题,同他内心的感受相比,简直微不足道,他一下子就把它置诸脑后,又恢复了早晨那种心情。

他不像以前那样回顾思想的全过程(他不需要这样做)。他立刻恢复了原来支配过他的心情——这种心情是同他的思想分不开的——并且发觉这种心情比以前更强烈更明确了。现在他不像以前那样为了获得这种心情必须自我安慰并回顾思想的全过程。现在正好相反,快乐和宽慰的心情比以前强烈,但思想却跟不上他的心情。

他穿过游廊,望望苍茫暮色中出现的两颗星星,忽然想:"是的,我曾经望着天空想,我见到的苍天并不是幻影,但有些事我没有想透彻,有些东西我不敢正视。但不管怎样,都没有理由反对,只要好好想一想,一切都会清楚的!"

他踏进育儿室,突然明白他不敢正视的是什么。那就是,如果上帝存在的主要证据是他启示了什么是善,那么为什么这种启示只限于基督教一个教呢?佛教和伊斯兰教也劝人为善,它们同这种启示又有什么关系?

他觉得他已找到了这个问题的答案,但来不及向自己解释清楚,就踏进了育儿室。

吉娣卷起袖子,站在婴儿正在里面玩水的澡盆旁边,一听见丈夫的脚步声,就转过脸来,笑盈盈地示意他走过去。她一只手托着仰天浮在水面上、两只小脚乱踢的胖娃娃的头,另一只手拿着海绵往婴儿身上擦,臂上的肌肉有节奏地跳动着。

"嘿,你瞧,你瞧!"当丈夫走到她身边时,她说。"阿加菲雅说得对,他会认人了。"

从今天起,米嘉确实认得所有的亲人了。

列文一走到澡盆旁,她们立刻试给他看,那娃娃果然认得他了。她们又特地把厨娘叫来试验。她弯下腰,娃娃却皱起眉头,不高兴地摇摇头。吉娣向他俯下身去,他就满脸笑容,小手抓住海绵,咂着嘴唇,发出满意的怪声,不但吉娣和保姆,连列文也顿时心花怒放了。

保姆用一只手把婴儿从澡盆里抱出来,又用水把他冲了冲,拿大毛巾把他包起来,擦干了,等他尖声啼哭了一阵之后,把他抱给母亲。

"哈,我真高兴,你开始喜欢他了,"吉娣安静地在坐惯的位置上奶孩子的时候,对丈夫说。"我真高兴啊!要不我可为这事担忧呢:你说过你对他毫无感情。"

"不,难道我说过对他毫无感情吗?我只是说我有点失望罢了。"

"怎么,你对他觉得失望?"

"不是对他失望,是对我自己的感情觉得失望。我抱的希望还要大些。我原希望心里会产生一种意外的欢乐,相反却觉得厌恶和怜悯……"

她隔着婴儿的身子聚精会神地听着他说话,重新戴上替孩子洗澡时摘下的戒指。

"主要是忧虑和怜悯大大超过欢乐。可是今天经历了这场惊心动魄的大雷雨,我明白了我是多么爱他啊。"

吉娣脸上洋溢着欢笑。

"你当时很害怕吗?"她说。"我也是的,但现在我比当时更害怕。我要去看看那棵麻栎树。卡塔瓦索夫这人真有趣!总的来说,今天这一天过得真有意思。你心里高兴的时候,待谢尔盖·伊凡诺维奇真好……哦,到他们那里去吧。这里洗过澡,总是闷热得很……"

19

列文走出育儿室,剩下自己一个人,又立刻想起了那个还没有十分弄清楚的思想。

他没有回到人声嘈杂的客厅,却站在游廊里,凭栏望着天空。

天色全黑了,在他眺望着的南方没有乌云。乌云滞留在另一方,那里电光闪闪,远远地传来雷声。列文倾听花园里菩提树滴水的谐调声音,仰望熟识的三角形星群和支流错综的银河。闪电一亮,不仅银河,就连那灿烂的星星也影踪全无了,但等闪电熄灭,星星又仿佛被一只魔手抛出来,立刻出现在原处。

"嗯,究竟什么事使我惶惑不安呢?"列文暗暗自问,感到心里已有了他的答案,虽然还不很清楚。

"是的,神的明确无疑的表现之一,就是通过启示向世人公布善的法则。这些法则我觉得存在于我的心中,承认这些法则——不管我愿不愿意——我就和人家结成信徒的团体,就是教会。那么,犹太人、伊斯兰教徒、儒教徒、佛教徒,他们究竟是什么人呢?"他向自己提出这个他自认为危险的问题,"难道这几亿人就被剥夺了生活中少了它就毫无意义的至高无上的幸福吗?"他沉思起来,但立刻又纠正了自己。"但我究竟在探索什么?"他自言自语。"我在探索人类各种信仰和神的关系。我在探索上帝对这充满星云的整个宇宙所作的普遍启示。我究竟在做什么?对我个人,对我的心,无疑已显示了人的智慧所无法达到的认识,可是我却固执地想用智慧和语言来表达这种认识。

"难道我不知道移动的不是星星吗?"他仰望着一颗移动到白桦树梢上的明亮的行星,自言自语。"可是我望着星星的运动,却不能想象地球的旋转。我说星星在运动是对的。

"天文学家要是估计到地球全部错综复杂的运动,他们还能理解和算出什么来吗?他们关于天体的距离、重量、运动和摄动的奇妙结论,都是根据看得出来的天体围绕固定的地球的运动,根据目前我亲眼目睹,过去曾出现在亿万人眼前的运动,这种运动过去是这样,将来也是这样,而且永远可以得到证实。就像天文学家不根据子午线和地平线对看得见的天体进行观察,所得的结论将是虚妄和不可靠一样,我要是不以对人人都同样永恒不变、基督教向我显示并且在我心中永远可以获得证实的善恶观为基础,我的结论同样将是虚妄和不可靠的。其他信仰和它们对神的关系问题,我没有权力也不可能去解决。"

"咦,你还没有走吗?"吉娣也从这里到客厅去,看见他问。"怎么,你没有什么不痛快吧?"她凭着星光仔细打量着他的脸,说。

不过,要不是又一次使群星黯然失色的闪电,她还是不能看清他的脸。凭着闪电的强光,她才看清了他的脸,看出他平静快乐。她对他嫣然一笑。

"她一定知道,一定了解我在想什么,"他想。"我要不要告诉她?好,让我告诉她。"他正要开口,却被她抢先了。

"听我说,康斯坦京!你帮个忙,"她说,"到角房里去看看,他们给谢尔盖·伊凡诺维奇安排得怎样了。我去不方便,他们有没有放上新脸盆?"

"好的,我这就去。"列文站起来吻着她说。

"不,不用对她说了,"当她走到他前面时,他想。"这是一个秘密,只我一个人需要,重大而无法用语言来表达。

"这种新的感情并没有使我发生什么变化,并没使我感到幸福,并不像我梦想的那样大彻大悟,而是像我对儿子的感情那样。也没有什么意想不到的地方,是信仰或者不是信仰——我不知道究竟是什么,但这种感情却不知不觉痛苦地出现在我身上,并且牢固地扎根在我心里。

"我依旧会对车夫伊凡发脾气,依旧会同人争吵,依旧会不得体地发表意见,依旧会在我心灵最奥秘的地方同别人隔着一道鸿沟,甚至同我的妻子也不例外,依旧会因自己的恐惧而责备她,并因此感到后悔,我的智慧依旧无法理解,我为什么要祷告,但我依旧会祷告——不过,现在我的生活,我的整个生活,不管遇到什么情况,每分钟不但不会像以前那样空虚,而且我有权使生活具有明确的善的含义!"

1873 至 1877 年

附录：

《安娜·卡列尼娜》各章内容概要

第 一 部

1 奥勃朗斯基夫妻吵架
2 吵架后奥勃朗斯基的处境
3 奥勃朗斯基早晨去官厅以前。接见加里宁上尉遗孀
4 奥勃朗斯基同妻子和解失败
5 奥勃朗斯基的官职。奥勃朗斯基在官厅里。列文来访
6 列文和谢尔巴茨基家。吉娣的恋爱
7 列文探望哥哥柯兹尼雪夫。列文参与柯兹尼雪夫同哈尔科夫来的教授谈话
8 柯兹尼雪夫同列文谈论地方自治会和哥哥尼古拉
9 列文和吉娣在动物园溜冰。列文和奥勃朗斯基去饭店午餐
10～11 奥勃朗斯基和列文在英国饭店；午餐；谈到吉娣和伏伦斯基。

奥勃朗斯基同列文争论爱情和女人问题

12　谢尔巴茨基一家。谢尔巴茨基公爵夫人为吉娣婚事操心

13　列文向吉娣求婚遭到拒绝

14　谢尔巴茨基家晚会。列文同伏伦斯基见面

15　晚会结束后。吉娣父母吵嘴

16　伏伦斯基对吉娣的态度

17　伏伦斯基和奥勃朗斯基在莫斯科车站等候伏伦斯基伯爵夫人和安娜·卡列尼娜

18　安娜·卡列尼娜抵达莫斯科。她同伏伦斯基在车厢里相遇。看道工死于火车轮下。他的死给安娜·卡列尼娜的印象

19　安娜和陶丽见面。她们谈论奥勃朗斯基的变心

20　安娜同吉娣相遇

21　奥勃朗斯基夫妻言归于好。伏伦斯基的夜访

22　吉娣和安娜在舞会上

23　安娜的成功和吉娣的悲伤

24～25　列文赴旅馆探望尼古拉哥哥

26　列文回到自己的庄园

27　列文对家庭生活的幻想

28　安娜同陶丽话别。安娜回彼得堡

29　安娜在火车上。阅读英国小说。一个梦

30　途中遇伏伦斯基。安娜抵达彼得堡。在车站上遇丈夫

31　伏伦斯基遇见安娜后的心情。伏伦斯基同卡列宁在彼得堡车站相遇

32　安娜回到家里，见到儿子谢辽查。李迪雅伯爵夫人和安娜另一女

友的来访。安娜的心情
33 安娜回来后第一天在卡列宁家
34 彼得堡伏伦斯基寓所

第 二 部

1 谢尔巴茨基家替吉娣会诊。决定出国
2 吉娣心绪恶劣引起全家不安
3 陶丽在吉娣房里。吉娣向陶丽诉说心事,情绪激动
4 安娜在彼得堡上流社会的地位。伏伦斯基同培特西公爵夫人在歌剧院相遇
5 伏伦斯基给培特西讲九品文官以及他两个同僚闹事的经过
6 歌剧结束后在培特西家。众人对卡列宁夫妇的诽谤
7 安娜在培特西家。伏伦斯基向安娜表白爱情
8 卡列宁决定同妻子谈她在培特西家的行为
9 卡列宁同安娜谈话
10 谈话后夫妻关系
11 伏伦斯基同安娜发生关系。安娜内心的痛苦
12 列文在乡下。春天的农活
13 列文在自己的领地
14 奥勃朗斯基来访列文。准备打猎
15 列文和奥勃朗斯基狩猎。列文从奥勃朗斯基嘴里知道吉娣的病

16　奥勃朗斯基向商人梁比宁出售树林

17　列文同奥勃朗斯基在打猎后晚餐时谈心

18　伏伦斯基的生活；他的社交关系和团里的利益。嗜马成癖

19　伏伦斯基在团的公共食堂

20　伏伦斯基在红村营地木屋

21　伏伦斯基在赛马马房。弗鲁～弗鲁。伏伦斯基到彼得高夫看望安娜

22　赛马前伏伦斯基在安娜处。安娜告诉他怀孕

23　伏伦斯基从当前处境中找出路

24　伏伦斯基去赛马场路过勃良斯基家。在马房里和赛马场亭子旁。同哥哥和奥勃朗斯基相遇。比赛开始前的军官们

25　赛马；四里障碍赛。起赛。伏伦斯基同马霍京角逐。伏伦斯基赛马失利

26　卡列宁同妻子谈话后夫妇之间的关系。赛马那天卡列宁的活动

27　卡列宁在彼得高夫妻子的别墅

28　卡列宁在赛马场上。安娜的心情

29　伏伦斯基落马时安娜的激动。卡列宁对她的责备。安娜向丈夫承认自己同伏伦斯基的关系

30　谢尔巴茨基一家在国外温泉疗养。俄国来的旅客。华仑加

31　吉娣同华仑加认识

32　华仑加在谢尔巴茨基公爵夫人的晚会上

33　吉娣认识华仑加后精神上的变化

34　谢尔巴茨基公爵赴卡尔斯巴德旅行回来。他同施塔尔夫人、华仑加和画家彼得罗夫认识

35 父亲回来后吉娣心情转变。谢尔巴茨基一家回到俄国

第 三 部

1 柯兹尼雪夫在乡下列文家。两兄弟在看待老百姓上意见分歧。列文关心农活
2 柯兹尼雪夫在列文伴同下前去钓鱼
3 两兄弟为地方自治会事争吵
4 列文清晨割草
5 早饭以后。割草人的午餐。在马施舍高地割草
6 列文割草后归家。奥勃朗斯基来信。两兄弟打算去叶尔古沙伏看望陶丽
7 陶丽和孩子们的乡村生活
8 陶丽带孩子们受圣餐。采蘑菇和游泳
9 列文在陶丽乡下
10 列文同陶丽谈论吉娣。列文辞别陶丽
11 列文在姐姐乡下养蜂场一个老头儿朋友家。列文同农民分草。伊凡·巴孟诺夫夫妇
12 列文欣赏农家生活。他决定开始过新生活。吉娣乘车去叶尔古沙伏陶丽家,途中邂逅列文
13 在妻子说出私情后,卡列宁从彼得高夫到彼得堡途中沉思。他决定表面上维持原来的关系

14 卡列宁写信给妻子要她在避暑季节结束后回彼得堡。卡列宁官场纠纷。"六月二日委员会"。卡列宁要求成立新的委员会

15 安娜向丈夫坦白后的心情。谢辽查做错事以后。安娜写信给丈夫,决定去莫斯科

16 安娜对卡列宁来信的反应。她想冲破"谎言的罗网"

17 安娜走访培特西,希望见到伏伦斯基。培特西同安娜谈论上流社会

18 槌球小组成员;萨福·施多茨、华西卡、卡鲁日斯基公爵、丽莎·梅尔卡洛娃、斯特列莫夫和"贵客"

19 伏伦斯基理财

20 伏伦斯基的生活原则。他希望明确自己同安娜的关系

21 团长设宴欢迎谢普霍夫斯科依公爵。谢普霍夫斯科依同伏伦斯基谈话。谢普霍夫斯科依企图拉伏伦斯基进官场任职

22 伏伦斯基同安娜在傅列达别墅花园里相见。他们谈论卡列宁来信

23 "六月二日委员会"会议。卡列宁做报告,获得成功。安娜回到彼得堡,同丈夫交谈

24 列文经营的农业;他同农民之间的激烈斗争。农业上的失败。丧失兴致。列文内心的苦闷。决定去史维亚日斯基家打猎

25 去史维亚日斯基家途中:在富裕的农民家逗留。老农家幸福生活给列文的印象

26 史维亚日斯基和他的家庭。史维亚日斯基的为人和观点。打猎失利。晚上喝茶时谈论农事,有两个地主参加

27 两个地主的宗法制农民观点。列文对农奴制改革、银行和铁路持否定态度

28　在史维亚日斯基书房里继续谈话。列文对学校的看法。列文关于地主经营的结论:必须注意俄国农民的特点并使雇工关心收成

29　列文试图改造原来的农场:实行计划的困难。列文对新的农场安排感兴趣,竭力研究经济规律

30　列文决定出国考察农业问题。准备出国。幻想建立一项新的科学——农民与土地的关系。不流血的农业革命的思想

31　尼古拉哥哥来到列文庄园。列文思索死的问题

32　两兄弟争论列文的经济计划。尼古拉离去。列文出国

第 四 部

1　卡列宁安排夫妇两人在彼得堡的生活。伏伦斯基陪同外国亲王参观彼得堡名胜

2　安娜写信给伏伦斯基请求他去看望她。伏伦斯基的梦。伏伦斯基在门口同卡列宁相遇

3　安娜醋性发作。她想到分娩时可能死亡。安娜讲了和伏伦斯基相同的梦

4　伏伦斯基到来给卡列宁的印象。卡列宁夺取安娜放伏伦斯基来信的文件夹。卡列宁同妻子谈话。企图办理离婚手续

5　卡列宁为离婚走访彼得堡著名律师

6　卡列宁领导的委员会报告失败。卡列宁决定亲自到当地去调查情况。卡列宁路过莫斯科。遇见奥勃朗斯基

7　奥勃朗斯基在列文住宿的旅馆。邀请列文赴宴
8　奥勃朗斯基在卡列宁处
9　奥勃朗斯基家宴会。列文遇吉娣
10　谈论古典教育和实科教育的优点以及妇女解放问题
11　列文同吉娣的"神秘交流"
12　陶丽请求卡列宁饶恕安娜
13　列文和吉娣在奥勃朗斯基家谈心
14　谈心后列文心情激动
15　列文求婚
16　谢尔巴茨基家商量婚礼。吉娣读列文日记后的烦恼
17　卡列宁接安娜电报回彼得堡。安娜产后病危。卡列宁同伏伦斯基在安娜床前和解
18　伏伦斯基在经历上一幕后的痛苦心情。自杀
19　卡列宁在饶恕安娜后的心情。他对新生女孩的态度。培特西看望安娜,为伏伦斯基要求在他动身去塔什干前同安娜话别。安娜拒绝这个要求
20　培特西来访后卡列宁同妻子谈话。安娜恼怒。卡列宁准备容许安娜同伏伦斯基保持关系
21　奥勃朗斯基在卡列宁家。他同妹妹谈她的处境。劝安娜同丈夫离婚
22　奥勃朗斯基充当安娜和卡列宁的中间人。卡列宁宽宏大量,准备离婚
23　自杀未遂后的伏伦斯基。他恢复健康;准备去塔什干任职。同安娜见面。辞去塔什干的任命,同安娜一起出国

第 五 部

1　列文婚前受圣礼
2　结婚那天单身汉在列文家午餐。列文突然怀疑吉娣对他的爱情。在谢尔巴茨基家的吵嘴
3　在教堂里等候新郎。列文迟到的原因
4　结婚仪式开始
5　举行仪式时在场亲友的品评
6　婚礼。新夫妇下乡
7　伏伦斯基和安娜在国外。来到意大利小城。伏伦斯基遇朋友高列尼歇夫。高列尼歇夫同安娜相识。赴伏伦斯基租下的豪华别墅
8　安娜和伏伦斯基旅居国外的情况。伏伦斯基习画
9　伏伦斯基和高列尼歇夫谈论画家米哈伊洛夫。安娜建议参观米哈伊洛夫画室
10　画家米哈伊洛夫在工作室。来访
11　米哈伊洛夫对来访者的印象。观看米哈伊洛夫所作彼拉多训诫基督一画。来访者评论这幅画
12　伏伦斯基和安娜欣赏另一幅画。伏伦斯基想买这幅画
13　米哈伊洛夫替安娜画像。伏伦斯基中止习画。决定回国
14　列文的家庭生活。琐碎的家务。同妻子吵嘴。对蜜月的失望
15　列文从事写作

16　尼古拉哥哥病危的消息。列文和吉娣到县城看望他

17　列文和吉娣在旅馆里探望病人

18　尼古拉病情恶化。吉娣看护他

19　吉娣和列文对死的态度

20　尼古拉受涂油礼和圣餐礼。他的死

21　妻子出走后的卡列宁；他的困惑和孤独；他的经历

22　李迪雅伯爵夫人对卡列宁的关怀

23　李迪雅伯爵夫人的经历。安娜回到彼得堡；她写信给李迪雅伯爵夫人要求同儿子见面

24　卡列宁出席宫廷庆典。宫内官员诽谤卡列宁。他在仕途上的绝境

25　卡列宁在李迪雅伯爵夫人家。他决定拒绝安娜同儿子见面

26～27　生日前夜的谢辽查。教师和父亲给他上课

28　伏伦斯基从国外归来。他和安娜在社交界的地位

29～30　安娜同儿子见面

31　会面以后：安娜的孤独感和对伏伦斯基爱情的疑虑

32　在安娜住宿旅馆里午餐。土施凯维奇建议定包厢观看巴蒂的演出

33　观看歌剧。安娜遭到卡尔塔索夫夫人凌辱。伏伦斯基和安娜到乡下去

第 六 部

1　陶丽带着孩子、华仑加和柯兹尼雪夫在波克罗夫斯克列文家避暑。

	采蘑菇
2	阳台上妇女们交谈。吉娣希望柯兹尼雪夫向华仑加求婚
3	列文夫妇谈论华仑加和柯兹尼雪夫
4	柯兹尼雪夫思考能不能同华仑加结婚
5	柯兹尼雪夫同华仑加表白心事的企图没有成功
6	期待老公爵到来。奥勃朗斯基和维斯洛夫斯基来访
7	维斯洛夫斯基对吉娣的态度引起列文猜疑
8	准备打猎。出发。猎人们的心情
9	打猎第一天。往格伏兹吉夫沼地途中。早餐。到达打猎地
10	奥勃朗斯基打猎得手,列文失利
11	猎人们在农家小屋。列文和奥勃朗斯基为富翁马尔杜斯的事争论。维斯洛夫斯基和奥勃朗斯基夜游
12	第二天列文打猎顺利
13	列文打猎取得新成绩。吉娣来信。归家
14	列文再次醋性发作
15	维斯洛夫斯基被驱逐
16	陶丽到伏兹德维任斯克伏伦斯基庄园看望安娜
17	陶丽在野外遇安娜、伏伦斯基和他们的客人——华尔华拉公爵小姐、史维亚日斯基、维斯洛夫斯基
18	安娜和陶丽在归途中和到家后交谈
19	安娜的生活环境。陶丽在安娜的育儿室
20	参观房子、花园和医院
21	伏伦斯基同陶丽谈话,指出安娜必须离婚;伏伦斯基要求她在这件事上帮忙

22　伏伦斯基家的午餐

23　陶丽和安娜密谈离婚和生育问题

24　安娜就自己处境同陶丽最后一次谈话。陶丽回家

25　安娜秋天的生活。她的活动。伏伦斯基的经济措施。动身去参加选举

26　列文和柯兹尼雪夫在卡辛选举会上

27　卡辛选举省首席贵族。选举会上的贵族。派别、小组和他们的策略

28　表决被指控的贵族弗列罗夫能不能参加选举的问题。临近选举的庄严时刻

29　参加选举者的激动。贵族们议论纷纷。列文跟保守地主谈话

30　列文同伏伦斯基相遇。列文在选举会上的行为。前任首席贵族史涅特科参加竞选。选出新的省首席贵族

31　选举完毕后伏伦斯基设宴招待。省长和新任首席贵族出席

32　伏伦斯基在接到安娜来信后回乡。安娜决定请求丈夫同意离婚。伏伦斯基和安娜迁居莫斯科,等待卡列宁答复和准备办理离婚手续

第 七 部

1　列文一家在莫斯科的生活。在玛丽雅·波里索夫娜公爵夫人家吉娣遇伏伦斯基

2　列文经济困难。意想不到的新开支
3　列文在卡塔瓦索夫家。同彼得堡学者梅特罗夫见面。参加大学庆祝会
4　列文在李伏夫公爵家。谈论儿童教育
5　列文参加早晨音乐会。他同彼斯卓夫就瓦格纳乐派进行争论
6　列文走访保尔伯爵夫人
7　列文在英国俱乐部。遇见土罗甫春、奥勃朗斯基、岳父和伏伦斯基
8　老公爵讲关于契青斯基公爵的笑话。奥勃朗斯基建议列文去看望安娜
9　列文和奥勃朗斯基在安娜家
10　安娜给列文的印象
11　列文回家。同妻子谈心
12　安娜同伏伦斯基谈话，对他去俱乐部表示不满
13　吉娣临产
14　列文请医生。吉娣分娩时列文焦急万状
15　分娩顺利
16　列文对新生儿的感情
17　奥勃朗斯基经济境况窘迫。去彼得堡。在卡列宁处。要求谋得联合公司理事职务
18　奥勃朗斯基同卡列宁谈离婚问题
19　奥勃朗斯基在卡列宁书房遇谢辽查。舅舅和外甥在楼梯上谈话
20　奥勃朗斯基在彼得堡的交际活动——在巴特尼央斯基处和培特西家
21　卡列宁和奥勃朗斯基在李迪雅伯爵夫人家。兰道——别苏波夫伯

爵。李迪雅同奥勃朗斯基谈宗教问题
22 奥勃朗斯基在李迪雅伯爵夫人家观看催眠术以后,卡列宁拒绝妻子离婚要求
23 安娜和伏伦斯基关系恶化。安娜的猜疑。为安娜所抚养的英国女孩而吵嘴
24 安娜要求立刻下乡。因此又发生争吵。和解
25 奥勃朗斯基来电引起一场误会。安娜对伏伦斯基母亲的反感。安娜同来访的雅希文谈话
26 安娜内心猜疑和绝望的增长。想到死是摆脱困境的出路
27 安娜精神恍惚
28 走访陶丽。同吉娣相遇
29 归家。安娜决定去迎接伏伦斯基,揭发他的变心
30 安娜在往下城车站途中的胡思乱想,彷徨于希望和绝望之间
31 火车出发前的景象。安娜万念俱灰。她的自杀

第 八 部

1 大约两个月以后。柯兹尼雪夫的著作出版。新作没有引起重视。公众关心塞尔维亚战争
2 志愿军从库尔斯克车站出发。欢送志愿军。伏伦斯基出征
3 察里津车站上欢迎志愿军。卡塔瓦索夫观察志愿军
4 省城的逗留。柯兹尼雪夫同送儿子出征的伏伦斯基伯爵夫人谈话

5　柯兹尼雪夫和伏伦斯基。痛苦地回忆那个悲惨的场面

6　柯兹尼雪夫和卡塔瓦索夫在乡间列文家

7　吉娣思索丈夫不信教的问题

8　列文的探索和疑虑

9　列文阅读哲学和神学著作。对两者都感到失望。自杀的念头

10　列文思索公共福利事业没有结果。必须为自己和为亲人活下去。知道什么事该做,什么事不该做

11　列文忙于农活,同时思考生活的意义。从庄稼汉费多尔的话"服从真理,服从上帝的意志生活"得到启示

12　费多尔的话给他留下的印象。生活的意义在于行善和爱人

13　列文得出的结论:信仰上帝,信仰善,就是人的唯一天职

14　列文迎接客人——柯兹尼雪夫和卡塔瓦索夫。中途参观养蜂场

15～16　谈论塞尔维亚战争的民族意义和人民的统一思想

17　吉娣带着婴儿和列文遇大雷雨

18　雨后人们的心情。卡塔瓦索夫的笑话。柯兹尼雪夫对东方问题前途的看法。列文在育儿室

19　列文获得信仰,内心平静

图书在版编目（CIP）数据

草婴译著全集.第十二卷/(俄罗斯)列夫·托尔斯泰著;草婴译.
-- 上海：上海文艺出版社，2018
ISBN 978-7-5321-6946-7
Ⅰ.①草… Ⅱ.①列… ②草… Ⅲ.①长篇小说—俄罗斯—近代 Ⅳ.①I11
中国版本图书馆CIP数据核字（2018）第251251号

发 行 人：陈　徵
策　　划：姜逸青　郑　理
责任编辑：李珊珊
装帧设计：周志武

书　　名：草婴译著全集.第十二卷
作　　者：(俄罗斯)列夫·托尔斯泰
译　　者：草　婴
出　　版：上海世纪出版集团　上海文艺出版社
地　　址：上海绍兴路7号　200020
发　　行：上海文艺出版社发行中心发行
　　　　　上海市绍兴路50号　200020　www.ewen.co
印　　刷：上海文艺大一印刷有限公司
开　　本：890×1240　1/32
印　　张：15.25
插　　页：6
字　　数：351,000
印　　次：2019年2月第1版　2019年2月第1次印刷
Ｉ Ｓ Ｂ Ｎ：978-7-5321-6946-7/Ｉ·5547
定　　价：95.00元
告 读 者：如发现本书有质量问题请与印刷厂质量科联系　T：021-57780459